I0689851

Cuentos fantásticos de misterio sobrenatural y terror

Volumen I

Cuentos fantásticos de misterio sobrenatural y terror

Volumen I

Cuentos fantásticos de misterio sobrenatural y terror
Volumen I

© 2019 by Daniel Bernardo

SOJOURNER BOOKS
https://sojournerbooks.com

Traducido por Daniel Bernardo

ISBN: 978-1-9995399-4-8

Prólogo

La emoción más antigua e intensa que conoce la humanidad es el miedo, y el miedo más antiguo y poderoso es el miedo a lo desconocido. Pocos psicólogos disputarían esto, el hecho de admitir esta verdad, establece para siempre la autenticidad y la dignidad de las historias de horror sobrenatural como una legítima forma literaria. Contra ellas se descargan todos los dardos de una sofisticación materialista que se aferra a emociones y eventos externos trillados, de un idealismo ingenuo insípido, que desaprueba las motivaciones estéticas y requiere una literatura puramente didáctica, que "eleve" al lector hasta el grado adecuado de optimismo. No obstante a pesar del rechazo y las críticas, el cuento fantástico ha sobrevivido, se ha desarrollado y ha alcanzado notables alturas de perfección. Se basa en un principio profundo y elemental, cuyo atractivo —aunque no siempre universal— es conmovedor y permanente para los espíritus de cierta sensibilidad.

La atracción de lo espectralmente macabro es generalmente limitada, porque requiere del lector un cierto grado de imaginación y una capacidad de desprendimiento de la vida cotidiana. Relativamente pocos están lo suficientemente libres del hechizo de la rutina diaria, como para responder a las influencias del más allá, y las historias basadas en sentimientos y eventos comunes, o en distorsiones sentimentales de la realidad cotidiana, siempre ocuparán el primer lugar en el gusto de la mayoría; quizás con razón, ya que, por supuesto, estos asuntos ordinarios constituyen la mayor parte de la experiencia humana. Pero siempre habrá espíritus más sensibles que el ciudadano medio, y a veces, una curiosa veta de fantasía invade, inesperadamente, las cabezas más duras, los corazones más prosaicos; de modo que ninguna racionalización, reforma o análisis freudiano puede impedir por completo el estremecimiento causado por un susurro proveniente de un rincón de la chimenea o las sensaciones despertadas por un paseo en un bosque solitario. Esto se debe a un arquetipo o un modelo mental, tan real y tan profundamente arraigado en la experiencia humana como cualquier otro modelo o tradición de la humanidad; un elemento congénito con el sentimiento religioso y estrechamente relacionado con muchos aspectos del mismo, y una parte demasiado importante de nuestra herencia biológica más profunda, que aún tiene una poderosa influencia en un grupo muy importante, aunque minoritario, de nuestra especie.

Los primeros instintos y emociones del ser humano forjaron su respuesta al entorno en el que se encontraba. Sentimientos específicos, basados en el placer y el dolor surgieron en torno a fenómenos cuyas causas y efectos comprendía, mientras que en torno de aquellos que no entendía –que, en los primeros días, formaban gran parte de su universo–, se tejían naturalmente personificaciones, interpretaciones maravillosas y sensaciones de asombro y miedo, como resultado natural de las impresiones que sufría una humanidad ignorante, con experiencia limitada y conceptos simplistas. Lo desconocido, al igual que lo imprevisible, se convirtió para nuestros antepasados primitivos en una fuente terrible y omnipotente de bendiciones y calamidades, conferidas sobre la humanidad por razones crípticas y fuera de la experiencia terrenal, y por lo tanto claramente originadas en una esfera de la existencia de la cual nada se sabía y en la que los humanos no tenían injerencia alguna. El fenómeno del sueño también ayudó a construir la noción de un mundo irreal o espiritual; y, en general, todas las condiciones de la vida salvaje en el amanecer de la historia, conducían fuertemente hacia un sentimiento sobrenatural, por lo que no debería sorprendernos que la tradición cultural de la humanidad esté saturada de creencias religiosas y supersticiones. Muchas de esas creencias y supersticiones también se encuentran imbuidas, de forma permanente, en la mente subconsciente y los instintos de la humanidad. Aunque, con el avance de la civilización, la esfera de lo desconocido se ha contraído constantemente, una reserva infinita de misterios aún envuelve la mayor parte del cosmos exterior y también el microcosmos interior de la psique humana, mientras que un vasto residuo de poderosas asociaciones heredadas, se aferra a todos los objetos y procesos que antes eran misteriosos, aunque ahora tengan una explicación racional. Además, hay una fijación fisiológica real de los viejos instintos en nuestro tejido nervioso, lo que los hace operativos incluso aunque mente consciente los rechace e intente emanciparse de todas las fuentes de lo maravilloso.

Recordamos el dolor y todo lo que nos amenaza, más vívidamente que el placer, por otro lado, nuestros sentimientos hacia los aspectos benéficos de lo desconocido han sido acogidos y formalizados por los rituales religiosos convencionales. En consecuencia, los más oscuros y maléficos aspectos del misterio cósmico se reflejan, principalmente, en el folklore sobrenatural.

Esta tendencia también se ve incrementada naturalmente por el hecho de que la incertidumbre y el peligro siempre están estrechamente relacionados; convirtiendo así a cualquier tipo de vislumbre de lo desconocido en algo lleno de amenazas y malignidad. Cuando a este temor y repugnancia naturales se suma la inevitable fascinación que lo maravilloso ejerce sobre la curiosidad humana, se genera una compleja mezcla de emociones antitéticas, y exaltación imaginativa cuya vitalidad debe necesariamente perdurar mientras exista la raza humana. Los niños siempre temerán a la oscuridad, y los hombres con mentes sensibles a lo que yace debajo del nivel de su conciencia, siempre temblarán al pensar en los mundos ocultos e insondables que pueden latir en abismos remotos, más allá de la experiencia humana, o presionar espantosamente sobre nuestro propia realidad. Dimensiones profanas que solo pueden ser vislumbradas en el delirio y la muerte.

Con este fundamento, nadie debe sorprenderse de la existencia de una literatura de terror cósmico. Siempre ha existido, y siempre existirá; y no puede citarse mejor evidencia de su vigor tenaz que el impulso que, de tanto en tanto, impulsa a algunos escritores de inclinaciones totalmente opuestas, a escribir cuentos aislados, sobre el tema de lo sobrenatural, como para externalizar ciertas formas fantasmales que de otra manera los acosarían. Así Dickens escribió varias narraciones espeluznantes; Browning, el repulsivo poema *Childe Roland*; Henry James, *El giro del tornillo*; Dr. Holmes, la sutil novela *Elsie Venner*; F. Marion Crawford, *La litera de arriba* y algunos otros ejemplos; Charlotte Perkins Gilman, trabajadora social, *El Papel de Pared Amarillo*; mientras que el humorista W.W. Jacobs produjo ese melodramático cuento corto llamado *La pata del mono*.

Este tipo de literatura de horror no debe confundirse con un tipo externamente similar, pero psicológicamente muy diferente; la literatura del mero horror físico y truculencia mundana. Esa clase de relatos, sin duda, tienen su lugar, al igual que la historia de fantasmas convencional o incluso caprichosa o humorística, donde el formalismo o el guiño a sabiendas del autor elimina el verdadero sentido de lo mórbidamente antinatural. Pero este tipo de relatos no representan la literatura del horror cósmico en su sentido más puro. El verdadero cuento fantástico incluye algo más que un asesinato misterioso, huesos sangrientos o una forma blancuzca arrastrando cadenas, siguiendo las reglas del horror gótico. Debe respirarse una cierta atmósfera de desánimo e inexplicable pavor ante fuerzas extrañas, externas a la experiencia humana; y debe sugerir con firmeza, aquello que es más abrumador para la mente humana: la suspensión o derrota maligna de las leyes inmutables de la Naturaleza, que son nuestra única salvaguardia contra los ataques del caos y los demonios de las tinieblas de lo desconocido.

Naturalmente, no podemos esperar que todos los cuentos fantásticos se ajusten absolutamente a cierto modelo teórico. Las mentes creativas son únicas, y hasta las mejores composiciones tienen sus puntos débiles. Por otra parte, gran parte los mejores relatos fantásticos han brotado del subconsciente; su composición se basa en múltiples y variadas influencias. La atmósfera es lo más importante, ya que el criterio final de autenticidad no es el argumento del relato, sino la creación de cierto tipo de sensaciones. Podemos decir, en general, que una historia fantástica cuya intención es enseñar o producir un efecto social, o una en la que los horrores terminan siendo explicados por medios naturales, no es una genuina historia de horror cósmico; aunque sigue siendo un hecho que tales narraciones a menudo poseen, al menos parcialmente, toques atmosféricos que cumplen con todas las condiciones de la verdadera literatura sobrenatural de terror. Por lo tanto, debemos juzgar un cuento fantástico no por la intención del autor, o por la mera mecánica de su argumento; sino por el nivel emocional que alcanza en su punto menos mundano. Si se excitan las sensaciones adecuadas, ese "punto alto" debe admitirse por sus propios méritos como literatura fantástica, sin importar cuán prosaica sea la conclusión de la historia. Lo único que realmente permite asignar una historia al ámbito de lo fantástico es que despierte en el lector un sentido profundo de temor y que sugiera el contacto con esferas y poderes desconocidos; que suscite el asombro, como el que podría despertar el batir de unas alas tenebrosas o el movimiento de formas imposibles, externas a la experiencia humana, en el límite más remoto del universo conocido. Y, por supuesto, cuanto más completa y unificada sea la historia que transmite esta atmósfera, tanto mejor será la obra, dentro del ámbito que nos ocupa.

H.P. LOVECRAFT
Introducción a
El Horror Sobrenatural en la Literatura

Indice

"... en el corazón de los bosques salvajes, no hollados por el hombre, seguramente habían presenciado algo crudo y esencialmente primitivo.
Algo que había sobrevivido de alguna manera al avance de la humanidad, y hecho una aterradora aparición..."

"Se despertó cierto interés en el pueblo cuando se supo que la famosa bruja, que todavía era recordada por unos pocos, debía ser exhumada. Y la sensación de sorpresa, y de hecho de inquietud, fue muy fuerte cuando se descubrió que, aunque su ataúd estaba bastante sólido y no tenía roturas, no había rastro alguno de su cuerpo, ni huesos o polvo".

"Sí, el primer hombre tuvo sus tres deseos", fue la respuesta; "No sé cuáles fueron los dos primeros, pero el tercero fue pedir su muerte. Así es como obtuve la pata".

"Cualquier cosa podría suceder aquí ahora, con la misma certeza de impunidad", continuó Duchesne, encendiendo su pipa, el chasquido del fósforo nos alarmó a todos. "D'Ardeche, tu finada parienta, sin duda, estaba bien acomodada; aquí tenía todo bien montado para sus experimentos tradicionales en demonología".

Howard Phillips Lovecraft

La cosa más misericordiosa del mundo es, creo, la incapacidad de la mente humana para correlacionar todos sus contenidos. Vivimos en una plácida isla de ignorancia en medio de los mares negros del infinito, y no estamos destinados a viajar lejos. Las ciencias, cada una de las cuales se esfuerza en su propia dirección, hasta ahora nos han perjudicado poco.

Ambrose Bierce

Al mirar las estrellas anoche, mientras se elevaban sobre el cerro, al este de la casa, las vi desaparecer sucesivamente, de izquierda a derecha. Cada una se iba eclipsando, solo por un instante, y solo unas pocas al mismo tiempo, pero a lo largo de toda la cresta del cerro, todas lo que estaba dentro de un grado o dos de la cresta se borraban.

Sheridan Le Fanu

"Uno de los fenómenos más notables relacionados con la práctica de la mendacidad es la gran cantidad de mentiras deliberadas que nos decimos a nosotros mismos, a quienes, de todas las personas, menos podemos esperar engañar. En todo esto, apenas necesito decirte, Dick, que yo simplemente me mentía a mí mismo y no creía ni una sola palabra de mi propia explicación. Sin embargo, seguí adelante, como los perseverantes charlatanes e impostores, que convencen por cansancio, por la mera fuerza de la reiteración; de la misma forma, yo esperaba inculcarme a mí mismo un cómodo escepticismo sobre el fantasma".

Théophile Gautier

"Ja, ja, ja, ¡usted quiere el pie de la princesa Hermontis!" exclamó el comerciante, con una extraña risita, fijando en mí sus ojos de búho. "¡Ja, ja, ja! ¡Para usarlo de pisapapeles! ¡Una idea original! ¡Una idea artística! El viejo Faraón seguramente se habría sorprendido si alguien le hubiera dicho que el pie de su adorada hija se usaría como un pisapapeles...".

Arthur Machen

"Bueno, pensé que iba a olvidarme del asunto. Los niños pasan por la puerta todas las tardes a las cinco y media, y cuando pasé por ahí a las seis, encontré el dibujo tal como lo había visto esa mañana. Al día siguiente, me levanté a eso de las siete menos cuarto, y descubrí que todo había cambiado. Había una pirámide formada con pedernales sobre la hierba."

Francis Marion Crawford

De repente, mientras estaba de pie, claramente oí que algo se movía detrás de mí en una de las literas, y un momento después, justo cuando me volvía instintivamente para mirar (aunque, por supuesto, no podía ver nada en la oscuridad), escuché un débil gemido. Salté a través del camarote y aparté las cortinas de la litera superior, insertando mis manos para descubrir si había alguien allí. Estaba ocupada.

Edward Frederic Benson

"Y desde entonces esa conexión creció más y más, se volvió más constante.
Ahora la oigo a menudo, y puedo conectarme de tal modo con la naturaleza,
con mi actitud, que casi siempre que lo hago escucho las flautas de Pan. Y nunca
repite la misma melodía, siempre es algo nuevo, algo más abarcador, más rico, más
completo que antes".

Cynthia Asquith

Volviendo la cabeza, mientras enfrentaba la tormenta de nieve, vi su forma, apenas
más sólida que una sombra, delineada tenuemente contra la luz de las velas.
Presionaba su cara contra el gran cristal, y mientras me alejaba me imaginé que sus
cansados ojos pacientes seguían mirándome.

Vernon Lee

Esa es la historia de Medea da Carpi, duquesa de Stimigliano Orsini, y luego esposa
del duque Guidalfonso II de Urbania. Fue condenada a muerte hace doscientos
noventa y siete años, en diciembre de 1582, a la edad de apenas veintisiete años,
habiendo llevado, en el transcurso de su corta vida, a un violento final a cinco de
sus amantes, desde Giovanfrancesco Pico a Prinzivalle degli Ordelaffi.

...

¡Era la cara de Medea da Carpi! Corrí a través de la nave, haciendo a un lado a la
gente, o mejor dicho, me pareció, pasando a través de cuerpos impalpables. Pero la
mujer se dio la vuelta y caminó rápidamente por el pasillo hacia la puerta. La seguí
de cerca, pero de alguna manera no podía alcanzarla.

El Wendigo

Algernon Blackwood

I

Un número considerable de grupos de caza salió ese año sin encontrar ni un rastro nuevo; porque los alces eran extraordinariamente tímidos, y los frustrados Nimrods volvieron al seno de sus respectivas familias con las mejores excusas que pudieron idear. El Dr. Cathcart, entre otros, regresó sin un trofeo; pero en cambio trajo el recuerdo de una experiencia que, según él, valía la pena por todos los alces que habían sido cazados desde el inicio del tiempo. Pero Cathcart, de Aberdeen, estaba interesado en otras cosas además de los alces, entre ellas los caprichos de la mente humana. Esta historia en particular, sin embargo, no encontró ninguna mención en su libro sobre la Alucinación Colectiva por la simple razón (que él confió una vez a un colega suyo) que él mismo jugó un papel muy íntimo en ella como para poder expresar un juicio objetivo del asunto en su conjunto...

Además de él y su guía, Hank Davis, los acompañaba el joven Simpson, su sobrino, un estudiante de teología que visitaba por primera vez los bosques canadienses y el guía de este último, Défago. Joseph Défago era un "Canuck" francés, que se había alejado de su provincia natal de Quebec años antes, y había quedado atrapado en Rat Portage cuando el Canadian Pacific Railway estaba en construcción; un hombre que, además de su incomparable conocimiento de la artesanía en madera y de los bosques, también podía cantar las viejas canciones de los *voyageur* e incluso contaba excitantes historias de cazadores. Además, era profundamente susceptible a ese hechizo singular que los lugares salvajes ejercen sobre ciertas naturalezas solitarias, y amaba las soledades del bosque con una especie de pasión romántica que casi equivalía a una obsesión. La vida en los montes le fascinaba –lo cual, sin duda, explicaba su gran habilidad para lidiar con sus misterios.

Fue Hank quien lo eligió para esta expedición, porque él ya lo conocía y le tenía completa confianza. También lo insultaba, "bromeando como un amigo", y como tenía un vocabulario de juramentos pintorescos, aunque sin sentido, la conversación entre los dos incondicionales y robustos leñadores era a menudo bastante animada. Sin embargo, Hank aceptó reprimir un poco este río de improperios por respeto a su antiguo "jefe de caza", el Dr. Cathcart, a quien, por supuesto, se dirigía, según la moda del país como "Doc", y también porque entendió que el joven Simpson ya era un "pequeño párroco". Sin embargo, Défago tenía un solo defecto, que era que el canadiense francés a veces

1

exhibía lo que Hank describía como "su maldito carácter", lo que significaba, aparentemente, que a veces, fiel a su tipo latino, sufría ataques de un sordo mal humor, cuando
nada podía inducirlo a decir una palabra. Habría que agregar que Défago era imaginativo y melancólico. Y, como regla general, el contacto prolongado con la "civilización"
era lo que inducía tales ataques, que eran curados por unos días pasados en medio de
la naturaleza.

Estos eran los cuatro hombres que estaban acampando, la última semana de octubre de ese "año de alces tímidos" en el desierto al norte de Rat Portage, una región
abandonada y desolada. También estaba Punk, un indio, que había acompañado al Dr.
Cathcart y Hank en sus viajes de caza en años anteriores, y que actuaba como cocinero.
Su deber era simplemente permanecer en el campamento, pescar y preparar filetes y café
de venado apenas se lo pidieran. Se vestía con ropa desgastada, legada por sus antiguos
clientes y, a excepción de su grueso cabello negro y su piel oscura, vestido con esas vestimentas ciudadanas, no parecía un piel roja real, más de lo que un negro de escenario
parece un africano real. A pesar de eso, Punk aún tenía los instintos de su raza moribun-
da, su silencio taciturno y su gran resistencia, también sus supersticiones.

Esa noche, la reunión alrededor del fuego ardiente no estaba muy animada, porque había pasado una semana sin que se descubriera ningún rastro de alces. Défago
había cantado una canción y comenzó a relatar una historia, pero Hank, con mal humor,
lo interrumpió varias veces diciéndole "lo estás contando mal, no fue así", por lo que el
francés finalmente cayó en un malhumorado silencio del que nada podía sacarlo. El Dr.
Cathcart y su sobrino terminaron bastante cansados después de un día agotador. Punk
estaba lavando los platos, gruñendo para sus adentros, bajo las ramas, donde más tarde
se acostó a dormir. Nadie se preocupó por reavivar el fuego, que moría lentamente. En lo
alto, las estrellas brillaban en un cielo invernal, y había tan poco viento que el hielo ya se
estaba formando sigilosamente a lo largo de las orillas del lago inmóvil que se extendía
detrás de ellos. El silencio del vasto bosque, que parecía escucharlos, se extendía a su
alrededor, envolviéndolos.

Repentinamente, Hank rompió el silencio con su voz nasal.

"Propongo intentarlo por otro lugar mañana, Doc", observó con energía, mirando
a su empleador. "No tenemos ni una maldita oportunidad por aquí".

"Muy bien", dijo Cathcart, siempre un hombre de pocas palabras. "Pienso que la
idea es buena".

"Claro que sí, está bien", Hank reanudó con confianza. "¿Que le parece si vamos
hacia el oeste, por el camino de Garden Lake para variar? Todavía no exploramos ese
rincón solitario".

"De acuerdo".

"Y tú, Défago, lleva al señor Simpson en la pequeña canoa, cruza el Lago de las
Cincuenta Islas y dale una buena mirada a la orilla sur. El año pasado, los alces "corre-
tearon" por allí como el infierno, y por lo que sabemos, aún pueden estar haciéndolo".

Défago, manteniendo los ojos en el fuego, no dijo nada a modo de respuesta. Todavía estaba ofendido, posiblemente, por su historia interrumpida.

"¡Apostaría hasta mi último dólar que nadie ha subido por ahí este año", agregó
Hank con énfasis, como si tuviera una razón para saberlo. Miró a su compañero bruscamente. "Mejor toma la pequeña tienda de seda y aléjate un par de noches", concluyó, como si el asunto se hubiera resuelto definitivamente. Porque Hank era reconocido
como el director general de la cacería, y estaba a cargo de la expedición.

Era obvio para cualquiera que Défago no estaba muy entusiasmado por el plan, pero su silencio parecía transmitir algo más que la desaprobación habitual, y en su cara, oscura y sensitiva, apareció una extraña expresión, como un fugaz destello del fuego, que no pasó desapercibida para los otros tres hombres.

"Me parece que tiene miedo, por alguna razón", dijo Simpson más tarde, en la carpa que compartía con su tío. El Dr. Cathcart no respondió de inmediato, aunque la expresión de Défago le había interesado lo suficiente en ese momento, como para tomar nota mentalmente. Su extraña apariencia le había causado una inquietud pasajera que no podía explicar por el momento.

Pero Hank, por supuesto, había sido el primero en notarlo, y lo extraño era que, en lugar de volverse explosivo o enojado por la reticencia del otro, de inmediato comenzó a hacerle bromas.

"Creo que no hay ninguna razón para que no vayamos por ahí este año", dijo con un tono irónico. "¡No por la razón que tú piensas, de todos modos! El año pasado fueron los fuegos que mantuvieron a la gente fuera, y este año, supongo, tampoco quieren ir, ¡eso es todo!". Claramente, su actitud intentaba ser alentadora.

Joseph Défago levantó su mirada por un momento y luego volvió a mirar para abajo. Un soplo de viento salió del bosque y avivó las brasas, levantando llamas pasajeras. El Dr. Cathcart volvió a notar la expresión en el rostro del guía, y una vez más no le gustó. Pero esta vez la naturaleza de su mirada lo traicionó. En esos ojos, por un instante, captó el brillo de un hombre profundamente asustado. Le inquietaba más de lo que quería admitir.

"¿Hay indios peligrosos por ahí?", preguntó, con una risa para aliviar las cosas un poco, mientras que Simpson, demasiado adormecido para darse cuenta de ese juego sutil, se fue a la cama con un bostezo prodigioso. "¿O ... o algo malo con la comarca?", agregó, cuando su sobrino ya no podía oír.

Hank lo miró a los ojos con algo menos que su habitual franqueza.

"Él está asustado", respondió con buen humor. "¡Asustado por un viejo cuento de hadas! Eso es todo, ¿verdad, viejo camarada?". Y le dio a Défago una patada amistosa en el pie calzado con un mocasín, que estaba más cerca del fuego.

Défago levantó la vista rápidamente, como interrumpiendo una ensoñación, un ensueño, que sin embargo, no le había impedido estar al tanto todo lo que se estaba diciendo.

"Asustado – ¡nunca!", respondió con un rubor de desafío. "No hay nada en el monte que pueda asustar a Joseph Défago, ¡y no lo olvides!". Y la energía natural con la que habló hizo imposible saber si dijo toda la verdad o solo una parte de ella.

Hank se volvió hacia el doctor. Solo iba a agregar algo cuando se detuvo repentinamente y miró a su alrededor. Un sonido cercano, detrás de ellos en la oscuridad hizo que todos se sobresaltaran. Era el viejo Punk, que se había levantado, mientras hablaban y ahora estaba allí, más allá del círculo de la luz del fuego, escuchando.

"¡Ahora no, Doc!" Hank susurró, con un guiño, "cuando no haya moros en la costa". Y, poniéndose de pie, le dio una palmada en la espalda al indio y exclamó con voz fuerte: "Acércate al fuego y calienta tu sucio pellejo". Lo arrastró hacia el fuego y lanzó más madera. "La comida que nos diste fue muy buena", continuó con entusiasmo, como si quisiera encauzar los pensamientos del hombre en otra dirección, "y no es cristiano dejar que te quedes ahí afuera, muriéndote de frío, mientras nosotros nos estamos tostando al fuego". Punk se acercó y calentó sus pies, sonriendo ante la volubilidad del otro, que solo entendía a medias, pero sin decir nada. Y en ese momento, el Dr. Cathcart, viendo que era imposible continuar la conversación, siguió el ejemplo de su sobrino y se dirigió a la tienda, dejando a los otros tres hombres fumando, al lado del fuego que volvía a arder.

No es fácil desvestirse en una pequeña tienda de campaña sin despertar al compañero, y Cathcart, endurecido y de sangre ardorosa a pesar de sus cincuenta y tantos años, hizo lo que Hank habría descrito como "considerable para sus años" a la intemperie. Notó, durante el proceso, que Punk había regresado a su yacija, y que Hank y Défago seguían charlando como un martillo y tenazas, o, mejor dicho, el martillo y el yunque, el pequeño franco canadiense siendo el yunque. Se parecía mucho a la imagen de escenario convencional del melodrama occidental: el fuego iluminaba sus rostros con parches alternos de rojo y negro; Défago, con sombrero holgado y mocasines en la parte del villano; Hank, de rostro abierto y sin sombrero, con los hombros descuidadamente caídos, como el héroe honesto y engañado; y el viejo Punk, escuchando a escondidas en el fondo, proporcionando la atmósfera de misterio. El doctor sonrió al notar los detalles; pero al mismo tiempo, algo profundo dentro de él –casi imperceptiblemente– se retrajera un poco, como si un soplo de advertencia casi imperceptible hubiera tocado la superficie de su alma y se hubiera ido otra vez antes de que pudiera agarrarlo. Probablemente se debía a esa "expresión de miedo" que había visto en los ojos de Défago; "Probablemente" –porque este indicio de emoción fugitiva escapó de su análisis, generalmente tan agudo. El era vagamente consciente, que Défago podía causar problemas de alguna manera... No era un guía tan estable como Hank, por ejemplo... No pudo llegar más allá de eso...

Observó a los hombres un momento más antes de sumergirse en la carpa cerrada donde Simpson ya dormía profundamente. Vio que Hank estaba maldiciendo como un loco africano en un salón de negros de Nueva York; pero eran maldiciones amistosas. Los ridículos juramentos brotaban libremente ahora que la causa de su obstrucción estaba dormida. En ese momento, puso su brazo casi con ternura sobre el hombro de su camarada, y se alejaron juntos hacia las sombras donde su tienda se erguía, brillando ligeramente. También Punk siguió su ejemplo, un momento después, y desapareció entre sus mantas olorosas, en la dirección opuesta.

El Dr. Cathcart también se entregó, la desconfianza y el sueño aún luchaban en su mente, con una oscura curiosidad por saber qué era lo que había asustado a Défago sobre la comarca cercana al Lago de las Cincuenta Islas, preguntándose también porqué la presencia de Punk había impedido que Hank dijera lo que quería decir. Entonces el sueño lo alcanzó. Ya lo sabría mañana. Hank le contaría la historia mientras caminaban tras el esquivo alce.

Un profundo silencio cayó sobre el pequeño campamento, plantado allí, tan audazmente en las fauces del bosque salvaje. El lago brillaba como una lámina de vidrio negro debajo de las estrellas. El aire frío era punzante. Las brisas nocturnas que vertían su marea silenciosa desde las profundidades del bosque, con mensajes de las crestas distantes y de los lagos que apenas comenzaban a congelarse, traían los olores débiles y sombríos del próximo invierno. Los hombres blancos, con su olfato embotado, nunca los habrían adivinado; la fragancia del fuego de leña les ocultaba esas insinuaciones casi eléctricas de musgo y corteza y un pantano endurecido a cien kilómetros de distancia. Incluso Hank y Défago, sutilmente aliados con el alma del bosque, probablemente olfatearían en vano...

Pero una hora después, cuando todos dormían como muertos, el viejo Punk se arrastró, saliendo de abajo de sus mantas y bajó a la orilla del lago como una sombra, en silencio, como solo la sangre india puede moverse. Levantó la cabeza y miró a su alrededor. La densa oscuridad no le permitía ver mucho, pero, como los animales, poseía otros sentidos que la oscuridad no podía silenciar. Escuchó y luego olfateó el aire. Inmóvil como un vástago de cicuta se quedó allí. Después de cinco minutos, de nuevo levantó la cabeza y olfateó nuevamente. Un hormigueo recorrió sus nervios, sin que ningún signo exterior lo traicionara, corrió a través de su cuerpo mientras saboreaba el punzante aire. Luego, fusionando su figura con la oscuridad circundante, como solo los hombres salvajes y los animales pueden hacerlo, giró, todavía moviéndose como una sombra, y regresó sigilosamente a su yacija.

Y poco después de dormirse, el cambio de viento que había adivinado, agitó suavemente el reflejo de las estrellas sobre del lago. Levantándose entre las lejanas crestas del país más allá del Lago de las Cincuenta Islas, procedía de la dirección en la que había mirado, y pasó sobre el campamento dormido con un murmullo débil, como un suspiro a través de las copas de los grandes árboles, demasiado delicado como para ser audible. Con él, por los senderos desiertos de la noche, aunque demasiado tenue, aún para los agudos sentidos del indio, llegaba un curioso, ligerísimo olor, extrañamente inquietante, un olor de algo que parecía desconocido, absolutamente desconocido.

El canadiense francés y el hombre de sangre india se agitaron inquietos mientras dormían, aunque ninguno de los dos despertó. Luego, el fantasma de ese extraño e inolvidable olor desapareció y se perdió entre las regiones lejanas de los bosques deshabitados.

II

Por la mañana el campamento estaba en movimiento antes que saliera el sol. Había caído una ligera nevada durante la noche y el aire era frío y penetrante. Punk había cumplido con su deber, porque los olores del café y el tocino frito llegaban a todas las tiendas. Todos estaban de buen humor.

"¡El viento ha cambiado!". Gritó Hank vigorosamente, viendo que Simpson y su guía ya estaban cargando la pequeña canoa. "Sopla a través del lago, justo para ustedes, compañeros. ¡Y la nieve permitirá seguir los rastros fácilmente! Si hay algún alce vagabundeando por ahí arriba, no podrán olerlos con el viento como está. ¡Buena suerte, monsieur Défago!", agregó, pronunciando su nombre en francés por una vez, "*¡bonne chance!*".

Défago le devolvió los buenos deseos, aparentemente de la mejor manera, su malhumor olvidado. Antes de las ocho en punto, el viejo Punk tenía el campamento para él solo, Cathcart y Hank estaban lejos en el sendero que conducía hacia el oeste, mientras que la canoa que llevaba a Défago y Simpson, con una carpa de seda y provisiones para dos días, ya era una mancha oscura en el seno del lago, yendo hacia el este.

La crudeza invernal del aire estaba templada por el sol, que cubría las crestas boscosas y ardía con una lujosa calidez sobre el mundo del lago y el bosque. Los somormujos volaban a través del espumoso rocío que el viento levantaba; algunos sacudían sus cabezas goteantes hacia el sol y volvían a desaparecer con elegancia; y tan lejos como podían alcanzar los ojos, el bosque se alzaba por leguas, desolado en su solitaria extensión y grandiosidad, nunca hollado por el pie del hombre, estrechando su uninterrumpido tapiz vegetal hasta las costas oscuras de la Bahía de Hudson.

Simpson, que lo veía todo por primera vez, mientras remaba con fuerza propulsando a la canoa bailarina, quedó encantado por su austera belleza. Su corazón se regocijaba en la libertad y los grandes espacios, y sus pulmones bebían el viento fresco y perfumado. Detrás de él, en el asiento de popa, cantando fragmentos de sus cantos nativos, Défago dirigía la canoa de corteza de abedul como si fuera un ser vivo, respondiendo alegremente todas las preguntas de su compañero. Ambos estaban contentos y excitados. En tales ocasiones los hombres pierden las distinciones superficiales y mundanas; se convierten en seres humanos trabajando juntos para un fin común. Simpson, el empleador, y Défago el empleado, entre estas fuerzas primitivas, eran simplemente: dos hombres, el "guía" y el "guiado". El conocimiento superior, por supuesto asumió el control, y el hombre más joven cayó sin pensarlo dos veces en una posición cuasi-subordinada. Nunca soñó con objetar cuando Défago omitía el "Sr." y se dirigía a él como "oiga, Simpson" o "Simpson, jefe", como era invariablemente el caso, hasta que llegaron a la costa más lejana después de remar firme por dieciocho kilómetros, luchando contra un viento de proa. Sólo se reía, y disfrutaba; después, dejó de notarlo por completo.

Porque este estudiante de teología era un hombre joven de buen talante y mejor carácter, aunque todavía sin experiencia; y en este viaje, la primera vez que había visto un país que no fuero su propia y pequeña Escocia natal, la enorme escala de las cosas lo desconcertaba un poco. Se dio cuenta de que una cosa era oír hablar de los bosques primordiales, y otra muy distinta verlos. Mientras que habitar en ellos y conocer a su vida salvaje era, nuevamente, una iniciación que ningún hombre inteligente podría experimentar sin un cierto cambio de aquellos valores personales que hasta ahora consideraba permanentes y sagrados.

Simpson sintió el primer indicio de esta emoción cuando tomó en sus manos el nuevo rifle 303 y miró a lo largo de sus impecables y relucientes cañones. El viaje de tres días hasta el nuevo campamento, primero por el lago y después por tierra, fueron una nueva fase de este proceso. Y ahora que estaba a punto de sumergirse, incluso más allá de la borde del mundo salvaje, donde estaban acampados, en el corazón virgen de regiones deshabitadas tan vastas como la misma Europa. La verdadera naturaleza de la situación se apoderó de él con un efecto de deleite y asombro que su imaginación era plenamente capaz de apreciar. Solo estaban él y Défago contra una multitud, al menos, contra un Titán.

Los sombríos esplendores de estos bosques remotos y solitarios más bien lo abrumaron con la sensación de su propia pequeñez. Los infinitos bosques azules que se balanceaban en el horizonte, severos y enmarañados, parecían ser despiadados y terribles. Entendió la advertencia silenciosa. Se dio cuenta de su propia impotencia. Solo Défago, como símbolo de una civilización lejana donde el hombre era maestro, se interponía entre él y una muerte implacable por el agotamiento y el hambre.

Fue emocionante para él, por lo tanto, ver a Défago voltear la canoa en la orilla, empacar las palas cuidadosamente debajo, y luego marcar los tallos de abeto a cierta distancia a ambos lados de un sendero casi invisible, con un comentario lanzado al descuido, "oiga, Simpson, si algo me pasa, encontrará la canoa fácilmente siguiendo estas marcas; luego diríjase al oeste, siguiendo el sol para encontrar el campamento de nuevo. ¿Me entiende?".

Era lo más natural del mundo, y él lo dijo sin ninguna inflexión notable de la voz, solo que en ese momento expresaba las emociones del joven con una expresión que simbolizaba la situación y su propia impotencia como un factor más. Estaba solo con Défago en un mundo primitivo, eso era todo. La canoa, otro símbolo de la ascendencia del hombre, ahora debía ser dejada atrás. Esos pequeños parches amarillos, hechos en los árboles con el hacha, eran las únicas indicaciones de su escondite.

Mientras tanto, acarreando las mochilas entre ellos, cada uno con su propio rifle, siguieron un rastro casi imperceptible sobre rocas y troncos caídos y a través de pantanos semicongelados; bordeando numerosos lagos que festoneaban el bosque, sus orillas cubiertas con niebla; y hacia las cinco en punto se encontraron repentinamente en el borde del bosque, mirando a través de una gran lámina de agua frente a ellos, salpicada de islas cubiertas de pinos de todas las formas y tamaños que se pueden describir.

"El Lago de las Cincuenta Islas", anunció Défago con cansancio, "¡y el sol está por sumergir su calva en él!", agregó, con poesía inconsciente; e inmediatamente se pusieron a preparar el campamento para pasar la noche.

En unos pocos minutos, bajo esas hábiles manos que nunca hacían un movimiento demasiado lento o demasiado pequeño, la tienda de seda estaba armada, tensa y acogedora, las camas de ramas de bálsamo listas y un fuego de cocción enérgica ardía con el mínimo humo... Mientras el joven escocés limpiaba los peces que habían atrapado con un anzuelo, colocado a la popa de la canoa, Défago dijo que daría una vuelta a través de los matorrales en busca de rastros de alces. "Puedo llegar a encontrar un tronco donde frotan sus cuernos", dijo mientras se alejaba, "o encontrarlos alimentándose de las últimas hojas de arce".

Su pequeña figura se mezcló con el atardecer, como una sombra, mientras que Simpson notó con una especie de admiración la facilidad con que el bosque lo absorbió en su interior. Unos pocos pasos, y ya no era visible.

Sin embargo, había poca maleza por allí; los árboles estaban un poco separados, bien espaciados; y en los claros crecían abedules y arces plateados, con forma de lanza y esbeltos, contra los inmensos troncos de los abetos y las cicutas. De no ser por algunos troncos derribados, de monstruosas proporciones, y las grandes rocas grises que sobresalían de la tierra aquí y allá, bien podría haber sido un parque en el Viejo País. Uno hasta podría haber visto en ellos la mano del hombre. Un poco a la derecha, sin embargo, comenzaba una gran área quemada, llamada el *Brûle*, donde las fuegos se habían desatado durante semanas, el año anterior, y los tocones ennegrecidos ahora se veían demacrados y feos, desprovistos de ramas, como gigantescas cabezas de fósforos pegadas al suelo, salvajes y desolados más allá de las palabras. El perfume de carbón y las cenizas empapadas por la lluvia todavía colgaban débilmente sobre el lugar.

El atardecer se profundizó rápidamente; los claros se oscurecieron; el crepitar del fuego y el golpetear de pequeñas olas a lo largo de la orilla rocosa del lago eran los únicos sonidos audibles. El viento había cesado con la puesta del sol, y en todo ese vasto mundo de ramas nada se movía. Al parecer, en cualquier momento, los dioses del bosque, a quienes se debe adorar en silencio y soledad, podían estirar sus poderosos y terribles miembros entre los árboles. Al frente, a través de puertas apiladas por enormes troncos rectos, yacía el tramo de el Lago de las Cincuenta Islas, un lago con forma de media luna, de unos 25 kilómetros, de punta a punta, y quizás 8 kilómetros de ancho, desde donde ellos estaban acampados. Un cielo de rosas y azafrán, más claro que cualquier otro que Simpson hubiera visto, todavía dejaba caer sus pálidos rayos sobre las olas, donde las islas –cien, seguramente, en lugar de cincuenta– flotaban como las hadas de alguna flota encantada. Rodeadas de pinos, cuyas crestas se estiraban delicadamente hacia el cielo, casi parecían moverse hacia arriba cuando la luz se desvanecía, a punto de levantar ancla y navegar por los caminos del cielo en lugar de las corrientes de su desolado lago nativo.

Y tiras de nubes de colores, como pendones ostentosos, señalaban su partida hacia las estrellas...

La belleza de la escena era extrañamente inspiradora. Simpson ahumó el pescado y quemó sus dedos, al esforzarse por disfrutar la escena y al mismo tiempo atender la sartén y el fuego. Sin embargo, siempre en el fondo de sus pensamientos, asomaba ese otro aspecto del desierto: la indiferencia hacia la vida humana, el espíritu despiadado de la desolación a la que no le importa el hombre. La sensación de su completa soledad, ahora que hasta Défago se había ido, se acrecentó mientras miraba a su alrededor y escuchaba el sonido de los pasos que regresaban de su compañero.

La sensación era placentera, pero con ella se asociaba una preocupación perfectamente comprensible. E instintivamente, pensó: "¿Qué debo hacer, ¿o puedo hacer, si le pasa algo y él no regresa?".

Disfrutaron de su merecida cena, comieron tanto pescado como quisieron y bebieron un té lo suficientemente fuerte como para matar a hombres que no habían recorrido cuarenta y ocho kilómetros, remando y caminando, comiendo poco a lo largo del difícil camino. Y cuando todo terminó, fumaron y contaron historias alrededor del fuego chisporroteante, riendo, estirando las piernas cansadas y discutiendo los planes para el mañana. Défago estaba de muy buen humor, aunque decepcionado por no tener señales de alce para informar. Pero estaba oscuro y no había ido muy lejos. El *brûle*, no era un buen sitio. Su ropa y sus manos estaban manchadas de carbón. Simpson, observándolo, se dio cuenta con renovada intensidad de su situación, los dos solos en el bosque salvaje.

"Défago", dijo, "estos bosques, ya sabes, son un poco demasiado grandes como para sentirme en casa, para sentirme cómodo, quiero decir... ¿Eh?". Simplemente le dio expresión al estado de ánimo del momento; Apenas estaba preparado para la seriedad, incluso la solemnidad, con la que el guía respondió.

"Lo ha expresado bien, Simpson, jefe", respondió él, fijando sus ojos castaños en su rostro, "y esa es la verdad, claro. No tienen límite, ningún tipo de límite". Luego añadió en tono más bajo, como para sí mismo, "¡muchos descubrieron eso, y se hicieron pedazos!".

Pero la gravedad de la manera del hombre no era del agrado del otro; era un poco demasiado sugerente para este escenario y esta situación. Lamentaba haber abordado el tema. Recordó repentinamente cómo su tío le había dicho que los hombres a veces se veían afectados por una extraña fiebre del desierto, cuando la seducción de los lugares deshabitados los atrapa tan ferozmente que siguen adelante, medio fascinados, medio enloquecidos, hasta hallar la muerte. Y tuvo la astuta idea de que su compañero estaba afectado por ese tipo de fascinación. Dirigió la conversación a otros temas, a Hank y el doctor, por ejemplo, y la rivalidad natural en cuanto a quién debería ser el primero en encontrar los alces.

"Si se fueron al oeste", observó Défago descuidadamente, "hay casi cien kilómetros entre ellos y nosotros, con el viejo Punk en el centro, llenándose a reventar de pescado y café". Se rieron juntos al imaginárselo. Pero la mención casual de la distancia, nuevamente hizo que Simpson se diera cuenta de la prodigiosa escala de esta tierra donde cazaban; cien kilómetros era un simple paso. Doscientos poco más que un paso. Historias de cazadores perdidos surgían, insistentes, en su memoria. Pensar en la pasión y el misterio de hombres errantes y sin hogar, seducidos por la belleza de los grandes bosques, lo perturbaba de una manera demasiado vívida como para ser agradable. Se preguntó vagamente si era el estado de ánimo de su compañero, lo que suscitaba con tanta persistencia esas ideas perturbadoras.

"Cante una canción, Défago, si no está demasiado cansado", le pidió. "Una de esas viejas canciones de viajeros como la que cantó la otra noche". Le entregó al guía su bolsa de tabaco y luego llenó su propia pipa, mientras que el canadiense, para nada opuesto, envió su suave voz a través del lago en uno de esos cantos, casi lamentos melancólicos, con los cuales los madereros y tramperos disminuyen la carga de su trabajo. Tenía un tono atractivo y romántico, algo que recordaba la atmósfera de los viejos tiempos de los pioneros, cuando los indios y los bosques estaban unidos, las batallas eran frecuentes y el viejo país estaba más alejado que hoy en día. Su canto se extendió placenteramente sobre el agua, pero el bosque a sus espaldas parecía tragarlo por completo, sin permitir ecos ni resonancias.

Fue en el medio del tercer verso que Simpson notó algo inusual, algo que hizo que sus pensamientos regresaran de las escenas lejanas al presente. Un curioso cambio se había producido en la voz de Défago. Incluso antes de que supiera qué era, la inquietud lo atrapó, y al levantar los ojos rápidamente, vio que Défago, aunque todavía cantaba, estaba mirando a su alrededor, hacia el matorral, como si escuchara o viera algo. Su voz se hizo más débil, se hizo inaudible, y luego cesó por completo. En el mismo instante, con un movimiento sorprendentemente alerta, se puso de pie, olfateando el aire, como un perro siguiendo un rastro; aspiró el aire por su nariz, con respiraciones cortas y profundas, girando rápidamente en todas las direcciones, y finalmente "apuntando" hacia la orilla del lago, hacia el este. Fue una actuación desagradablemente sugestiva y al mismo tiempo singularmente dramática. El corazón de Simpson latía con angustia mientras lo observaba.

"¡Hombre, por Dios! ¡Cómo me alarmó!", exclamó, poniéndose de pie junto a él en el mismo instante, y mirando por encima del hombro al mar de la oscuridad. "¿Que pasa? ¿Está asustado?".

Antes de terminar su pregunta, se dio cuenta que había dicho una tontería, ya que cualquier hombre con un par de ojos en la cara podía ver que el canadiense se había puesto blanco de miedo. Ni siquiera su piel bronceada y el resplandor del fuego podían ocultar eso.

El alumno sintió que temblaba un poco, sus rodillas flaqueaban. "¿Qué pasa?", repitió rápidamente. "¿Huele a alce, o algo raro, hay algún problema?". Bajó su voz instintivamente.

El bosque los rodeaba como una muralla circundante; los tallos de los árboles más cercanos brillaban como bronce a la luz del fuego; más allá de ellos, solo estaba la oscuridad y un silencio de muerte. Justo detrás de ellos, una ráfaga de viento que pasaba levantó una sola hoja, y luego la volvió a dejar caer suavemente sin mover las otras hojas. Parecía como si un millón de causas invisibles se hubieran combinado, para mover esa hoja. Otra vida había palpitado junto a ellos, y se había ido.

Défago se volvió bruscamente; el tono lívido de su rostro se había convertido en un gris sucio.

"Nunca dije que escuché, o que olí, nada", dijo lenta y enfáticamente, con una voz extrañamente alterada que transmitía de alguna manera un toque de desafío. "Solo estaba echando un vistazo alrededor, por así decirlo. Es un error que se apure tanto a preguntar, y saque conclusiones equivocadas". Luego agregó de repente con un esfuerzo obvio, con una voz más normal: "¿Tiene las cerillas, jefe Simpson?". Y procedió a encender la pipa, que había llenado a medias, justo antes comenzar a cantar.

Sin decir una palabra más, volvieron a sentarse junto al fuego. Défago cambió de costado para que pudiera mirar la dirección de donde venía el viento. Incluso un novato habría notado que Défago cambió su posición para poder oír y oler, todo lo que había que escuchar y oler. Y, dado que ahora miraba al lago y le daba las espaldas a los árboles, evidentemente la extraña advertencia que tanto había alarmado su fina sensibilidad, no había venido del bosque.

"Ya no tengo ganas de cantar", dijo por su propia iniciativa. "Ese tipo de canciones me traen recuerdos perturbadores. Nunca debería de haber cantado eso. Me hace imaginar cosas ¿entiende?".

Claramente el hombre todavía estaba alterado por una emoción profundamente conmovedora. Deseaba disculparse ante los ojos del otro. Pero la explicación, en el sentido de que solo era una parte de la verdad, era una mentira, y sabía perfectamente que no había convencido a Simpson. Porque el terror lívido que había caído sobre su rostro mientras estaba parado allí olfateando el aire, no podía explicarse. Y nada –ni la fogata ardiente, ni la charla sobre temas comunes–, podía devolverles la tranquilidad perdida. La sombra de un horror desconocido, que se había mostrado por un instante en la cara y los gestos del guía, también se había comunicado, vagamente, pero también multiplicada, a su compañero. Los patentes esfuerzos del guía por disimular la verdad solo empeoraron las cosas. Además, para aumentar la inquietud del hombre más joven, le resultaba difícil, o más bien imposible exigir a Défago una aclaración, sumado también a su completa ignorancia sobre las posibles causas. Los indios, animales salvajes, incendios forestales, todo esto, él lo sabía, no tenía nada que ver con lo que había pasado. Su imaginación intentaba hallar una explicación, pero en vano...

***

Sin embargo, de una manera u otra, después de otro largo período de fumar, hablar y asarse frente al gran fuego, la sombra que tan repentinamente había invadido su pacífico campamento comenzó a disiparse. Quizás los esfuerzos de Défago, o el regreso de su actitud tranquila y normal lograron esto; quizás el mismo Simpson había exagerado el asunto fuera de toda real proporción; o posiblemente el vigoroso aire del bosque los tranquilizó. Cualquiera que fuera la causa, el sentimiento de horror inmediato parecía haber desaparecido tan misteriosamente como había aparecido, porque no sucedió nada que lo renovara. Simpson comenzó a sentir que se había aterrorizado irracionalmente como si aún fuera un chiquillo. Lo atribuyó en parte a cierta excitación subconsciente, que el escenario de la inmensidad salvaje comunicaba a su sangre, en parte al hechizo de la soledad y en parte a la fatiga excesiva. La palidez en la cara de la guía era, por supuesto, muy difícil de explicar, pero podría deberse de alguna manera a un efecto de la luz del fuego, o a su propia imaginación... Decidió concederle el beneficio de la duda. Simpson era escocés.

Después de sentir una emoción extraordinaria, la mente siempre encuentra una docena de formas de explicar sus causas... Simpson encendió una última pipa y trató de reírse de sí mismo. Cuando estuviera de vuelta en su casa en Escocia, esa sería una buena historia. No se dio cuenta de que esta risa era una señal de que el terror aún acechaba en los rincones de su alma; que, de hecho, era simplemente una de las señales convencionales, que indica que un hombre, muy asustado, intenta convencerse a sí mismo de que no lo está.

Défago, sin embargo, escuchó esa risa baja y levantó los ojos, con una expresión de asombro. Los dos hombres estaban de pie, lado a lado, apagando las brasas antes de irse a la cama. Eran las diez en punto, una hora tardía para que los cazadores permanecieran despiertos.

"¿En qué está pensando?", Preguntó en su tono normal, pero con gravedad.

"Yo... estaba pensando en nuestros pequeños bosques de juguete en casa, justo en este momento", balbuceó Simpson, volviendo a lo que realmente dominaba su mente, y sorprendido por la pregunta, "y comparándolos con todo esto", y moviendo el brazo para indicar la espesura.

Siguió una pausa en la que ninguno de los dos dijo nada.

"De todos modos, no me reiría de eso, si estuviera en su lugar", agregó Défago, mirando por encima del hombro de Simpson hacia las sombras. "Hay lugares allí que nadie verá nunca, nadie sabe lo que se oculta en esos lugares".

"¿Demasiado grande, demasiado lejos?". Lo que sugería la expresión del guía era inmenso y horrible.

Défago asintió. La expresión de su rostro era sombría. También él estaba perturbado. El hombre más joven comprendió que en un bosque salvaje tan extenso podría haber profundidades que nunca serían conocidas ni holladas por el hombre mientras el mundo existiera. El pensamiento no era exactamente acogedor. En voz alta, alegremente, sugirió que era hora de acostarse. Pero el guía se quedó jugueteando con el fuego, arreglando las piedras innecesariamente, haciendo una docena de cosas que realmente no eran necesarias. Evidentemente, había algo que quería decir, pero le resultaba difícil expresarlo.

"Oiga, jefe Simpson", comenzó de repente, mientras la última lluvia de chispas se elevaba en el aire, "no huele nada, ¿verdad? Nada en especial, quiero decir?". Simpson se dio cuenta que esa simple pregunte, escondía una seria preocupación. Un escalofrío le recorrió la espalda.

"Nada más que madera quemada", respondió con firmeza, pateando de nuevo las brasas. El sonido de su propio pie lo sobresaltó.

"¿Y no percibió ningún olor extraño durante toda la tarde?". Insistió el guía, mirándolo a por encima del brillo de las brasas. "¿Nada extraordinario, y diferente a cualquier otra cosa que haya olfateado antes?".

"No, no, hombre; ¡Nada de nada!", respondió él agresivamente, un poco enojado.

La cara de Défago se aclaró. "¡Eso es bueno!", exclamó con claro alivio. "Me alegra escuchar eso".

"¿Y usted?", preguntó Simpson bruscamente, y en el mismo instante lamentó haber hecho la pregunta.

El canadiense se acercó en la oscuridad. Sacudió la cabeza. "Supongo que no", dijo, aunque sin gran convicción. "Debe haber sido solo esa canción mía la que lo provocó. Es la canción que cantan en los campamentos madereros y en lugares dejados de la mano de Dios, como este, cuando están asustados porque ronda el Wendigo, a su alrededor".

"¿Y qué es el Wendigo, si me lo puede decir?", Preguntó Simpson rápidamente, irritado porque, una vez más, no pudo evitar ese temblor repentino de los nervios. Sabía que estaba acercándose a la causa del terror que atenazaba a Défago. Sin embargo, una apasionada curiosidad superó su mejor juicio y su miedo.

Défago se volvió rápidamente y lo miró como si estuviera por soltar un chillido. Sus ojos brillaban, pero su boca estaba bien abierta. Sin embargo, todo lo que dijo, o más bien susurró, ya que su voz era muy baja, fue: "Es una tontería, una tontería, pero lo que esos perdedores creen cuando bebieron demasiado; es una especie de animal grande que vive más lejos", él sacudió la cabeza apuntando hacia el norte, "que viaja rápido como el rayo, es más grande que cualquier otra cosa en los bosques, y no es nada bueno llegar a verlo, ¡eso es todo!".

"Una superstición de los bosques", comenzó Simpson, moviéndose apresuradamente hacia la tienda para sacudirse la mano del guía que lo sujetaba por el brazo. "¡Venga, venga, apúrese, por el amor de Dios, y encienda la linterna! Es hora de que estemos en la cama y durmiendo si vamos a salir con el sol mañana...".

El guía estaba pisándole los talones. "Ya voy", respondió desde la oscuridad, "ya voy." Y después de un ligero retraso, apareció con la linterna y la colgó de un clavo en el poste delantero de la tienda. Las sombras de un centenar de árboles cambiaron de lugar rápidamente mientras lo hacía, y cuando tropezó con la cuerda, zambulléndose rápidamente dentro, toda la tienda tembló como si una ráfaga de viento la golpeara.

Los dos hombres se acostaron, sin desvestirse, sobre sus lechos de suaves ramas de bálsamo, acomodadas habilidosamente. En el interior, todo era cálido y acogedor, pero afuera, un mundo de árboles se apiñaba apretadamente alrededor de ellos, sumando sus millones de sombras y asfixiando la pequeña carpa que estaba allí como una pequeña concha blanca frente al océano de un bosque tremendo.

Sin embargo, entre las dos figuras solitarias que estaban adentro, se proyectaba también, otra sombra que no era la de la noche. Era la sombra proyectada por el extraño temor, nunca completamente exorcizada, que había saltado repentinamente sobre Défago en medio de su canto. Y Simpson, mientras yacía allí, vigilando la noche a través de la solapa abierta de la tienda, listo para sumergirse en el fragante abismo del sueño, conoció por vez primera esa singular y profunda quietud del bosque primitivo, cuando no sopla el viento... y cuando la noche tiene peso y sustancia, que entra en el alma para cubrirla con un velo... Luego el sueño lo venció...

III

Así parecía, al menos. Sin embargo, era cierto que el golpetear del agua, justo al otro lado de la entrada de la tienda, seguía marcando el paso el tiempo con sus pulsos, cuando se dio cuenta de que estaba acostado con los ojos abiertos y que otro sonido se había insinuado recientemente, con un astuto disimulo, entre el chapoteo y el murmullo de las pequeñas olas.

Y mucho antes de que entendiera qué era este sonido, se despertaron en él sentimientos de pena y alarma. Escuchó atentamente, aunque al principio en vano, porque su pulso agitado, parecía ahogar todos los otro sonidos. ¿Venía, se preguntó, del lago o del bosque?...

Entonces, de repente, con el corazón agitado, supo que estaba cerca de él, en la tienda; y, cuando se dio la vuelta para una mejor audición, lo escuchó de manera inequívoca, al lado suyo. Era un sonido de llanto; Défago, sobre su lecho de ramas, estaba sollozando en la oscuridad como si su corazón se rompiera, las mantas amontonadas contra su boca para sofocar su llanto.

Y su primer sentimiento, antes de que pudiera pensar o reflexionar, fue una conmovedora y penetrante ternura. Este sonido íntimo, humano, escuchado en medio de la desolación que los rodeaba, despertó su compasión. Era tan incongruente, tan lamentablemente incongruente... ¡y tan inútil! Lágrimas, en este vasto y cruel bosque, ¿de qué servían? Pensó en un niño pequeño que lloraba en medio del Atlántico... Luego, por supuesto, con una comprensión más completa, al recordar lo que había sucedido antes, el terror cayó sobre él y su sangre se enfrió.

"Défago", susurró rápidamente, "¿qué pasa?" Trató de hacer su voz muy suave. "¿Está dolorido, acongojado?". No hubo respuesta, pero los sonidos cesaron bruscamente. Extendió la mano y lo tocó. El cuerpo no se movió.

"¿Está despierto?". Porque se le ocurrió que el hombre estaba llorando mientras dormía. "¿Tiene frío?". Se dio cuenta de que sus pies, que estaban descubiertos, se proyectaban más allá de la boca de la tienda. Extendió un pliegue extra de sus propias mantas sobre ellos. El guía se había deslizado en su cama, y las ramas parecían haber sido arrastradas con él. Tenía miedo de volver a tirar del cuerpo, por temor a despertarlo.

Aventuró suavemente una o dos preguntas tentativas, pero aunque esperó varios minutos, no hubo respuesta ni señal de movimiento. En ese momento escuchó su respiración regular y tranquila, y, al ponerle la mano en el pecho, sintió que subía y bajaba con regularidad.

"Déjeme saber si algo está mal", susurró, "o si puedo hacer algo. Despiérteme de inmediato si se siente... raro".

No sabía qué decir. Se acostó de nuevo, pensando y preguntándose qué significaba todo eso. Défago, por supuesto, había estado llorando mientras dormía. Algún sueño u otro lo había afligido. Sin embargo, nunca en su vida olvidaría ese lamentable sonido de sollozos y la sensación de que todo el bosque solitario los escuchaba...

Su propia mente se ocupó durante mucho tiempo, con los acontecimientos recientes, entre los cuales este último suceso se sumó al misterio, y aunque su razón rechazó con éxito todas las sugerencias desagradables que le venían a la mente, no pudo evitar una sensación de inquietud, que no se iba, muy profunda y extraña, más allá de lo ordinario.

IV

Pero el sueño, a la larga, es más fuerte que todas las emociones. Sus pensamientos divagaban; yacía allí, caliente como una tostada, muy cansado; la noche lo calmaba y reconfortaba, difuminando su memoria y sus preocupaciones. Media hora más tarde, él estaba ajeno a todo lo que lo rodeaba en el mundo exterior.

Sin embargo, el sueño, en este caso, era su gran enemigo, ocultando todo lo que pudiera acercarse, sofocando la advertencia de sus nervios.

Como a veces, en una pesadilla, los eventos se amontonan con la convicción de la realidad más terrible, pero algunos detalles inconsistentes indican que es una proyección quimérica e irreal, de la misma forma, los eventos consiguientes, aunque sucedieron en la realidad, sugerían que el detalle que podía explicarlos había sido pasado por alto en la confusión. Por lo tanto todo eso solo era cierto parcialmente, el resto era una fantasía. En el fondo de una mente dormida algo permanece despierto, listo para emitir el juicio: "Todo esto no es del todo real; cuando despiertes lo entenderás".

Y eso, de alguna manera, le pasó a Simpson. Los eventos, que no eran del todo inexplicables o increíbles en sí mismos, formaban, para el hombre que los vio y los escuchó, una secuencia de hechos horribles, pero inconexos, porque la pequeña pieza que pudo haber aclarado el rompecabezas no fue encontrada o fue pasada por alto.

Por lo que puede recordar, fue un movimiento violento, que atravesaba la tienda, yendo hacia la puerta, lo que lo despertó primero y lo hizo darse cuenta de que su compañero estaba sentado, erguido y temblando, a su lado. Debían de haber pasado varias horas, porque el brillo pálido del amanecer revelaba su silueta contra la tela de la tienda. Esta vez el hombre no estaba llorando; pero temblaba como una hoja; un temblor que el sentía claramente a través de las mantas y a lo largo de todo su cuerpo. Défago se había acurrucado contra él para protegerse, alejándose de algo que aparentemente se ocultaba junto a la entrada de la pequeña tienda.

Entonces, Simpson preguntó en voz alta una cosa u otra –con el desconcierto del despertar no recuerda exactamente qué–, y el hombre no respondió. La situación parecía ser una verdadera pesadilla, que le dificultaba tanto el movimiento como el habla. Al principio, de hecho, no estaba seguro de dónde estaba, ya fuera en uno de los campamentos anteriores, o en su casa, en su cama en Aberdeen. Estaba muy confuso y preocupado.

Y luego, casi simultáneamente con su despertar completo, la profunda quietud del alba fue quebrada por un sonido muy poco común. Vino sin previo aviso, sin que se escuchara nada previamente; y fue indeciblemente terrible. Era una voz, declara Simpson, posiblemente una voz humana; ronca pero quejumbrosa, una voz suave y rugiente a la vez, cercana a la tienda, aunque parecía venir de cierta altura. De inmenso volumen, pero asimismo, de alguna forma extraña, muy dulce y seductora. Sonaba, como tres notas separadas y distintas, o gritos, que de alguna manera insólita, lejana, pero aún así reconocible, parecían decir el nombre del guía "¡Dé-fa-go!".

El estudiante admite que es incapaz de describirlo de manera clara, ya que no se parecía a ningún sonido que hubiera escuchado antes, y combinaba una mezcolanza de cualidades contradictorias. La describe como "una especie de voz ventosa y doliente", "algo solitario e indomable, salvaje y abominablemente poderoso...".

E, incluso antes de que cesara, y volviera a reinar el silencio, el guía, que seguía a su lado se había puesto de pie, gritando una respuesta ininteligible. Chocó torpe y violentamente contra el poste de la tienda, sacudiendo toda su estructura, extendió los brazos frenéticamente para obtener más espacio y pateó vigorosamente, para librarse de las mantas que tenía encima. Por un segundo, tal vez dos, se quedó de pie junto a la entrada, su contorno oscuro destacado contra la palidez del alba; luego, antes de que su compañero pudiera mover una mano para detenerlo, se lanzó hacia delante, velozmente, como zambulléndose, a través de la entrada de la carpa, y desapareció. Y a medida que avanzaba, tan asombrosamente rápido que su voz iba decreciendo a medida que se alejaba, gritaba, con terror angustiado, que al mismo tiempo sugería –extrañamente– un deleite frenético.

"¡Oh! ¡Oh! Mis pies de fuego! ¡Mis ardientes pies de fuego! Oh! ¡Oh! ¡Qué altura, qué carrera abrasadora!".

Finalmente la distancia acalló sus gritos, y el profundo silencio de la madrugada volvió a descender sobre el bosque.

Todo se había producido con tal rapidez que, si no fuera por la evidencia de la cama vacía que tenía a su lado, Simpson casi podría haber creído que su recuerdo era una pesadilla del mundo de los sueños. Todavía sentía la cálida presión de ese cuerpo desaparecido contra su costado; allí yacía el montón de mantas retorcidas; la misma tienda aún temblaba con la vehemencia de su impetuosa partida. Las extrañas palabras resonaban en sus oídos, como si todavía las oyera en la distancia, el lenguaje salvaje de una mente enferma. Además, no solo los sentidos de la vista y el oído informaban cosas extrañas a su cerebro, ya que incluso mientras Défago lloraba y corría, se había dado cuenta de que un extraño perfume, débil pero picante, invadía el interior de la tienda. Y no fue hasta en ese momento, al parecer, cuando fue consciente que sus fosas nasales estaban llevando ese olor desagradable dentro de su garganta, que tomo ánimos, se puso rápidamente de pie, y salió de la tienda.

La luz gris del amanecer, que caía fría y resplandeciente entre los árboles, mostraba la escena bastante claramente. Allí estaba la tienda detrás de él, empapada de rocío; las cenizas oscuras del fuego, todavía estaban cálidas; el lago, blanco bajo una capa de niebla. Contempló las islas, que se alzaban, oscurecidas como objetos envueltos en lana; y parches de nieve más allá entre los espacios más claros del matorral; todo frío, quieto, esperando el sol. Pero en ninguna parte se veía signo alguno del guía desaparecido, que seguramente, todavía continuaba su carrera frenética a través de los bosques congelados. Ni siquiera se oían sus pasos en la distancia, ni los ecos de su voz agonizante. Definitivamente se había ido.

No había nada más; excepto el sentido de su reciente presencia, que perduraba fuertemente en el campamento; y ese olor penetrante y omnipresente.

E incluso eso, estaba desapareciendo rápidamente. A pesar de su gran confusión, Simpson se esforzó por detectar y definir su naturaleza, pero la determinación de un olor esquivo, no reconocido de inmediato, es una operación muy sutil de la mente. Y él falló. El olor se había ido antes de que pudiera apropiarse del mismo o nombrarlo adecuadamente. Incluso, su descripción aproximada era difícil, porque era diferente a cualquier otro olor que conociera. Más bien agrio, no como el olor de un león, pensó, pero más suave y no del todo desagradable, con algo casi dulce que le recordaba el olor de las hojas en descomposición del jardín, la tierra y la gran cantidad de perfumes sin nombre que forman el aroma de un gran bosque. Sin embargo, el "olor de los leones" es la frase que mejor lo definía.

Luego, el olor desapareció por completo, y se encontró de pie junto a las cenizas del fuego, en un estado de estupor y miedo que lo dejaba a merced de cualquier cosa que pudiera suceder. Si en ese instante, una rata almizclera hubiera asomado su hocico puntiagudo sobre una roca, o una ardilla se hubiera escabullido por la corteza de un árbol, lo más probable es que se hubiera desmayado sin más dilación. Porque sentía que había estado en contacto con un grandioso Horror Exterior... y todavía no había tenido tiempo para recuperarse y recobrar su autocontrol.

Sin embargo nada sucedió. Un gran soplo de viento corrió suavemente a través del bosque que despertaba, y unas pocas hojas de arce, aquí y allá, cayeron temblorosamente hacia la tierra. El cielo pareció aclararse repentinamente. Simpson sintió el aire fresco sobre su mejilla y su cabeza descubierta; se dio cuenta de que estaba temblando de frío; y, haciendo un gran esfuerzo, entonces se dio cuenta de que estaba solo en el bosque, y que debía tomar medidas inmediatas para encontrar y socorrer a su compañero desaparecido.

De manera que hizo un esfuerzo, aunque mal calculado y fútil. Con ese bosque ominoso a su alrededor, la lámina de agua que lo cortaba por detrás y el horror de ese grito salvaje en su sangre, hizo lo que cualquier otro hombre sin experiencia hubiera hecho ante semejante desconcierto: corrió por allí, sin ningún sentido de dirección, como un niño frenético, llamando en voz alta y repitiendo sin cesar el nombre del guía:

"Défago! Défago! ¡Défago!", Gritó, y los árboles le devolvieron el nombre tan a menudo como lo gritó, solo un poco ablandado "¡Défago! Défago! ¡Défago!".

Siguió el sendero que se extendía a corta distancia a través de los parches de nieve, y luego lo perdió de nuevo, donde los árboles crecían demasiado gruesos para que la nieve yaciera. Gritó hasta que estuvo ronco, y hasta que el sonido de su propia voz en todo ese mundo desierto y silencioso comenzó a asustarlo. Su confusión aumentó en proporción directa a la violencia de sus esfuerzos. Su angustia se incrementó, hasta que, por fin, fracasados sus intentos, y por puro agotamiento, se dirigió de nuevo al campamento.

Fue una maravilla que haya sido capaz de encontrar el camino de regreso, aunque fue con gran dificultad, y solo después de seguir innumerables pistas falsas, que por fin vio la carpa blanca entre los árboles, y así alcanzó la seguridad.

El agotamiento luego aplicó su propio remedio, y él se calmó. Hizo el fuego y desayunó. El café caliente y el tocino le restauraron un poco el sentido común y el juicio, y se dio cuenta de que se había estado comportándose como un niño. Ahora hizo otro intento, más exitoso, de enfrentar la situación de manera adecuada, y, como era atrevido por naturaleza, decidió que primero debía realizar una búsqueda lo más exhaustiva posible. De no tener éxito, volvería por el camino que llevaba al campamento principal, y traería ayuda.

Y eso fue lo que hizo. Tomó alimentos, fósforos, un rifle, y una pequeña hacha para marcar los árboles para su viaje de regreso y se puso en marcha. Eran las ocho en punto cuando comenzó, el sol brillaba sobre las copas de los árboles en un cielo sin nubes. Pinchada en una estaca junto al fuego, dejó una nota, en caso de que Défago regresara mientras él estaba fuera.

Esta vez, de acuerdo con un plan cuidadoso, tomó una nueva dirección, con la intención de hacer un barrido amplio que tarde o temprano se cruzaría con el rastro del guía; y, antes de recorrer un tercio de kilómetro, vio las huellas de un animal grande en la nieve y, junto a ellas, las huellas ligeras y más pequeñas de unos pies indudablemente humanos, los pies de Défago. El alivio que experimentó de inmediato fue natural, aunque breve; porque a primera vista vio en estas huellas una explicación simple de todo el asunto: estas grandes marcas seguramente habían sido dejadas por un alce que se había acercado, y lanzó su singular bramido de advertencia y alarma, cuando encontró el campamento. Défago, en quien el instinto de caza estaba desarrollado hasta una extraña perfección, había olfateado a la bestia que se acercaba, en el viento, horas antes. Su emoción y desaparición se debieron, por supuesto, a - a - su..

Finalmente se dió cuenta que esa explicación era imposible, ya que el sentido común le mostró sin piedad que nada de esto era cierto. ¡Ningún guía, y mucho menos un guía como Défago, podría haber actuado de una manera tan irracional, lanzándose al medio del bosque sin llevar ni siquiera su rifle...! Decidió que todo el asunto requería una explicación mucho más complicada, cuando recordó todos los detalles: el grito de terror, la extraña voz, su horror cuando sus fosas nasales captaron por primera vez el nuevo olor, ese ahogado sollozo en la oscuridad; y otra cosa, que ahora recordaba parcialmente, la aversión que Défago había mostrado originalmente hacia ese lugar...

Además, ahora que las examinó más de cerca, ¡esas no eran en absoluto las huellas de un alce! Hank le había explicado el perfil de los cascos de un alce, de una vaca o ternero, también, para el caso; los había dibujado claramente en una tira de corteza de abedul. Y estos eran completamente diferentes. Eran grandes, redondos, amplios, y sin un contorno puntiagudo como de cascos afilados. Se preguntó por un momento si las huellas de los osos eran así. No había ningún otro animal en el que pudiera pensar, porque el caribú no llegaba tan al sur en esa temporada, e incluso si lo hiciera, dejaría marcas de pezuñas.

Eran signos siniestros, misteriosos escritos dejados en la nieve por la criatura desconocida que había arrastrado a un ser humano lejos de la seguridad, y cuando los combinó en su imaginación con ese sonido inquietante que rompió la quietud del amanecer, se sintió aturdido, angustiado más de lo que pudiera creerse. Sintió el aspecto amenazador de todo lo que había pasado. Y, al inclinarse para examinar las marcas más de cerca, percibió un leve olor, ese olor dulce pero penetrante que lo hizo enderezarse al instante, luchando contra una sensación casi de náusea.

Entonces su memoria le jugó otro mal truco. De repente recordó aquellos pies descubiertos que se proyectaban más allá del borde de la tienda y la apariencia del cuerpo de haber sido arrastrado hacia la abertura; el hombre se estaba encogiendo, asustado de algo junto a la entrada, cuando se despertó más tarde. Los detalles ahora sacudían su mente temblorosa con un ataque concertado; parecían agolparse en esos espacios profundos del bosque silencioso que lo rodeaba, donde el grupo de árboles estaba esperando, escuchando, observando lo que él haría. Los bosques se cerraban a su alrededor.

Sin embargo, con la persistencia del verdadero coraje, Simpson avanzó, siguiendo las huellas lo mejor que pudo, sofocando esas desagradables emociones que buscaban debilitar su voluntad. Marcó innumerables árboles a medida que avanzaba, siempre temeroso de no poder encontrar el camino de regreso, mientras gritaba en voz alta, a intervalos de unos segundos el nombre del guía. El sordo golpeteo del hacha sobre los enormes troncos y el extraño sonido de su propia voz se convirtieron en unos sonidos que temía proferir, y no quería escuchar. Porque llamaban la atención sin cesar a su presencia y su denunciaban su ubicación, y si ese fuera realmente el caso, algo podía estar siguiéndolo a él, tal como él estaba siguiendo a otro...

Con un fuerte esfuerzo, aplastó el pensamiento en el instante en que surgió. Era el comienzo, se dio cuenta, de una diabólica confusión que lo destruiría rápidamente.

***

Aunque la capa de nieve no era continua, porque yacía meramente como una alfombra poco profunda sobre los espacios más abiertos, no tuvo ninguna dificultad para seguir las pistas durante los primeros kilómetros, porque iban en línea recta como una línea trazada con regla, al menos donde los árboles lo permitían. La distancia entre las pisadas pronto comenzó a incrementarse, hasta que tomó proporciones que parecían absolutamente imposibles para cualquier animal común. Parecían sugerir enormes saltos. Midió la distancia de uno de estos, y aunque sabía que la longitud, de casi seis metros, debía estar de algún modo equivocada, no pudo comprender por qué no encontró signos en la nieve entre los puntos extremos. Pero lo que lo dejó aún más perplejo, haciéndole sentir que su visión ya no era confiable, fue que las zancadas de Défago aumentaron de la misma manera, y finalmente cubrían las mismas distancias inconcebibles. Parecía que la gran bestia lo había levantado con él y lo había llevado a través de estos asombrosos saltos. Simpson, quien tenía las piernas mucho más largas, descubrió que no podía saltar ni siquiera la mitad de la distancia, ni aún tomando impulso.

Y la visión de estas enormes zancadas, corriendo lado a lado, la evidencia silenciosa de un terrible viaje en el que el terror o la locura habían llevado a resultados imposibles, fue profundamente conmovedora. Le conmovió en las profundidades secretas de su alma. Era la cosa más horrible que sus ojos habían visto. Comenzó a seguirlas mecánicamente, casi distraídamente, siempre mirando por encima del hombro para ver si él también estaba siendo seguido por algo con una pisada gigantesca... Y pronto se dio cuenta de que ya no se daba cuenta de lo que esto significaba, esas impresiones dejadas sobre la nieve por algo anónimo e indomable, siempre acompañadas de las huellas del pequeño francés canadiense, su guía, su compañero, el hombre con quien había compartido su tienda unas horas antes, charlando, riendo, incluso cantando a su lado...

V

Para un hombre de sus años e inexperiencia, conservar el equilibrio que él logró mantener a través de toda su aventura, solo fue posible debido a su prudencia escocesa, basada en el sentido común y la lógica. De lo contrario, las cosas que descubrió, mientras avanzaba con determinación, lo habrían enviado directamente de vuelta a la seguridad comparativa de su tienda, en lugar de aferrar el rifle, mientras que su corazón se encomendaba a Dios. Vio que ambas huellas habían sufrido un cambio, y este cambio, en lo que se refería a los pasos del hombre, era atrozmente indescifrable.

Fue en las zancadas más grandes que notó esto por primera vez, y durante mucho tiempo no pudo creer a sus ojos. ¿Eran las hojas que cubrían el suelo las que producían esos extraños efectos de la luz y la sombra, o la nieve seca, que se desplaza como el arroz finamente molido en los bordes, proyectando sombras y zonas resplandecientes? ¿O era en realidad el hecho de que las grandes marcas se habían coloreado ligeramente? Alrededor de los profundos hoyos del animal, se veía un tinte rojizo y misterioso que se parecía más a un efecto de la luz que a cualquier otra cosa que tiñera la nieve. Cada marca lo tenía, y ese tinte ardiente e indistinto que pintaba un nuevo toque de horror se acrecentaba más y más.

Pero cuando, totalmente incapaz de explicarlo o de reconocerlo, dirigió su atención a las otras huellas, para descubrir si ellas también mostraban un testimonio similar, se dio cuenta de que estas habían sufrido un cambio que era infinitamente peor y se notaba mucho más. En los últimos cien metros, más o menos, vio que habían crecido gradualmente hasta tener la misma apariencia que las otras pisadas. El cambio se había producido imperceptiblemente, pero era indudable, era difícil discernir dónde comenzaba a notarse. El resultado, sin embargo, era indiscutible. Las pisadas de Défago, más pequeñas, más nítidas, con un modelo más limpio, formaban ahora un duplicado exacto y detallado de las pisadas más grandes, que estaban a su lado. Los pies que las produjeron también habían cambiado. Y esto le provocó una sensación de repugnancia y terror.

Simpson vaciló por primera vez; en seguida, avergonzado de su alarma e indecisión, avanzó apresuradamente. Al siguiente momento se detuvo en seco. Inmediatamente frente a él cesaban todos los signos del sendero. Ambos rastros terminaban abruptamente. Buscó en vano el menor indicio de su continuidad, por todos lados, durante cien metros y aún más. Pero no había nada.

Los árboles eran muy gruesos en ese lugar, todos eran grandes árboles de abeto, cedro o cicuta. No había maleza. Se puso de pie, mirando a su alrededor, muy angustiado; sin poder entender lo que pasaba. Luego se puso a trabajar para buscar una y otra vez el rastro, una y otra vez, pero siempre con el mismo resultado: nada. ¡Los pies que se imprimían en la superficie de la nieve, aparentemente, habían abandonado el suelo!

Y fue en ese momento de angustia y confusión que el látigo del terror se enroscó sobre su corazón, desconcertándolo por completo. Él había estado temiendo esto en secreto todo el tiempo, y así pasó.

En lo más alto, silenciado por una gran altura y distancia, extrañamente disminuido y lloroso, escuchó el grito de Défago, su guía.

El sonido cayó sobre él, desde ese cielo inmóvil e invernal, con un efecto de consternación y terror insuperable. El rifle cayó a sus pies. Permaneció inmóvil por un instante, como si estuviera escuchando con todo su cuerpo, luego se inclinó contra el árbol más cercano en busca de apoyo, desesperadamente confuso en mente y espíritu. Fue la experiencia más conmovedora y dislocante que jamás había experimentado, que dejó su corazón vacío de sentimiento.

"¡Oh! ¡Oh! Esta altura de fuego! ¡Oh, mis pies de fuego! ¡Mis ardientes pies de fuego ...!". La voz suplicante, con acentos de indescriptible angustia parecía venir del cielo. Se escuchó una sola vez, luego se hizo el silencio en todo el bosque salvaje.

Y Simpson, apenas sabiendo lo que hacía, se encontró a sí mismo corriendo salvajemente de un lado a otro, buscando, llamando, tropezando con raíces y rocas, y arrojándose a sí mismo en un frenesí, en una búsqueda desordenada. Detrás del velo de la memoria y la emoción con el que la experiencia vela los eventos, se lanzó, perturbado y medio loco, como un barco en el mar que persigue luces fugaces, con terror en sus ojos, corazón y alma. Porque el pánico de los lugares desiertos lo había llamado con esa voz lejana, el poder de la distancia indómita, la atracción de la desolación que destruye. En ese momento conoció todos los dolores que siente quien se pierde irremediablemente, sufriendo los deseos y los trabajos de un alma en la soledad final. Una visión de Défago, eternamente perseguido, conducido y perseguido a través de la vasta inmensidad de esos bosques antiguos, voló como una llama a través de la oscura ruina de sus pensamientos...

La pareció que habían pasado edades antes de que pudiera controlar el caos de sus emociones, antes que pudiera equilibrarse y pensar...

El grito no se repitió; sus propia llamadas roncas no tuvieron respuesta; las inescrutables fuerzas de lo salvaje habían convocado a su víctima, sin posibilidad de ser recuperada, y la mantenían firmemente aprisionada.

***

Sin embargo, buscó y llamó, posiblemente, durante horas, porque la tarde ya estaba avanzada cuando, por fin, decidió abandonar su búsqueda inútil y regresar al campamento en las orillas de el Lago de las Cincuenta Islas. Incluso entonces se fue con renuencia, con esa voz llorona resonando en sus oídos. Con dificultad encontró su rifle y el camino de regreso. La concentración necesaria para seguir la pista de los árboles marcados y el hambre intensa que lo roía le ayudaron a mantener su mente firme. De lo contrario, admite, la aberración temporal que había sufrido podría haberse prolongado hasta llevarlo al desastre. Poco a poco, recuperó algo que se acercaba a su equilibrio normal.

Pero a pesar de todo, el viaje a través del crepúsculo del atardecer fue tristemente obsesivo. Oía innumerables pasos que lo seguían; voces que reían y susurraban; y veía figuras agazapadas detrás de los árboles y las rocas, haciendo señales entre sí para concertar un ataque. El murmullo del viento lo sobresaltaba y lo forzaba a detenerse para escuchar. Avanzaba sigilosamente, tratando de esconderse donde era posible, y haciendo el menor ruido posible. Las sombras de los bosques, que hasta entonces había considerado protectoras o simplemente cubrientes, ahora se habían convertido en amenazantes, desafiantes; y la procesión de ideas en su mente perturbada le sugería una gran cantidad de posibilidades, aún más siniestras por ser indeterminadas. El presentimiento de una muerte sin nombre acechaba, mal disimulado, detrás de cada detalle de lo que había sucedido.

El que saliera finalmente victorioso fue realmente admirable. Muchos hombres con más experiencia y fuerza podrían haber superado esa prueba con menos éxito. El logró controlarse bastante bien, considerando todas las cosas que había experimentado, y su plan de acción lo demuestra. Ni se le ocurrió dormir, y era completamente imposible seguir el camino de vuelta en medio de la oscuridad de la noche. Por eso se sentó, con el rifle en la mano, delante un fuego que nunca, ni por un solo momento, permitió apagarse. La severidad de esa vigilia marcó su alma para el resto de su vida; pero la llevó a cabo exitosamente; y con los primeros signos del amanecer, emprendió el largo viaje de regreso al campamento, para obtener ayuda. Como antes, dejó una nota escrita para explicar su ausencia e indicar dónde había dejado un montón de comida y fósforos, ¡aunque no tenía ninguna expectativa de que alguna mano humana los encontrara!

La manera en que Simpson encontró su camino solo, cruzando el bosque y el lago, podría ser una historia en sí misma, porque oírle contarla es conocer la apasionada soledad del alma que un hombre puede sentir cuando la desolación lo atrapa en el hueco de su mano ilimitada, y se ríe. También es de admirar su indomable coraje.

No se jacta de ninguna habilidad especial, declarando que siguió el rastro casi invisible mecánicamente, y sin pensar. Y esto, sin duda, es la verdad. Se basó en la guía de su mente inconsciente, que es el instinto. Quizás, algún sentido de orientación, conocido por los animales y los hombres primitivos, también puede haberle ayudado, ya que, cruzando toda esa enmarañada región logró alcanzar el lugar exacto donde Défago había escondido la canoa casi tres días antes con el comentario, "ve hacia el oeste a través del lago hacia el sol, para encontrar el campamento".

No le quedaba mucho sol para guiarlo, pero usó su brújula lo mejor que pudo, y se embarcó en la frágil embarcación durante los últimos dieciocho kilómetros de su viaje con una sensación de inmenso alivio, al finalmente dejar el bosque detrás de él. Y afortunadamente el agua estaba en calma; siguió en línea a través del centro del lago, en lugar de deslizarse por la costa por otros treinta kilómetros. Afortunadamente, los otros cazadores habían regresado y la luz de su fuego le proporcionó un punto de referencia sin el cual podría haber buscado infructuosamente durante toda la noche la posición exacta del campamento.

Era casi medianoche cuando su canoa encallaba en la cala de arena, y Hank, Punk y su tío, despertados por sus gritos, corrieron rápidamente hacia abajo y ayudaron a un escocés, muy agotado y desecho, a abrirse camino entre las rocas, hacia un fuego moribundo.

VI

La repentina entrada de su tío prosaico en ese mundo de magia y horror que lo había perseguido sin interrupción durante dos días y dos noches, tuvo el efecto inmediato de darle al asunto un aspecto completamente nuevo. El sonido de ese cordial "¡Hola, mi muchacho! ¿Y qué pasa ahora?", y el contacto con esa mano seca y vigorosa lo hizo revaluar lo vivido. Las dudas lo inundaron, se dio cuenta de que se había descontrolado demasiado, e incluso se sintió vagamente avergonzado de sí mismo. La terquedad natural de su raza se reafirmó.

Y esto, sin duda, explica porqué le resultó tan difícil contar todo lo que le había pasado al grupo reunido alrededor del fuego. Sin embargo, dijo lo suficiente como para que se llegara a la decisión inmediata de que una partida de rescate debía ser enviada lo antes posible, y que Simpson, para poder guiarla adecuadamente, primero debía alimentarse y, sobre todo, dormir. El Dr. Cathcart, observando la condición del muchacho más astutamente de lo que su paciente notaba, le administró una inyección muy leve de morfina. Durante seis horas durmió como un tronco.

La descripción que este estudiante de teología escribió más tarde, indica que el relato que contó al grupo asombrado, omitía diversos detalles cruciales e importantes. Declara que, con el rostro sano y práctico de su tío mirándolo fijamente a la cara, simplemente no tuvo el valor de mencionarlos. Por lo tanto, todo lo que el grupo de búsqueda entendió, fue que Défago había sufrido en la noche un ataque maníaco, agudo e inexplicable, que se había sentido "llamado" por alguien o algo, y se había lanzado hacia el bosque, siguiendo ese llamado, sin comida ni su rifle, y que el frío y el hambre lo llevarían a una muerte horrible y prolongada, a menos que pudiera ser encontrado y rescatado a tiempo. "A tiempo", significaba cuanto antes.

Sin embargo, en el transcurso del día siguiente –salieron a las siete, dejando a Punk a cargo con instrucciones para tener siempre listos los alimentos y el fuego–, Simpson pudo contarle a su tío muchos más detalles de la verdadera historia, sin adivinar que eran sacados de él con una forma muy sutil de interrogatorio. Para cuando llegaron al comienzo del sendero, donde dejaron la canoa, preparada para el viaje de regreso, ya había mencionado que Défago hablaba vagamente de "algo que él llamaba un Wendigo"; cómo lloraba en su sueño; cómo había creído sentir un olor inusual en el campamento; y había traicionado otros síntomas de excitación mental. También admitió el efecto desconcertante de "ese olor extraordinario" sobre sí mismo, "pungente y acre como el olor de los leones". Y para cuando estuvieron a una hora del Lago de las Cincuenta Islas, había dejado escapar un hecho adicional –una declaración franca de su propia condición histérica, como lo comprendió después–, que él había escuchado al guía desaparecido pidiendo ayuda. Omitió las frases específicas utilizadas, ya que simplemente no pudo repetir esa absurda frase. Además, al describir cómo los pasos del hombre en la nieve habían asumido gradualmente una imagen en miniatura, similar a las huellas del animal, dejó de lado el hecho de que estaban separados por una distancia totalmente increíble. Parecía que intentaba balancear su orgullo individual y su honestidad, decidiendo que cosa podía revelar y que podía suprimir. Mencionó el tinte rojizo en la nieve, por ejemplo, pero omitió decir que el cuerpo y la cama habían sido arrastrados parcialmente fuera de la tienda...

Con el resultado neto que el Dr. Cathcart, quien creía ser un hábil psicólogo, le había asegurado con toda claridad que su mente, influenciada por la soledad, el desconcierto y el terror, había cedido a la tensión y había alucinado. Mientras elogiaba su conducta, logró al mismo tiempo señalar dónde, cuándo y cómo su mente se había extraviado. Hizo que su sobrino pensara mejor de sí mismo, a través de juiciosos elogios, pero también lo hizo sentir más tonto, al minimizar el valor de la evidencia. Como muchos otros materialistas, mintió inteligentemente sobre la base de un conocimiento insuficiente, porque el conocimiento suministrado le parecía completamente inadmisible.

"El hechizo de estas terribles soledades", dijo, "no puede dejar intacta ninguna mente, especialmente aquellas que tienen bien desarrollada la imaginación. Eso le pasó a tu mente, tal como le pasó a la mía cuando tenía tu edad. El animal que atormentaba tu pequeño campamento sin duda era un alce, ya que el bramido de un alce puede tener, a veces, una cualidad sonora muy peculiar. El aspecto coloreado de los grandes rastros seguramente fue una especie de ilusión óptica producida por tu emoción. El tamaño y el estiramiento de las huellas ya lo veremos cuando lleguemos allí. Pero la alucinación de una voz audible, por supuesto, es una de las formas más comunes de delirio debido a la excitación mental: una excitación, mi querido muchacho, perfectamente excusable y, permíteme agregar, maravillosamente controlada por ti en estas circunstancias. Debo decir que, por lo demás, has actuado con un espléndido coraje, porque el terror de sentirse perdido en estas soledades no es nada menos que horrible, y, si hubiera estado en tu lugar, no sé si podría haberme comportado con un cuarto de tu sabiduría y determinación. Lo único que me resulta extraordinariamente difícil de explicar es... ese maldito olor".

"Me hizo sentir enfermo, te lo aseguro", declaró su sobrino, "positivamente mareado". La actitud de calma omnisciencia de su tío, simplemente porque conocía más terminología psicológica, le hizo adoptar una actitud un poco desafiante. Era tan fácil explicar una experiencia que uno no presenció personalmente, con términos eruditos. "Una especie de desolador y terrible olor es la única forma en que puedo describirlo", concluyó, mirando la expresión reposada y poco emocional de su tío.

"Sólo puedo maravillarme", fue la respuesta, "que bajo esas circunstancias no hayas experimentado algo aún peor". Esas palabras carentes de sentimiento, Simpson sabía, oscilaban entre la verdad y la interpretación que su tío hacía de "la verdad".

***

Así que, por fin llegaron al pequeño campamento y encontraron la tienda aún de pie. Los restos del fuego, y a su lado, el trozo de papel clavado en una estaca, estaban sin tocar. Sin embargo, la reserva de alimentos, implementada por manos inexpertas, había sido descubierta y saqueada por las ratas almizcleras, visones y ardillas. Las cerillas estaban dispersas alrededor de la apertura, pero la comida había desaparecido hasta la última miga.

"Bueno compañeros, él no está aquí", exclamó Hank en voz alta, como era su estilo. "¡Y eso es tan cierto como que hay un Dios! Pero saber dónde está, que el diablo me lleve si lo sé". La presencia de un estudiante de teología no inhibió su lenguaje en ese momento, aunque por el bien del lector lo hemos moderado un poco. "Propongo", agregó, "¡que comencemos de una vez a rastrearlo como un infierno!".

La probabilidad que Défago estuviera más allá de toda ayuda, oprimía a todo el grupo con una sensación de terrible gravedad, cuando vieron los signos familiares de la reciente ocupación. Especialmente la tienda, con el lecho de ramas de bálsamo todavía alisadas y aplanadas por la presión de su cuerpo, les recordaba dolorosamente la presencia de Défago. Simpson, sintiendo vagamente como si su mundo estuviera, de alguna manera en peligro, comenzó a explicar los detalles en voz baja. Estaba mucho más tranquilo ahora, aunque muy cansado por todo el trajín de los últimos días. El método que usaba su tío para explicar –o más bien "para descartar"– los detalles aún frescos en su memoria también le ayudó a moderar sus emociones.

"Y esa es la dirección por la que salió corriendo", dijo a sus dos compañeros, señalando la dirección donde el guía se había desvanecido esa mañana en el gris amanecer. "Justo allí, corrió como un ciervo, entre el abedul y la cicuta...".

Hank y el Dr. Cathcart intercambiaron miradas.

"Y fue a unos tres kilómetros yendo por ahí, en línea recta", continuó Simpson, hablando con algo del antiguo terror en su voz, "que seguí su rastro hasta el lugar donde... desapareció por completo".

"Y donde lo escuchaste, lo llamaste y sentiste ese hedor, y todo el resto del terrible asunto", gritó Hank, con una volubilidad que traicionaba su pena.

"Y donde tu emoción te superó hasta el punto de producir ilusiones", agregó el Dr. Cathcart en voz baja, pero no tan bajo como para que su sobrino no lo escuchara.

***

Era temprano en la tarde, porque habían viajado rápido, y aún quedaban unas dos horas de luz diurna. El Dr. Cathcart y Hank no perdieron tiempo en comenzar la búsqueda, pero Simpson estaba demasiado agotado como para acompañarlos. Seguirían las marcas de los árboles, y donde fuera posible, sus huellas. Mientras tanto, lo mejor que Simpson podía hacer era mantener prendido un buen fuego y descansar.

Pero después de tres horas de búsqueda, ya había anochecido, y los dos hombres regresaron al campamento sin nada que informar. La nieve fresca había cubierto todas las señales, y aunque habían seguido los árboles marcados hasta el lugar donde Simpson había vuelto atrás, no habían descubierto el menor indicio de un ser humano, ni siquiera de un animal. No había rastros frescos de ningún tipo; la nieve yacía intacta.

Era difícil decidir un curso de acción, porque en realidad no había nada más que pudieran hacer. Podían quedarse y buscar durante semanas sin muchas posibilidades de éxito. La nieve fresca había destruido su única esperanza, y se reunieron alrededor del fuego para la cena, sombríos y abatidos. Los hechos, ya eran bastante tristes, porque Défago tenía una esposa en Rat Portage, y sus ganancias eran el único medio de sostén de la familia.

Ahora que la verdad, en toda su fealdad, estaba clara, parecía inútil tratar con más disfraces o pretensiones lo ocurrido. Hablaron abiertamente de los hechos y las probabilidades. No era la primera vez, incluso en la experiencia del Dr. Cathcart, que un hombre había cedido a la singular seducción de la soledad y se había vuelto loco. Défago, además, estaba predispuesto a que le pasara algo por el estilo, porque ya tenía un poco de melancolía en la sangre y su fibra estaba debilitaba por sus ataques de alcoholismo, que a menudo duraban semanas. Algo en este viaje, uno nunca podría saber exactamente qué, había sido suficiente para empujarlo más allá de sus límites, eso era todo. Y se había ido, se había ido al gran desierto de árboles y lagos para morir por inanición y agotamiento. Las posibilidades en contra de que pudiera volver al campamento eran abrumadoras. Sin duda el delirio que lo había embrujado habría empeorado, y era muy probable que incluso se hubiera suicidado. Es posible que Défago ya hubiera llegado al final de su camino. Sin embargo, por sugerencia de Hank, su viejo amigo, decidieron esperar un poco más y dedicar todo el día siguiente, desde el amanecer hasta la oscuridad, para buscarlo tan sistemáticamente como pudieran. Dividirían el territorio entre ellos. Discutieron su plan con gran detalle. Harían todo lo que se pudiera hacer. Y, mientras tanto, hablaron sobre la forma particular en que el pánico singular de los bosque salvajes había atacado la mente del infortunado guía. Hank, aunque familiarizado con la leyenda en su esquema general, obviamente no acogió con agrado el giro que había tomado la conversación. Él contribuyó poco, aunque ese poco fue esclarecedor. Admitió que en toda esa región del país había una historia que contaba que varios indios habían "visto al Wendigo" en las orillas de Lago de las Cincuenta Islas en el otoño, el año anterior, y que esta era la verdadera razón por la que Défago no quería ir a cazar allí. Hank, sin duda, sintió que, en cierto sentido, había ayudado a su viejo amigo a morir al sobreestimarlo. "Cuando un indio se vuelve loco", explicó, como si estuviera hablando más para sí mismo que para los demás, "siempre se dice que ha 'visto el Wendigo'. El pobre viejo Défago era supersticioso hasta los tuétanos...!".

Y luego Simpson, sintiendo que el ambiente era mas propicio, contó de nuevo su asombrosa historia por completo; esta vez no omitió detalles. Mencionó sus propias sensaciones y el miedo sobrecogedor que había pasado. Solo omitió el extraño lenguaje utilizado el guía.

"Pero Défago seguramente ya te había contado todos estos detalles de la leyenda del Wendigo, mi querido amigo", insistió el doctor. "Quiero decir, él había hablado de eso, y así puso en tu mente las ideas que luego tu propia emoción desarrolló?".

Con lo cual Simpson volvió a repetir los hechos. Défago, declaró, apenas había mencionado a la bestia. Él, Simpson, no sabía nada de la historia y, por lo que recordaba, nunca había leído sobre ella. Ni siquiera el nombre le era familiar.

Por supuesto que estaba diciendo la verdad, y el Dr. Cathcart se vio obligado a admitir el extraño carácter de todo el asunto. Sin embargo, no lo demostró con palabras, sino con su actitud. Se mantuvo de espaldas contra un árbol bueno y robusto; reavivó el fuego en el momento en que mostraba signos de apagarse; estaba más atento que ninguno de ellos a los menores ruidos de la noche: un pez saltando en el lago, una ramita que se partía en los matorrales, la caída de fragmentos ocasionales de nieve congelada de las ramas en lo alto, aflojados por el calor. Su voz, también cambió un poco en calidad, volviéndose un poco menos firme, con un tono más bajo. El miedo, para decirlo claramente, se cernía sobre ese pequeño campamento, y aunque a los tres les hubiera gustado hablar de otros asuntos, lo único que parecían poder discutir era la fuente de su miedo. Probaron otros temas en vano. No había otra cosa que decir. Hank fue el más honesto del grupo; no dijo casi nada. Nunca le daba la espalda a la oscuridad. Sus ojos siempre acechaban el bosque oscuro, y cuando se necesitaba madera, no iba más lejos de lo necesario para conseguirla.

VII

Un muro de silencio los envolvía, porque la nieve, aunque no era gruesa, apagaba los ruidos, y el terreno estaba rígidamente congelado. No se escuchaba ningún sonido, excepto sus voces y el suave rugido de las llamas. Solamente, de vez en cuando, se sentía el revoloteo de alguna polilla de pino. Nadie parecía ansioso por irse a la cama. Las horas se deslizaban hacia la medianoche.

"La leyenda es lo suficientemente pintoresca", comentó el doctor después de una larga pausa, más que nada para romper el silencio, y no porque tuviera algo importante que decir, "el Wendigo es simplemente la personificación de la llamada de la selva, que lleva a algunas personas a su propia destrucción".

"Eso es todo", dijo Hank. "Y no hay duda cuando lo escuchas. Te llama por tu propio nombre".

Otra pausa siguió. Luego, el Dr. Cathcart volvió al tema prohibido con una prisa que sobresaltó a los demás.

"La alegoría es significativa", remarcó, mirando la oscuridad a su alrededor, "porque la voz, dicen, se parece a todos los pequeños sonidos del bosque: el viento, las caídas de agua, los gritos de los animales, etc. Y, una vez que la víctima la escucha, ¡por supuesto ya está perdida! Dicen que sus puntos más vulnerables son los pies y los ojos. Los pies, es claro, por el placer de andar, y los ojos porque disfrutan de la belleza. El pobre vagabundo va a una velocidad tan terrible que sus ojos sangran, y sus pies arden".

El Dr. Cathcart, mientras hablaba, seguía mirando nerviosamente a la oscuridad circundante. Su voz se convirtió en un susurro.

"Se dice que el Wendigo", agregó, "quema los pies de sus víctimas, debido a la fricción, aparentemente causada por su tremenda velocidad, hasta que se caen, y unos pies nuevos se forman, exactamente igual a los suyos".

Simpson escuchó con horrorizado asombro; pero fue la palidez en la cara de Hank lo que más le fascinó. Habría querido taparse los oídos y cerrar los ojos.

"No siempre se mantiene en el suelo", dijo, Hank lenta y arrastradamente, "porque sube tan alto que cree que las estrellas le han prendido fuego. Y a veces da grandes saltos, llegando hasta las copas de los árboles, llevando consigo a su compañero, y luego lo deja caer como el albatros deja caer a sus presas –para matarlas antes de comerlas. Pero su comida, de todo lo que hay en el bosque, solo es ¡musgo!". Se rió con una risa corta y poco natural. "Es un devorador de musgo, ese es el Wendigo", agregó, mirando con entusiasmo los rostros de sus compañeros. "Devorador de musgo", repitió, con una sarta de los juramentos más extravagantes que podía inventar.

Pero Simpson ahora entendió el verdadero propósito de toda esta charla. Lo que estos dos hombres, ambos fuertes y experimentados, cada uno a su manera, temían más que cualquier otra cosa era el silencio. Estaban hablando para dejar pasar el tiempo. También lo hacían para protegerse de la oscuridad, para no caer en el pánico, para no admitir que estaban en territorio enemigo, para no aceptar la conclusión inevitable a la que había llegado él mismo, ya iniciado en esa espantosa vigilia del terror, estaba más allá de ambos en ese aspecto. Había llegado a la etapa en la que era inmune. Pero estos dos, el médico analítico, burlón, y el hombre de los bosques honesto y testarudo, estaban sentados, temblando en lo más hondo de sus almas.

Así pasaron las horas; y así, con voces bajas y espíritus firmes, aunque estresados,el pequeño grupo de hombres, sentado en las fauces del bosque salvaje, hablaba ociosamente sobre la terrible y obsesiva leyenda. Era una competencia desigual, considerando todas las cosas, porque el bosque ya tenía la ventaja del primer ataque, y de un rehén. El destino de su camarada se cernía sobre ellos, oprimiéndolos cada vez más, hasta que ese peso se volvió insoportable.

Fue Hank, después de una larga y ominosa pausa, quien descargó primero toda su emoción contenida, de una manera muy inesperada, poniéndose en pie de un salto y dejando escapar un grito estremecedor, en medio de la noche. Parecía que ya no podía contenerse más. Para intensificar más aun su grito, se dio palmadas en su boca, entrecortando así su grito.

"Esto es para Défago", dijo, mirando a los otros dos con una risa extraña y desafiante, "porque creo" –se pueden omitir los juramentos intercalados–, "que mi viejo compañero no está lejos de nosotros en este preciso momento".

La vehemencia y descontrol de Hank hizo que Simpson también se pusiera en pie con asombro, y hasta el médico ser perturbó lo suficiente como para dejar caer su pipa de entre sus labios. La expresión de Hank era fantasmal, pero Cathcart se veía débil y vacilante. Entonces un brillo de furia se mostró en sus ojos, y él también, aunque con una deliberación nacida de su habitual autocontrol, se puso de pie y se enfrentó al excitado guía. Porque esto era inadmisible, tonto, peligroso, y él tenía la intención de cortarlo de raíz.

Nunca se podrá saber que hubiera ocurrido, porque en ese momento algo cruzó la oscuridad del cielo, algo grande y veloz, porque desplazaba mucho aire, mientras que entre los árboles se escuchó una débil voz humana que gritaba con tonos de indescriptible angustia exclamaba:

"¡Oh, oh! ¡Esta altura abrasadora! ¡Oh oh Mis pies de fuego! ¡Mis ardientes pies de fuego!".

Con toda la cara completamente blanca, Hank miró estúpidamente a su alrededor, como un niño. El Dr. Cathcart lanzó una especie de grito ininteligible, dirigiéndose al mismo momento, con un movimiento instintivo de terror ciego, hacia la protección de la tienda, y luego se detuvo en el acto, como si estuviera congelado. El único de los tres que retuvo un poco de autocontrol fue Simpson. Su propio horror era demasiado profundo como para permitir cualquier reacción inmediata. Había oído ese grito antes.

Se volvió hacia sus perturbados compañeros y dijo, casi con calma.

"Ese es exactamente el grito que escuché, ¡las mismas palabras que usó!".

Luego, levantando la cara hacia el cielo, gritó en voz alta: "¡Défago, Défago! ¡Ven aquí a nosotros! ¡Baja!".

Y antes de que hubiera tiempo para que alguien tomara una acción definitiva, de una manera u otra, llegó el sonido de algo cayendo pesadamente entre los árboles, golpeando las ramas en el camino hacia abajo, y aterrizando con un terrible golpe sobre la tierra congelada. El choque y el ruido fueron realmente terribles.

"¡Ese es él, que el buen Dios nos asista!". Dijo Hank con un susurro, medio ahogado, su mano iba automáticamente hacia el cuchillo de caza en su cinturón. "¡Y él viene! ¡Está viniendo!", agregó, con una risa irracional de horror, mientras los sonidos de fuertes pisadas que crujían sobre la nieve se volvieron claramente audibles, acercándose a través de la oscuridad hacia el círculo de luz.

Y mientras las pisadas, con su movimiento tambaleante, se acercaban más y más hacia ellos, los tres hombres se pararon alrededor del fuego, inmóviles y mudos. El Dr. Cathcart tenía la apariencia de un hombre repentinamente marchito; sus ojos completamente paralizados. Hank, terriblemente afectado, parecía estar al borde de una acción violenta; sin embargo, no hizo nada. Él también parecía tallado en piedra. Estaban despavoridos, como niños que no sabían que hacer. La imagen era horrible. Y, mientras tanto, todavía invisibles, los pasos se acercaban, crujiendo sobre la nieve congelada. La espera era interminable, parecía que no iba a llegar nunca; ese acercamiento metódico y despiadado parecía una pesadilla.

VIII

Finalmente, una figura salió de las tinieblas, acercándose a la zona incierta, donde el brillo del fuego y las sombras se mezclaban, a menos de tres metros de distancia, luego se detuvo un momento, mirándolos fijamente. Pero comenzó a avanzar nuevamente con un movimiento espasmódico, como si fuera un muñeco de titiritero, acercándose más hasta que el resplandor del fuego lo iluminó completamente. Vieron que era un hombre, y que ese hombre, parecía ser Défago.

Sus caras expresaron claramente el horror que sentían, tres pares de ojos brillaban como si vieran a través de las fronteras de la visión normal hacia lo desconocido.

Défago avanzó, su paso vacilante e incierto. Se dirigió directamente hacia ellos, luego se volvió bruscamente y miró de cerca la cara de Simpson. Unas palabras brotaron de sus labios.

"Aquí estoy, jefe Simpson. Escuché a alguien que me llamaba". Era una voz débil y seca, resoplante y sin aliento como si hablar le costara un inmenso esfuerzo. "Estuve de viaje, a través del fuego del infierno, nada especial". Y se echó a reír, inclinando su cabeza hacia la cara del otro.

Pero esa risa despertó al grupo que lo miraba, con las caras pintadas blancas de miedo. Hank saltó hacia Défago y comenzó a lanzar un torrente de juramentos tan exagerados que Simpson no supo en qué idioma los decía, pero pensó que era lengua india o alguna otra jerga. Solo se sintió muy agradecido de que Hank se hubiera interpuesto entre él y Défago, extraordinariamente agradecido. El Dr. Cathcart, aunque con más calma y tranquilidad, se movió detrás de él, avanzando pesadamente.

Simpson no recuerda claramente lo que realmente se dijo y hizo en los siguientes momentos, porque los ojos de ese rostro detestable y abatido que lo miraba tan de cerca perturbaron sus sentidos. Simplemente se quedó quieto. Él no dijo nada. No tenía la voluntad entrenada de los hombres mayores que los movía a actuar, pese a su turbación. Los vio moverse como si estuvieran detrás de un cristal que distorsionaba su realidad; parecía un sueño perverso. Sin embargo, por atrás del torrente de las frases sin sentido de Hank, recuerda haber escuchado el tono autoritario de su tío, duro y forzado, diciendo varias cosas acerca de la comida y el calor, las mantas, el whisky y el resto... y, además, ese penetrante olor, extraño, vil, pero dulcemente desconcertante, asaltó sus fosas nasales durante todo ese tiempo.

Sin embargo, el fue quien –aunque menos experimentado y capaz que las otros–, supo expresar la terrible duda que estaba en el pensamiento y el corazón de cada uno de ellos.

"Eres tú, ¿no es así, Défago?", preguntó en voz baja, con palabras entrecortadas por el miedo.

Y enseguida Cathcart estalló con una fuerte respuesta antes de que el otro tuviera tiempo de mover los labios. "¡Por supuesto que lo es! ¡Por supuesto que lo es! ¿No puedes verlo? ¡Está casi muerto de agotamiento, frío y terror! ¿No es eso suficiente para cambiar a un hombre más allá de todo reconocimiento?". Lo dijo para convencer, no tanto a los demás, como a sí mismo. El énfasis excesivo solo demostró eso. Y todo el tiempo, mientras hablaba y se movía, sostenía un pañuelo contra su nariz. Ese olor extraño impregnaba todo el campamento.

Pero el "Défago" que estaba sentado, acurrucado junto al gran fuego, envuelto en mantas, bebiendo whisky caliente y sosteniendo la comida en sus manos desgastadas, no se parecía más al guía que habían visto hace un par de días, que la imagen de un hombre de sesenta años a un retrato de su juventud temprana. Nada puede describir realmente esa caricatura espantosa, esa parodia, disfrazada como Défago, iluminada por la luz del fuego. Simpson recuerda vagamente, y con horror, que su rostro era más animal que humano, su cara no tenía las proporciones normales, su piel estaba suelta y colgando, como si hubiera estado sometida a presiones y tensiones extraordinarias. Le hizo pensar vagamente en los rostros pintados en una vejiga henchida de aire, que cambian su expresión a medida que se hinchan, y cuando colapsan emiten un sonido que parece la débil imitación de una voz. Tanto la cara como la voz le sugirieron tal abominable analogía. Pero Cathcart, mucho tiempo después, tratando de describir lo indescriptible, afirma que, parecían ser una cara y un cuerpo que habían estado en alturas tan rarificadas que, al eliminarse el peso de la atmósfera, toda su estructura amenazaba con volar en pedazos y volverse incoherente...

Fue Hank, angustiado y tembloroso con un desgarrador despliegue emocional, que no podía contener ni entender, el que expresó claramente lo que todos sentían sin dar más vueltas. Se alejó un poco del fuego, aparentemente para que la luz no lo deslumbrara demasiado, y protegiendo sus ojos por un momento, con ambas manos, gritó con una voz fuerte que mezclaba la ira y el afecto:

"¡No eres Défago! ¡Tú no eres Défago en absoluto! ¡No me importa, maldita sea, pero ese no eres tú, mi viejo amigo de veinte años!". Miró a la figura acurrucada como si quisiera destruirla con sus ojos. "Y si tú lo eres, limpiaré el suelo del infierno con un trozo de algodón en la punta de un escarbadientes, ¡que me ayude el buen Dios!", agregó, con un violento estallido de horror y disgusto.

Era imposible silenciarlo. Se quedó allí gritando como alguien poseído, horrible de ver, terrible de escuchar, porque era la verdad. Lo repitió de cincuenta maneras diferentes, cada una más extravagante que la anterior. Los bosques resonaban con su eco. En un momento, parecía que quería lanzarse sobre el "intruso", porque su mano se movía continuamente hacia el largo cuchillo de caza en su cinturón.

Pero al final no hizo nada, y toda la tempestad se terminó muy pronto, entre sollozos. La voz de Hank se quebró repentinamente, se desplomó en el suelo, y Cathcart, de alguna u otra manera, finalmente lo persuadió para que entrara en la tienda y se quedara tranquilo. El resto del asunto fue presenciado por él desde detrás del lienzo, con su cara blanca y aterrorizada asomando por la grieta de la entrada de la tienda.

Luego, el Dr. Cathcart, seguido de cerca por su sobrino, que hasta ahora había mantenido su coraje mejor que todos ellos, se adelantó con aire decidido y se paró frente a la figura de Défago, acurrucada junto al fuego. Lo miró directamente a la cara y habló. Al principio su voz era firme.

"Défago, cuéntanos qué te pasó, solo un poco, para que podamos saber como ayudarte mejor", dijo con un tono de autoridad, casi de mando. Y hasta ese punto era comando. Pero cuando la figura que tenía al frente lo miró con una expresión tan miserable, tan terrible y tan poco humana, el doctor se apartó de él como si estuviera espiritualmente impuro. Simpson, observando de cerca, detrás de él, dice que tuvo la impresión de una máscara que estaba a punto de caerse, que escondía algo oscuro y diabólico, revelado en su desnudez absoluta. "¡Explícate, hombre, explícate!", gritó Cathcart, a quien el terror le atenazaba la garganta. "¡Ninguno de nosotros puede soportar esto por más tiempo...!". Era el grito del instinto sobre la razón.

Y luego, "Défago", con una sonrisa inexpresiva, respondió con esa voz débil y apagada, que parecía estar por convertirse en un sonido completamente distinto.

"He visto a esa cosa, el gran Wendigo", susurró, olfateando el aire como un animal. "También estuve con él...".

No se puede saber si el pobre diablo habría dicho más o si el Dr. Cathcart habría continuado con ese interrogatorio imposible, porque en ese momento se escuchó la voz de Hank gritando en tonos altos, nunca antes escuchados, desde atrás del lienzo que ocultaba todo menos sus ojos aterrorizados.

"¡Sus pies! ¡Oh, Dios, sus pies! ¡Miren sus grandes pies cambiados!"

Défago seguía sentado, pero se había movido de tal manera que, por primera vez, sus piernas estaban a plena luz y sus pies eran visibles. Sin embargo, Simpson no tuvo tiempo de ver lo que Hank señalaba. Y a Hank nunca le ha parecido oportuno dar más explicaciones. En ese mismo instante, con un salto como el de un tigre asustado, Cathcart se lanzó sobre él, envolviendo los pliegues de la manta alrededor de sus piernas con tal velocidad que el joven estudiante apenas pudo vislumbrar algo oscuro y extrañamente masivo donde los pies envueltos en mocasines deberían haber estado. Ni siquiera está seguro de haber visto eso.

Luego, antes de que el médico tuviera tiempo de hacer más, o de que Simpson tuviera tiempo para pensar siquiera una pregunta, y mucho menos para formularla, Défago estaba de pie frente a ellos, balanceándose con dolor y dificultad, mostrando en su rostro informe y retorcido una expresión tan oscura y maliciosa que era, en el verdadero sentido, monstruosa.

"Ahora también ustedes los vieron", jadeó, "¡vieron mis ardientes pies de fuego! Y ahora –a menos que puedan salvarme y evitar...– ya casi es tiempo de...

Su lastimosa y suplicante voz fue interrumpida por un sonido que era como el rugido del viento que venía del lago. Los árboles sacudieron sus ramas enredadas en lo alto. El fuego resplandeciente inclinó sus llamas como antes de un estallido. Y algo barrió con ruido terrible el pequeño campamento y pareció rodearlo por completo en un solo momento. Défago sacudió las mantas que se aferraban de su cuerpo, se volvió hacia el bosque que había detrás, y con el mismo movimiento tambaleante con el que había llegado, se había ido, antes de que nadie pudiera mover un músculo para evitarlo. Se fue con una torpe, pero asombrosa rapidez que no dio tiempo para hacer nada. La oscuridad lo tragó completamente; y menos de una docena de segundos después, sobre el rugido de los árboles que se balanceaban y el aullido del viento repentino, los tres hombres, observando y escuchando con corazones acongojados, escucharon un grito que parecía caer sobre ellos desde la gran altura del cielo.

"¡Oh, oh! ¡Esta altura ardiente! ¡Oh oh mis pies de fuego! ¡Mis ardientes pies de fuego ...!". Luego se extinguió, en un espacio indecible y silencioso.

El Dr. Cathcart, repentinamente maestro de sí mismo y, por lo tanto, de los demás, detuvo violentamente a Hank, tomándolo por el brazo, cuando intentaba precipitarse de cabeza en el matorral.

"Pero quiero saber, ¡tú!", gritó el guía. "¡Quiero ver! ¡Ese no era él en absoluto, pero un ... demonio que ha tomado su lugar...!".

De alguna manera u otra, Cathcart admite que nunca supo como logró mantenerlo en la tienda y pacificarlo. El médico, al parecer, había llegado a reaccionar y de nuevo tenía control de sus energías. Ciertamente él pudo "manejar" a Hank admirablemente. Sin embargo, era su sobrino, tan maravillosamente controlado, el que le daba más motivos de ansiedad, ya que la tensión acumulativa le había producido una condición de histeria lacrimosa que hacía necesario aislarlo en una cama de ramas y mantas, tan alejado de Hank como fuera posible.

Y allí él yacía, mientras aquella noche de pesadilla transcurría, gimoteando sentencias confusas, enterrado entre los pliegues de su manta. Frases confusas sobre la velocidad, la altura y el fuego se mezclaban extrañamente con sus recuerdos bíblicos del aula. "¡Las personas con rostros rotos, todos en llamas, vienen a un ritmo terrible, horrible, hacia el campamento!". Gimió por un minuto; y enseguida se sentó y miró fijamente al bosque, escuchando atentamente y susurrando: "Qué terribles en el bosque son los pies de aquellos que". Su tío lo confortaba y trataba de encauzar sus pensamientos en otra dirección.

Su histeria, afortunadamente, demostró ser temporal. El sueño lo curó, tal como curó a Hank.

El Dr. Cathcart mantuvo su vigilia hasta que llegaron los primeros signos de la luz del día, poco después de las cinco en punto. Su cara era del color de la tiza, y había extraños rubores debajo de sus ojos. Su voluntad luchó con un terror atroz del alma, a lo largo de esas horas de silencio. Esos fueron algunos de los signos exteriores...

Al amanecer, él mismo encendió el fuego, hizo el desayuno y despertó a los demás, y a las siete ya estaban en el camino de regreso al campamento: tres hombres perplejos y afligidos, pero cada uno a su manera había reducido su agitación interior, para recuperar un equilibrio más menos estable.

IX

Hablaron poco, y solo de las cosas más sanas y comunes, porque sus mentes estaban cargadas de pensamientos dolorosos que exigían una explicación, pero nadie se atrevía a mencionarlos. Hank, que era el más "primitivo", fue el primero en encontrarse a sí mismo, porque también era el más sencillo. En el Dr. Cathcart, la racionalidad batalló con un ataque de fuerzas extrañas. Hasta el día de hoy, posiblemente no esté muy seguro de ciertas cosas. De todos modos, le tomó más tiempo "encontrarse a sí mismo".

Simpson, el estudiante de teología, fue quien se explicó todo a mismo del mejor modo, aunque no fuera el más científico. Ahí fuera, en el corazón de los bosques salvajes, no hollados por el hombre, seguramente habían presenciado algo crudo y esencialmente primitivo. Algo que había sobrevivido de alguna manera al avance de la humanidad, y hecho una aterradora aparición, revelando un tipo vida monstruosa e inmadura. Lo imaginaba como un resabio de las edades prehistóricas, cuando las supersticiones, gigantescas y groseras, todavía oprimían los corazones de los hombres; cuando las fuerzas de la naturaleza aún no habían sido domadas, y los poderes del universo primigenio todavía perduraban. Hasta el día de hoy, piensa en lo que llamó años más tarde en un sermón: "Potencias salvajes y formidables que se esconden detrás de las almas de los hombres, posiblemente no malignas en sí mismas, pero instintivamente hostiles a la humanidad tal y como existe".

Nunca discutió el asunto en detalle con su tío, porque había una barrera entre ambos, debida a sus diferentes concepciones del mundo. Sólo una vez, años después, algo los llevó a la frontera del tema, de un solo detalle del tema, más bien...

"¿Ni siquiera puedes decirme cómo eran?", preguntó; y la respuesta, aunque concebida con sabiduría, no fue alentadora: "Es mucho mejor que ni siquiera intentes saber o descubrir eso".

"Bueno, ¿y el olor...?", insistió el sobrino. "¿Qué piensas de eso?".

El doctor Cathcart lo miró y arqueó las cejas.

"Los olores", respondió, "no son tan fáciles de comunicar telepáticamente como los sonidos y las imágenes. Entiendo tanto o tan poco como tú".

Sus explicaciones no solían ser tan sencillas. Eso fue todo.

***

Al final del día, fríos, agotados y hambrientos, los compañeros llegaron al final de su largo viaje y se arrastraron hasta un campamento que, al primer vistazo, parecía vacío. No había fuego, y Punk no se adelantó para darles la bienvenida. La capacidad emocional de los tres estaba demasiado gastada para expresar sorpresa o molestia; pero el grito de afecto espontáneo que brotó de los labios de Hank, mientras corría delante de ellos hacia los restos de la fogata, les indicó que aún no había terminado ese asombroso asunto. Y ambos, Cathcart y su sobrino, confesaron después, que cuando lo vieron arrodillarse en su emoción y abrazar algo que se reclinaba, moviéndose suavemente, junto a las cenizas apagadas, sintieron en sus huesos que este "algo" era Défago, el verdadero Défago había regresado.

Y así era, en efecto.

Agotado hasta el punto de la demencia, el canadiense francés, o lo que quedaba de él, hurgaba entre las cenizas, tratando de hacer un fuego. Su cuerpo estaba agachado, los débiles dedos obedecían, débilmente, el hábito instintivo de toda una vida con ramitas y fósforos. Pero ya no había ninguna mente para dirigir esa simple operación. La mente había huido más allá del recuerdo. Y con ella, también, había huido la memoria. No solo los acontecimientos recientes, sino toda la vida anterior, se habían borrado.

Esta vez era el hombre real, aunque increíble y horriblemente encogido. En su rostro no había expresión de ningún tipo: miedo, bienvenida o reconocimiento. No parecía saber quién era el que lo abrazaba, ni quién lo alimentaba, lo calentaba y le hablaba con palabras de consuelo y alivio. Desamparado y roto, fuera del alcance de la ayuda humana, el hombrecillo hacía mansamente lo que le pedían. Aquello que lo había distinguía como individuo se había desvanecido para siempre.

En cierto modo, fue más terriblemente conmovedor que cualquier otra cosa que hubieran visto hasta ese momento, esa sonrisa de idiota cuando sacaba pedazos de musgo basto de sus mejillas hinchadas y les dijo que era "un maldito devorador de musgo"; los continuos vómitos de incluso la comida más simple; y, lo peor de todo, la voz pálida e infantil con la que se quejaba, diciendo que le dolían los pies, "arden con fuego", lo que era bastante natural, porque cuando el Dr. Cathcart los examinó, descubrió que ambos estaban terriblemente congelados. Debajo de los ojos había leves indicios de sangrado reciente.

Los detalles de cómo sobrevivió a la exposición prolongada, dónde había estado, o cómo cubrió la gran distancia de un campamento al otro, incluido el inmenso recorrido bordeando el lago a pie, porque no tenía una canoa, todo esto se desconoce. Su memoria se había desvanecido por completo. Y antes del final del invierno, cuyo comienzo fue testigo de este extraño suceso, Défago, desprovisto de mente, memoria y alma, se había ido con él. Se demoró solo unas pocas semanas.

Y lo que Punk pudo aportar a la historia no arrojó más luz sobre ella. Estaba limpiando los peces en la orilla del lago alrededor de las cinco de la tarde, es decir, una hora, antes de que regresara el equipo de búsqueda, cuando vio que la sombra del guía se abría camino débilmente hacia el campamento. Delante de él, declara, llegó el leve aroma a cierto olor singular.

Ese mismo instante el viejo Punk se fue a su casa. Cubrió todo el viaje en tres días, como solo la sangre india podía haberlo hecho. El terror de toda una raza lo condujo. Él sabía lo que significaba eso. Défago había "visto el Wendigo".

El Fresno

Montague Rhodes James

Todos los que han viajado por el este de Inglaterra conocen las casas de campo pequeñas con las que está tachonada, pequeños edificios húmedos, generalmente de estilo italiano, rodeados de parques de entre 80 y 100 acres. Para mí, siempre han tenido una atracción muy fuerte, con sus empalizadas grises hechas de estacas de roble, los árboles nobles, los lagos con sus cañaverales y la línea de bosques distantes. Me encanta su pórtico con pilares, tal vez pegado a una casa estilo reina Ana, de ladrillo rojo, enlucido de estuco, para armonizarla con el sabor "griego" de finales del siglo XVIII; el pasillo interior, que sube hasta el techo, que siempre debe contar con una galería y un órgano pequeño. También me gusta la biblioteca, donde puede encontrarse cualquier cosa, desde un Salterio del siglo XIII hasta un cuarto de Shakespeare. Me gustan los cuadros, por supuesto; y tal vez, sobre todo, me encanta imaginar lo que era la vida en una casa así cuando se construyó por primera vez, y en los tiempos prósperos de sus dueños, y no menos importante ahora, cuando, si el dinero no es tan abundante, el gusto es más variado y la vida es tan interesante como antes. Deseo tener una de estas casas, y suficiente dinero como para mantenerla y entretener modestamente en ella a mis amigos.

Pero esto es una digresión. Tengo que hablarles de una curiosa serie de eventos que sucedieron en una casa como la que he tratado de describir. Es Castringham Hall en Suffolk. Creo que se han hecho bastantes reformas en el edificio desde el período de mi historia, pero las características esenciales que he bosquejado todavía están allí: pórtico italiano, el cuerpo cuadrado de la casa, de color blanco, más antigua por dentro que por fuera, parque con franjas de bosque, y un lago. La única característica que distinguía a esa casa de muchas otras se ha perdido: desde el parque, se podía ver, a la derecha, un corpulento y antiguo fresno que crecía a media docena de metros de la pared de la casa y casi la tocaba con sus ramas. Supongo que se mantuvo allí desde que Castringham dejó de ser un lugar fortificado, y desde que se llenó el foso y se construyó la casa de huéspedes isabelina. De todos modos, en el año 1690 casi había alcanzado su tamaño definitivo.

En ese año, el distrito en el que se encuentra esta casa fue el escenario de una serie de juicios de brujas. Creo que pasará mucho tiempo antes de que lleguemos a una estimación justa de las razones –si es que hubo alguna– que motivaban el temor universal a las brujas en los viejos tiempos. Si las personas acusadas de este delito realmente imaginaron que poseían un poder inusual de cualquier tipo; o si tenían al menos la voluntad, si no el poder, de hacer daño a sus vecinos; o si todas las confesiones, de las que hay tantas, fueron extorsionadas por la crueldad de los cazadores de brujas. Estas preguntas no han sido, creo, aún resueltas. Y la presente narrativa me hace vacilar. No puedo descartarla por completo como una mera invención. El lector debe juzgar por sí mismo.

Castringham contribuyó con una víctima al auto-da-fé. Se llamaba señora Mothersole y se diferenciaba de las brujas típicas del pueblo solo por estar en una situación bastante mejor y tener una posición más influyente. Varios agricultores de buena reputación de la parroquia se esforzaron para salvarla. Hicieron todo lo posible para ofrecer el mejor testimonio sobre su carácter, y mostraron una considerable ansiedad en cuanto al veredicto del jurado.

Pero lo que parece haber sido fatal para la mujer fue la evidencia del entonces propietario de Castringham Hall –Sir Matthew Fell. Afirmó haberla visto en tres ocasiones diferentes desde su ventana, durante la luna llena, recogiendo ramitas "del fresno cerca de mi casa". Se había subido a las ramas, vestida solo con su camisa, y estaba cortando pequeñas ramitas con un cuchillo curvo peculiar, y mientras lo hacía, parecía estar hablando consigo misma. En cada ocasión, sir Matthew había hecho todo lo posible por capturar a la mujer, pero ella siempre se había alertado por algún ruido accidental que él había hecho, y todo lo que podía ver cuando bajaba al jardín era una liebre que cruzaba el camino en dirección al pueblo.

La tercera noche se había esforzado por seguirla tan rápido como le era posible y había ido directamente a la casa de la señora Mothersole; pero había tenido que esperar un cuarto de hora golpeando la puerta de su casa, y luego ella había salido muy enojada, y al parecer muy adormecida, como si acabara de salir de la cama; y no tuvo una buena explicación para ofrecerle de su visita.

Basándose en esta declaración, aunque hubo muchas otras de un tipo menos extraño e inusual, de otros feligreses, la señora Mothersole fue declarada culpable y condenada a morir. La ahorcaron una semana después del juicio, con otros cinco o seis infelices, en Bury St. Edmunds.

Sir Matthew Fell, vicepresidente del tribunal de justicia del condado, estuvo presente en la ejecución. Era una mañana húmeda y lluviosa de marzo cuando la carreta subía por la áspera colina de hierba en las afueras de Northgate, donde estaba la horca. Las otras víctimas se veían apáticas o quebradas por la miseria; pero la señora Mothersole era, tanto en la vida como en la muerte, de un carácter muy diferente. Su "furia venenosa", como lo dijo un reportero de la época, "impresionó tanto a los espectadores, sí, incluso al verdugo, que todos los que la vieron afirmaron que presentaba el aspecto vivo de un Demonio furioso". Sin embargo, ella no ofreció resistencia a los oficiales de la ley; solo miró a aquellos que pusieron las manos sobre ella con un aspecto tan terrible y venenoso que –como uno de ellos me aseguró–, el simplemente recordarlo lo perturbaba seis meses después".

Sin embargo, todo lo que se cuenta que dijo fueron las palabras, aparentemente sin sentido: "Habrá invitados en la residencia". Palabras que ella repitió más de una vez, en voz baja.

Sir Matthew Fell no se mostró impresionado por el porte de la mujer. Habló un poco sobre el asunto con el vicario de su parroquia, con quien viajó a su casa después de que la ejecución terminó. Sus pruebas en el juicio no habían sido entregadas de muy buen grado, no estaba especialmente infectado de la manía de perseguir brujas, pero declaró, tanto entonces como después, que no podía dar ninguna otra explicación del asunto que la que había dado, y que no podía haber estado equivocado en cuanto a lo que él había visto. Todo el asunto le había repugnado, porque era un hombre al que le gustaba estar en buenos términos con los que lo rodeaban; pero consideró su deber llevar hasta su conclusión ese asunto, y lo había hecho. Esa parece haber sido la esencia de sus sentimientos, y el Vicario lo aplaudió, como cualquier hombre razonable lo habría hecho.

Unas semanas después, cuando la luna de mayo estaba llena, el vicario y el señor Fell se reunieron nuevamente en el parque y caminaron juntos hacia la residencia. Lady Fell estaba con su madre, que estaba peligrosamente enferma, y sir Matthew estaba solo en su casa; por lo que el Vicario, el Sr. Crome, fue fácilmente persuadido para quedarse a tomar una cena tardía.

Sir Matthew no fue muy buena compañía esa noche. La charla se centró principalmente en asuntos familiares y parroquiales y, por suerte, Sir Matthew hizo un memorándum por escrito de ciertos deseos o intenciones suyos con respecto a sus propiedades, que luego resultó sumamente útil.

Cuando el Sr. Crome pensó que era hora de irse a su casa, alrededor de las nueve y media, Sir Matthew y él dieron una vuelta previa por el camino de grava en la parte posterior de la casa. El único incidente que le llamó la atención al Sr. Crome fue este: estaban a la vista del fresno que describí como creciendo cerca de las ventanas del edificio, cuando Sir Matthew se detuvo y dijo:

"¿Qué es eso que corre arriba y abajo del tallo del fresno? ¿No puede ser una ardilla? Ya estarán todas en sus madrigueras".

El Vicario miró y vio a la criatura en movimiento, pero no pudo distinguir su color a la luz de la luna. La forma de su cuerpo, sin embargo, vista por un instante, estaba impresa en su cerebro, y podría haber jurado, dijo, aunque sonaba tonto, que, ardilla o no, tenía más de cuatro patas.

No le dieron mucha importancia a esa visión fugaz, y los dos hombres se separaron. Es posible que se hayan reunido después de entonces, pero no fue por una veintena de años.

Al día siguiente, a las seis de la mañana, sir Matthew Fell aún no había bajado, como era su costumbre, ni a las siete ni a las ocho. A continuación, los sirvientes fueron y llamaron a la puerta de su habitación. No necesito prolongar la descripción de sus escuchas ansiosas y los renovados golpes en los paneles. La puerta se abrió por fin desde el exterior, y encontraron a su señor muerto y ennegrecido. Como puede que hayan adivinado. A simple vista no se notaba ninguna señal de violencia; pero la ventana estaba abierta.

Uno de los hombres fue a buscar al párroco y luego, siguiendo sus instrucciones, fue a avisar al juez de instrucción. El propio Sr. Crome acudió tan rápido como pudo a la residencia, y fue llevado a la habitación donde yacía el hombre muerto. Ha dejado algunas notas entre sus documentos que muestran la tristeza y el respeto genuino que sentía por Sir Matthew, y también hay un pasaje, que transcribo por la luz que arroja sobre el curso de los acontecimientos, y también sobre las creencias comunes de la época:

"No había ningún indicio de una entrada forzada a la habitación; pero la ventana estaba abierta, como mi pobre amigo siempre la dejaba, en esta temporada. Acostumbraba tomar una cerveza ligera de un vaso de plata, de aproximadamente una pinta de capacidad, y esa noche no la había bebido toda. Esa bebida fue examinada por el médico de Bury, un Sr. Hodgkins, quien no pudo, sin embargo, como declaró después de su juramento, antes de la búsqueda del juez de instrucción, descubrir en ella ninguna sustancia de tipo venenoso. Porque, como era natural, debido a la gran hinchazón y ennegrecimiento del cadáver, se decía entre los vecinos que había sido envenenado. El cuerpo fue encontrado sobre la cama, completamente retorcido, lo que sugería que mi digno amigo y protector había expirado con gran dolor y agonía. Y lo que aún no se ha explicado, y que opino demuestra algún designio horrible e intencionado en los perpetradores de este bárbaro asesinato, fue el hecho de que las mujeres a las que se les confió amortajar y lavar el cuerpo, personas dolientes y muy bien respetadas en su profesión funeraria, vinieron a mí con un gran dolor y angustia, tanto de mente como de cuerpo, diciendo –lo que de hecho se confirmó a primera vista–, que apenas habían tocado el pecho del cadáver con sus manos desnudas, cuando sintieron dolor en sus palmas, y una picazón intensa y anormal en sus manos, las que, como sus antebrazos, se hincharon bastante, sin tardar mucho. El dolor continuó, como se demostró después, durante muchas semanas, durante las cuales ellas debieron interrumpir el ejercicio de su profesión, aunque ninguna marca se vio en la piel.

"Al escuchar esto, envié a buscar al médico, que todavía estaba en la casa, y examinamos la piel de la parte afectada del cuerpo, con la ayuda de una pequeña lente de cristal; pero no pudimos detectar nada con el instrumento que teníamos, más allá de un par de picaduras o pinchazos pequeños, que luego concluimos que eran los puntos por los cuales se podía introducir el veneno, recordando el anillo del Papa Borgia, como otros ejemplos conocidos del horrendo arte de los envenenadores italianos del pasado.

"Mucho se puede decir de los síntomas que se ven en el cadáver. En cuanto a lo que debo agregar, es solo mi propio experimento, y dejaré que la posteridad determine si hay algo de valor en él. Había sobre la mesa, junto a la cama, una Biblia de tamaño pequeño, de la que mi amigo –cuidadoso tanto en los asuntos de intrascendentes como en los más importantes–, leía antes de acostarse y al levantarse por la mañana, un texto seleccionado. Y al tomarla en mi mano –no sin derramar una lágrima por el hombre que pasó del estudio de ese pobre bosquejo a la contemplación de su gran origen–, tuve la idea, como en esos momentos de impotencia somos propensos a buscar el más pequeño destello que promete arrojar luz, de probar esa antigua práctica, llamada *Sortes Sanctorum*, supuestamente considerada supersticiosa, de abrir la Biblia al azar para buscar consejo; de la cual se habló mucho por el famoso caso de su difunta majestad, el santo mártir Rey Carlos y Lord Falkland. Debo admitir que mi prueba no me brindó mucha ayuda. Sin embargo, como puede que alguien quiera conocer la causa y el origen de estos horribles sucesos, dejo registro de los resultados, en caso de que señalen la causa de este asunto, a una inteligencia más esclarecida que la mía.

"Hice, entonces, tres pruebas, abriendo el Libro y colocando mi dedo sobre ciertas palabras. En el primer intento obtuve Lucas XIII, 7: 'córtala'; en el segundo, Isaías XIII, 20: 'Nunca más será habitada'; y en el tercero, Job XXXIX, 30: 'sus pequeños también chupan sangre' ".

Esto es todo lo que necesita ser citado de los documentos del Sr. Crome. Sir Matthew Fell fue debidamente colocado en su ataúd y enterrado, y su sermón fúnebre, dado por el Sr. Crome el domingo siguiente, se imprimió bajo el título "El camino inescrutable, o El peligro de Inglaterra y las malvadas intrigas del anticristo", según la opinión del vicario, así como la más comúnmente celebrada en el vecindario, el terrateniente fue víctima de un recrudecimiento de las intrigas papistas.

Su hijo, sir Matthew segundo, heredó el título y las propiedades. Y así termina el primer acto de la tragedia de Castringham. Cabe mencionar, aunque el hecho no es sorprendente, que el nuevo Baronet no ocupó la habitación en la que había muerto su padre. Tampoco, de hecho, fue utilizada como dormitorio por nadie más que un visitante ocasional, mientras él vivió. Murió en 1735, y no encuentro que nada particular haya marcado su vida, salvo una mortalidad curiosamente constante entre su ganado vacuno y otros animales en general, que mostró una tendencia a aumentar ligeramente a medida que pasaba el tiempo.

Aquellos que estén interesados en los detalles encontrarán una cuenta estadística en una carta al Gentleman's Magazine de 1772, que se basa en los propios documentos del Baronet. Puso fin a sus pérdidas mediante un simple recurso, el de encerrar a todas sus bestias en los cobertizos durante la noche y no tener ovejas en su parque. Porque se había dado cuenta de que nunca se había atacado a animal alguno que pasara la noche en el establo. Después de eso, el problema se limitó a las aves silvestres y las bestias de caza. Pero como no tenemos una buena descripción de los síntomas, y puesto que la vigilancia nocturna tampoco proporcionó pista alguna, no tengo más que decir sobre lo que los granjeros de Suffolk llamaron la "enfermedad de Castringham".

El segundo sir Matthew murió en 1735, como dije, y fue sucedido por su hijo, sir Richard. Fue en su época cuando se construyó el gran banco familiar en el lado norte de la iglesia parroquial. Tan grandes fueron los proyectos del terrateniente que varias de las tumbas en ese lado profano del edificio, tuvieron que ser alteradas para satisfacer sus requisitos. Entre ellas se encontraba la de la señora Mothersole, cuya posición se conocía con precisión, gracias a una nota sobre un plano de la iglesia y el patio, ambos hechos por el Sr. Crome.

Se despertó cierto interés en el pueblo cuando se supo que la famosa bruja, que todavía era recordada por unos pocos, debía ser exhumada. Y la sensación de sorpresa, y de hecho de inquietud, fue muy fuerte cuando se descubrió que, aunque su ataúd estaba bastante sólido y no tenía roturas, no había rastro alguno de su cuerpo, ni huesos o polvo. De hecho, fue un fenómeno curioso, ya que en el momento de su entierro no se soñaba con tales cosas como ladrones de cadáveres, y es difícil concebir un motivo racional para robar un cuerpo que no sea para los usos de la sala de disección.

El incidente revivió por un tiempo todas las historias de juicios de brujas y de las hazañas de las brujas, latentes durante cuarenta años, y las órdenes de sir Richard de quemar el ataúd fueron consideradas por muchos como bastante temerarias, aunque fueron debidamente obedecidas.

Sir Richard fue un innovador pernicioso, es cierto. Antes de su época, la residencia había sido un elegante edificio de ladrillo de color rojo suave; pero sir Richard había viajado a Italia y se había infectado con el sabor italiano, y, al tener más dinero que sus predecesores, decidió dejar un palacio italiano donde había encontrado una casa inglesa. Así, el estuco y los sillares enmascararon el ladrillo. Se colocaron algunos mármoles romanos elegidos sin mucho criterio, en el vestíbulo y en los jardines, se construyó una reproducción del templo de la Sibila en Tivoli en la orilla opuesta del lago, y Castringham adquirió un aspecto completamente nuevo y, debo decir, menos atractivo. Pero fue muy admirado, y sirvió de modelo a muchos de sus vecinos de la pequeña aristocracia en años posteriores.

***

Una mañana (fue en 1754) sir Richard se despertó después de una noche de incomodidad. Debido al viento, su chimenea había llenado de humo su habitación, y sin embargo hacía tanto frío que debía mantener un fuego. Además, algo había sacudido tanto la ventana que ningún hombre podía conseguir un momento de paz. Además, existía la posibilidad de que varios invitados de posición llegaran en el transcurso del día, esperando disfrutar de una cacería, y las incursiones del moquillo (que seguían afectando a los animales salvajes de sus terrenos) habían sido tan graves últimamente, que temía estropearan su reputación como conservador de la fauna de su parque. Pero lo que realmente lo perturbó más fue el haber pasado una noche de insomnio. Ciertamente no volvería a dormir en esa habitación.

Ese fue el tema principal de sus meditaciones en el desayuno, y después de eso, comenzó un examen sistemático de las habitaciones para ver cuál otra le parecía más adecuada. Pasó mucho tiempo antes de que encontrara una adecuada. Una tenía una ventana orientada al este, y otra al norte; por una puerta siempre pasarían los sirvientes, y no le gustaba la cama de otra. No, quería una habitación con una vista occidental, de modo que el sol no pudiera despertarlo temprano, y debía estar apartada del ajetreo de la casa. El ama de llaves ya no tenía más sugerencias que ofrecer.

"Bueno, sir Richard", dijo, "usted sabe que no hay más que una habitación así en la casa".

"¿Cuál puede ser?", Dijo sir Richard.

"La de sir Matthew, el aposento que mira al Oeste".

"Bueno, ponme allí, porque allí dormiré esta noche", dijo su señor. "¿Por dónde se va? Aquí, para estar seguro"; y él se apresuró a ir.

"Oh, sir Richard, pero nadie ha dormido allí durante estos cuarenta años. No se ha aireado desde que Sir Matthew murió allí" –iba diciendo mientras lo seguía apresuradamente.

"Venga, abra la puerta, señora Chiddock. Veré la cámara, al menos".

Así que se abrió, y, de hecho, tenía un olor terroso y a encerrado. Sir Richard se acercó a la ventana e, impaciente, como era su costumbre, abrió las celosías y la ventana de par en par. Ese extremo de la casa casi no había sido remodelado, y estaba medio tapado por el gran fresno, que lo ocultaba de la vista.

"Airéela, señora Chiddock, todo el día, y mueva mis muebles y mi cama por la tarde. Ponga al obispo de Kilmore en mi antigua habitación".

"Disculpe, sir Richard", dijo una nueva voz, interrumpiendo este discurso, "¿podría concederme un momento?".

Sir Richard se volvió y vio a un hombre de negro en el umbral, que hizo una reverencia.

"Debo pedirle su indulgencia por esta intrusión, sir Richard. Usted, tal vez, apenas me recuerde. Me llamo William Crome y mi abuelo fue vicario en la época de su abuelo".

"Bueno, señor", dijo Sir Richard, "el nombre de Crome siempre es un pasaporte para Castringham. Me complace renovar una amistad de dos generaciones. ¿En qué puedo servirle? Porque esta hora de venir –y si no me equivoco–, su aspecto, indican que tiene prisa".

"Eso no es más que la verdad, señor. Estoy cabalgando de Norwich a Bury St Edmunds tan rápido como puedo, y he parado en mi camino para dejarle algunos papeles que encontramos entre los que mi abuelo dejó a su muerte. Posiblemente usted pueda encontrar algunos asuntos de interés familiar en ellos".

"Usted es muy complaciente, señor Crome, si tiene la bondad de seguirme al salón y tomar un vaso de vino, examinaremos estos documentos juntos". Y usted, señora Chiddock, como dije, trate de airear esta cámara... Sí, es aquí donde murió mi abuelo... Sí, el árbol, quizás, hace que el lugar sea un poco húmedo... No, no quiero escuchar más. No complique las cosas, se lo ruego. Usted tiene sus órdenes –vaya. ¿Me seguirá, señor?"

Fueron al estudio. El paquete que había traído el joven señor Crome (que acababa de convertirse en miembro de Clare Hall en Cambridge, puedo decir, y posteriormente publicó una respetable edición de Polyaenus) contenía, entre otras cosas, las notas que había hecho el antiguo vicario, con motivo de la muerte de sir Matthew Fell. Y, por primera vez, sir Richard se enfrentó a las enigmáticas *Sortes Sanctorum* que ya mencioné. Le parecieron divertidas.

"Bueno", dijo, "la Biblia de mi abuelo le dio un consejo prudente: cortarlo". Si eso significa el fresno, él puede estar seguro de que no lo descuidaré. Tal fuente de catarros y fiebre nunca fue vista".

El salón contenía los libros familiares, que, a la espera de la llegada de una colección que sir Richard había hecho en Italia, y la construcción de una habitación adecuada para recibirlos, no eran muchos.

Sir Richard levantó la vista del papel a la estantería.

"Me pregunto", dice él, "si el viejo profeta todavía está allí? Me parece que lo veo".

Al cruzar la habitación, sacó una gruesa Biblia, que, efectivamente, llevaba en la portada la inscripción: "A Matthew Fell, de su querida madrina, Anne Aldous, 2 de septiembre de 1659".

"No sería un mal plan probarlo de nuevo, Sr. Crome. Apuesto a que obtendremos un par de nombres en las Crónicas. Vaya ¿qué tenemos aquí? 'Me buscarás por la mañana y no estaré'. ¡Bien, bien! Su abuelo habría visto un buen presagio en esto, ¿eh? ¡No más profetas para mí! Son puro cuento. Y ahora, Sr. Crome, le estoy infinitamente agradecido por su paquete. Me temo que estará impaciente por seguir adelante. Por favor, permítame ofrecerla otra copa".

Se despidieron, con sinceras manifestaciones de hospitalidad de sir Richard –porque el aspecto y los modales del joven le habían impresionado favorablemente.

Por la tarde llegaron los invitados: el obispo de Kilmore, lady Mary Hervey, sir William Kentfield, etc. Cena a las cinco, vino, cartas, un bocadillo, y finalmente todos se fueron a sus camas.

A la mañana siguiente, sir Richard no estaba con ánimos para a tomar su escopeta como los demás. Habló con el obispo de Kilmore. Este prelado, a diferencia de muchos de los obispos irlandeses de su época, visitó su sede y, de hecho, residió allí durante un tiempo considerable. Esa mañana, mientras los dos caminaban por la terraza y hablaban sobre las modificaciones y mejoras en la casa, el Obispo dijo, señalando la ventana de la sala Oeste:

"Nunca podría conseguir que uno de mis feligreses irlandeses ocupara esa habitación, sir Richard".

"¿Por qué es eso, mi señor? De hecho, es mi propia habitación".

"Bueno, los campesinos irlandeses creen que trae mala suerte dormir cerca de un fresno, y usted tiene un hermoso fresno a menos de dos metros de la ventana de su habitación. Tal vez, 'continuó el obispo, con una sonrisa,' ya le haya hecho sentir su influencia, porque no parece, si me permite decirlo, refrescado por su descanso nocturno como les gustaría a sus amigos verlo".

"Eso, o algo más, es verdad, me costó dormir de doce a cuatro, mi señor. Pero el árbol caerá mañana, así que no tendré más noticias de él".

"Aplaudo su determinación. Difícilmente puede ser saludable tener el aire que respira filtrado, por así decirlo, a través de todo ese follaje".

"Su señoría está en lo justo, creo. Pero no tuve mi ventana abierta anoche. Fue más bien el ruido que se escuchaba, sin duda porque las ramitas rozaban el vidrio, lo que me mantuvo con los ojos abiertos".

"Creo que eso difícilmente puede ser, sir Richard. Aquí –puede verlo desde este punto. Ninguna de las ramas más cercanas puede tocar su ventana, a menos que haya un vendaval, y no hubo nada de eso anoche. No se acercan a menos de un pie de los cristales".

"No, señor, cierto. ¿Qué será entonces, me pregunto, lo que arañó y susurró tanto, y cubrió el polvo de mi alféizar con líneas y marcas?".

Por fin acordaron que las ratas debían haber salido de la hiedra. Esa fue una sugerencia del obispo, y sir Richard la aceptó sin más.

Así pasó otro día tranquilamente, y llegó la noche, y cada uno se retiró a su habitación, deseándole a sir Richard que pasara una noche más descansada.

Y ahora estamos en su habitación, con la luz apagada y el en su cama. La habitación está sobre la cocina, y la noche, afuera, está tranquila y cálida, por lo que la ventana permanece abierta.

Hay muy poca luz sobre la cama, pero hay un movimiento extraño allí, como si sir Richard moviera su cabeza rápidamente de un lado a otro con el menor sonido posible. Y ahora parecería –tan engañosa es la penumbra–, que tiene varias cabezas redondas y pardas, que se mueven hacia atrás y hacia adelante, bajando incluso hasta su pecho. Es una ilusión horrible. ¿No es nada más? ¡Ahí! algo cae de la cama con un suave ruido, como un gatito, y sale por la ventana rápidamente; otro –cuatro– y después vuelve a haber silencio.

Me buscarás por la mañana, y no estaré.

Al igual que con sir Matthew, lo mismo le ocurrió a sir Richard: ¡lo encontraron muerto y ennegrecido en su cama!

Un grupo pálido y silencioso de invitados y sirvientes se reunieron bajo la ventana cuando se supo la noticia. Envenenadores italianos, emisarios del Papa, aire infectado, todas estas y otras conjeturas fueron arriesgadas. El Obispo de Kilmore miró el árbol, en la bifurcación de cuyas ramas inferiores estaba agachado un gato blanco, mirando hacia abajo, por el hueco que los años habían roído. Observaba algo que estaba dentro del árbol con gran interés.

De repente se levantó y se estiró sobre el agujero. Entonces, un poco del borde sobre el que estaba parado cedió, y el gato se deslizó hacia adentro. Todos miraron hacia arriba al escuchar el ruido de la caída.

Casi todos saben que un gato puede llorar; pero pocos de nosotros hemos escuchado, espero, un grito como el que salió del tronco del gran fresno. Hubo dos o tres gritos –los testigos no están seguros de cuantos– y lo único más que sintieron fue el leve y sordo ruido de alguna conmoción o lucha. Pero lady Mary Hervey se desmayó de inmediato, y el ama de llaves tapó sus oídos, y huyó hasta que cayó en la terraza.

El obispo de Kilmore y sir William Kentfield se quedaron. Sin embargo, incluso ellos estaban desanimados, aunque solo era por el grito de un gato; y sir William tragó una o dos veces antes de poder decir:

"Hay algo que no es normal en ese árbol, mi señor. Creo que tenemos que inspeccionarlo ya mismo".

Y esto fue acordado. Trajeron una escalera, y uno de los jardineros subió, y, mirando hacia abajo por el hueco, no pudo detectar nada más que unas pocas sugerencias oscuras de algo que se movía. Consiguieron una linterna, y la dejaron caer por una cuerda.

"Debemos llegar al fondo de esto. Por mi vida, mi señor, le digo que el secreto de estas terribles muertes está ahí dentro".

El jardinero subió otra vez más con la linterna y la dejó caer cautelosamente por el agujero. Todos vieron la luz amarilla, reflejada en su rostro, cuando se inclinó, y vieron su expresión de terror incrédulo y aversión antes de que gritara con una voz terrible y cayera de la escalera –aunque, felizmente, fue atajado en su caída por dos hombres– dejando caer la linterna dentro del árbol.

Estaba desmayado, y pasó un tiempo antes de que se pudiera saber nada de él.

Para entonces ya tenían algo más que mirar. La linterna debe de haberse roto en el fondo, y seguramente las hojas secas y los desperdicios que había allí se prendieron fuego, porque en unos pocos minutos un humo denso comenzó a subir, y luego llamas; y, para ser breve, el árbol estaba en llamas.

Los presentes hicieron un anillo a unos metros de distancia, y sir William y el Obispo enviaron a los hombres a buscar las armas y herramientas que pudieran conseguir; porque, claramente, aquello que estuviera usando el árbol como su guarida sería expulsado por el fuego.

Y así fue. Primero, vieron aparecer en la horquilla, un cuerpo redondo prendido fuego, del tamaño de la cabeza de un hombre, que surgió muy repentinamente, luego pareció colapsarse y caer hacia atrás. Esto, se repitió cinco o seis veces; luego un bulto similar saltó en el aire y cayó sobre la hierba, donde, después de un momento quedó inmóvil. El obispo se acercó tanto como se atrevió a hacerlo, y vio... ¡qué, sino los restos de una araña enorme, nervuda y chamuscada! Y, a medida que el fuego ardía más abajo, más cuerpos terribles como éste comenzaron a salir del tronco, y se vio que estaban cubiertos de pelo grisáceo.

Todo ese día el fresno ardió, hasta que se derrumbó en pedazos. Los hombres se quedaron allí, matando a las alimañas que, de tanto en tanto, salían disparadas. Por fin hubo un largo intervalo en el que no apareció ninguna más, se acercaron cautelosamente y examinaron las raíces del árbol.

"Encontraron", dice el obispo de Kilmore, "debajo de él, un lugar hueco y redondeado en la tierra, en el que había dos o tres cuerpos de estas criaturas que claramente habían sido sofocadas por el humo; y, lo que para mí es más curioso, al lado de esta guarida, contra la pared, estaba acuclillado lo que parecía ser el esqueleto de un ser humano, con la piel seca sobre los huesos, con algunos restos de cabello negro, que fue pronunciado por aquellos que lo examinaron como indudablemente el cuerpo de una mujer, claramente muerta desde hacía unos cincuenta años.

La pata del mono
William Wymark Jacobs

I

Afuera, la noche era fría y húmeda, pero en la pequeña sala de Laburnam Villa, las persianas estaban cerradas y el fuego ardía intensamente. Padre e hijo estaban jugando al ajedrez; el primero, tenía ideas propias sobre el juego, tan radicales que ponía a su rey en gran peligro, sin ninguna necesidad; lo que provocaba comentarios de la anciana de pelo blanco que tejía tranquilamente junto al fuego.

"Escuchen el viento", dijo el Sr. White, quien, después de haber cometido un error fatal, quería distraer a su hijo para que no lo viera.

"Lo escucho", dijo este último, observando seriamente el tablero mientras estiraba su mano. "Jaque".

"No creo que venga esta noche", dijo su padre, con la mano sobre el tablero.

"Mate", respondió el hijo.

"Esto es lo peor de vivir tan lejos", vociferó el Sr. White, con una violencia repentina e inesperada; "De todos los lugares bestiales, fangosos, y remotos, este es el peor. El camino es un pantano y la carretera es un torrente. No sé en qué están pensando. Supongo que creen que no importa, porque solo quedan dos casas en el camino".

"No importa, querido", dijo su esposa con dulzura. "Quizás ganes el siguiente".

El Sr. White levantó la vista bruscamente, justo a tiempo para interceptar una mirada de complicidad entre madre e hijo. Las palabras murieron en sus labios, y escondió una sonrisa culpable en su delgada barba gris.

"Ahí viene", dijo Herbert White, cuando escuchó el golpe del portón y unos pasos que se acercaban a la puerta.

El anciano se levantó rápidamente, y al abrir la puerta, lo oyeron condolerse con el recién llegado. El recién llegado también se condolió consigo mismo, de modo que la Sra. White dijo: "¡Tut, tut!", y tosió suavemente cuando su esposo entró en la habitación, seguido por un hombre alto, corpulento y rubicundo, de ojos salientes.

"Sargento Mayor Morris", dijo, presentándose.

El sargento mayor les dio la mano y, tomando el asiento que se le ofrecía junto al fuego, observó plácidamente a su anfitrión, mientras este sacaba whisky y vasos y ponía una pequeña olla de cobre sobre el fuego.

Al tercer vaso, le brillaron los ojos y comenzó a hablar, mientras el pequeño círculo familiar contemplaba con gran interés a este visitante de lugares distantes, mientras cuadraba sus anchos hombros en la silla y hablaba de escenas salvajes y de valientes hazañas. De guerras, plagas y pueblos extraños.

"Veintiún años de eso", dijo el Sr. White, sonriendo a su esposa e hijo. "Cuando se fue, era apenas un muchacho. Ahora mírenlo".

"No parece haber sufrido mucho daño", dijo la Sra. White, cortésmente.

"Me gustaría ir a la India yo mismo", dijo el anciano, "solo para mirar un poco, ya saben".

"Está mejor donde se encuentra", dijo el sargento mayor, sacudiendo la cabeza. Dejó el vaso vacío, suspiró suavemente y volvió a sacudirlo.

"Me gustaría ver esos viejos templos, faquires y malabaristas", dijo el anciano. "¿Qué fue lo que empezó a contarme el otro día sobre la pata de un mono o algo así, Morris?".

"Nada", dijo el soldado, apresuradamente. "Al menos nada que valga la pena escuchar".

"¿La pata del mono?". Dijo la Sra. White con curiosidad.

"Bueno, es solo algo de lo que podríamos llamar magia, tal vez", dijo el sargento mayor, con brusquedad.

Sus tres oyentes se inclinaron hacia adelante con entusiasmo. El visitante, distraídamente, se llevó el vaso vacío a los labios y luego lo dejó de nuevo. Su anfitrión lo llenó por él.

"Miren", dijo el sargento mayor, buscando a tientas en el bolsillo, "es solo una pata pequeña y corriente, sacada de una momia".

Sacó algo del bolsillo y se lo ofreció. La Sra. White retrocedió con una mueca, pero su hijo, tomándola, la examinó con curiosidad.

"¿Y qué tiene de especial?", preguntó el Sr. White cuando la tomó de su hijo, y después de examinarla, la puso sobre la mesa.

"Un viejo faquir le puso un hechizo", dijo el sargento mayor, "un hombre muy santo. Quería demostrar que el destino gobernaba las vidas de las personas, y que aquellos que lo interferían solo se hacían daño a sí mismos. Le puso un hechizo para que tres hombres distintos pudieran obtener, cada uno de ellos, tres deseos".

Habló tan seriamente que sus oyentes sintieron que sus risas desentonaban.

"Bueno, ¿por qué no pide los tres deseos, señor?", dijo Herbert White.

El soldado lo miró como los hombres maduros ven a la presuntuosa juventud. "Ya lo hice", dijo en voz baja, y su cara manchada palideció.

"¿Y realmente le concedieron los tres deseos?", preguntó la Sra. White.

"Así es", dijo el sargento mayor, y su vaso golpeó contra sus dientes fuertes.

"¿Y alguien más lo ha hecho?", insistió la anciana.

"Sí, el primer hombre tuvo sus tres deseos", fue la respuesta; "No sé cuáles fueron los dos primeros, pero el tercero fue pedir su muerte. Así es como obtuve la pata".

Su tono eran tan grave que un pesado silencio cayó sobre el grupo.

"Si ya tuvo sus tres deseos, no le servirá de nada ahora, Morris", dijo por fin el anciano. "¿Porqué la guarda?".

El soldado negó con la cabeza. "Por un capricho, supongo", dijo, lentamente. "Tenía alguna idea de venderla, pero no creo que lo haga. Ya ha causado suficiente daño. Además, la gente no va a comprarla. Algunos piensan que es un cuento de hadas, y los que están interesados, quieren probarla primero y pagarme después".

"Si pudiera tener otros tres deseos", dijo el anciano, mirándolo fijamente, "¿los pediría?".

"No lo sé", dijo el otro. "No lo sé".

Tomó la pata y, colocándola entre el índice y el pulgar, la arrojó de repente al fuego. White, con un leve grito, se agachó y la sacó del fuego inmediatamente.

"Mejor que se queme", dijo solemnemente el soldado.

"Si no la quiere, Morris", dijo el otro, "démela".

"No lo haré", dijo su amigo, obstinadamente. "La tiré al fuego. Si la guarda, no me culpe por lo que le pase. Póngala de nuevo en el fuego como un hombre sensato".

El otro negó con la cabeza y examinó su nueva posesión de cerca. "¿Cómo lo hace?", preguntó.

"Sosténgala en su mano derecha y exprese su deseo en voz alta", dijo el sargento mayor, "pero le advierto de las consecuencias".

"Suena como de las Mil y una noches", dijo la Sra. White, mientras se levantaba y comenzaba a preparar la cena. "¿No crees que podrías desear cuatro pares de manos para mí?".

Su esposo sacó el talismán del bolsillo, y luego los tres se echaron a reír cuando el sargento mayor, con una expresión de alarma en su rostro, lo cogió del brazo.

"Si va a pedir algo", dijo, con brusquedad, "pida algo sensato".

El Sr. White la dejó en el bolsillo y, colocando sillas, hizo un gesto a su amigo para que se acercara a la mesa. Durante la cena, se olvidaron un poco del talismán, y luego los tres se sentaron a escuchar cautelosamente una segunda entrega de las aventuras del soldado en la India.

"Si la historia sobre la pata del mono no es más veraz que las otras que nos ha contado", dijo Herbert, después que la puerta se cerró detrás de su huésped, justo a tiempo para que tomara el último tren, "no tendremos mucho que hacer con ella".

"¿Le diste algo por eso, padre?", Preguntó la Sra. White, mirando a su esposo de cerca.

"Solo un poco", dijo él, enrojeciéndose ligeramente. "Él no lo quería, pero lo hice tomarlo. Y él trató de convencerme de nuevo de que la tire".

"Probablemente", dijo Herbert, con fingido horror. "Bueno, vamos a ser ricos, famosos y felices. Para empezar pide ser un emperador, padre; así tu mujer dejará de mandarte".

Corrió alrededor de la mesa, perseguido por si difamada madre, armada con un reposacabezas.

El Sr. White sacó la pata de su bolsillo y la miró dubitativamente. "En realidad no sé qué pedir", dijo lentamente. "Me parece que tengo todo lo que quiero".

"Si solo pagaras la hipoteca de la casa, serías bastante feliz, ¿no?", dijo Herbert, con la mano en el hombro. "Bien, pide doscientas libras, así podrás pagarla".

Su padre, sonriendo avergonzado por su propia credulidad, levantó el talismán, mientras su hijo, con una cara solemne, algo empañada por un guiño a su madre, se sentó al piano y tocó unos impresionantes acordes.

"Deseo doscientas libras", dijo el anciano claramente.

Una fuerte ruido del piano saludó sus palabras, interrumpidas por un estremecedor grito del anciano. Su esposa y su hijo corrieron hacia él.

"Se movió", gritó, con una mirada de disgusto al objeto que yacía en el suelo.

"Cuando pedí el deseo, se retorció en mi mano como una serpiente".

"Bueno, no veo el dinero", dijo su hijo cuando la recogió y lo puso sobre la mesa, "y apuesto a que nunca lo veré".

"Debe haber sido tu fantasía, padre", dijo su esposa, mirándolo con ansiedad.

Sacudió la cabeza. "No importa, sin embargo; aunque no pasó nada, me asustó".

Se sentaron de nuevo junto al fuego, mientras los dos hombres terminaban sus pipas. Afuera, el viento era más fuerte que nunca, y el anciano comenzó a moverse nerviosamente ante el sonido de una puerta que golpeaba las escaleras. Un silencio inusual y deprimente se apoderó de los tres, finalmente la vieja pareja se levantó para retirarse por la noche.

"Espero que encuentres el dinero atado en una bolsa grande en el medio de tu cama", dijo Herbert, mientras él les daba las buenas noches, "y algo horrible en cuclillas encima del guardarropa mirándote mientras te pones en el bolsillo tus ganancias mal habidas".

Ya solo, el señor White se sentó en la oscuridad, mirando el fuego agonizante y viendo caras en las brasas. El último rostro era tan horrible y simiesco que lo perturbó. Se veía tan claro, que, con una risita nerviosa, tomó de la mesa un vaso que contenía un poco de agua para arrojarla sobre el fuego. Su mano agarró la pata del mono, y con un pequeño escalofrío se limpió la mano en su abrigo y se fue a la cama.

II

La mañana siguiente, la luz del sol invernal, derramándose sobre la mesa del desayuno, parecía reírse de sus temores. Había un aire de esplendor prosaico en la habitación, que había faltado la noche anterior, y la pequeña pata sucia y arrugada fue lanzada en el aparador con un descuido que no mostraba una gran creencia en sus virtudes.

"Supongo que todos los viejos soldados son iguales", dijo la Sra. White. "¡Qué idea nuestra, escuchar esas bobadas! ¿Quién puede creer hoy día, que mágicamente obtendrá sus deseos? Y si fuera posible, ¿cómo podrían herirte doscientas libras, padre?".

"Podrían caer sobre su cabeza desde el cielo", dijo el frívolo Herbert.

"Morris dijo que las cosas sucedían naturalmente", dijo su padre "y que podría, si así lo deseara, atribuirlo al azar".

"Bueno, no robes el dinero antes de que regrese", dijo Herbert mientras se levantaba de la mesa. "Me temo que te convertirás en un hombre malvado y avaricioso, y tendremos que repudiarte".

Su madre se echó a reír y, siguiéndolo hasta la puerta, lo miró ir por el camino; y volviendo a la mesa del desayuno, estaba muy feliz a costa de la credulidad de su marido. Todo lo cual no le impidió correr hacia la puerta cuando llamó del cartero, ni le impidió referirse un poco a cuanto amaba la bebida el sargento mayor retirado, cuando descubrió que el correo traía el recibo de un sastre.

"Herbert tendrá algunas cosas graciosas más que decir, cuando vuelva a casa", dijo, mientras se sentaban a la mesa.

"Eso supongo", dijo el Sr. White, sirviéndose un poco de cerveza. "Pero realmente, la cosa se movió en mi mano; te lo juro".

"Pensaste que lo hizo", dijo la anciana con dulzura.

"Te digo que sí", respondió el otro. "No pensé en ello; Yo acababa de... ¿Qué es lo que pasa?".

Su esposa no respondió. Estaba observando los movimientos misteriosos de un hombre afuera de la casa, quien, mirando de manera indecisa hacia la casa, parecía estar tratando de decidirse a entrar. Pensando en las doscientas libras, notó que el extraño estaba bien vestido y llevaba un sombrero de seda nuevo reluciente. Tres veces se detuvo en la puerta, y luego siguió caminando. La cuarta vez se detuvo con la mano sobre ella, hasta que, con una resolución repentina, la abrió y caminó por el sendero. La Sra. White desató rápidamente las cuerdas de su delantal, y lo puso debajo del cojín de su silla.

Ella hizo entrar al extraño, que parecía incómodo. Este la miraba furtivamente, y la escuchó con aspecto preocupado, mientras la anciana se disculpaba por el aspecto de la habitación y el abrigo de su marido, una prenda que solía reservar para el jardín. Luego esperó tan pacientemente como su sexo lo permitía, para que él se explicara, pero al principio estaba extrañamente silencioso.

"Se me pidió que viniera aquí", dijo al fin, y se agachó y recogió un trozo de algodón de sus pantalones. "Vengo de 'Maw y Meggins' ".

La anciana comenzó. "¿Ocurre algo?" Preguntó ella sin aliento. ¿Le ha pasado algo a Herbert? ¿Qué pasó? ¿Qué pasó?".

Su marido se interpuso. "Tranquila, madre", dijo apresuradamente. "Siéntate, y no saques conclusiones apresuradas. No ha traído malas noticias, estoy seguro, señor", y miró al otro ansiosamente.

"Lo siento", comenzó el visitante.

"¿Está herido?" Preguntó la madre, salvajemente.

El visitante hizo una reverencia de asentimiento. "Muy herido", dijo en voz baja, "pero ya no tiene ningún dolor".

"¡Oh, gracias a Dios!", Dijo la anciana, juntando las manos. "¡Gracias a Dios por eso! Gracias".

Se interrumpió de repente cuando entendió el siniestro significado de esa frase, y vio la terrible confirmación de sus miedos en la cara sombría del otro. Ella contuvo el aliento y, volviéndose hacia su marido de mente más lenta, puso su mano temblorosa sobre la suya. Hubo un largo silencio.

"Fue atrapado en la maquinaria", dijo el visitante en voz baja.

"Atrapado en la maquinaria", repitió el Sr. White, aturdido. "Sí".

Se quedó mirando fijamente a la ventana y, tomando la mano de su esposa entre las suyas, la presionó como solía hacer en sus viejos días de cortejo, casi cuarenta años antes.

"Él era el único que nos quedaba", dijo, volviéndose suavemente hacia el visitante. "Es difícil".

El otro tosió, y levantándose, caminó lentamente hacia la ventana. "La empresa quiere que exprese su sincera simpatía con ustedes en su gran pérdida", dijo, sin mirar a su alrededor. "Le ruego que entiendan que solo soy un empleado y que simplemente obedezco órdenes".

No hubo respuesta; el rostro de la anciana estaba blanco, sus ojos miraban fijamente y su respiración era inaudible; en la cara del marido había una mirada como la que su amigo, el sargento, podría haber tenido la primera vez que entró en acción.

"Debo decir que Maw y Meggins deniegan toda responsabilidad", continuó el otro. "No admiten ninguna responsabilidad en absoluto, pero en consideración a los servicios de su hijo, desean presentarle cierta suma como compensación".

El señor White dejó caer la mano de su esposa y, poniéndose de pie, miró con horror al visitante. Sus labios secos formaron las palabras, "¿Cuánto?".

"Doscientas libras", fue la respuesta.

Inconsciente del chillido de su esposa, el anciano sonrió levemente, extendió las manos como si estuviera ciego, y cayó sin sentido, como un trapo, al suelo.

III

En el enorme cementerio nuevo, a unos tres kilómetros de distancia, los ancianos enterraron a su hijo y regresaron a una casa llena de sombras y silencio. Todo terminó tan rápido que al principio casi no podían darse cuenta, y permanecieron en un estado de expectativa como si algo más estuviera por suceder, algo que aligerara su carga, demasiado pesada para que sus viejos corazones la soportaran.

Pero los días pasaron, y la expectativa dio lugar a la resignación —la desesperada resignación de los viejos, erróneamente llamada apatía. A veces apenas intercambiaban una palabra, porque ahora no tenían nada de lo que hablar, y sus días eran largos hasta el hartazgo.

Aproximadamente una semana después, el anciano se despertó repentinamente en la noche, extendió la mano y se encontró solo. La habitación estaba en la oscuridad, y el sonido de un llanto apagado venía desde la ventana. Se levantó en la cama y escuchó.

"Vuelve", dijo, con ternura. "Tendrás frío".

"Mi hijo tiene más frío", dijo la anciana, y lloró de nuevo.

El sonido de los sollozos se apagó en sus oídos. La cama estaba caliente, y sus ojos cargados de sueño. Se quedó dormido, hasta que el grito salvaje de su esposa lo despertó.

"¡La pata!" Gritó salvajemente. "¡La pata del mono!".

Se puso en pie alarmado. "¿Dónde? ¿Dónde está? ¿Qué pasa?".

Ella vino tropezando a través de la habitación hacia él. "La quiero", dijo en voz baja. "No la has destruido?".

"Está en el salón, en el estante", respondió, maravillado. "¿Por qué?".

Ella lloró y se echó a reír, se inclinó y le besó en la mejilla.

"Recién se me ocurrió", dijo histéricamente. "¿Por qué no lo pensé antes? ¿Por qué no lo pensaste?".

"¿Pensar en qué?" preguntó él.

"Los otros dos deseos", respondió ella, rápidamente.

"Sólo hemos pedido uno. ¿No fue eso suficiente?", exigió, con fiereza.

"No", gritó ella triunfalmente. "Tendremos uno más. Baja y tráela rápidamente, voy a pedir que nuestro hijo viva de nuevo".

El hombre se sentó en la cama, tirando a un lado las sábanas, temblando. "¡Dios mío, estás loca!", gritó, horrorizado.

"Consíguela", dijo ella entre jadeos. "Hazlo rápido, y pide... ¡Oh, mi niño, mi niño!".

Su esposo encendió la vela con una cerilla. "Vuelve a la cama", dijo, débilmente. "No sabes lo que estás diciendo".

"Se nos concedió el primer deseo", dijo febrilmente la anciana. "¿Por qué no el segundo?".

"Una coincidencia", balbuceó el anciano.

"Ve a buscarla y pide", exclamó su esposa, temblando de emoción.

El anciano se volvió y la miró, y su voz tembló. "Ha estado muerto diez días, y además él, no te lo diría, pero... solo pude reconocerlo por su ropa. Si entonces estaba demasiado terrible como para que lo vieras, ¿ahora cómo estará?.

"Tráelo de vuelta", gritó la anciana, y lo arrastró hacia la puerta. "¿Crees que temo al niño que he amamantado?".

Bajó en la oscuridad y se dirigió al salón y luego a la repisa de la chimenea. El talismán estaba en su lugar, y un miedo horrible de que el nuevo deseo pudiera traer a su hijo mutilado ante él, antes de que pudiera escapar de la habitación, se apoderó de él, y contuvo el aliento al descubrir que no podía encontrar la puerta... Con el ceño frío por el sudor, recorrió la mesa y recorrió a tientas la pared hasta que se encontró en el pequeño corredor con la maldita cosa en su mano.

Incluso el rostro de su esposa pareció cambiar cuando entró en la habitación. Estaba pálida y expectante, y tenía un aspecto extraño. Él le tuvo miedo.

"¡Expresa el deseo!", gritó con voz fuerte.

"Es tonto y malvado", vaciló.

"¡El deseo!", repitió su esposa.

Levantó la mano. "Deseo que mi hijo vuelva a estar vivo".

El talismán cayó al suelo, y él lo miró con temor. Luego se hundió temblando en una silla, mientras la anciana, con ojos ardientes, caminó hacia la ventana y levantó la persiana.

Se quedó sentado hasta que se sintió congelado por el frío, mirando de vez en cuando a la figura de la anciana que se asomaba por la ventana. El extremo de la vela, que se había quemado por debajo del borde de soporte, arrojaba sombras titilantes en el techo y las paredes, hasta que, con un gran parpadeo, se apagó. El anciano, con una indecible sensación de alivio ante el fracaso del talismán, volvió a su cama y, un minuto o dos después, la anciana se acercó, silenciosa y apáticamente a su lado.

Ninguno habló, pero permanecieron en silencio escuchando el tictac del reloj. Una escalera crujió, y un ratón se escurrió ruidosamente dentro de la pared. La oscuridad era opresiva y, después de yacer por un tiempo, tratando de juntar coraje, tomó la caja de cerillas y, prendiendo una, bajó a buscar una vela.

Al pie de la escalera, el fósforo se apagó, y se detuvo para prender otro. En ese mismo instante sonó un golpe en la puerta principal, tan silencioso y sigiloso como para ser apenas audible.

Las cerillas cayeron de su mano y se derramaron en el corredor. Permaneció inmóvil, con la respiración suspendida hasta que se repitió el golpe. Luego se dio la vuelta y huyó rápidamente a su habitación, y cerró la puerta detrás de él. Un tercer golpe sonó a través de la casa.

"¿Qué es eso?", Gritó la anciana, comenzando.

"Una rata", dijo el anciano en tono tembloroso, "una rata. Me pasó en las escaleras.

Su esposa se sentó en la cama escuchando. Un fuerte golpe resonó por toda la casa.

"¡Es Herbert!", gritó ella. "¡Es Herbert!".

Corrió hacia la puerta, pero su marido estaba delante de ella y, al cogerla por el brazo, la abrazó con fuerza.

"¿Qué vas a hacer?", Susurró con voz ronca.

Es mi chico ¡Es Herbert! —gritó ella, forcejeando con él. "Olvidé que estaba a tres kilómetros de distancia. ¿Para qué me abrazas? Déjalo ir. Debo abrir la puerta.

"Por el amor de Dios, no lo dejes entrar", gritó el anciano, temblando.

"Tienes miedo a tu propio hijo", exclamó ella, luchando. "Déjame ir. Ya voy, Herbert, ya voy".

Hubo otro golpe, y otro. La anciana, con un sacudón repentino, se soltó y salió corriendo de la habitación. Su esposo la siguió hasta el descansillo y la llamó suplicantemente, mientras ella se apresuraba a bajar las escaleras. Escuchó el ruido de la cadena al descorrerse y el perno inferior que se destrababa lenta y rígidamente. Luego la voz de la anciana, tensa y jadeante.

"El cerrojo", gritó ella, en voz alta. "Baja. No puedo alcanzarlo".

Pero su marido estaba sobre sus manos y rodillas, palpando a tientas en el suelo, en busca de la pata. Si solo pudiera encontrarla antes de que entrara la cosa que estaba afuera. Los golpes volvieron a resonar por toda la casa, y escuchó el raspado de una silla cuando su esposa la puso en el pasillo, contra la puerta. Escuchó el chirrido del cerrojo cuando se deslizaba lentamente, y en el mismo momento encontró la pata del mono, y pidió frenéticamente su tercer y último deseo.

Los golpes cesaron repentinamente, aunque sus ecos aún llenaban la casa. Oyó que la silla se retiraba y la puerta se abrió. Un viento frío se precipitó por la escalera, y el largo y desconsolado alarido de decepción y desdicha de su esposa le dio valor para correr hacia su lado, y luego hasta la puerta, más allá. La lámpara de la calle que parpadeaba enfrente brillaba en una calle tranquila y desierta.

Calle M. Le Prince, Nº 252

Ralph Adams Cram

Cuando en mayo de 1886, finalmente llegué a París, naturalmente me puse en contacto con un viejo amigo mío, Eugene Marie d'Ardeche, quien había abandonado Boston hace un año o algo más, al recibir la noticia de la muerte de una tía, que le había dejado los bienes que ella poseía. Supongo que este golpe de suerte lo sorprendió, porque las relaciones entre la tía y el sobrino nunca habían sido cordiales. A juzgar por los comentarios de Eugene sobre la dama, esta era, al parecer, una persona un tanto malvada, prácticamente una bruja, con una inclinación por la magia negra, al menos eso era lo que se decía de ella.

El porqué le dejó todos sus bienes a d'Ardeche, era un misterio, a menos que ella pensara que el interés que su sobrino tenía en el budismo y el ocultismo, pudieran hacer que un día, alcanzara el mismo nivel que ella, en su poco santa iluminación satánica. Muchas veces, d'Ardeche la había criticado, considerándola una anciana malvada, aunque él mismo a veces se dejaba llevar por ese estado de exaltación entusiasta que suele acompañar a ciertas fantasías pueriles sobre el ocultismo. Pero a pesar de su actitud distante y crítica, Mlle. Blaye de Tartas lo nombró su único heredero, provocando la ira violenta de un cuestionable viejo amigo, conocido como Sar Torrevieja, el "Rey de los Hechiceros". Este malévolo y portentoso viejo, cuya cara gris y astuta se veía a menudo en la calle M. le Prince durante la vida de Mlle. de Tartas, al parecer, esperaba gozar de su modesta fortuna después de su muerte; y cuando resultó que ella solo le había dejado el contenido de su sombría y vieja casa en el Barrio Latino, legándole a su sobrino de América la propia casa y todas sus otras posesiones, el Sar procedió a retirar todo del lugar, y luego lo maldijo de manera detallada y exhaustiva, junto con todos aquellos que fueran a vivir allí.

Después de eso desapareció.

Este pequeño relato fue la última noticia que recibí de Eugene, pero conocía la dirección de la casa, 252 de la calle M. le Prince. Entonces, después de pasar un día o dos recorriendo París para familiarizarme con la ciudad, crucé el Sena para buscar a Eugene y pedirle que me mostrara su ciudad.

Todos los que conocen el Barrio Latino, también conocen la calle M. le Prince, que nace en la loma que está cerca de los Jardines de Luxemburgo. Está llena de casas y rincones extraños –o al menos lo estaba el '86–, y ciertamente el número 252 era, cuando lo encontré, tan raro como cualquier otro. No era más que una puerta, un arco negro de piedra vieja entre dos casas nuevas pintadas de amarillo. El efecto de ese trozo de mampostería del siglo XVII, con sus puertas viejas y sucias y su farol, asomándose, desgastado y tenebroso sobre la estrecha acera, en su marco de yeso fresco, era siniestro en extremo.

Pensé que quizás fuera la dirección equivocada; porque era bastante evidente que nadie vivía detrás de esas telarañas. Entré por la puerta de uno de las nuevas casas y le pregunté al conserje.

No, el señor d'Ardeche no vivía allí, aunque era el propietario de la mansión; él mismo residía en Meudon, en la casa de campo de la difunta Mlle. de Tartas. ¿Le gustaría a Monsieur tener su dirección?

A Monsieur le gustaría mucho, así que tomé la tarjeta donde el conserje anotó la dirección, y luego comencé a dirigirme hacia el río para tomar un barco de vapor para Meudon. Por una de esas coincidencias que ocurren tan a menudo, siendo bastante inexplicables, no había dado veinte pasos por la calle antes de encontrarme cara a cara con Eugene d'Ardeche. En tres minutos estábamos sentados en el pequeño y extraño jardín del Chien Bleu, bebiendo vermut y ajenjo, y hablando de todo un poco.

"¿No vives en la casa de tu tía?" Le pregunté finalmente.

"No, pero si esto sigue así, tendré que hacerlo. Meudon me gusta mucho más, y la casa es perfecta, está completamente amueblada y no tiene nada más reciente que el siglo pasado. Debes venir conmigo esta noche y verla. Hasta tengo una excelente habitación para mi Buda. Pero hay algo malo en esta casa de enfrente. Ningún inquilino se queda en ella, ni siquiera por cuatro días. Ya tuve tres, en los últimos seis meses, pero ahora las historias se hicieron públicas y cualquier hombre preferiría alquilar El Tribunal de Cuentas antes que vivir en la casa del Nº 252. Es notorio que la casa está embrujada de la peor manera".

Me reí y pedí más vermú.

"Ríete todo lo que quieras. Pero definitivamente está embrujada, o al menos lo suficiente como para mantenerla vacía, y lo gracioso es que nadie sabe como es que está embrujada. Nunca vieron ni oyeron nada. Hasta donde puedo saber, la gente simplemente se horroriza en esa casa, y quedan tan mal que acaban en el hospital. Uno de los ex-inquilinos todavía sigue en el Hospital Bicêtre. Así que la casa sigue vacía, y como su superficie es bastante grande, tengo que pagar bastantes impuestos. No sé qué hacer al respecto. Creo que se la daré a ese hijo del pecado, Torrevieja, o me iré y viviré en ella. Estoy seguro que los fantasmas no me van a importunar para nada".

"¿Alguna vez te quedaste allí?".

"No, pero siempre tuve la intención de hacerlo, y de hecho, hoy vine aquí para ver a un par de pillos que conozco, Fargeau y Duchesne, médicos en el Hospital Clínico en el Parc Mont Souris. Prometieron que alguna noche, la pasarían conmigo en la casa de mi tía, que aquí la llaman, deberías saber, "la Boca del Infierno", y pensé que tal vez lo harían esta semana, si pueden pedir licencia del servicio. Acompáñame a verlos, y luego podemos cruzar el río y almorzar en Véfour; puedes recoger tus cosas en el Chatham y nos dirigiremos a Meudon, donde, por supuesto, pasarás la noche en mi casa".

El plan me pareció perfecto, así que fuimos al hospital, encontramos a Fargeau, quien declaró que él y Duchesne estaban listos para cualquier cosa, cuanto más cerca de la verdadera "Boca del Infierno" mejor. El jueves siguiente ambos estarían fuera de servicio por la noche, y ese día se unirían en un intento para burlar al diablo y aclarar el misterio del Nº 252.

"¿Nos acompaña monsieur l'Américain?" preguntó Fargeau.

"¿Por qué no?, por supuesto", le respondí, "tengo la intención de ir, y no puedes rechazarme, d'Ardeche; no voy a aceptar un no por respuesta. Esta es una gran oportunidad para que me hagas los honores de tu ciudad de una manera impecable. Muéstrame un verdadero fantasma en vivo, y perdonaré a París por haber perdido el Jardín Mabille".

Así fue resuelto.

Más tarde, bajamos a Meudon y cenamos en la terraza de la villa, que era todo lo que había dicho d'Ardeche, y aún más, su atmósfera era completamente siglo XVII. En la cena, Eugene me contó más acerca de su difunta tía y de los extraños sucesos ocurridos en la vieja casa.

Mlle. Blaye vivía, al parecer, completamente sola, excepto por una sirvienta de su misma edad; una criatura taciturna y severa, con rasgos bretones masivos y una lengua bretona, cada vez que ella se atrevía a usarla. Nunca se vio a nadie entrar por la puerta del número 252, excepto Jeanne, la sirvienta y el Sar Torrevieja; este último, entraba en la casa constantemente, aunque nadie sabía de donde venía, y siempre lo veían entrar, pero nunca lo vieron salir. De hecho, los vecinos, durante once años habían visto cómo el viejo hechicero, casi todos los días visitaba la casa, pero declararon que jamás se le había visto salir de la misma. Una vez decidieron mantener una guardia estricta, el vigilante, nada menos que el Maître Garceau del Chien Bleu, después de mantener la vista fija en la puerta desde las diez de la mañana, cuando el Sar entró, hasta las cuatro de la tarde, período durante el cual la puerta no se había abierto (él lo sabía, porque había pegado un sello de diez centavos sobre la juntura de las puertas, y el sello no había sido roto) casi se desmayó cuando la siniestra figura de Torrevieja se deslizó perversamente a su lado, con un seco "¡Perdón, Monsieur!", y volvió a entrar por la puerta negra.

Esto era curioso, ya que el N° 252 estaba completamente rodeado de casas, y sus únicas ventanas se abrían hacia un patio, que nadie podía llegar a ver desde las casas de la calle M. le Prince y la calle de l'Ecole, y ese misterio era uno de los más notorios del barrio latino.

Una vez al año la austeridad del lugar se interrumpía, y los habitantes de todo el barrio se quedaban con la boca abierta viendo la profusión de carros que llegaban hasta el N° 252, muchos de ellos privados, no pocos con escudos en los paneles de sus puertas. De todos ellos descendían figuras femeninas cubiertas con velos y hombres con los collares de sus abrigos subidos. Luego se escuchaban extraños tonos musicales, y quienes tenían casas contiguas al número 252, se hacían populares por una noche, ya que al colocar la oreja contra una pared contigua, se podía escuchar claramente una música extraña, y, de tanto en tanto, el sonido de monótonos cantos. Al amanecer, el último huésped se habría marchado y, durante un año más, la casa de Mlle De Tartas permanecería ominosamente silenciosa.

Eugene declaró que creía que era una celebración de la "Noche de Walpurgis", y ciertamente las apariencias favorecían tal fantasía.

"Es algo muy extraño", dijo, "el hecho de que todos los vecinos de la calle juran que hace aproximadamente un mes, mientras yo estaba en Concarneau para una visita, escucharon nuevamente música y voces, al igual que cuando mi venerada tía aún vivía. La casa estaba perfectamente vacía, como les digo, por lo que es muy posible que esa buena gente tuviera una alucinación".

Debo reconocer que estas historias no me tranquilizaron nada; de hecho, a medida que se acercaba el jueves, empecé a lamentar un poco mi determinación de pasar la noche en esa casa. Sin embargo, mi vanidad me impidió hacerme atrás; además, al ver la perfecta sangre fría que mostraban los dos médicos, que el martes hicieron una visita a Meudon para hacer algunos preparativos, me juré a mí mismo que moriría de miedo antes que faltar a mi promesa. Supongo que yo creía un poco en los fantasmas; ahora que soy mayor, estoy seguro de que creo en ellos, de hecho hay pocas cosas en las que no pueda creer. Debido a que me habían pasado dos o tres cosas inexplicables y, aunque esto sucedió antes de mi aventura con Rendel en Pæstum,[1] tenía una fuerte predisposición a creer ciertas cosas –comúnmente no aceptadas en esa época–, aunque no pudiera explicarlas.

Bueno, para llegar a la memorable noche del 12 de junio, habíamos hecho los preparativos y, después de depositar una gran bolsa en el interior de las puertas del número 252, fuimos al Chien Bleu, donde Fargeau y Duchesne llegaron poco después, y nos sentamos para disfrutar la mejor cena que Père Garceau podía ofrecer.

Recuerdo que me pareció que la conversación no era de buen gusto. Comenzó con varias historias de faquires indios y malabarismos orientales, temas que Eugene conocía muy bien, después pasaron a los horrores del gran motín de Sepoy, y de ahí a reminiscencias de la sala de disección. Para entonces, habíamos bebido una buena cantidad, y Duchesne se lanzó a un relato fotográfico y zolaesco de la única vez –según él dijo– que fue poseído por el pánico; una noche, hace muchos años, cuando por accidente quedó encerrado en la sala de disección de la Loucine, junto con varios cadáveres de una naturaleza bastante desagradable. Me aventuré a protestar un poco contra esos macabros temas, el resultado fue un carnaval perfecto de horrores, de modo que cuando finalmente bebimos nuestra última crema de cacao y no dirigimos a "la Boca del Infierno", mis nervios se encontraban en una condición un poco frágil.

Eran las diez cuando llegamos a la calle. Fuertes ráfagas de viento cálido y oprimente soplaban por la ciudad, y masas de nubes flotaban en el cielo purpúreo; en resumen, era una noche desagradable, una de esas noches que hacen que uno se sienta completamente agotado, cuando uno quiere, si está en su casa, no hacer nada más que beber julepes de menta[2] y fumar cigarrillos.

Eugene abrió la puerta chirriante e intentó encender una de las linternas; pero las ráfagas de viento apagaban la mecha; finalmente tuvimos que cerrar las puertas exteriores antes de que pudiéramos prender una luz. Por fin pudimos encender todas las linternas y comencé a mirar a mi alrededor con curiosidad. Estábamos en un pasaje largo y abovedado, que parecía ser parte sendero peatonal, parte calzada para carros, perfectamente desnudo, excepto por la basura de la calle que el viento había llevado hasta allí. Más allá había un patio, un lugar extraño de por sí, que se volvía aún más curioso por el extraño efecto de la luz de la luna y el destello de nuestras linternas. Era claro que ese lugar había sido un noble palacio. Enfrente de nosotros se levantaba la parte más antigua, una construcción de tres pisos de la época de Francisco I, cubierta a medias por una vid de glicina. Las alas laterales eran más modernas, del siglo XVII, pero de mal aspecto, mientras que hacia la calle no se veía más que una pared plana e ininterrumpida.

El gran patio vacío, lleno de trozos de papel arrastrados por el viento, fragmentos de cajas de embalaje y paja, se veía misterioso, con luces destellantes y sombras impresionantes, mientras grandes masas de nubes desflecadas, flotaban por encima, tapando y revelando las estrellas, todo en absoluto silencio, ni siquiera los sonidos de la calle llegaban a este lugar, parecido a una prisión, raro y misterioso en extremo. Debo confesar que ya empecé a sentirme un poco espantado, pero con la curiosa falta de lógica que a me-

---

1 Se refiere a otro cuento del mismo autor: *En el Bastión de Kropfsberg*.
2 El julepe de menta es un cóctel alcohólico típico del sur de Estados Unidos.

nudo se da en el caso de aquellos que se están asustando deliberadamente a sí mismos, no pude pensar en nada más tranquilizador que esos deliciosos versos de Lewis Carroll:

¡Buen sitio para el Snark!
¡Buen sitio para el Snark!, ya lo dije dos veces,
    esto servirá para animar la tripulación.
¡Buen sitio para el Snark!: ya lo dije tres veces.
Y lo que digo tres veces es verdad.

que repetía una y otra vez en mi cerebro con febril insistencia.

Incluso los estudiantes de medicina dejaron de bromear, y estaban estudiando los alrededores con gravedad.

"Lo que es indudable", dijo Fargeau, "es que cualquier cosa podría ocurrir aquí sin la menor posibilidad de que lo descubran. ¿Alguna vez viste un lugar tan perfecto para cometer un crimen con impunidad?".

"Cualquier cosa podría suceder aquí ahora, con la misma certeza de impunidad", continuó Duchesne, encendiendo su pipa, el chasquido del fósforo nos alarmó a todos. "D'Ardeche, tu finada parienta, sin duda, estaba bien acomodada; aquí tenía todo bien montado para sus experimentos tradicionales en demonología".

"Maldito sea, si no creo que esas tradiciones están más o menos basadas en hechos reales", dijo Eugene. "Nunca antes había visto este patio en estas condiciones, pero ahora podría creer cualquier cosa. ¡Qué fue eso!".

"Nada más que un portazo", dijo Duchesne en voz alta.

"Bueno, desearía no escuchar portazos en casas que han estado abandonadas durante once meses".

"Aunque nos irrite", y Duchesne deslizó su brazo por el mío; "debemos tomar las cosas como vengan. Recuerda que debemos tratar no solo con la basura espectral que dejó tu tía, sino también con la maldición extrema de ese gato infernal de Torrevieja. ¡Vamos! Entremos antes que llegue la hora en que los muertos con sábanas chillan y farfullan en los corredores solitarios. Enciendan sus pipas, el tabaco es una protección segura contra 'esos putos cadáveres'; préndanlas y sigamos adelante".

Abrimos la puerta del pasillo y entramos en un vestíbulo de piedra abovedada, lleno de polvo y telarañas.

"No hay nada en este piso", dijo Eugene, "excepto las habitaciones de los sirvientes y las oficinas, y no creo que haya nada de malo por aquí. Nunca escuché que lo hubiera, de ninguna manera. Subamos las escaleras".

Por lo que pudimos ver, la casa aparentemente no ofrecía nada interesante en su interior, toda la obra era del siglo XVIII, solo la fachada del edificio principal, con el vestíbulo, eran de la época de Francisco I.

"El lugar se quemó durante el Terror",[3] dijo Eugene, "pero mi tío abuelo, de quien lo heredó Mlle. de Tartas, era un buen y verdadero Realista; se fue a España después de la Revolución y no regresó hasta la subida de Carlos X, cuando él restauró la dinastía, y luego murió, enormemente viejo. Esto explica por qué todo es tan nuevo".

El viejo hechicero español a quien Mlle. De Tartas había dejado su propiedad personal, había hecho su trabajo a fondo. La casa estaba absolutamente vacía, incluso se habían llevado los armarios y estanterías empotrados. Pasamos de una habitación a

---

3 El Terror francés fue un periodo entre 1793 y 1794 caracterizado por los cambios centrados en la violencia de la Revolución francesa.

otra, encontrando todas completamente desmanteladas, solo quedaban las ventanas y las puertas con sus revestimientos, los pisos de parquet y las repisas de las chimeneas, del Renacimiento.

"Me siento mejor", comentó Fargeau. "La casa puede estar encantada, pero no lo parece, ciertamente es el lugar más respetable que se pueda imaginar".

"Sólo espera," contestó Eugene. "Estos son solo los salones de aparato,[4] que mi tía rara vez usaba, excepto, quizás, en su "Noche de Walpurgis" anual. Sube las escaleras y te mostraré una mejor puesta en escena".

En este piso, las habitaciones que dan al patio, las habitaciones para dormir, eran bastante pequeñas, ("son las peores habitaciones, todas parecidas", dijo Eugene). Cuatro de ellas, todas de aspecto tan común como las de abajo. Un corredor corría detrás de ellas, conectándose con otro corredor lateral, y allí se abría una puerta, distinta de las demás puertas, ya que estaba cubierta por un paño verde, algo apolillado. Eugene seleccionó una llave del montón que llevaba, abrió la puerta y, con cierta dificultad, la hizo girar hacia adentro; era tan pesada como la puerta de una caja fuerte.

"Ahora estamos", dijo, "en el mismo umbral del infierno; estas habitaciones eran las más impías de las impías de mi tía escarlata. Nunca las alquilé con el resto de la casa, pero las mantengo como una curiosidad. Ojalá Torrevieja se hubiera mantenido al margen; lamentablemente las saqueó, tal como hizo con el resto de la casa, y no queda nada más que las paredes, el techo y el piso. Sin embargo, son algo digno de verse y pueden sugerir lo que debe haber sido su estado anterior. Entren y tiemblen".

El primer apartamento era una especie de antesala, un cubo de unos veinte pies en cada dirección, sin ventanas ni puertas, excepto aquella por la que entramos y otra a la derecha. Las paredes, el piso y el techo estaban cubiertos con una laca negra, brillantemente pulida, que convertía la luz de nuestras linternas en mil intrincados reflejos. Era como el interior de una enorme caja japonesa, casi vacía. De ahí pasamos a otra habitación, y aquí casi dejamos caer nuestras linternas. La sala era circular, de unos treinta pies de diámetro, cubierta por una cúpula hemisférica; las paredes y el techo eran de color azul oscuro, con estrellas doradas; y cubriendo todo el piso, y a través de la cúpula, se extendía una figura colosal, en laca roja, de una mujer desnuda arrodillada, con las piernas extendidas a lo largo del piso, a cada lado, su cabeza tocando el dintel de la puerta por la que habíamos entrado, sus brazos formando los lados, con los antebrazos extendidos y estirándose a lo largo de las paredes hasta que se encontraban con sus largos pies. Creo que era la cosa más asombrosa, deforme, absolutamente aterradora, que alguna vez vi. Del ombligo colgaba un gran objeto blanco, como el legendario huevo de Roc de las Mil y Una Noches. El piso era de laca roja, y en él estaba incrustado un pentagrama del tamaño de la habitación, hecho de anchas tiras de bronce. En el centro de este pentagrama había un disco circular de piedra negra, con una ligera indentación que sugería un plato, con un pequeño desagüe en el centro.

El efecto de la habitación era simplemente aplastante, con esa gigantesca figura roja agazapada sobre todo, con sus ojos fijos en uno, sin importar su posición. Ninguno de nosotros habló, tan opresivo era ese lugar.

La tercera habitación tenía las mismas dimensiones de la primera, pero en lugar de ser negra, tenía sus paredes, techo y piso completamente cubiertos por placas de bronce,

---

4 Un salón de aparato en un palacio o una gran mansión, es una sala muy grande (o una serie de ellas) concebida principalmente para impresionar a los visitantes y como símbolo de poder de su dueño.

–ahora opacadas, cubriéndose de verdín, pero aún brillantes bajo la luz de la linterna. En el medio se alzaba un altar oblongo de pórfido, sus dimensiones más largas en el eje de la suite de habitaciones, y en un extremo, frente a las puertas, un pedestal de basalto negro.

Esto era todo. Tres habitaciones más extrañas que éstas, incluso estando vacías, serían difíciles de imaginar. En Egipto, o en la India, no estarían completamente fuera de lugar, pero aquí en París, en una casa vulgar, en la calle M. le Prince, eran increíbles.

Volvimos sobre nuestros pasos, Eugene cerró la puerta de hierro con su tapicería cubierta, entramos en una de las cámaras delanteras y nos sentamos, mirándonos los unos a los otros.

"Tu tía era una persona divertida", dijo Fargeau. "Una vieja divertida, con gustos amables; me alegro de no pasar la noche en esas habitaciones".

"¿Qué crees que ella hacía ahí?", preguntó Duchesne. "Conozco algunas cosas sobre las artes oscuras, pero esa serie de salas es demasiado para mí".

"Mi impresión es", dijo d'Ardeche, "que la sala de bronce era una especie de santuario que contenía alguna imagen sobre el pedestal de basalto, mientras que la piedra que estaba enfrente, realmente era un altar, qué cosa sacrificaban, ni siguiera quiero adivinarlo. La sala redonda puede haber sido usada para invocaciones y conjuros. El pentagrama sugiere eso. De cualquier manera, es tan extraño y *fin de siècle*[5] como puedas imaginar. Mira, son casi las doce, vamos a prepararnos, si es que vamos a cazar esa cosa".

Las cuatro cámaras en ese piso de la antigua casa eran las que se decía que estaban embrujadas, las alas eran bastante inocentes y también, por lo que sabíamos, los pisos de abajo. Se dispuso que cada uno de nosotros ocupara una habitación, dejando las puertas abiertas con las luces encendidas, y ante el más mínimo grito o golpe, todos debíamos ir de inmediato a la habitación de la que provenía el sonido de advertencia. Aunque las habitaciones no se comunicaban directamente entre ellas, como todas sus puertas se abrían al mismo pasillo, cualquier sonido sería claramente audible.

Me tocó la última habitación, y la examiné cuidadosamente.

Parecía bastante inocente, un dormitorio parisino, bastante común, bastante alto, con acabados en madera pintada de blanco, con una pequeña repisa de mármol, un suelo polvoriento con incrustaciones de arce y cerezo, paredes empapeladas con un diseño común, aparentemente bastante nuevo, y dos ventanas profundamente empotradas, mirando al patio.

Abrí una ventana con alguna dificultad, y me senté en el asiento de la ventana con la linterna a mi lado, apuntada hacia la única puerta de la habitación.

El viento había decrecido, y todo estaba muy tranquilo y caluroso. En lo alto, las nubes luminosas se estaban acumulando densamente, ya no las movían las rachas de viento. Las grandes masas de hojas de glicinia, mostrando un segundo florecimiento de flores púrpuras aquí y allá, colgaban flácidamente sobre la ventana, en el aire perezoso. Pude oír el sonido de un coche de alquiler tardío en las calles de abajo, más allá de los techos de las casas vecinas. Volví a llenar mi pipa y esperé.

Durante un tiempo, las voces de mis compañeros en las otras habitaciones me hicieron compañía, y al principio les grité de vez en cuando, pero mi voz resonaba con un eco bastante desagradable a través de los largos pasillos, y tenía una forma sugerente de reverberar alrededor del ala izquierda, saliendo por una ventana rota en su extremo

---

5 *Fin de siècle,* traducido del francés como "fin de siglo", generalmente se refiere a los últimos años del siglo XIX y se asocia a veces a la decadencia tras *La Belle Époque* al final de dicho siglo, y a cierta expectativa por el cambio de centuria.

como si fuera la voz de otro hombre. Pronto abandoné mis intentos de conversación y me dediqué a la tarea de mantenerme despierto.

No fue fácil; ¿Por qué comí esa ensalada de lechuga en Père Garceau's? No fue una buena idea. Me estaba dando un sueño irresistible, y la vigilia era absolutamente necesaria. Sin duda, era gratificante saber que podía dormir, que tenía suficiente tranquilidad de ánimo y coraje como para hacerlo, pero debía mantenerme despierto en aras de la ciencia. Sin embargo el sueño me parecía más deseable que nunca antes. Casi medio centenar de veces di cabezadas, solo para despertarme con un sobresalto y encontrar mi pipa apagada. Tampoco el esfuerzo de volver a encenderla me ayudaba. Prendí mecánicamente a mi fósforo, y con la primera bocanada se apagó de nuevo. Era muy desagradable. Me levanté y caminé por la habitación. Estaba muy agarrotado. Mi mala posición casi me había dormido las dos piernas. Apenas pude pararme. Me sentí entumecido, como si tuviera frío. Ya no escuchaba ningún sonido de las otras habitaciones, ni de afuera. Me hundí en el asiento de mi ventana. ¡Qué oscuro se estaba poniendo! Subí la linterna. Esa pipa otra vez, ¡como se apagaba obstinadamente! y mi último fósforo se había terminado. La linterna, también, ¿se estaba apagando? Levanté mi mano para subirla de nuevo. La sentí pesada como el plomo, y cayó a mi lado.

Entonces me desperté enteramente. Recordé la historia de "The Haunters and the Haunted".[6] Este era el Horror. Intenté levantarme, gritar. Mi cuerpo era pesado como plomo, mi lengua estaba paralizada. Apenas podía mover mis ojos. Y la luz se estaba apagando. No había ninguna duda al respecto. Se volvía más y más oscuro. Poco a poco el patrón del empapelado fue siendo tragado por la noche que avanzaba. Un hormigueo corría por mis nervios entumecidos, mi brazo derecho se durmió y se deslizó desde mi regazo hasta mi costado, y no pude levantarlo, se balanceaba incontrolado. Un estridente y agudo zumbido llenó mi cabeza, como las cigarras en una ladera en septiembre. La oscuridad venía rápido.

Sí, eso era. Algo me estaba sometiendo, en cuerpo y mente, con una lenta parálisis. Físicamente ya estaba como muerto. Si solo pudiera mantener mi mente lúcida, mi conciencia, todavía podría resistir, ¿pero podría? ¿Podría resistir el horror loco de este silencio, la oscuridad cada vez mayor, el entumecimiento progresivo? Sabía que, como el hombre en la historia de fantasmas, esa era mi única protección.

El fin había llegado. Mi cuerpo estaba como muerto, ya no respondía, ya no podía mover mis ojos. Estaban fijos apuntando al lugar donde se veía la puerta, que ahora solo aparecía como una oscuridad más profunda.

Total oscuridad, con un último parpadeo la linterna se había apagado. Permanecía sentado esperando; mi mente todavía estaba activa, pero ¿cuánto duraría? Había un límite incluso para la resistencia al pánico total causado por el horror.

Entonces comenzó el fin. Dos ojos blancos se acercaban en la oscuridad aterciopelada, lechosos, opalescentes, pequeños, muy lejanos, ojos entusiastas, como los de una pesadilla. Más hermosos de lo que puedo describir, unos copos ígneos, blancos se movían desde el perímetro hacia adentro, desapareciendo en el centro de los ojos, como un flujo interminable de ópalos de agua en un túnel circular. No podría movido mis ojos, aún de haber podido hacerlo. Ellos devoraban las cosas bellas y temerosas, crecieron lentamente, se hicieron más grandes, fijos en mí, avanzando, haciéndose aún más bellos, los copos blancos de luz barriendo más rápidamente los vórtices ardientes, una terrible

---

6   Una historia de fantasmas por sir Edward Bulwer-Lytton.

fascinación se profundizaba en su insana intensidad a medida que los ojos blancos y vibrantes se acercaban, se agrandaban.

Como una horrible e implacable máquina mortal, los ojos del Horror desconocido se hincharon y se expandieron hasta que estuvieron cerca de mí, enormes, terribles, y sentí un aliento lento, frío y húmedo impulsado con regularidad mecánica contra mi cara, envolviéndome en su niebla fétida, como un nicho mortuorio.

El miedo ordinario siempre se asocia a un terror físico, pero estando en presencia de esta cosa indescriptible, yo experimentaba el terror total y terrible de la mente, el miedo loco de una pesadilla prolongada y fantasmal. Una y otra vez traté de chillar, de hacer ruido, pero físicamente estaba completamente muerto. Solo podía sentirme furioso ante el terror de una muerte horrible. Los ojos estaban cerca de mí, su movimiento era tan rápido que parecían no ser más que palpitantes llamas, el aliento mortal me rodeaba como las profundidades del mar más profundo.

De repente, una boca húmeda y helada, como la de un pez sepia muerto, sin forma, como gelatina, cayó sobre la mía. El horror comenzó lentamente a sorber mi vida, envolviéndome con enormes y temblorosos pliegues de jalea palpitante, pero mi voluntad volvió, mi cuerpo se despertó con la reacción del miedo final, y pelee con la muerte sin nombre que me envolvía.

¿Qué era aquello con lo que estaba peleando? Mis brazos se hundieron a través de la masa no resistente que me estaba congelando. Una y otra vez, nuevos pliegues de gelatina fría me rodeaban, aplastándome con la fuerza de titanes. Luché para apartar mi boca de esta cosa horrible que la sellaba, pero, si alguna vez lo conseguía, para tomar una sola bocanada de aire, la masa húmeda y succionadora se cerraba sobre mi cara de nuevo antes de que pudiera gritar. Creo que luché durante horas, desesperadamente, locamente, en un silencio más espantoso que cualquier sonido, luché hasta que sentí la muerte final a mi lado, hasta que el recuerdo de toda mi vida se precipitó sobre mí como una inundación, hasta que ya no tuve fuerzas para apartar mi cara de aquel infernal *succubus*,[7] hasta que después de un último esfuerzo mecánico caí y me abandoné a la muerte.

Entonces oí una voz que decía: "Si él está muerto, nunca podré perdonarme; yo tuve la culpa".

Otra respondió: "No está muerto, sé que podemos salvarlo si solo llegamos al hospital a tiempo. ¡Maneje como un demonio, cochero! Veinte francos para usted, si llega en tres minutos".

Luego se hizo de noche otra vez, y no sentí nada, hasta que de repente me desperté y miré alrededor. Yacía en una sala de hospital, muy blanca y soleada, con unas flores de lis amarillas junto a la cabecera de la cama, y una alta Hermana de la Merced, estaba sentada a mi lado.

Para contar la historia en pocas palabras, estaba en el Hôtel Dieu, donde mis compañeros me habían llevado esa terrible noche del 12 de junio. Pregunté por Fargeau o Duchesne, quienes llegaron más tarde, y sentados junto a la cama me contaron todo lo que ignoraba.

Parece que se habían sentado, cada uno en su habitación, hora tras hora, sin escuchar nada, muy aburridos y decepcionados. Poco después de las dos, Fargeau, que estaba en la habitación contigua a la mía, me llamó para preguntarme si estaba despierto. No

---

7 El súcubo (del latín *succubus*), según las leyendas medievales occidentales, es un demonio que toma la forma de una mujer atractiva para seducir a los hombres.

respondí y, después de gritar una o dos veces, tomó su linterna y fue a investigar. ¡La puerta estaba cerrada por dentro! Enseguida llamó a d'Ardeche y Duchesne, y juntos se lanzaron contra la puerta, que se resistió. Dentro de la habitación se escuchaban pasos irregulares que iban de aquí para allá, y una respiración pesada. Aunque congelados por el terror, se esforzaron por derribar la puerta y finalmente lo lograron, usando una gran losa de mármol que formaba el estante de la repisa de la habitación de Fargeau. Cuando la puerta se abrió, fueron lanzados contra las paredes del corredor, como por si fueran propulsados por una explosión, las linternas se apagaron, y se encontraron en un silencio y oscuridad absolutos.

Tan pronto como se recuperaron del shock, entraron en la habitación y tropezaron con mi cuerpo en medio del cuarto. Encendieron una de las linternas y vieron la cosa más extraña que se pueda imaginar. El piso y las paredes, hasta una altura de unos seis pies chorreaban con algo que parecía agua estancada, espesa, pegajosa y repugnante. En cuanto a mí, estaba empapado con el mismo líquido maldito. El olor a almizcle era nauseabundo. Me sacaron de la habitación, me desnudaron, me envolvieron en sus abrigos y me llevaron de urgencia al hospital, pensando que quizás estaba muerto. Poco después de la salida del sol, d'Ardeche salió del hospital, habiéndose asegurado de que, con el tiempo, yo me iba a recuperar completamente; con Fargeau subió a examinar a la luz del día los rastros de la casi fatal aventura nocturna. Llegaron demasiado tarde. Los coches autobomba de los bomberos cruzaron la calle cuando ellos pasaban por la Academia. Un vecino se acercó a d'Ardeche y le dijo: "¡Oh, señor! ¡Qué desgracia, pero qué fortuna! Es verdad, la Boca del Infierno, disculpe, quiero decir la residencia de la lamentada Mlle. De Tartas, se quemó, pero no del todo, solo el edificio antiguo. Las alas se salvaron, y eso se debe a los valientes bomberos. Monsieur los recordará, sin duda".

Y eso es lo que había pasado. Ya fuera porque una linterna olvidada, volcada en la excitación, había hecho el trabajo, o causado por alguna influencia sobrenatural, era cierto que "la Boca del Infierno" ya no existía. Un último autobomba estaba bombeando lentamente cuando d'Ardeche se acercó; media docena de mangueras se estiraban a través de la puerta, y adentro, solo el frente estilo Francisco I permanecía de pie, aún cubierto con los tallos negros de las glicinas. Más allá había un gran hueco, donde el humo poco denso se estaba levantando lentamente. Todos los pisos habían desaparecido, y las extrañas salas de Mlle. Blaye de Tartas solo eran un recuerdo.

Visité con d'Ardeche el lugar el año pasado, pero en lugar de las antiguas murallas sólo había un edificio nuevo y ordinario, fresco y respetable; sin embargo, las maravillosas historias de la antigua "Boca del Infierno" aún perduran en el barrio, y seguirán allí, no lo dudo, hasta el Día del Juicio Final.

La llamada de Cthulhu
Howard Phillips Lovecraft

Encontrado entre los papeles del finado Francis Wayland Thurston, de Boston.

> "Es posible que tales grandes potencias o seres hayan sobrevivido... sobrevivientes de una época infinitamente remota cuando... la conciencia posiblemente se manifestaba en formas que han desaparecido desde hace mucho, ante la marea de la ascendiente humanidad... formas de las cuales solo la poesía y la leyenda han conservado un fugaz recuerdo, llamándolos dioses, monstruos, seres míticos de todos los tipos y clases..."
>
> *Algernon Blackwood*

I
El horror en la arcilla

La cosa más misericordiosa del mundo es, creo, la incapacidad de la mente humana para correlacionar todos sus contenidos. Vivimos en una plácida isla de ignorancia en medio de los mares negros del infinito, y no estamos destinados a viajar lejos. Las ciencias, cada una de las cuales se esfuerza en su propia dirección, hasta ahora nos han perjudicado poco; pero, algún día, la unión del conocimiento disociado abrirá perspectivas tan terribles, sobre la realidad y nuestra terrible posición en la misma, que nos volveremos locos por la revelación o bien huiremos de la luz mortal a la paz y la seguridad de una nueva era oscura.

Los teósofos han adivinado la asombrosa grandeza del ciclo cósmico en el que nuestro mundo y la raza humana son incidentes transitorios. Han insinuado extrañas supervivencias en términos que congelarían la sangre, si no estuvieran enmascarados por un optimismo blando. Pero no fue de ellos que recibí la visión única de los eones[1] prohibidos, lo que me estremece cuando pienso en ello y me enloquece cuando lo sueño. Esa fugaz visión, como todos los terribles vislumbres de la verdad, surgió de una combinación accidental de cosas diversas, en este caso, un viejo artículo del periódico

---

1 Eón: unidad de tiempo, equivalente a mil millones de años.

y las notas de un profesor muerto. Espero que nadie más podrá conseguir esta síntesis. Ciertamente, si vivo, nunca proporcionaré a sabiendas un enlace en una cadena tan horrible. Creo que también el profesor tenía la intención de guardar silencio sobre lo que sabía, y posiblemente habría destruido sus notas si su muerte repentina no se lo hubiera impedido.

Tuve por conocimiento de este asunto, por primera vez, en el invierno de 1926-27 con la muerte de mi tío abuelo George Gammell Angell, profesor emérito de lenguas semíticas en la Universidad de Brown, Providence, Rhode Island. El profesor Angell era ampliamente conocido como una autoridad en inscripciones antiguas, y había sido solicitado frecuentemente por los jefes de museos prominentes; por eso su fallecimiento a la edad de noventa y dos años debe ser recordado por muchos. Las oscuras razones de su muerte, intensifican el interés a nivel local. El profesor había sido golpeado mientras regresaba del barco de Newport; cayó repentinamente, como dijeron los testigos, después de haber sido empujado por un marinero negro que venía de una de los curiosos y sombríos pasajes en la ladera escarpada que formaba un atajo desde la costa hasta la casa del difunto, en la calle Williams. Los médicos no pudieron encontrar ningún trastorno visible, pero concluyeron, después de un perplejo cambio de opiniones, que una incierta lesión del corazón, inducida por el rápido ascenso de una colina tan empinada por un hombre tan anciano, fue la responsable de su muerte. En ese momento no vi ninguna razón para disentir con ese diagnóstico, pero últimamente tengo ciertas dudas, y aún más que eso.

Como heredero y albacea de mi tío abuelo, que murió viudo sin hijos, se esperaba que revisara sus papeles con cierta minuciosidad; y con esa finalidad trasladé todos sus archivos y cajas a mi casa de Boston. Gran parte del material que correlacioné será publicado por la Sociedad Arqueológica Americana, pero había una caja que me pareció sumamente desconcertante, y que tuve reluctancia de mostrar a otras personas. Estaba cerrada y no encontré la llave hasta que se me ocurrió examinar el llavero personal que el profesor siempre llevaba en el bolsillo. Solo entonces pude abrirla, pero cuando lo hice, solo parecía enfrentarme a otro obstáculo mayor, aún más impenetrable. ¿Cuál podría ser el significado del extraño bajorrelieve de arcilla y las anotaciones, divagaciones y recortes inconexos que contenía? ¿Acaso mi tío, en sus últimos años, se había convertido en un devoto seguidor de las imposturas más superficiales? Decidí buscar al excéntrico escultor responsable de esta aparente perturbación de la paz mental del anciano.

El bajorrelieve era un rectángulo áspero de menos de una pulgada de espesor y un tamaño de aproximadamente cinco por seis pulgadas, obviamente de origen moderno. Sus diseños, sin embargo, estaban lejos de ser modernos, tanto por su atmósfera como por lo que sugerían; porque aunque los salvajes caprichos del cubismo y el futurismo abundan, no suelen reproducir esa regularidad críptica que se esconde en la escritura prehistórica. Y la mayor parte de estos diseños parecía ser ciertamente escritura de algún tipo; aunque mi memoria, a pesar de la gran familiaridad con los documentos y las colecciones de mi tío, no logró identificar a este tipo de escritura, ni siquiera pude obtener una pista sobre sus vinculaciones.

Sobre estos aparentes jeroglíficos había una figura de intención pictórica evidente, aunque su ejecución impresionista no permitía tener una idea muy clara de su naturaleza. Parecía ser una especie de monstruo, o símbolo de un monstruo, o una forma que solo una fantasía enfermiza podría concebir. Si digo que mi imaginación, un tanto extravagante produjo imágenes simultáneas de un pulpo, un dragón y una caricatura humana, no seré infiel al espíritu de la cosa. Una cabeza pulposa y con tentáculos cubría un cuerpo grotesco y escamoso con alas rudimentarias; pero fue el esquema general del conjunto lo que lo hacía terriblemente espantoso. Detrás de la figura se veía una vaga sugerencia de una arquitectura ciclópea.

La escritura que acompañaba a esta rareza, aparte de una pila de recortes de prensa, era de la mano del profesor Angell; sin pretensiones de estilo literario. El que parecía ser el documento principal se titulaba "CULTO DE CTHULHU" en caracteres cuidadosamente impresos para evitar la lectura errónea de una palabra tan inaudita. El manuscrito se dividía en dos secciones, la primera de las cuales estaba titulada "1925: Sueño y obra onírica de HA Wilcox, 7 Thomas St., Providence, R.I.", y la segunda, "Narrativa del inspector John R. Legrasse, 121 Bienville St., New Orleans, La., a la Sociedad Norteamericana de Arqueología, 1908. Notas del mismo, y el informe del Prof. Webb". Las otra notas manuscritas eran breves, algunas de ellas sobre los sueños extraños de diferentes personas, otras, citas de libros y revistas teosóficas –en particular la Atlántida y la Lemuria Perdida de W. Scott-Elliot–, y el resto eran comentarios sobre sociedades secretas y cultos ocultos que sobrevivieron durante mucho tiempo, con referencias a pasajes en fuentes antropológicas y mitológicas como la *Rama Dorada* de Frazer y *El Culto de las Brujas en Europa occidental* de la señorita Murray. Los recortes se referían en gran medida a enfermedades mentales y brotes colectivos de locura o manía en la primavera de 1925.

La primera mitad del manuscrito principal contaba una historia muy peculiar. Parece que el 1 de marzo de 1925, un joven delgado y moreno, emocionado y de aspecto neurótico había contactado al Profesor Angell, llevando consigo el singular bajorrelieve de arcilla, que estaba muy húmedo y fresco. Su tarjeta llevaba el nombre de Henry Anthony Wilcox, y mi tío lo reconoció como el hijo menor de una excelente familia que él mismo conocía, que había estudiado escultura en la Escuela de Diseño de Rhode Island y que vivía solo en el edificio Fleur-de-Lys, cerca de esa institución. Wilcox era un joven precoz de genio conocido, pero con gran excentricidad, quien desde su infancia se había destacado por las extrañas historias y sueños que tenía la costumbre de contar. Se llamaba a sí mismo "psíquicamente hipersensible", pero la gente seria de la antigua ciudad comercial lo rechazaba como simplemente "raro". Nunca se mezcló mucho con su clase, su visibilidad social se había ido reduciendo gradualmente. Actualmente solo era conocido por un pequeño grupo de estetas de otras ciudades. Incluso el Club de Arte de Providence, ansioso por preservar su conservadurismo, lo había considerado un caso sin esperanza.

El manuscrito del profesor relata como en aquella visita, el escultor le pidió a su anfitrión, que usando su conocimiento arqueológico lo ayudara a identificar los jeroglíficos en el bajorrelieve. Habló de una manera soñadora y rebuscada, que sugería impostura y que hacía difícil simpatizar con él. Mi tío le contestó con sequedad, ya que la notoria frescura de la tableta no permitía relacionarla con la arqueología. La réplica del joven Wilcox, que impresionó a mi tío lo suficiente como para recordarla y grabarla textualmente, fue de un tipo increíblemente poético que debió haber tipificado toda su conversación, y que desde entonces he encontrado muy característica de él. Dijo: "En realidad es nuevo, porque lo hice anoche, basado en un sueño de ciudades extrañas; y los sueños son más antiguos que la melancólica Tiro, o la Esfinge contemplativa, o Babilonia rodeada de jardines".

Fue entonces cuando comenzó esa narración inconexa que repentinamente, despertó un recuerdo dormido y ganó el interés febril de mi tío. Había habido un ligero terremoto la noche anterior, el más fuerte sentido en Nueva Inglaterra durante los últimos años; y la imaginación de Wilcox se había visto profundamente afectada. Al acostarse, había tenido un sueño sin precedentes de grandes ciudades ciclópeas de bloques titánicos y monolitos que se alzaban hacia el cielo, todos goteando lodo verde, siniestros con horror latente. Jeroglíficos cubrían las paredes y los pilares, y desde algún punto indeterminado, desde la parte inferior, se proyectaba una voz que no era una voz; una sensación caótica que solo la fantasía podía transmutar en sonido, pero que trató de representar con la mezcla casi impronunciable de letras, "Cthulhu fhtagn".

Este revoltijo verbal fue la clave para recuperar el recuerdo que entusiasmó y perturbó al profesor Angell. Cuestionó al escultor con minuciosidad científica; y estudió con casi frenética intensidad el bajorrelieve, que el joven había esculpido, aún dormido, durante la noche, y que había encontrado entre sus manos al despertar, muerto de frío y vestido solo con sus ropas de dormir. Mi tío culpó a su vejez, dijo Wilcox más adelante, por su lentitud para reconocer tanto los jeroglíficos como el diseño pictórico. Muchas de sus preguntas le parecieron altamente fuera de lugar a su visitante, especialmente aquellas que intentaban conectar a este último con cultos o sociedades secretas, y Wilcox no pudo entender las repetidas promesas de guardar el secreto, que el profesor le ofreció a cambio de una admisión de pertenencia a algún cuerpo místico o religioso pagano. Cuando el profesor Angell se convenció de que el escultor no tenía conocimiento de ningún culto o sistema de conocimiento oculto, le pidió a su visitante que lo mantuviera informado sobre todos sus sueños. Esta propuesta fue fructífera, porque después de la primera entrevista el manuscrito registra las llamadas diarias del joven, durante las cuales relataba fragmentos sorprendentes de imágenes nocturnas abrumadoras, que siempre mostraban una terrible vista ciclópea de piedras oscuras goteando, con una inteligencia o voz subterránea gritando monótonamente palabras indescriptibles y enigmáticas, que impactaban los sentidos. Los dos sonidos más frecuentemente repetidos eran aquellos que se pueden reproducir como "Cthulhu" y "R'lyeh".

El manuscrito relata que el 23 de marzo Wilcox no apareció; y las indagaciones en su vivienda revelaron que lo había aquejado una fiebre extraña y lo habían llevado a la casa de su familia en Waterman Street. Había gritado en la noche, despertando a varios otros artistas en el edificio, y desde entonces había oscilado entre la inconsciencia y el delirio. Mi tío llamó de inmediato a la familia y, desde ese momento, siguió de cerca el caso; llamando a menudo a la oficina de Thayer Street del Dr. Tobey, quien estaba a cargo de ese paciente. La mente enfebrecida del joven, aparentemente estaba enfocada en cosas extrañas; y el doctor se estremecía al hablar de ellas. Incluían no solo una repetición de lo que él había soñado anteriormente, sino que también mencionaba una cosa gigantesca "de millas de altura" que caminaba o se movía pesadamente. En ningún momento describió completamente esa entidad, pero las ocasionales palabras frenéticas, como lo repetía el Dr. Tobey, convencieron al profesor de que debía ser el monstruo sin nombre que había tratado de representar en la escultura de su sueño. La referencia a este ser, agregó el doctor, era invariablemente un preludio a la caída del joven en un letargo. Su temperatura, por extraño que parezca, no era muy superior a la normal; pero su estado se parecía más a una fiebre violenta que a un trastorno mental.

El 2 de abril a las 3 de la tarde, todo rastro de la enfermedad de Wilcox cesó repentinamente. Se sentó en la cama, asombrado de encontrarse en la casa de sus padres y completamente ignorante de lo que había sucedido en el sueño o la realidad desde la noche del 22 de marzo. Su médico le dio el alta, y regresó a sus habitaciones en tres días más; pero ya no le fue útil al profesor Angell. Con su recuperación, todos los rastros de sus sueños extraños se habían desvanecido, y mi tío dejó de registrar sus sueños, después de una semana de sueños inútiles e irrelevantes, de visiones completamente normales.

Así terminaba la primera parte del manuscrito, pero las referencias a algunas de las notas dispersas me dieron mucho material para pensar, tanto, de hecho, que solo el escepticismo arraigado que es mi filosofía de vida, puede explicar mi persistente desconfianza. Las notas en cuestión eran aquellas que describían los sueños de varias personas, que cubrían el mismo período en el que el joven Wilcox había tenido sus extrañas visiones. Parece que mi tío había organizado rápidamente un prodigiosamente extenso grupo de personas, solicitando informes nocturnos de sus sueños y las fechas de visiones notables del pasado a casi todos los amigos a quienes podía cuestionar sin impertinencia. La recepción de su pedido parece haber sido variada; pero, como mínimo, debe haber recibido más respuestas de las que cualquier hombre común podría haber manejado sin una secretaria. Esta correspondencia original no se conservó, pero sus notas brindan un resumen exhaustivo y realmente significativo. La gente promedio en la sociedad y en los negocios –la "sal de la tierra" tradicional de Nueva Inglaterra– ofreció un resultado casi completamente negativo, aunque aquí y allá aparecen casos dispersos de impresiones nocturnas perturbadoras pero sin forma, siempre entre el 23 de marzo y el 2 de abril, el período del delirio de Wilcox. Los científicos habían sido un poco más afectados, cuatro casos de vagas descripciones sugerían visiones fugitivas de paisajes extraños, y en un caso se mencionaba el temor a algo anormal.

Las respuestas más pertinentes llegaron de los artistas y los poetas, y sé que el pánico se habría desatado si ellos hubieran podido comparar notas. Tal como estaba el manuscrito, sin las cartas originales, yo casi sospechaba que el compilador había hecho preguntas tendenciosas, o que había editado la correspondencia para corroborar lo que él había resuelto ver previamente. Por eso seguí sospechando que Wilcox, de alguna manera había tenido conocimiento de los materiales arcaicos que mi tío relacionó con sus sueños, y que lo había estado engañando. Los sueños de los artistas contaban una historia inquietante. Desde el 28 de febrero hasta el 2 de abril, una gran parte de ellos había soñado cosas muy extrañas, y la intensidad de los sueños fue inconmensurablemente más fuerte durante el período del delirio del escultor. Más de una cuarta parte de los que informaron algo, relataron escenas y extraños sonidos similares a los que Wilcox había descrito; y algunos de los soñadores confesaron un miedo agudo al gigante sin nombre, visible al final de sus sueños. Un caso, descrito enfáticamente en la nota, fue muy triste. El sujeto, un arquitecto ampliamente conocido, con inclinaciones hacia la teosofía y el ocultismo, enloqueció violentamente en la fecha de la fiebre del joven Wilcox, y expiró varios meses más tarde, después de proferir incesantes gritos pidiendo ser salvado de monstruos escapados del infierno. Si mi tío se hubiera referido a estos casos por nombre en lugar de simplemente por número, podría haber intentado corroborar e investigar personalmente los mismos; pero tal y como estaba el material, solo logré rastrear unos pocos. Todos estos, sin embargo, confirmaron las notas en su totalidad. A menudo me he preguntado si todos los aquellos a quienes había interrogado el profesor se sintieron tan desconcertados como los que entrevisté. Es bueno que nunca hayan conocido la explicación de sus sueños.

Los recortes de prensa, como he insinuado, mencionaban casos de pánico, manía y excentricidad durante el período especificado. El profesor Angell debe haber empleado una agencia de noticias, porque la cantidad de noticias era tremenda, y las fuentes estaban dispersas por todo el mundo. Una describía un suicidio nocturno en Londres, donde un solitario soñador había saltado de una ventana después de dar un grito impactante. Otra era una carta al editor de un periódico en América del Sur, donde un fanático premonizaba un futuro terrible, basándose en sus visiones. Un reporte de California describe a una colonia de teósofos que se vestía con túnicas blancas, reunidos en masa para un "glorioso advenimiento" que nunca llegó, mientras que los artículos de la India hablaban con cautela de graves disturbios entre los nativos hacia fines de marzo. Las orgías vudú se habían multiplicado en Haití, y los puestos de avanzada africanos reportaban murmullos siniestros. Los oficiales estadounidenses en Filipinas decían que algunas tribus estaban perturbadas en esas fechas, y policías de Nueva York fueron asaltados por levantinos histéricos la noche del 22 al 23 de marzo. El oeste de Irlanda también estaba lleno de rumores salvajes y legendarios, y un fantástico pintor llamado Ardois-Bonnot colgó un blasfemo "Paisaje de ensueño" en el salón de primavera de París en 1926. También hubo tantos problemas registrados en los manicomios, que solo un milagro puede haber impedido a la fraternidad médica notar esos extraños paralelismos y tratar de explicarlos con alguna teoría descabellada. Un extraño montón de recortes, todo dicho; y en esta fecha apenas puedo imaginar el cruel racionalismo con el que los dejé de lado. Pero entonces estaba convencido de que el joven Wilcox había tenido conocimiento de los materiales arcaicos que mi tío relacionó con sus sueños.

II
El relato del inspector Legrasse

Los materiales arcaicos que habían convencido a mi tío de que el sueño y el bajorrelieve del escultor eran significativos, eran el tema de la segunda mitad de su largo manuscrito. El profesor Angell ya había visto los contornos infernales de esa monstruosidad sin nombre, entre jeroglíficos que no podían interpretarse, y escuchado las sílabas siniestras que solo pueden interpretarse como "Cthulhu"; y todo esto creaba una conexión tan conmovedora y horrible que no es de extrañar que hostigara al joven Wilcox con preguntas y demandas de más datos.

La experiencia anterior sucedió en 1908, diecisiete años antes, cuando la Sociedad Arqueológica Americana celebró su reunión anual en San Luis. El profesor Angell, como correspondía a alguien de sus méritos y autoridad, había tenido un papel destacado en todas las deliberaciones; y fue uno de los primeros en ser contactados por varios forasteros que aprovecharon la convocatoria para presentar ciertos asuntos, que esperaban los expertos pudieran esclarecer.

El jefe de estos forasteros, enseguida se convirtió en el foco de interés de toda la reunión. Era un hombre de mediana edad de aspecto común, que había viajado desde Nueva Orleans para obtener cierta información especial que no había podido conseguir de ninguna fuente local. Su nombre era John Raymond Legrasse, y era de profesión inspector de policía. El tenía en su poder una estatuilla de piedra grotesca, repulsiva y aparentemente muy antigua, cuyo origen no se pudo determinar, y que era el motivo de su consulta. No se debe imaginar que el inspector Legrasse tuviera el menor interés en la arqueología. Por el contrario, su deseo de esclarecimiento estaba motivado por consideraciones puramente profesionales. La estatuilla, el ídolo, el fetiche, o lo que fuera, había sido confiscada algunos meses antes, en los pantanos boscosos al sur de Nueva Orleans, durante una redada efectuada en una reunión de un supuesto culto vudú; y tan singulares y horribles eran los ritos relacionados con ese culto, que la policía no pudo menos que darse cuenta de que habían tropezado con un culto oscuro y totalmente desconocido para ellos, infinitamente más diabólico que incluso el más tenebroso de los círculos vudúes africanos. De su origen, aparte de los cuentos erráticos e increíbles obtenidos de los miembros capturados, absolutamente nada pudo ser descubierto; de ahí la ansiedad de la policía por cualquier aporte de los expertos que pudiera ayudarles a identificar ese símbolo espantoso y, a través de él, rastrear el culto hasta su fuente.

El inspector Legrasse se sorprendió por la gran excitación que suscitó la estatuilla. Una visión de la cosa había sido suficiente para hacer que los hombres de ciencia se conmocionaran, y no perdieron el tiempo en reunirse con él para contemplar la diminuta figura cuya absoluta rareza y aspecto de antigüedad abismal, insinuaban fuertemente oscuras visiones arcaicas. Ninguna escuela de escultura reconocida había creado este objeto terrible, sin embargo, siglos e incluso miles de años parecían grabados en su superficie oscura y verdosa de piedra irreconocible.

La figura, que finalmente fue pasada lentamente, de mano en mano, para un estudio cuidadoso y cercano, tenía entre siete y ocho pulgadas de altura y era de una confección exquisitamente artística. Representaba un monstruo vagamente antropoide, visto de perfil, con una cabeza parecida a un pulpo, cuya cara era una masa de tentáculos, con un cuerpo escamoso de aspecto gomoso, garras prodigiosas en las patas traseras y delanteras y alas largas y estrechas por atrás. Esa cosa, que parecía imbuida con una temible malignidad antinatural, tenía un cuerpo corpulento, un poco hinchado, y se agazapaba sobre un bloque rectangular o pedestal cubierto de caracteres indescifrables. Las puntas de sus alas tocaban el borde trasero del bloque, el asiento ocupaba el centro, mientras que las largas y curvadas garras de las patas traseras dobladas y en cuclillas agarraban el borde delantero y se extendían un cuarto del camino hacia el fondo del pedestal. La cabeza del cefalópodo estaba inclinada hacia adelante, de modo que los extremos de los tentáculos faciales rozaban el dorso de las enormes patas delanteras, que sujetaban las rodillas elevadas de la criatura en cuclillas. El conjunto sugería una realidad completamente anormal, y su origen totalmente desconocido solo aumentaba el miedo que inspiraba. Su edad vasta, impresionante e incalculable era inconfundible; sin embargo, no pudieron encontrar vínculo alguno con ningún tipo de arte conocido; ni en los albores de la civilización, ni tampoco en ninguna otra época. Totalmente separado y sin relación con nada más, su material era un misterio. La piedra era de consistencia jabonosa, de color negro verdoso, con motas doradas o iridiscentes, sus estrías no se parecían a nada que conociera la geología o la mineralogía. Los caracteres inscritos a lo largo de la base eran igualmente desconcertantes; y ningún miembro presente, a pesar de representar el conocimiento experto de la mitad del mundo en ese campo, podía aportar la menor idea, incluso de su parentesco lingüístico más remoto. Los caracteres, tal como el tema y el material, pertenecían a algo horriblemente remoto y distinto de la humanidad, tal como la conocemos; algo espantosamente sugestivo de ciclos de vida arcaicos e impuros, sin relación alguna con nuestro mundo y nuestras concepciones.

Y, sin embargo, mientras los expertos sacudían sus cabezas y confesaban su derrota ante el problema del inspector, había un hombre en esa reunión que creyó percibir un toque de extraña familiaridad en esa forma monstruosa y en su escritura, y quien, en ese momento contó, con cierta inseguridad, una extraña historia que solo él conocía. Esta persona era el difunto William Channing Webb, profesor de antropología en la Universidad de Princeton, y un explorador de no poca importancia. El profesor Webb había estado comprometido, cuarenta y ocho años antes, en una gira por Groenlandia e Islandia en busca de algunas inscripciones rúnicas que no había podido desenterrar; y mientras estaba en lo alto de la costa oeste de Groenlandia, se había encontrado con una tribu o culto singular de esquimales degenerados, cuya religión, una curiosa forma de adoración del diablo, lo hizo escalofriarse por su sed deliberada de sangre y su aspecto repulsivo. Era una fe de la que los otros esquimales sabían poco, y que solo mencionaban con estremecimientos, diciendo que había llegado de épocas terribles antiguas antes de que el mundo fuera creado. Además de los ritos sin nombre y los sacrificios humanos, había ciertos rituales hereditarios extraños dirigidos a un anciano diablo o *tornasuk*; y de este, el profesor Webb había tomado una copia fonética cuidadosa de un anciano *angekok*, o un mago-sacerdote, expresando los sonidos en letras romanas lo mejor que podía. El fetiche que este culto atesoraba, y alrededor del cual bailaban cuando la aurora saltaba sobre los acantilados de hielo, era, dijo el profesor, un bajorrelieve de piedra muy crudo, que incluía una imagen horrible y una escritura críptica. Y por lo que él podía recordar, era un paralelo aproximado, en todas sus características esenciales de la estatuilla bestial que ahora tenían delante de ellos.

Esta información, recibida con suspenso y asombro por los miembros reunidos, resultó ser doblemente emocionante para el inspector Legrasse; y de inmediato comenzó a acosar a su informante con preguntas. Habiendo notado y copiado un ritual oral entre los adoradores de cultos que sus hombres habían arrestado, le suplicó al profesor que recordara lo mejor posible las sílabas anotadas entre los esquimales adoradores del diablo. Luego siguió una comparación exhaustiva de detalles, y un momento de silencio realmente asombroso cuando tanto el detective como el científico corroboraron la identidad virtual de la frase común en los dos rituales infernales, tan separados en la distancia. Lo que, en esencia, tanto los magos esquimales como los sacerdotes del pantano de Louisiana habían cantado a sus ídolos era algo muy parecido a la siguiente frase –la división de las palabras se estableció a partir de las pausas observadas por los cantores–, tal como se cantaba en voz alta:

"Ph'nglui mglw'nafh Cthulhu R'lyeh wgah'nagl fhtagn".

Legrasse tenía un ventaja sobre el profesor Webb, porque varios de sus presos mestizos le habían dicho lo que los celebrantes de mayor edad les habían contado que significaban las palabras. Ese texto, según lo recibido, era algo como esto:

"En su casa en R'lyeh, muerto, Cthulhu espera soñando".

Y ahora, respondiendo a una demanda general y urgente, el inspector Legrasse relató de la mejor manera posible su experiencia con los adoradores del pantano, contando una historia a la que mi tío le asignó un profundo significado. La historia era similar a los sueños más salvajes de los creadores de mitos y los teósofos, y revelaba un asombroso grado de imaginación cósmica, que nadie podría haber esperado encontrar, entre los parias y los vagabundos.

El 1 de noviembre de 1907, llegó a la policía de Nueva Orleans un frenético pedido de ayuda desde el país de pantanos y lagunas que se extendía al sur. La gente de la zona, primitiva, pero de buen natural, vivía en asentamientos ilegales, y eran, en su mayoría descendientes los hombres de Lafitte. Ellos estaban acosados por un terror absoluto que venía de una cosa desconocida que había aparecido en medio de la noche. Era vudú, aparentemente, pero vudú de una clase más terrible de lo que jamás habían conocido; y algunas de sus mujeres e hijos habían desaparecido desde que el malévolo Tom-Tom había empezado a golpear incesantemente en el bosque tenebroso donde no vivía nadie. Se escuchaban gritos de locura y chillidos desgarradores, cantos escalofriantes y diabólicas llamas danzantes; y, el mensajero concluyó, la gente no podía soportar más todo eso.

Así que un cuerpo de veinte policías, que llenaban dos vagones y un automóvil, se había puesto en marcha a última hora de la tarde con un tembloroso ocupa[2] como guía. Al final de la carretera transitable, bajaron de los vehículos, y durante millas chapotearon en silencio por los terribles bosques de cipreses donde nunca llegaba el día. Desagradables raíces y lazos colgantes malignos de musgo español los acosaban, y de vez en cuando un montón de piedras húmedas o un fragmento de una pared podrida, intensifican la atmósfera opresiva, que los árboles malformados y los islotes fungosos ayudaban a crear. Por fin llegaron hasta el asentamiento de ocupantes ilegales, un miserable grupo de chozas. Los histéricos habitantes corrieron a agruparse alrededor del grupo de linternas que se meneaban. El latido sordo de los tom-toms apenas era audible, muy por delante; y a intervalos poco frecuentes, cuando el viento cambiaba, se escuchaban gritos escalofriantes. Un resplandor rojizo parecía filtrarse a través de la maleza pálida, más allá de las interminables avenidas de la noche del bosque. Aunque estaban renuentes a quedarse solos, los acobardados ocupas rehusaron avanzar una pulgada hacia la escena de la adoración profana, por lo que el inspector Legrasse y sus diecinueve colegas se internaron sin guía en las arcadas sombrías de un horror que ninguno de ellos había visto antes.

La región donde ahora ingresaba la policía tenía una reputación muy mala, y tradicionalmente no era conocida ni había sido recorrida por el hombre blanco. Había leyendas de un lago oculto que no podía ser visto por ojos mortales, en el que habitaba una enorme ser, una cosa blancuzca informe, como un pólipo, con ojos luminosos; y los ocupas les habían dicho que los demonios con alas de murciélago volaban desde cavernas en el interior de la tierra para adorarlo, a medianoche. Dijeron que había estado allí antes de d'Iberville, antes de La Salle, antes de los indios, y antes incluso de las bestias y las buenas aves de los bosques. Era una pesadilla en sí misma, y verla era morir. Pero hacía soñar a los hombres, y por eso sabían lo suficiente como para alejarse. La actual orgía vudú estaba situada en el borde de esta área abominable, pero ese lugar era bastante malo; por lo tanto, el lugar mismo de la adoración había aterrorizado a los ocupantes ilegales más que los impactantes sonidos e los incidentes.

Solo la poesía o la locura podían hacer justicia a los ruidos que escuchaban los hombres de Legrasse mientras avanzaban a través del pantano negro hacia el fulgor rojo y los tom-toms amortiguados. Hay cualidades vocales propias de los hombres y cualidades vocales propias de las bestias; y es terrible escuchar una cuando la fuente debe proferir otra. La furia animal y la licencia orgiástica se incitaban a sí mismas, para alcanzar alturas demoníacas, con aullidos y graznidos de éxtasis que desgarraban el silencio y reverberaban a través de esos bosques oscuros, como las tempestades pestilentes de los abismos del infierno. De vez en cuando los alaridos cesaban, y lo que parecía un coro bien entrenado de voces roncas cantaba esta horrible frase o ritual:

"Ph'nglui mglw'nafh Cthulhu R'lyeh wgah'nagl fhtagn".

Finalmente los hombres llegaron a un lugar donde los árboles estaban más espaciados, y pudieron ver el espectáculo. Cuatro de ellos se tambalearon, uno se desmayó, y otros dos lanzaron gritos de horror que, afortunadamente, la loca cacofonía de la orgía disimuló. Legrasse salpicó con agua de pantano la cara del hombre desmayado, y todos se quedaron temblando y casi hipnotizados de horror.

---

2 Ocupa: alguien que toma posesión o se apodera de un lugar, una casa, etc., ilegalmente.

En un claro natural del pantano se alzaba una isla cubierta de hierba, de tal vez un acre de extensión, libre de árboles y bastante seca. Sobre ella saltaba y se retorcía, una horda de humanidad degenerada, más indescriptible que cualquier pintura de Sime o Angarola. Sin ropas, esta híbrida muchedumbre desordenada se agitaba, bramaba y se retorcía en torno a una monstruosa hoguera en forma de anillo; en el centro del cual, revelado por ocasionales fisuras en la cortina de llamas, se alzaba un gran monolito de granito de unos dos metros y medio de altura; encima del cual, incongruente por su pequeño tamaño, descansaba la maligna estatuilla. Formando un amplio círculo de diez andamios dispuestos a intervalos regulares con el monolito como centro, colgaban, cabeza abajo, los cuerpos extrañamente estropeados de los ocupas que habían desaparecido. Era dentro de este círculo que el anillo de adoradores saltaba y rugía, la dirección general del grupo era de izquierda a derecha, en una interminable bacanal, entre el anillo de cuerpos y el anillo de fuego.

Puede haber sido simplemente la imaginación y pueden haber sido solo ecos lo que indujo a uno de los hombres, un excitable español, a creer que escuchó respuestas antifonales al ritual desde algún lugar lejano y sin iluminación, más adentro del horroroso bosque de las antiguas leyendas. A este hombre, Joseph D. Gálvez, más tarde lo conocí y lo interrogué; y demostró ser desbordantemente imaginativo. De hecho, llegó tan lejos como para insinuar que había visto el débil batir de grandes alas, un destello de ojos brillantes y un bulto blanco enorme, más allá de los árboles más remotos, pero supongo que había oído demasiada superstición nativa.

En realidad, la horrorizada pausa de los hombres tuvo una duración relativamente breve. El deber era lo primero; y aunque debía haber cerca de un centenar de celebrantes mestizos en la multitud, la policía tenía la ventaja de sus armas de fuego y se lanzó con determinación contra la turbamulta. Durante cinco minutos, el ruido y el caos resultantes estuvieron más allá de toda descripción. Hubo golpes salvajes, disparos y escapes; pero al final, Legrasse pudo sumar unos cuarenta y siete prisioneros sombríos, a los que obligó a vestirse apresuradamente y alinearse entre dos filas de policías. Cinco de los fieles yacían muertos, y dos que estaban gravemente heridos fueron llevados en camillas improvisadas. La imagen que estaba sobre el monolito, por supuesto, fue cuidadosamente removida y acarreada por Legrasse.

Examinados en el cuartel general después de un viaje tenso y cansado, todos los prisioneros demostraron ser hombres de una clase muy inferior, de sangre mixta y mentalmente retrasados. La mayoría eran marineros, algunos pocos eran negros y mulatos, procedentes de las antillas o de las islas de Cabo Verde, los que le daban un cierto tono vudú a ese culto heterogéneo. Pero no se necesitaron muchas preguntas para descubrir que algo más profundo y más antiguo que el fetichismo negro estaba involucrado. Degradados e ignorantes como eran, esos hombres sostenían con sorprendente coherencia la idea central de su odiosa fe.

Ellos adoraban, así los llamaban, a los Grandes Ancianos que vivieron siglos antes de que hubiera hombres, y que llegaron al mundo joven desde el cielo. Esos Ancianos ya se habían ido, ocultándose dentro de la tierra y debajo del mar; pero sus cuerpos muertos, se habían comunicado en sueños con los primeros hombres, que formaron un culto que había perdurado. Este era ese culto, y los prisioneros dijeron que siempre había existido y siempre existiría, escondido en lugares desolados y oscuros en todo el mundo hasta el momento en que el gran sacerdote Cthulhu, desde su casa oscura en la poderosa ciudad de R'lyeh, debajo de las aguas, se elevara y estableciera de nuevo su dominio sobre la tierra. Algún día llamaría, cuando las estrellas estuvieran listas, y el culto secreto siempre estaría esperando para liberarlo.

Pero ellos no dirían más. Había un secreto que ni siquiera la tortura podía extraer. La humanidad no estaba absolutamente sola entre los seres conscientes de la tierra, porque formas salían de la oscuridad para visitar a sus pocos fieles. Pero estos no eran los Grandes Antiguos. Ningún hombre había visto a los Antiguos. El ídolo tallado representaba al gran Cthulhu, pero nadie podría decir si los otros eran o no exactamente como él. Nadie podía leer el viejo escrito, pero muchas cosas se transmitían de boca en boca. El ritual cantado no era el secreto, que nunca se pronunciaba en voz alta, solo se susurraba. El canto solo significaba esto:

"En su casa en R'lyeh, muerto, Cthulhu espera soñando".

Solo dos de los prisioneros fueron encontrados lo suficientemente sanos como para ser ahorcados, el resto fue enviado a varias instituciones. Todos negaron tener parte en los asesinatos rituales, y afirmaron que las muertes habían sido cometidas por los Seres Negros Alados, que habían llegado hasta ellos desde su lugar de reunión inmemorial en el bosque encantado. Pero no se pudo obtener ningún relato coherente sobre esos misteriosos aliados. Lo que extrajo la policía provino principalmente de un mestizo inmensamente anciano llamado Castro, quien afirmó haber navegado hasta puertos extraños y conversado con líderes eternos del culto, en las montañas de China.

El viejo Castro recordó fragmentos de una leyenda espantosa que empalidecía las especulaciones de los teósofos y mostraba que el hombre y el mundo eran recientes y transitorios. Por eones, otros seres gobernaron en la tierra y tuvieron grandes ciudades. Los restos de ellas, según los inmortales chinos le habían informado, aún se encontraban como piedras ciclópeas en las islas del Pacífico. Todos murieron vastas épocas de tiempo antes de que aparecieran los hombres, pero había artes que podían revivirlos, cuando las estrellas hubieran vuelto a las posiciones correctas en el ciclo de la eternidad. Estos seres, indudablemente vinieron de las estrellas y trajeron sus imágenes consigo.

Estos Grandes Antiguos, continuó Castro, no estaban compuestos completamente de carne y hueso. Tenían forma, ¿no lo demostraba la imagen con forma de estrella? Pero esa forma no estaba hecha de materia. Cuando las estrellas estaban correctamente alineadas, podían sumergirse de mundo en mundo a través del cielo; pero cuando las estrellas no estaban en la posición correcta, no podían vivir. Pero aunque ya no vivieran, nunca morirían realmente. Todos yacen en casas de piedra en su gran ciudad de R'lyeh, preservados por los hechizos del poderoso Cthulhu, esperando una gloriosa resurrección cuando las estrellas y la tierra estén listas para su retorno. Pero en ese momento cierta fuerza del exterior debía ocuparse de liberar sus cuerpos. Los hechizos que los mantenían intactos también les impedían hacer el movimiento inicial, y solo podían permanecer despiertos en la oscuridad, pensando, mientras pasaban millones de años incontables. Sabían todo lo que estaba ocurriendo en el universo, porque se comunicaban a través de la transmisión del pensamiento. Incluso ahora se comunicaban desde sus tumbas. Cuando, después un caos interminable, llegaron los primeros hombres, los Grandes Antiguos le hablaron a aquellos que eran sensibles, moldeando sus sueños; porque solo así su lenguaje podía alcanzar las mentes carnales de los mamíferos.

Entonces, susurró Castro, aquellos primeros hombres formaron el culto alrededor de los pequeños ídolos que los Grandes Antiguos habían traído, en eras oscuras, de estrellas negras. Ese culto nunca moriría hasta que las estrellas volvieran a alinearse, y los sacerdotes secretos sacarían a Cthulhu de su tumba para revivir a sus súbditos y reanudar su gobierno sobre la tierra. El tiempo sería fácil de conocer, porque entonces la humanidad sería como los Grandes Antiguos; libre y salvaje, más allá del bien y del mal, las leyes y la moral serían desechadas y todos los hombres gritarían, matarían y disfrutarían alegremente. Luego, los Ancianos liberados les enseñarían nuevas formas de gritar, matar, deleitarse y disfrutar, y toda la tierra se incendiaría en un holocausto de éxtasis y libertad. Mientras tanto, el culto, con los ritos apropiados, debía mantener viva la memoria de esos antiguos caminos y presagiar su regreso.

En los tiempos antiguos, los hombres elegidos habían conversado con los Ancianos sepultados en sueños, pero entonces algo había sucedido. La gran ciudad de piedra de R'lyeh, con sus monolitos y sepulcros, se había hundido bajo las olas; y las aguas profundas, llenas del único misterio primordial a través del cual ni siquiera el pensamiento puede pasar, habían cortado el intercambio espectral. Pero la memoria nunca murió, y los sumos sacerdotes afirmaban que la ciudad se levantaría de nuevo cuando las estrellas estuvieran listas. Luego salieron de la tierra los espíritus negros de la tierra, mohosos y sombríos, y llenos de rumores oscuros recogidos en cavernas bajo los fondos marinos olvidados. Pero de ellos el viejo Castro no se atrevió a hablar mucho. Se detuvo bruscamente, y ninguna persuasión ni sutileza pudo sacarle más. También se negó a mencionar el tamaño de los Antiguos. Sobre el culto, dijo que pensaba que el centro se encontraba en medio de los desiertos sin caminos de Arabia, donde Irem, la ciudad de los pilares, sueña oculta e intocada. No estaba aliado con el culto europeo a las brujas, y era prácticamente desconocido más allá de sus miembros. Ningún libro había insinuado realmente nada de eso, aunque los inmortales chinos habían dicho que el Necronomicón, escrito por el árabe loco Abdul Alhazred, tenía frases con doble sentido, que los iniciados podían leer como quisieran, especialmente el muy discutido pareado:

"No está muerto quien puede yacer eternamente,
Y en épocas extrañas, incluso la muerte puede morir".

Legrasse, profundamente impresionado y muy desconcertado, había preguntado en vano sobre las afiliaciones históricas del culto. Castro, al parecer, había dicho la verdad cuando dijo que era completamente secreto. Las autoridades de la Universidad de Tulane no podían arrojar luz sobre el culto o la estatuilla, y ahora el detective había acudido a las más altas autoridades del país y no había conseguido más que el relato de Groenlandia del profesor Webb.

El interés febril despertado en la reunión por el relato de Legrasse, corroborado como lo había sido por la estatuilla, se reflejó en la correspondencia subsiguiente de los asistentes, aunque hubo escasa mención en las publicaciones formales de la sociedad. La precaución es el primer cuidado de los que están acostumbrados a enfrentar charlatanería e impostura ocasional. Por un tiempo, Legrasse le había prestado la estatuilla al profesor Webb, pero a la muerte de este último le fue devuelta y permanecía en su poder, donde la vi hace poco. Verdaderamente tiene un aspecto terrible, y es, sin duda, similar a la escultura de ensueño del joven Wilcox.

El hecho de que mi tío estuviera emocionado por el relato del escultor no me sorprendió. Escuchar que un joven sensible había soñado no solo con la figura y los mismos exactos jeroglíficos de la imagen del pantano y la tableta del demonio de Groenlandia, pero que también había visto en sus sueños al menos tres de las palabras precisas de la fórmula pronunciadas tanto por los esquimales adoradores del diablo como por los mestizos de Luisiana, le debe de haber hecho reflexionar. Que el profesor Angell haya comenzado su investigación velozmente, con máxima minuciosidad, era de esperarse, pero yo todavía sospechaba que el joven Wilcox había oído hablar del culto de alguna manera indirecta, y que había inventado sus sueños para aumentar y prolongar el misterio a expensas de mi tío. Los relatos y recortes de los sueños recopilados por el profesor ofrecían, por supuesto, una fuerte corroboración; pero el racionalismo de mi mente y la extravagancia de todo el tema me llevaron a adoptar lo que consideraba las conclusiones más sensatas. Finalmente, después de estudiar a fondo el manuscrito y correlacionar las notas teosóficas y antropológicas con la narrativa del culto de Legrasse, hice un viaje a Providence para ver al escultor y reprocharle que hubiera engañado así a al anciano sabio que había sido mi tío.

Wilcox todavía vivía solo, en el edificio Fleur-de-Lys en Thomas Street, una imitación victoriana horrible de la arquitectura bretona del siglo XVII, que ostenta su frente de estuco en medio de las hermosas casas coloniales en la antigua colina, y bajo la sombra del mejor campanario georgiano en América. Lo encontré trabajando en sus habitaciones, y de inmediato, viendo las muestras de su trabajo, me convencí de que su genio era profundo y auténtico. Creo que en algún momento será considerado como uno de los grandes decadentes; porque ha cristalizado en la arcilla y un día loe reflejará en mármol, esas pesadillas y fantasías que Arthur Machen evoca en prosa, y Clark Ashton Smith hace visibles en versos y pinturas.

De pelo negro, frágil y algo despreocupado en su aspecto, se volvió lánguidamente en su silla, respondiendo a mi llamada y me preguntó qué deseaba, sin levantarse. Cuando le dije quién era yo, él mostró algo de interés; porque mi tío había excitado su curiosidad al sondear sus extraños sueños, pero nunca le había explicado la razón del estudio. No amplié su conocimiento en este sentido, pero intenté con cierta sutileza hacer que me diera una explicación. En poco tiempo me convencí de su absoluta sinceridad, ya que habló de los sueños de una manera que no dejaba lugar a dudas. Esos sueños y su residuo subconsciente habían influido profundamente en su arte, y él me mostró una estatua mórbida cuyos contornos casi me hacían temblar con la potencia de sus oscuras connotaciones. No podía recordar haber visto el original de esa cosa, excepto en el bajorrelieve de su propio sueño, pero los contornos se habían formado insensiblemente bajo sus manos. Era, sin duda, la forma gigante de la que había estado hablando en el delirio. Que realmente no sabía nada del culto oculto, salvo por lo que la implacable interrogación de mi tío le había dado a entender, pronto lo dejó en claro; y otra vez me esforcé por entender como podía haber recibido esas extrañas visiones.

Hablaba de sus sueños de una manera extrañamente poética; haciéndome ver con terrible intensidad la húmeda ciudad ciclópea de piedra verde y viscosa, cuya geometría, según él dijo extrañamente, estaba mal, y escuchar con temor, la incesante invocación desde el subsuelo: "Cthulhu fhtagn", "Cthulhu fhtagn". Estas palabras habían formado parte de el terrible ritual que evocaba el sueño-vigilia de Cthulhu en su bóveda de piedra en R'lyeh, y me sentí profundamente conmovido a pesar de mis acendrado racionalismo. Yo estaba seguro que Wilcox había oído hablar del culto de una manera casual, y pronto lo había olvidado en medio de la masa de sus extrañas lecturas y su vívida imaginación. Más tarde, debido a que le había impresionado, esta información había encontrado una expresión subconsciente en sus sueños, y en el bajorrelieve y la terrible estatua que ahora contemplaba; de modo que no había engañado conscientemente a mi tío. El joven era de un tipo –de modales afectados y un poco vulgares–, que nunca podría gustarme; pero ahora estaba suficientemente dispuesto a admitir tanto su genio como su honestidad. Me despedí de él amistosamente, deseándole todo el éxito que su talento prometía.

El tema del culto aún me fascinaba, y hasta imaginé que podría conseguir cierta fama, si continuaba las investigaciones sobre su origen y conexiones. Visité Nueva Orleáns, hablé con Legrasse y otros de aquella vieja expedición, vi la imagen espantosa e incluso pregunté a los prisioneros mestizos que aún sobrevivían. El viejo Castro, desafortunadamente había muerto algunos años antes. Lo que ahora oía tan gráficamente de primera mano, aunque en realidad no era más que una confirmación detallada de lo que mi tío había escrito, aumentó mi interés; porque estaba seguro de que estaba siguiendo la pista de una religión muy real, muy secreta y muy antigua, cuyo descubrimiento me convertiría en un antropólogo notable. Mi actitud seguía siendo de un materialismo absoluto, como me gustaría que aún fuera, y descarté, con una perversidad casi inexplicable, la coincidencia de las notas de los sueños y los recortes extraños recopilados por el profesor Angell.

Una cosa que comencé a sospechar, y que ahora temo saber, es que la muerte de mi tío no fue natural. Cayó en la estrecha calle de una colina, que subía desde un antiguo litoral repleto de mestizos extranjeros, después de un descuidado empujón de un marino negro. No olvidé los mestizos y los antecedentes marinos de los miembros del culto en Louisiana, y no me sorprendería enterarme de métodos secretos y agujas venenosas tan despiadadas y tan antiguas como los ritos y creencias crípticas. Legrasse y sus hombres, es cierto, no sufrieron ningún daño; pero en Noruega, cierto marinero que vio cosas que no debía ver, está muerto. ¿Es posible que las preguntas más inquisitivas de mi tío después de encontrar los datos del escultor hayan llegado a oídos siniestros? Creo que el profesor Angell murió porque sabía demasiado o porque estaba por aprender demasiado. Queda por verse si terminaré igual que él, porque yo también aprendí mucho

III
La locura del mar

Si el cielo alguna vez decide concederme alguna bendición, espero que borre totalmente de mi memoria lo que vi en un papel en una estantería, donde mi atención recayó por mera casualidad. No era nada que naturalmente pudiera encontrar en el transcurso de mi ronda diaria, porque era un viejo ejemplar de un periódico australiano, el Sydney Bulletin del 18 de abril de 1925. Incluso había escapado a la atención de la oficina de recortes de prensa que mi tío había contratado para recolectar material para su investigación.

Yo ya había abandonado, casi completamente, mi investigación sobre lo que el Profesor Angell llamó el "Culto de Cthulhu", y estaba visitando a un docto amigo en Paterson, Nueva Jersey; el curador de un museo local y un mineralogista notable. Una día estaba examinando los especímenes de piedra, colocados sin mucho orden en los estantes de almacenamiento, en una sala trasera del museo, cuando una imagen extraña sobre uno de los papeles viejos esparcidos debajo de las piedras me llamó la atención. Era el Boletín de Sydney que acabo de mencionar, porque mi amigo tiene muchos contactos en todos los países extranjeros imaginables; y la imagen era un recorte, con una foto de una horrible imagen de piedra casi idéntica a la que Legrasse había encontrado en el pantano.

Removí la hoja del estante y examiné el artículo en detalle, aunque me decepcionó encontrar que no era muy extenso. Lo que sugería, sin embargo, era de gran importancia y me convenció a reavivar mi investigación. Lo recorté cuidadosamente para poder archivarlo de inmediato. Este es su texto:

MISTERIOSO BARCO A LA DERIVA RESCATADO EN ALTA MAR

El Vigilant arribó remolcando un yate neozelandés armado.
Un sobreviviente y un hombre muerto fueron encontrados a bordo. Cuentos de una desesperada batalla y muertes en el mar.
El marinero rescatado se niega a dar detalles de la extraña experiencia.
Ídolo extraño encontrado en su posesión. La investigación continúa.

El carguero Vigilant, de la compañía Morrison, procedente de Valparaíso, arribó esta mañana a su muelle en la bahía de Darling, remolcando el maltratado pero fuertemente armado yate de vapor Alert, de Dunedin, Nueva Zelanda, que fue avistado el 12 de abril en los 34°21' de latitud sur, y 152°17' de longitud oeste, con un sobreviviente y un hombre muerto a bordo.

El Vigilant partió de Valparaíso el 25 de marzo y el 2 de abril fue desviado considerablemente al sur de su curso por tormentas excepcionalmente fuertes y grandes olas. El 12 de abril se avistó el barco a la deriva; y, aunque aparentemente abandonado, después de abordarlo encontraron un sobreviviente, que estaba delirando y el cadáver de un hombre que evidentemente había muerto más de una semana atrás. El sobreviviente apretaba entre sus manos un horrible ídolo de piedra de origen desconocido, de aproximadamente un pie de altura, sobre el cual, las autoridades de la Universidad de Sydney, la Sociedad Real, y el museo de la calle College, profesan un completo desconcierto; el sobreviviente afirma haberlo encontrado en la cabina del yate, en un pequeño santuario de aspecto común.

Después de recuperar sus sentidos, el sobreviviente, contó una historia extremadamente extraña de piratería y masacre. Él es Gustaf Johansen, un noruego de cierta inteligencia, que fue el segundo oficial de la goleta Emma, de Auckland, que partió hacia el Callao el 20 de febrero con una tripulación de once hombres. El Emma, contó, fue retrasado y desviado hacia el sur por la gran tormenta del 1 de marzo, y el 22 de marzo, a los 49°51' de latitud sur, y 128°34' de longitud oeste, se encontró con el Alert, que tenía una tripulación de Kanakos[3] y mestizos de aspecto extraño y malvado. Al recibir la orden de volver para atrás, el capitán Collins se negó; después de lo cual, la extraña tripulación comenzó a disparar a la goleta salvajemente, sin aviso, con una batería de cañones de bronce particularmente pesada que formaba parte del equipo del yate. Los hombres del Emma combatieron, dice el sobreviviente, y aunque la goleta comenzó a hundirse por los disparos recibidos debajo de su línea de flotación, lograron acercarse a su enemigo y abordarlo. En la pelea con la salvaje tripulación en la cubierta del yate, se vieron obligados a matarlos a todos, debido a su modo de lucha particularmente abominable y desesperado aunque bastante torpe.

Tres de los hombres del Emma, incluido el capitán Collins y el primer oficial Green, fueron asesinados; y los ocho restantes, bajo el segundo oficial Johansen continuaron navegando en el yate capturado, siguiendo su curso original, para descubrir porqué les habían ordenado volver para atrás. Al día siguiente, al parecer encontraron e hicieron pie en una pequeña isla, aunque no se sabe que exista isla

---

3   Los kanakos son un pueblo autóctono de Nueva Caledonia y otras parte del Pacífico del Sur.

alguna en esa parte del océano; seis de los hombres murieron allí, aunque Johansen se muestra extrañamente reticente sobre esta parte de su historia, y solo dijo
que cayeron en un grieta entre las rocas. Más tarde, al parecer, él y un compañero
abordaron el yate e intentaron navegarlo, pero fueron vencidos por la tormenta
del 2 de abril. Desde ese momento hasta su rescate el 12, el hombre recuerda poco,
y ni siquiera sabe cuando murió William Briden, su compañero. La causa de la
muerte de Briden se ignora, aunque probablemente se debió a la excitación o la
exposición. Cables recibidos de Dunedin informan que el Alert era bien conocido
como un barco de carga y tenía una muy mala reputación a lo largo de la costa. Era
propiedad de un curioso grupo de mestizos, cuyas frecuentes reuniones y viajes
nocturnos al bosque llamaban mucho la atención; y había zarpado a toda prisa
justo después de la tormenta y los temblores de tierra del 1 de marzo. Nuestro
corresponsal de Auckland afirma que el Emma y su tripulación tenían una excelente reputación, y Johansen es descrito como un hombre sobrio y dignificado. El
Almirantazgo iniciará una investigación sobre todo el asunto a partir de mañana,
y harán todo lo posible para inducir a Johansen a hablar más libremente que lo que
ha hecho hasta ahora.

Esto era todo, junto con la foto de la estatuilla infernal. ¡Pero qué aluvión de ideas
despertó en mi mente! Aquí había nuevas preciosas noticias sobre el Culto de Cthulhu,
y demostraba que tenía intereses extraños tanto en el mar como en la tierra. ¿Qué razón
motivó a la tripulación mestiza a ordenar al Emma que se volviera para atrás, mientras
navegaban con su horrible ídolo? ¿Cuál era la isla desconocida en la que habían muerto
seis miembros de la tripulación del Emma y sobre la cual Johansen era tan reservado?
¿Qué había sacado a la luz la investigación del vicealmirante y qué se sabía del culto
nocivo en Dunedin? Y lo más maravilloso de todo, ¿qué profunda y extraña vinculación
de las fechas era esta, que le indicaba un significado maligno y confirmaba los diversos
acontecimientos tan cuidadosamente anotados por mi tío?

El 1 de marzo, nuestro 28 de febrero de acuerdo con la línea de fecha internacional,
el terremoto y la tormenta habían llegado. Desde Dunedin, el Alert y su ruidosa tripulación partieron ansiosamente, como si fueran convocados imperiosamente, y en el otro
lado de la tierra, los poetas y artistas habían comenzado a soñar con una extraña ciudad
ciclópea y húmeda, mientras un joven escultor había moldeado mientras dormía, la
forma del temido Cthulhu. El 23 de marzo, la tripulación del Emma desembarcó en una
isla desconocida, perdiendo allí seis hombres; y en esa fecha, los sueños de los hombres
sensibles asumieron una mayor intensidad y se ensombrecieron con el temor de la per-
secución maligna de un monstruo gigante, mientras que un arquitecto se había vuelto
loco y un escultor había caído repentinamente en el delirio. ¿Y qué hay de la tormenta
del 2 de abril, la fecha en que cesaron todos los sueños de la ciudad húmeda, y Wilcox se
repuso de la extraña fiebre? ¿Qué hay de todo eso y de los indicios del viejo Castro sobre
los Antiguos hundidos, nacidos en las estrellas, y su reinado venidero? ¿Su culto fiel y su
dominio de los sueños? ¿Estaba tambaleándome al borde de los horrores cósmicos más
allá de lo que el hombre puede soportar? Si es así, deben ser solo horrores de la mente,
ya que de alguna manera el segundo de abril, la amenaza monstruosa que había comenzado a asediar el alma de la humanidad, había sido detenida.

Esa noche, después haberme dedicado todo el día a enviar telegramas y hacer ur-
gentes preparativos, me despedí de mi anfitrión y tomé un tren para San Francisco. En
menos de un mes había llegado a Dunedin; donde, sin embargo, descubrí que poco se

sabía de los extraños miembros del culto, los cuales habían frecuentado las antiguas tabernas de los marinos. La escoria de los muelles era demasiado común para mencionarla en especial; aunque hubo vagas conversaciones acerca de un viaje por el interior que habían hecho esos mestizos, durante el cual se escucharon débiles tambores y se vieron llamas rojizas en las colinas distantes. En Auckland me enteré de que Johansen había regresado con su cabello amarillo completamente blanco, después de un interrogatorio superficial, que no sacó nuevas conclusiones, en Sydney, y que luego vendió su cabaña en la calle West y navegó con su esposa a su antigua casa en Oslo. De su conmovedora experiencia, no les contó a sus amigos más de lo que les había dicho a los funcionarios del Almirantazgo, y todo lo que pudieron hacer fue darme su dirección en Oslo.

Después de eso fui a Sydney y hablé, sin aprender nada nuevo, con marinos y miembros del Tribunal del Vicealmirantazgo. Vi el Alert, ahora vendido y en uso comercial, en Circular Quay, en la bahía de Sydney, pero verlo no me sirvió de nada. La imagen en cuclillas con su cabeza de sepia, cuerpo de dragón, alas escamosas y pedestal jeroglífico, estaba en el Museo de Hyde Park; donde la estudié a fondo durante un buen tiempo. Descubrí que se trataba de una artesanía exquisita, pero maligna, y que tenía el mismo misterio: la terrible antigüedad y la extraña rareza del material que había observado en el ejemplar más pequeño de Legrasse. Los geólogos, me dijo el curador, lo consideraban un rompecabezas monstruoso; porque juraban que no existía una roca de ese tipo en ninguna parte del planeta. Entonces pensé, con un estremecimiento, en lo que el viejo Castro le había contado a Legrasse acerca de los Grandes Seres primarios: "Habían venido de las estrellas y habían traído sus imágenes con ellos".

Agitado por una revolución mental como nunca antes había experimentado, resolví visitar al oficial Johansen en Oslo. Navegué hasta Londres, y allí volví a embarcarme hacia la capital noruega; y un día de otoño desembarqué en los muelles, a la sombra del Egeberg. Descubrí que la dirección de Johansen estaba en el casco antiguo de la Ciudad Vieja del rey Harold Haardrada, que mantuvo vivo el nombre de Oslo durante todos los siglos que la ciudad más grande adoptó el nombre de Cristianía. Hice un breve viaje en taxi y llamé con el corazón palpitante a la puerta de un edificio limpio y antiguo, con frente enyesado. Una mujer de cara triste, vestida de negro respondió a mi convocatoria, y me sentí tristemente decepcionado cuando me contó, en un inglés entrecortado, que Gustaf Johansen había muerto.

No había sobrevivido a su regreso, dijo su esposa, porque los hechos en el mar en 1925, lo habían quebrado. No le había contado nada más de lo que le había dicho antes al público, pero me enteré había dejado un largo manuscrito, de "asuntos técnicos", como había dicho, escrito en inglés, evidentemente para salvaguardarla del peligro de una lectura casual. Durante un paseo por un camino estrecho cerca del muelle de Gotemburgo, un paquete de papeles que cayeron de una ventana del ático, lo había derribado. Dos marineros de Lascar lo ayudaron a ponerse de pie, pero antes que la ambulancia pudiera recogerlo, estaba muerto. Los médicos no encontraron ningún motivo para su muerte, y la atribuyeron a problemas cardíacos y una constitución debilitada.

Ahora sentía en mi interior, ese terror oscuro que nunca me dejará hasta que yo también reciba el eterno reposo, "accidentalmente", o de otra manera. Convencí a la viuda de que mi conexión con los "asuntos técnicos" de su marido era suficiente como para tener derecho a su manuscrito, me llevé el documento y comencé a leerlo en el barco durante el viaje de vuelta a Londres. Era un relato simple y desordenado, el ingenuo esfuerzo de un marinero por anotar lo sucedido en retrospectiva, donde se esforzó por registrar, día a día, su último y terrible viaje. No puedo transcribirlo textualmente en todo su desorden y redundancia, pero diré lo suficiente como para explicar porqué el sonido del agua contra los costados de la embarcación se volvió tan insoportable para mí que tuve que tapar mis oídos con algodón.

Johansen, gracias a Dios, no lo sabía todo, aunque vio la ciudad y la cosa, pero nunca volveré a dormir tranquilo cuando piense en los horrores que se esconden permanentemente, detrás de la vida, el tiempo y el espacio. Y esas abominaciones profanas, los Antiguos venidos de las estrellas, que sueñan bajo el mar, conocidos y favorecidos por un culto de pesadilla, que está preparado y ansioso por liberarlos sobre el mundo, cuando otro terremoto levante de nuevo su monstruosa ciudad de piedra hacia la luz del sol y el aire.

El viaje de Johansen había comenzado tal y como se lo contó al vicealmirante. Emma, con lastre, había partido de Auckland el 20 de febrero y había sentido toda la fuerza de esa tempestad nacida del terremoto, que debió haber levantado del fondo del mar los horrores que llenaban los sueños de los hombres. Después de recobrar el control, el barco avanzaba a buen ritmo cuando se encontró con el Alert el 22 de marzo, y pude sentir la pena de oficial mientras escribía sobre el bombardeo y el hundimiento de la goleta. Describió con horror a los malvados mestizos del Alert. Tenían una cualidad peculiarmente abominable que hizo que su destrucción pareciera casi un deber, y Johansen se asombró ante el cargo de implacabilidad, levantado contra él, durante los procedimientos del tribunal de investigación. Luego, conducidos por la curiosidad, en el yate capturado, bajo el mando de Johansen, los hombres vieron una gran columna de piedra que sobresale del mar, a los 47°9' de latitud sur y 126°43' de longitud oeste. La línea costera mostraba barro, cieno y una mampostería ciclópea cubierta por algas, que no podía ser otra cosa que la sustancia tangible del terror supremo de la tierra, la ciudad-pesadilla de R'lyeh, construida hace eones sin medida, precediendo a la historia humana, por las vastas y repugnantes formas que se infiltraron desde las estrellas oscuras. Allí yacían el gran Cthulhu y sus hordas, ocultos en húmedas bóvedas verdes, proyectando, después de ciclos incalculables, pensamientos que esparcían el miedo en los sueños de los sensibles y convocaban imperiosamente a sus fieles a realizar una peregrinación para liberarlos y restaurarlos. Johansen ignoraba todo eso ¡pero Dios sabe que él vio lo suficiente!

Supongo que solo una cima de la montaña, la horrible ciudadela coronada de monolitos en la que fue enterrado el gran Cthulhu, lo que emergió de las aguas. Cuando pienso en la extensión de todo lo que puede estar acechando allí, casi deseo acabar con mi vida de inmediato. Johansen y sus hombres estaban asombrados por la majestuosidad cósmica de esta húmeda Babilonia de los antiguos demonios, y debieron haber adivinado, sin que nadie se los dijera, que no era parte de la normalidad de este planeta ni ningún otro planeta similar. El asombro ante el increíble tamaño de los bloques de piedra verdosa, la vertiginosa altura del gran monolito tallado y la asombrosa identidad de las estatuas colosales y los bajorrelieves con la imagen extraña que se encontró en el santuario del Alert, se hacen notar en forma conmovedora en cada línea de la descripción, que refleja el miedo que sentía el oficial.

Sin saber cómo es el futurismo, Johansen logró algo muy cercano, cuando habló de la ciudad; porque en lugar de describir una estructura o edificios definidos, solo brindó descripciones amplias de vastos ángulos y superficies de piedra, superficies demasiado grandes para pertenecer a cualquier cosa correcta o apropiada para esta tierra, con imágenes impías y jeroglíficos horribles. Menciono los ángulos, porque esa referencia me recuerda algo que Wilcox me había contado sobre sus terribles sueños. Había dicho que la geometría del lugar que vio en su sueño era anormal, no euclidiana, y repulsivamente impregnada de esferas y dimensiones distintas de la nuestra. Ahora, un marinero sin mucha educación, sintió lo mismo mientras contemplaba la terrible realidad.

Johansen y sus hombres desembarcaron en una pendiente lodosa en esa monstruosa Acrópolis, y treparon resbalando sobre bloques titánicos resbaladizos, que formaban una escalera que no fue hecha para seres humanos. El sol mismo parecía distorsionado cuando se veía a través del miasma polarizante que brotaba de esta perversión empapada por el mar; amenaza e incertidumbre parecían brotar de los ángulos locamente esquivos de la roca tallada, donde una segunda mirada mostraba una concavidad donde, inicialmente, habían visto una convexidad.

Algo muy parecido al miedo había invadido a todos los exploradores, aún antes de ver algo más definitivo que las rocas, el fango y la maleza. Habrían huido si no hubieran temido el desprecio de los demás, y buscaron, en vano, sin mucha determinación, tratando de encontrar algún recuerdo que pudieran llevarse de ahí.

Fue Rodríguez, el portugués, quien trepó por el pie del monolito y gritó que había encontrado algo. Los otros lo siguieron, y miraron con curiosidad la inmensa puerta tallada con el ya familiar bajorrelieve del calamar-dragón. Era, dijo Johansen, como una gran puerta de granero; y todos pensaron que era una puerta debido al adorno del dintel, el umbral y las jambas que la rodeaban, aunque no podían decidir si estaba situada horizontalmente, como la puerta de una trampa, o inclinada, como la puerta exterior de una bodega. Como Wilcox había dicho, la geometría del lugar estaba mal. Uno no podía estar seguro de que el mar y el suelo estuvieran horizontales, por lo tanto, la posición relativa de todo lo demás parecía fantásticamente variable.

Briden empujó la piedra en varios lugares, sin resultado. Luego Donovan la palpó delicadamente alrededor del borde, presionando cada punto por separado mientras avanzaba. Subió interminablemente a lo largo de la grotesca moldura de piedra, es decir, uno lo llamaría escalar si la cosa no fuera completamente horizontal, y los hombres se preguntaban cómo cualquier puerta en el universo podría ser tan vasta. Luego, muy suave y lentamente, el gran panel comenzó a inclinarse hacia adentro en su parte superior, y vieron que la puerta se balanceaba. Donovan se deslizó, o de alguna manera se propulsó hacia abajo, a lo largo de la jamba y se reunió con sus compañeros, y todos observaron la recesión extraña del portal monstruosamente esculpido. En esta fantástica distorsión prismática, se movía de forma anómala en diagonal, de modo que todas las reglas de la materia y la perspectiva parecían alteradas.

La abertura era negra, mostrando una negrura que parecía tener substancia. Esa oscuridad tenía ciertamente una cualidad positiva; porque ocultaba algunas partes de las paredes internas, que deberían de haber sido visibles, y en realidad brotó como humo de su prisión milenaria, tanto que oscureció visiblemente el sol, mientras se elevaba hacia el cielo, empequeñecido y arrugado, como alas onduladas y membranosas. El olor que emanaba de las profundidades recién abiertas era intolerable y, por fin, Hawkins, de oídos sensibles, creyó oír un sonido desagradable, de algo que estaba subiendo. Todos escucharon, y aún seguían escucharon cuando el monstruo se bamboleó pesadamente, a la vista de todos, y escurrió a tientas su gelatinosa inmensidad verde a través de la puerta negra hacia el contaminado aire exterior de esa ciudad envenenada por la locura.

La escritura del pobre Johansen casi no puede entenderse en esta parte. De los seis hombres que nunca llegaron a la nave, cree que dos murieron de puro miedo en ese maldito instante. La cosa no puede ser descrita, no hay un lenguaje para tales abismos de chillidos y locuras inmemoriales, tales contradicciones de todo tipo de materia, fuerza y orden cósmico. Una montaña que caminaba y tropezaba. ¡Dios! ¿Qué motivo hay para sorprenderse de que, medio mundo aparte, un gran arquitecto se hubiera vuelto loco, y que en aquel telepático instante, el pobre Wilcox cayera aquejado por la fiebre? El monstruo de los ídolos, el engendro verde y pegajoso de las estrellas, se había despertado para reclamar lo que le correspondía. Las estrellas estaban en la posición correcta, y lo que un viejo culto no había podido hacer intencionalmente, una banda de marineros inocentes lo había hecho por accidente. Después de millones y millones de años, el gran Cthulhu estaba otra vez libre, y hambriento de placeres.

Tres hombres fueron barridos por las flácidas garras, antes de que nadie pudiera moverse. Que Dios les de reposo, si hay algún descanso en el universo. Eran Donovan, Guerrera y Ångstrom. Parker se resbaló cuando los otros tres se lanzaban frenéticamente sobre las infinitas vistas de la roca verde hacia el bote, y Johansen jura que fue tragado por un ángulo de la mampostería que no debería haber estado allí; un ángulo que era agudo, pero que se comportaba como si fuera obtuso. Así que solo Briden y Johansen llegaron hasta el bote, y remaron desesperadamente hacia el Alert, cuando la monstruosidad montañosa se desplomó sobre las piedras fangosas y vaciló en el borde del agua.

La caldera todavía tenía un poco de presión de vapor, a pesar de la partida de todos los tripulantes hacia la costa; y solo les llevó unos pocos momentos de trabajo febril, subiendo y bajando entre el timón y los motores, poner en marcha el Alert. Lentamente, en medio de los horrores distorsionados de esa escena indescriptible, la hélice del barco comenzó a batir las aguas letales; mientras que en la orilla de la costa oscura, sobre construcciones que no eran de este mundo, el monstruo gigantesco venido de las estrellas, se babeaba y balbuceaba como Polifemo, maldiciendo a la nave de Odiseo que huía. Luego, más atrevido que el famoso Cíclope, el gran Cthulhu se deslizó groseramente en el agua y comenzó a perseguir la nave con vastos golpes de potencia cósmica que agitaban las olas. Briden miró hacia atrás y se volvió loco, riendo a carcajadas, y siguió riendo a intervalos hasta que la muerte lo encontró una noche en la cabina del barco, mientras Johansen vagaba delirando.

Pero Johansen no se había rendido todavía. Sabiendo que el Alert no podía dejar atrás a el monstruo hasta que el vapor tuviera más presión, tomó una decisión desesperada; y, acelerando el motor a su velocidad máxima, corrió como un rayo sobre cubierta e hizo girar el timón. Hubo un fuerte remolino espumoso en la superficie de las aguas, y a medida que la presión de vapor subía cada vez más, el valiente noruego dirigió su barco contra el monstruo gelatinoso que se alzaba sobre la impura espuma, como la popa de un galeón demoníaco. La horrible cabeza de calamar con tentáculos se acercó al bauprés[4] del robusto navío, pero Johansen siguió adelante implacablemente. Hubo un estallido como el de una vejiga que explota, un líquido inmundo como el que sale de un pez luna al ser cortado, un hedor como el de mil tumbas abiertas, y un sonido que el cronista no pudo reproducir sobre el papel. Por un instante, la nave estuvo contaminada por una nube verde, acre y cegadora, y luego sólo hubo una venenosa efervescencia a popa del banco; ¡Dios en el cielo! La plasticidad dispersa de ese engendro cósmico sin nombre se estaba combinando nebulosamente para recrear su odiosa forma original, mientras que la distancia se ampliaba cada segundo a medida que el Alert era impulsado más velozmente, cada vez más lejos.

Eso fue todo. Después de eso, Johansen solo meditó sobre el ídolo en la cabina y preparó la comida para él y el maníaco sonriente que lo acompañaba. Después de su audaz maniobra ya no intentó navegar, porque los sucedido le había quitado algo a su

---

4 Bauprés: Palo grueso, horizontal o algo inclinado, colocado la proa de los barcos.

alma. Luego vino la tormenta del 2 de abril, que terminó de nublar su conciencia. Tuvo una sensación de giros espectrales a través de los abismos líquidos del infinito, de giros vertiginosos a través de universos, en la cola de un cometa, y de zambullidas histéricas del abismo a la luna y de la luna de nuevo al abismo, todo ello animado por el coro maquiavélico de los dioses antiguos, distorsionados, hilarantes y los demonios verdes del Tártaro, burlones, con alas de murciélago.

Luego de ese sueño vino el rescate, el Vigilant, el Tribunal del Vicealmirantazgo, las calles de Dunedin y el largo viaje de regreso a casa, a la antigua casa, junto al Egeberg. No podía decirlo, lo creerían loco. Escribiría lo que sabía antes de morir, pero su esposa no debía adivinar nada. La muerte sería una bendición si solo pudiera borrar los recuerdos.

Ese fue el documento que leí, y ahora lo he colocado en la caja de lata al lado del bajorrelieve y los papeles del profesor Angell. Junto a él pondré este escrito mío, esta prueba de mi propia cordura, donde reconstruyo lo que espero que nunca pueda reconstruirse nuevamente. He visto todos los horrores que contiene el universo, y ahora el cielo primaveral y las flores del verano, me dan la sensación de estar impregnados de veneno. Pero no creo que mi vida vaya a ser larga. Tal como mi tío se fue, como el pobre Johansen se fue, así yo me iré. Sé demasiado, y el culto aún existe.

Cthulhu todavía vive, supongo, que se encuentra otra vez en ese abismo de piedra que lo ha protegido desde que el sol era joven. Su maldita ciudad está hundida una vez más, porque el Vigilant navegó por el lugar después de la tormenta de abril; pero sus ministros en la tierra aún braman, saltan y matan alrededor de monolitos con ídolos en lugares solitarios. Debió de haber sido atrapado por el hundimiento, dentro de su abismo negro, o de lo contrario el mundo ya estaría aullando con miedo y frenesí. ¿Quién conoce el final? Lo que ha subido puede hundirse, y lo que se hundió puede subir. La abominación espera y sueña en lo profundo, y la decadencia se extiende sobre las tambaleantes ciudades de los hombres. Llegará el día..., ¡pero no debo ni puedo pensarlo! Permítanme orar para que, si no sobrevivo a este manuscrito, mis ejecutores puedan anteponer la prudencia a la audacia y evitar que sea leído por otros ojos.

Esa maldita cosa

Ambrose Bierce

I
Uno no siempre come lo que está sobre la mesa

A la luz de una vela de sebo que había sido colocada en un extremo de una mesa tosca, un hombre estaba leyendo algo escrito en un libro. Era un viejo libro de contabilidad, muy usado; y la escritura no era, al parecer, muy legible, ya que el hombre a veces sostenía la página cerca de la llama de la vela para poder iluminarla mejor. La sombra del libro dejaba en la oscuridad la mitad de la habitación, oscureciendo varias caras y figuras; porque además del lector, otros ocho hombres estaban presentes. Siete de ellos estaban sentados contra las toscas paredes de troncos, silenciosos, sin moverse, y, dado que la habitación era pequeña, no estaban muy lejos de la mesa. Extendiendo un brazo cualquiera de ellos podría haber tocado al octavo hombre, que yacía en la mesa, boca arriba, parcialmente cubierto por una sábana, con los brazos a los costados. Él estaba muerto.

El hombre del libro no estaba leyendo en voz alta, y nadie habló; todos parecían estar esperando que algo ocurriera; solo el hombre muerto no tenía expectativas. Desde la oscuridad exterior, a través de la abertura que servía como ventana, entraban todos los ruidos desconocidos de la noche en el desierto –el largo aullido sin nombre de un coyote lejano; el suave zumbido de los incansables insectos en los árboles; gritos extraños de pájaros nocturnos, tan diferentes a los de los pájaros del día; el zumbido de grandes escarabajos errantes, y todo ese coro misterioso de pequeños sonidos que siempre parecen cesar, antes de haber sido escuchados completamente, como si estuvieran conscientes de una indiscreción. Pero nada de todo esto se notaba en esa compañía; sus miembros no eran muy adictos a interesarse ociosamente en asuntos sin importancia práctica; eso era obvio en cada línea de sus hoscos rostros, obvio incluso en la penumbra de la única vela. Evidentemente eran hombres de los alrededores, agricultores y leñadores.

La persona que leía era un poco diferente; uno podría pensar que era un hombre de mundo, aunque su vestimenta indicaba cierta relación con los demás. Su abrigo difícilmente habría sido aceptado en San Francisco; su calzado no era de origen urbano, y el sombrero que yacía a su lado –era el único que se había sacado el sombrero– tenía tal aspecto que de haberlo considerado como un mero artículo de adorno personal, habría perdido su significado. Su semblante era bastante agradable, con solo un toque de severidad; que puede haber sido asumida o cultivada, según corresponde a alguien con autoridad. Porque era un juez. Fue en virtud de su cargo que tomó posesión del libro que estaba leyendo; se había encontrado entre los efectos del hombre muerto, en su cabaña, donde se estaba llevando a cabo la investigación.

Cuando el juez terminó de leer, se guardó el libro en el bolsillo del pecho. En ese momento se abrió la puerta y entró un joven. Él, claramente, no había nacido ni se había criado en la montaña; estaba vestido con ropa de ciudad, aunque su ropa estaba polvorienta, como si fuera un viajero. De hecho, había estado cabalgando duro para llegar a la investigación.

El juez asintió; nadie más lo saludó.

"Lo esperábamos", dijo el juez. "Es necesario terminar con este negocio esta noche".

El joven sonrió. "Lamento haberlo hecho esperar", dijo. "Me fui, no para evadir su convocatoria, sino para publicar en mi periódico un relato de lo que supongo ahora debo declarar".

El juez sonrió.

"El relato que publicó en su periódico", dijo, "posiblemente difiera de la que dirá aquí bajo juramento".

"Eso", respondió el otro, con bastante entusiasmo y enrojeciendo visiblemente, "será como usted quiera. Usé papel carbónico y tengo una copia de lo que envié. No fue escrito como noticia, porque es increíble, sino como ficción. Puede formar parte de mi testimonio bajo juramento".

"Pero dice que es increíble".

"Eso no es problema, señor, si juro que es verdad".

El juez se quedó en silencio por un tiempo, sus ojos clavados en el suelo. Los otros hombres, a los lados del cuarto, hablaban en susurros, pero rara vez apartaban la vista de la cara del cadáver. En ese momento, el juez levantó los ojos y dijo "Retomaremos la investigación".

Los hombres se quitaron los sombreros. El testigo fue juramentado.

"¿Cómo se llama?" Preguntó el juez.

"William Harker".

"¿Años?"

"Veintisiete."

"¿Conocía al difunto, Hugh Morgan?"

"Sí."

"¿Estaba con él cuando murió?".

"Cerca de él."

"¿Cómo sucedió eso –su presencia, quiero decir?".

"Lo estaba visitando en su lugar, para cazar y pescar. En parte mis intenciones, sin embargo, eran estudiarlo a él y su extraño y solitario modo de vida. Parecía un buen modelo para un personaje de ficción. A veces escribo cuentos".

"A veces los leo".

"Gracias."

"Cuentos en general, no los suyos".

Algunos de los jurados se rieron. Sobre un fondo sombrío el humor muestra luces altas. Los soldados se ríen fácilmente en los intervalos de batalla, y una broma en la cámara de la muerte conquista por sorpresa.

"Describa las circunstancias de la muerte de este hombre", dijo el juez. "Puede usar cualquier nota o papeles que tenga".

El testigo entendió. Sacó un manuscrito del bolsillo de su pecho, lo sostuvo cerca de la vela y giró las hojas hasta que encontró el pasaje que quería leer.

II
Lo que puede pasar en un campo de avena silvestre

...El sol apenas había salido cuando salimos de la casa. Buscábamos codornices, cada uno llevaba una escopeta, pero solo teníamos un perro. Morgan dijo que el mejor lugar estaba más allá de un cerro que él señaló, y lo cruzamos por un sendero a través del chaparral. El terreno del otro lado era bastante llano, cubierto de avena silvestre. Cuando salimos del chaparral, Morgan estaba adelantado solo unos pocos metros. De repente oímos, a poca distancia, a nuestra derecha y parcialmente al frente, un ruido como el de un animal que se revolcaba en los arbustos, que, según pudimos ver, se agitaban violentamente.

"Hemos asustado a un ciervo", le dije. "Ojalá hubiéramos traído un rifle".

Morgan, que se había detenido y estaba observando atentamente el chaparral agitado, no dijo nada, pero había amartillado los dos cañones de su arma y la tenía preparada para disparar. Pensé que estaba un poco excitado, lo que me sorprendió, porque tenía una reputación de mucha sangre fría, incluso en momentos de peligro repentino e inminente.

"Vamos" dije. "No vas a llenar a un ciervo con perdigones para codornices, ¿verdad?".

No me respondió; pero vi su rostro cuando lo giró un poco hacia mí, y me sorprendió la intensidad de su mirada. Entonces entendí que era algo serio, y mi primera conjetura fue que nos habíamos topado con un oso grizzly. Me puse al lado de Morgan, amartillando mi escopeta mientras avanzaba.

Los arbustos ahora estaban tranquilos y los ruidos habían cesado, pero Morgan estaba tan atento como antes.

"¿Qué es? ¿Qué diablos es?", pregunté.

"¡Esa maldita cosa!", respondió, sin volver la cabeza. Su voz sonaba ronca y extraña. Temblaba visiblemente.

Estaba a punto de seguir hablando, cuando observé que la avena salvaje cerca del lugar de la perturbación se movía de la manera más inexplicable. Apenas puedo describirlo. Parecía como si estuviera agitada por una racha de viento, que no solo la doblaba, sino que la presionaba, la aplastaba para que no se levantara; y este movimiento se iba prolongando lentamente hacia nosotros.

Nada de lo que había visto nunca antes me había afectado tan extrañamente como este fenómeno desconocido e inexplicable, sin embargo, no puedo recordar ningún sentimiento de miedo. Recuerdo, y lo digo aquí porque, precisamente, lo recordé entonces, que una vez que miré descuidadamente por una ventana abierta, confundí momentáneamente un árbol pequeño que estaba cerca de la casa, con de uno de un grupo de árboles más grandes, situados a cierta distancia. Parecía del mismo tamaño que los otros, pero al estar definido en forma más clara y precisa en masa y detalle, parecía estar en disarmonía con los otros. Fue un simple error de perspectiva, pero me sobresaltó, casi me aterrorizó. Confiamos tanto en el funcionamiento ordenado de las leyes naturales, que cualquier suspensión aparente de las mismas la vemos como una amenaza para nuestra seguridad, como advertencia de una calamidad impensable. Así que ahora, el movimiento aparentemente sin causa de las hierbas y el acercamiento lento e inexorables de esa perturbación, eran claramente inquietantes. Mi compañero parecía realmente asustado, y casi no podía dar crédito a mis sentidos cuando lo vi, de repente, poner su arma al hombro y disparar ambos barriles al grano agitado. Antes de que el humo de la descarga se hubiera disipado, escuché un fuerte grito, como el de un animal salvaje; entonces, arrojando su arma al suelo, Morgan se escapó rápidamente. En el mismo instante, fui arrojado violentamente al suelo por el impacto de algo que el humo del disparo no me dejó ver, una sustancia suave y pesada que me embistió con gran fuerza.

Antes de que pudiera ponerme de pie y recuperar mi arma, que parecía haber sido arrancada de mis manos, escuché a Morgan gritar como si estuviera en una agonía mortal, sus gritos se mezclaban con sonidos ásperos y salvajes como los que se escuchan en una lucha de perros. Aterrorizado más allá de lo puedo explicar, me puse de pie y miré hacia donde Morgan había huido. ¡Y que el cielo miseriordioso me guarde de otra visión como esa! A una distancia de menos de treinta metros estaba mi amigo, apoyado en una rodilla, con la cabeza echada hacia atrás en un ángulo espantoso, sin sombrero, su largo cabello en desorden y todo su cuerpo moviéndose violentamente, de lado a lado, hacia atrás y hacia adelante. Su brazo derecho estaba levantado y parecía haber perdido su mano; al menos, no podía verla. El otro brazo no se veía. Recuerdo que a veces solo podía discernir una parte de su cuerpo; era como si hubiera sido parcialmente borrado (no puedo expresarlo de otra manera) entonces un cambio de su posición lo hacía visible nuevamente.

Todo esto debe haber ocurrido en unos pocos segundos, pero en ese tiempo, Morgan asumió todas las posturas de un luchador determinado, vencido por un peso y una fuerza superiores. Solo lo vi a él, y no siempre claramente. Durante todo el incidente se escucharon sus gritos y maldiciones, ¡como si pasara a través de un alboroto envolvente de tales sonidos de rabia y furia como nunca antes había escuchado salir de la garganta de un hombre o una bestia!

Permanecí indeciso solo por un momento, luego, arrojando mi arma, corrí para ayudar a mi amigo. Tenía la vaga idea de que estaba sufriendo un ataque, o alguna forma de convulsión. Pero antes de que pudiera llegar a su lado, él se había quedado inmóvil, tirado sobre el suelo. Todos los sonidos habían cesado, pero con un sentimiento de terror aún mayor, volví a ver el misterioso movimiento en los tallos de la avena salvaje, que se prolongaba desde el área pisoteada donde estaba el hombre postrado, dirigiéndose hacia el borde del bosque. Solo cuando llegó hasta el bosque, pude dejar de mirarlo, y al volver a mirar a mi compañero vi que estaba muerto.

III
Aunque esté desnudo, un hombre puede estar en harapos

El juez se levantó de su asiento y se paró junto al hombre muerto. Levantando un borde de la sábana, la retiró, exponiendo todo el cuerpo, completamente desnudo y mostrando a la luz de las velas un color amarillo claro. Sin embargo, tenía amplias magulladuras, de color negro azulado, obviamente causadas por la sangre coagulada en las contusiones. El pecho y los costados lucían como si hubieran sido golpeados con un garrote. Había laceraciones terribles; la piel estaba rasgada en tiras y jirones.

El juez se movió hasta el final de la mesa y desabrochó un pañuelo de seda que había pasado bajo la barbilla del cadáver, y anudado en la parte superior de su cabeza. Cuando el pañuelo fue retirado, expuso lo que había sido la garganta. Algunos de los miembros del jurado, que se habían levantado para tener una mejor vista, se arrepintieron de su curiosidad y apartaron sus rostros. El testigo Harker se acercó a la ventana abierta y se inclinó sobre el alféizar, mareado y descompuesto. Dejando caer el pañuelo sobre el cuello del muerto, el juez se acercó a un ángulo de la habitación, y de una pila de ropa sacó una prenda tras otra, sosteniéndolas para inspeccionarlas. Todas estaban desgarradas, y rígidas con sangre coagulada. Los jurados no hicieron una inspección más cercana. Parecían bastante desinteresados. En verdad, ya habían visto todo eso; lo único que era nuevo para ellos era el testimonio de Harker.

"Caballeros", dijo el juez, "creo que no tenemos más pruebas. Ya conocen su deber. Si quieren decir algo más, pueden salir y considerar su veredicto".

El capataz se levantó: un hombre alto y barbudo de sesenta años, vestido toscamente.

"Me gustaría hacer una pregunta, señor juez", dijo. "¿De qué asilo escapó este último testigo?".

"Señor. Harker ", dijo el juez, con seriedad y tranquilidad, "¿de qué manicomio se escapó usted?".

Harker se ruborizó de nuevo, pero no dijo nada, y los siete miembros del jurado se levantaron y salieron solemnemente de la cabaña.

"Si ya terminaron de insultarme, señor", dijo Harker, tan pronto como él y el oficial se quedaron a solas con el hombre muerto, "¿supongo que estoy en libertad de irme?".

"Sí".

Harker comenzó a irse, pero se detuvo, con la mano en el pestillo de la puerta. El hábito de su profesión era más fuerte que él, más fuerte que su sentido de la dignidad personal. Se volvió y dijo:

Sé que el libro que tiene es el diario de Morgan. Parecía muy interesado en él; lo estaba leyendo mientras yo testificaba. ¿Puedo verlo? Al público le gustaría...

"El libro no tendrá ninguna parte en este asunto", respondió el funcionario, metiéndolo en el bolsillo de su abrigo; "Todas las entradas fueron hechas antes de la muerte del escritor".

Cuando Harker salió de la casa, los jurados volvieron a entrar y se quedaron al lado la mesa, en la que el cadáver, ahora cubierto, se mostraba debajo de la sábana con una forma bien marcada. El capataz se sentó cerca de la vela, sacó del bolsillo de su pecho un lápiz y un trozo de papel y escribió laboriosamente el siguiente veredicto, que con distintos grados de dificultad, todos los miembros del jurado firmaron:

"Nosotros, los jurados, encontramos que murió a manos de un puma, aunque algunos de nosotros pensamos que tuvo un ataque".

IV
Una explicación desde la tumba

En el diario del difunto Hugh Morgan hay algunas entradas interesantes que tienen, posiblemente, cierto valor científico como sugerencias. El diario no fue usado como evidencia en la investigación sobre su muerte; posiblemente el juez pensó que no valía la pena confundir al jurado. La fecha de la primera de las entradas mencionadas no se puede determinar; porque la parte superior de la hoja fue arrancada; la entrada que sigue se lee así:

...corría formando un semicírculo, siempre mirando hacia el centro, cada tanto se detenía, ladrando furiosamente. Por fin, corrió hacia el matorral, tan rápido como podía. Al principio pensé que se había vuelto loco, pero cuando volvió a casa no encontré ningún cambio de su comportamiento, seguramente por miedo al castigo.

¿Puede un perro ver con su nariz? ¿Los olores impresionan algún centro cerebral con imágenes de la cosa que los emitió?...

Septiembre 2. – Al mirar las estrellas anoche, mientras se elevaban sobre el cerro, al este de la casa, las vi desaparecer sucesivamente, de izquierda a derecha. Cada una se iba eclipsando, solo por un instante, y solo unas pocas al mismo tiempo, pero a lo largo de toda la cresta del cerro, todas lo que estaba dentro de un grado o dos de la cresta se borraban. Era como si algo, que yo no podía ver, se hubiera interpuesto delante de las estrellas, y las estrellas estaban demasiado espaciadas como para definir su contorno. Uf! Esto no me gusta nada.

Faltan entradas de varias semanas, tres hojas fueron arrancadas del diario.

Septiembre 27. – Ha estado por aquí otra vez –encuentro evidencias de su presencia todos los días. Ayer vigilé de nuevo todo la noche, desde el mismo escondite, escopeta en mano, con doble carga de perdigones gruesos. Por la mañana, las huellas frescas estaban allí, como antes. Sin embargo, habría jurado que no me dormí; de hecho, casi no duermo. ¡Es terrible, insoportable! Si estas experiencias increíbles son reales, me volveré loco, si son fantasiosas ya estoy loco.

Octubre 3. – No me iré –no me espantará. No, esta es MI casa, MI tierra. Dios odia a un cobarde...

Octubre 5. – No lo soporto más. Invité a Harker a pasar algunas semanas conmigo, él tiene la cabeza bien puesta. Si actitud me indicará si él cree que estoy loco

Octubre 7. – Encontré la solución del misterio; me di cuenta anoche, de repente, como por revelación. ¡Qué simple, qué terriblemente simple!

Hay sonidos que no podemos escuchar. En cada extremo de la escala hay notas que no resuenan en ese instrumento imperfecto, el oído humano. Son demasiado altas o demasiado graves. He observado a una bandada de mirlos que ocupan toda la copa de un árbol, o las copas de varios árboles, y todos cantando. De repente, en un momento, todos a la vez se lanzan a volar. ¿Cómo? No todos los pájaros se podían entre sí, estando separados en las distintas copas de los árboles. En ningún momento pudo un líder haber sido visible para todos. Debe haber sido alguna señal de advertencia o una llamada, alta y aguda por encima del estruendo, pero no fue escuchada por mí. También he observado, a veces, que todos comenzaban a volar, cuando todos estaban en silencio, no solo entre los mirlos, sino también en otras aves, como las codornices, ampliamente separadas por arbustos, incluso en los lados opuestos de una colina.

Los marineros saben que una escuela de ballenas que toman el sol o se divierten en la superficie del océano, separadas entre ellas por millas de distancia, con la convexidad de la tierra de por medio, a veces se sumergen en el mismo instante, todas desaparecen en un momento. Una señal fue lanzada, demasiado grave para el oído del marinero en el mástil y sus compañeros en cubierta, quienes, sin embargo, sienten sus vibraciones en la nave como cuando las piedras de una catedral son agitadas por el bajo de un órgano.

Como con los sonidos, así con los colores. En cada extremo del espectro solar, el químico puede detectar la presencia de lo que se conoce como rayos "actínicos". Representan colores –colores integrales en la composición de la luz–, que no podemos discernir. El ojo humano es un instrumento imperfecto; su rango no es más que unas pocas octavas de la "escala cromática" real. No estoy loco; Hay colores que no podemos ver.

Y, Dios me ayude! ¡Esa maldita cosa tiene un color de ese tipo!

Descripción de las extrañas perturbaciones en la calle Aungier

Sheridan Le Fanu

No vale la pena contar esta historia mía –al menos, no vale la pena escribirla. Contada, en verdad, como a veces me han pedido que lo haga, a un círculo de caras inteligentes y entusiastas, iluminadas por un buen fuego, después de la cena en una noche de invierno, escuchando el viento frío aullando en el exterior, todos cómodos y abrigados adentro, ha tenido una buena recepción, aunque lo diga yo, quien no debería hacerlo. Pero es más riesgoso hacerlo como ustedes me lo piden. La pluma, la tinta y el papel son vehículos fríos para lo maravilloso, y un "lector" es decididamente un animal más crítico que un "oyente". Sin embargo, si puede inducir a sus amigos a leerlo después del anochecer, y cuando la charla alrededor de la chimenea se haya alargado durante un tiempo sobre historias emocionantes de terror informal; en resumen, si me aseguráis *la mollia tempora fandi*[1], cumpliré mi trabajo y contaré mi cuento, con la mejor voluntad. Bien, entonces, suponiendo que esas condiciones estén dadas, no desperdiciaré más palabras, sino que simplemente les contaré cómo sucedió todo.

Mi primo (Tom Ludlow) y yo estudiamos medicina juntos. Creo que habría tenido éxito si se hubiera mantenido en la profesión; pero prefirió la Iglesia, pobre hombre, y murió temprano, víctima del contagio contraído en el noble desempeño de sus funciones. Para mi propósito actual, digo lo suficiente de su carácter cuando menciono que era de naturaleza tranquila, pero franca y alegre; muy riguroso en su observancia de la verdad, y de ninguna manera como yo, de un temperamento excitable o nervioso.

Mi tío Ludlow –el padre de Tom– compró tres o cuatro casas antiguas en la calle Aungier, mientras asistíamos a los cursos, una de las cuales estaba desocupada. Él residía en el campo, y Tom propuso que deberíamos asentar nuestra morada en la casa desocupada, siempre y cuando ésta continuara sin alquilar; un movimiento que lograría el doble propósito de vivir más cerca de nuestras clases y nuestras diversiones, y de liberarnos de la obligación semanal de pagar el alquiler de nuestros alojamientos.

---

1 Ocasión favorable para hablar.

Nuestros muebles eran muy escasos –todo nuestro equipamiento era notablemente modesto y primitivo; y, en resumen, nuestros preparativos fueron casi tan simples como los de un campamento. Nuestro nuevo plan fue, por lo tanto, ejecutado casi tan pronto como fue concebido. El salón delantero era nuestra sala de estar. Yo tenía la habitación que estaba sobre él, y Tom la habitación trasera, en el mismo piso, que nada podría haberme inducido a ocupar.

La casa era muy antigua. Creo que habían renovado su fachada cincuenta años antes; pero, exceptuando esto, no tenía nada de moderno. El agente que la compró y cotejó los títulos de mi tío, me dijo que se vendió, junto con muchas otras propiedades decomisadas, en Chichester House, creo, en 1702; y había pertenecido a Sir Thomas Hacket, quien fue lord alcalde de Dublín en la época de James II. Qué edad tenía entonces, no puedo decirlo; pero, en todo caso, había visto años y cambios suficientes como para haberse impregnado de esa atmósfera misteriosa y triste, y a la vez emocionante y deprimente, que tienen la mayoría de las mansiones antiguas.

Se había hecho muy poco para agregarle detalles modernos; y, tal vez, era mejor así; porque había algo extraño y arcaico en las mismas paredes y cielos rasos, en la forma de las puertas y las ventanas, en la extraña ubicación en diagonal de las piezas de la chimenea, en las vigas y cornisas pesadas, por no mencionar la singular solidez de toda la carpintería, desde las barandillas hasta los marcos de las ventanas, que habían desafiado exitosamente todo intento de modernización, y seguían proclamando enfáticamente su antigüedad a pesar de cualquier cantidad concebible de ornamentos y barnices modernos.

Se había hecho un esfuerzo, hasta el punto de empapelar la sala de estar; pero de alguna manera, el papel parecía tosco y fuera de lugar; y la anciana, que tenía una pequeña tienducha en la misma calle, y cuya hija –una mujer de cincuenta y dos años– era nuestra solitaria criada, que venía al amanecer y se retiraba castamente tan pronto como ella había dejado todo listo para tomar el té en nuestros grandiosos aposentos; esta mujer, recordaba, cuando el viejo juez Horrocks –quien, habiéndose ganado la reputación de un juez aficionado a condenar a la horca, terminó ahorcándose él mismo, como lo dictaminó el jurado, en un impulso de "locura temporal", con una cuerda de saltar de las que usan los niños, que sujetó a la antigua y maciza balaustrada– residía allí, entretenido en buena compañía, con la mejor carne de venado y un excelente oporto antiguo. En aquellos días tan cálidos, los salones estaban decorados con cuero dorado y, seguramente, tenían un excelente aspecto, ya que eran habitaciones muy espaciosas.

Aunque las paredes de las habitaciones estaban revestidas, la que daba al frente no era sombría; y en ella el confort de la antigüedad superaba sus sombrías asociaciones. Pero la habitación trasera, con sus dos ventanas melancólicas colocadas en forma extraña, mirando al pie de la cama, y con el receso sombrío que se encuentra en la mayoría de las casas antiguas de Dublín, como un gran armario fantasmal, el cual, por compatibilidad de temperamento, se había amalgamado con la alcoba, disolviendo su separación. En la noche, esta "alcoba" –como solía llamarla nuestra criada– tenía, en mi opinión, un carácter especialmente sugestivo y siniestro. La distante y solitaria vela de Tom brillaba en vano en medio de su oscuridad. Allí estaba siempre vigilándolo, siempre impenetrable. Pero esto solo era parte del efecto. Toda la habitación, de alguna manera que no puedo explicar, me repugnaba. Supongo que tenía, en sus proporciones y aspecto, una discordia latente, una cierta relación misteriosa e indescriptible, que afectaba indistintamente algún órgano secreto de lo apropiado y lo seguro, y causaba sospechas e inquietudes indefinibles en la imaginación. En general, como empecé diciendo, nada podría haberme inducido a pasar solo una noche en esa habitación.

Nunca había intentado ocultar al pobre Tom mi debilidad supersticiosa; y él, en cambio, ridiculizaba mis temores. Sin embargo, el escéptico estaba destinado a recibir una lección, como ustedes verán.

No llevábamos mucho tiempo ocupando nuestros respectivos dormitorios, cuando comencé a sufrir de noches inquietas y perturbaciones del sueño. Supongo que esta molestia me incomodaba tanto más porque generalmente yo dormía bien, y de ninguna manera era propenso a las pesadillas. Sin embargo, ahora ese era mi destino; en lugar de disfrutar de mi descanso habitual, todas mis noches estaban llenas de pesadillas. Después de un preludio de sueños desagradables y espantosos, mis pesadillas tomaban una forma definitiva, y la misma visión, sin variación apreciable en ningún detalle, me visitaba por lo menos –en promedio– una de cada dos noches.

Ahora bien, este sueño, pesadilla o ilusión infernal –como sea que lo llame– del cual yo era la víctima desgraciada, se desarrollaba de la siguiente manera:

Veía, o creía, ver, con la claridad más abominable, aunque la oscuridad era absoluta, todos los muebles y los objetos en la habitación en la que me encontraba. Esto, como saben, suele suceder en las pesadillas comunes. Bueno, mientras estaba en esta condición de clarividencia, que parecía no ser más que la iluminación del teatro en el que se exhibía el monótono escenario del horror que hacía insoportables mis noches, mi atención invariablemente se fijaba, no sé por qué, en las ventanas opuestas al pie de mi cama y, de manera uniforme con el mismo efecto, una sensación de terrible anticipación tomaba posesión, lenta pero segura, de mis nervios. Era consciente, de alguna manera, de una especie de preparación horrible, pero indefinida, que se realizaba en algún lugar desconocido, y por alguna agencia desconocida, para mi tormento; y, después de un intervalo, que siempre parecía ser de la misma duración, una imagen volaba repentinamente hacia la ventana, donde quedaba pegada, como atraída por una atracción eléctrica, y luego comenzaba mi disciplina del horror, que posiblemente duraba horas. La imagen, que quedaba misteriosamente pegada al cristal de la ventana, era el retrato de un anciano, vestido con una bata de seda con flores carmesí, cuyos pliegues podría describir, con un semblante que encarnaba una extraña mezcla de intelecto, sensualidad y poder, pero siniestro y lleno de malignos presagios. Su nariz era aguileña, como el pico de un buitre; sus ojos grandes, grises y prominentes, se iluminaban con una crueldad y frialdad más que mortales. Estas características eran acentuadas por una gorra de terciopelo carmesí; el cabello que asomaba por debajo de la gorra era blanco por la edad, mientras que las cejas conservaban su negrura original. ¡Qué bien recuerdo todas las líneas, matices y sombras de ese hosco semblante, y vaya si tengo motivos para ello! La mirada de ese rostro infernal se fijaba sobre mí, y yo se la devolvía con la inexplicable fascinación de una pesadilla, durante lo que a mí me parecían horas de agonía. Al final...

Cuando el gallo cantaba, el demonio que me había esclavizado durante la espantosa vigilia nocturna se iba. Entonces, acosado y nervioso, me levantaba para enfrentar mis deberes diurnos.

Tenía, no puedo decir exactamente por qué, pero posiblemente debido a la exquisita angustia y las profundas impresiones de horror terrenal, con las que asociaba esta extraña fantasmagoría, una antipatía insuperable que me impedía describir la naturaleza exacta de mis problemas nocturnos a mi amigo y camarada. En general, sin embargo, le conté que estaba obsesionado por sueños abominables; y, fiel al proverbial materialismo de la medicina, buscamos como disipar mis horrores, no con un exorcismo, sino con un tónico.

Haré justicia al tónico y admitiré francamente que, bajo su influencia, el retrato maldito comenzó a interrumpir sus visitas. ¿Qué significaba eso? ¿Esta aparición singular, tan llena de carácter como de terror, era una criatura de mi fantasía, o la invención de mi pobre estómago? ¿Era, por lo tanto, algo subjetivo –tomando prestada la jerga técnica del día– y no la agresión e intrusión palpables de un agente externo? Eso, mi buen amigo, como ambos bien sabemos, de ninguna manera era así. El espíritu maligno que cautivó mis sentidos en la forma de ese retrato, podía seguir tan cerca de mí, igual de enérgico, igual de maligno, aunque yo no lo viera. ¿Qué significa todo el código moral de la religión, en relación con el debido mantenimiento de nuestros propios cuerpos, sobriedad, templanza, etc.? Aquí había una conexión obvia entre lo material y lo invisible. El tono saludable del nuestro organismo, y su energía intacta, pueden, por lo que podemos saber, protegernos contra influencias que de otra manera harían nuestra vida insoportable. Los hipnotizadores y los electro-biólogos fallarán, en promedio con nueve pacientes de cada diez, y lo mismo se aplica a los espíritus malignos. Para la producción de ciertos fenómenos espirituales, se requieren ciertas condiciones especiales del sistema corporal. A veces la operación tiene éxito, a veces falla, eso es todo.

Más tarde descubrí que mi supuestamente escéptico compañero, también tenía sus problemas. Pero todavía yo no sabía nada de aquellos. Una noche, por milagro, estaba durmiendo profundamente, cuando me despertó el ruido de una pisada en el vestíbulo, fuera de mi habitación, seguido por el fuerte ruido de lo que resultó ser un gran candelabro de bronce, arrojado con toda su fuerza por el pobre Tom Ludlow, sobre la balaustrada, que cayó traqueteando, rebotando en el segundo tramo de las escaleras; casi al mismo tiempo, Tom abrió la puerta de golpe y entró de espaldas en mi habitación, en un estado de extraordinaria agitación.

Salté de la cama y lo agarré del brazo antes de tener una idea clara de lo que estaba pasando. Allí estábamos, en nuestras camisas, parados frente a la puerta abierta, mirando a través de la gran balaustrada, en dirección a la ventana del vestíbulo, a través de la cual brillaba la luz enfermiza de la luna velada por las nubes.

"¿Qué te pasa, Tom? ¿Qué te pasa? ¿Qué demonios te pasa, Tom?" exigí, sacudiéndolo con nerviosa impaciencia.

Respiró hondo antes de responderme, pero no fue muy coherente.

"No es nada, nada en absoluto. ¿Hablé? ¿Qué dije? ¿Dónde está la vela, Richard? Está oscuro; yo... ¡tenía una vela!".

"Sí, está suficientemente oscuro", le dije; "pero, ¿qué es lo que pasa? ¿Qué es? ¿Por qué no hablas, Tom? ¿Perdiste la razón? ¿Cuál es el problema?".

"¿El asunto? – oh, todo ha terminado. Debe haber sido un sueño, nada más que un sueño, ¿no lo crees? No podía ser nada más que un sueño".

"Por supuesto", dije, sintiéndome extraordinariamente nervioso, "fue un sueño".

"Pensé", dijo, "que había un hombre en mi habitación, y salté de la cama, pero..., ¿dónde está la vela?".

"En tu habitación, es lo más probable", dije, "¿quieres que vaya y te la traiga?".

"No; quédate aquí, no te vayas; no importa, no, te lo digo; todo fue un sueño. Cierra la puerta, Dick. Me quedaré aquí contigo. Me siento nervioso. Por lo tanto, Dick, como un buen compañero, enciende tu vela y abre la ventana, estoy en un estado de shock".

Hice lo que me pidió y, mientras se vestía como Granuaile[2], con una de mis mantas, se sentó junto a mi cama.

Todo el mundo sabe lo contagioso que es el miedo de todo tipo, pero más especialmente ese tipo particular de miedo que aquejaba al pobre Tom en ese momento. Yo no habría escuchado, ni creo que hubiera recordado, justo en ese momento, por medio mundo, los detalles de la visión espantosa que tanto había descontrolado a mi amigo.

"No te preocupes por contarme tu sueño sin sentido, Tom", dije, simulando que no le daba importancia, aunque realmente estaba aterrado. "Hablemos de otra cosa. Es bastante claro que esta vieja y sucia casa no es compatible con nosotros, y que me cuelguen si me quedo aquí por más tiempo, para que me molesten con indigestión y malas noches, así que podríamos buscar otro alojamiento, ¿no te parece?, de inmediato".

Tom estuvo de acuerdo, y, después de un intervalo, dijo:

"He estado pensando, Richard, que hace mucho tiempo que no veo a mi padre, y he decidido ir a verlo mañana mismo a la mañana y regresar en uno o dos días, mientras tanto tú podrías buscar alojamiento para nosotros".

Imaginé que esa resolución, obviamente era el resultado de la visión que lo había asustado tan profundamente, probablemente se desvanecería a la mañana siguiente, junto con la humedad y las sombras de la noche. Pero me equivoqué, Tom partió al rayar el alba, después de haber acordado que tan pronto como yo consiguiera un alojamiento adecuado, le mandaría una carta a la casa de mi tío Ludlow, para decirle que ya podía volver.

Ahora, aunque estaba ansioso por cambiar de alojamiento, sucedió, debido a una serie de pequeñas demoras y accidentes, que transcurrió casi una semana antes de que lo consiguiera y le enviara una carta a Tom; y, mientras tanto, una o dos aventuras insignificantes le ocurrieron a este humilde servidor, las que, por absurdas que ahora parezcan, disminuidas por la distancia, ciertamente sirvieron para estimular considerablemente mi apetito por el cambio.

Una o dos noches después de la partida de mi camarada, estaba sentado junto al fuego, en mi habitación, la puerta cerrada con llave y los ingredientes de un vaso de ponche caliente de whisky sobre la mesita. Porque, para poder mantener los

Espíritus negros y blancos,
Espíritus azules y grises,

que me rodeaban, a raya, había adoptado la práctica recomendada por la sabiduría de mis antepasados y "mantenía el ánimo elevado vertiendo los espíritus". Había dejado a un lado mi volumen de anatomía y me estaba tratando a mí mismo por medio de un tónico, preparando mi ponche y mi cama, y media docena de páginas del Espectador, cuando escuché unos pasos en el tramo de las escaleras que bajaban del ático. Eran las dos en punto, y las calles estaban tan silenciosas como el cementerio de una iglesia; por lo tanto, los sonidos se escuchaban con perfecta claridad. Era pasos lentos y pesados, caracterizados por el énfasis y la deliberación de la edad, que descendían por la estrecha escalera desde arriba; y, lo que hizo que el sonido fuera más singular, era evidente que los pies que los producían estaban perfectamente desnudos, indicando su descenso con algo intermedio entre un golpe sordo y un chasquido, muy desagradable de escuchar.

---

2 Grace O'Malley fue reina de Umaill, líder del clan Ó Máille y una mujer pirata en Irlanda. Es conocida en el folklore irlandés, por su apodo de Granuaile, siendo una figura histórica de la Irlanda del siglo XVI.

Sabía muy bien que mi asistente se había ido muchas horas antes y que nadie más que yo tenía algo que hacer en la casa. También era bastante claro que la persona que bajaba las escaleras no tenía la menor intención de ocultar sus movimientos; pero, por el contrario, parecía dispuesta a hacer aún más ruido y proceder de manera más deliberada de lo que era necesario. Cuando los pasos llegaron al pie de las escaleras, fuera de mi habitación, parecieron detenerse; y yo esperaba que, en cualquier momento mi puerta se abriría espontáneamente para admitir al original de mi detestado retrato. Sin embargo, me sentí aliviado, cuando en unos pocos segundos, escuché que el descenso continuaba, de la misma manera, por la escalera que conducía a los salones, y de allí, después de otra pausa, en el siguiente tramo, y así sucesivamente hasta llegar a la sala; a partir de ahí no oí más.

Después que el sonido hubo terminado, quedé excesivamente perturbado. Escuché, pero sin captar ningún movimiento. Finalmente, junté coraje para realizar un experimento decisivo: abrí la puerta y, con voz estentórea, grité sobre las barandillas: "¿Quién está ahí?". No hubo respuesta, solo el eco de mi propia voz reverberando a través de la vieja casa vacía, sin escuchar más movimientos; nada, en definitiva, para dar a mis sensaciones desagradables una dirección definida. Creo que hay algo desagradablemente descorazonador en el sonido de la propia voz en tales circunstancias, ejercido en soledad y en vano. Esto redobló mi sensación de aislamiento, y mis dudas aumentaron al percibir que la puerta, que ciertamente creía haber dejado abierta, estaba cerrada detrás de mí. Con una vaga alarma, para que mi retiro no se bloqueara, volví a entrar en mi habitación lo más rápido que pude, donde permanecí en un estado de sitio imaginario, muy incómodo, hasta la mañana.

La noche siguiente no trajo el regreso de mi compañero descalzo; pero la siguiente noche, estando en mi cama, en la oscuridad; en algún lugar, supongo, casi a la misma hora de antes, oí claramente que el viejo descendía de nuevo desde de las buhardillas.

Esta vez había bebido mi ponche, y la moral de la guarnición era excelente. Salté de la cama, agarré el atizador, cuando pasé junto al fuego que expiraba, y en un momento estaba en el vestíbulo. Para entonces el sonido había cesado; la oscuridad y el frío eran desalentadores; y, adivinen mi horror, cuando vi, o creí ver, un monstruo negro, ya fuera en forma de hombre o de oso, no podía decirlo, de pie, con la espalda contra la pared, en el vestíbulo, frente a mí, con un par de grandes ojos verdosos brillando tenuemente. Ahora, debo ser franco y confesar que el armario que contenía nuestros platos y tazas estaba justo allí, aunque en este momento no lo recordaba. Al mismo tiempo, honestamente, debo decir que, haciendo toda concesión a una imaginación excitada, nunca pude convencerme de que fui embobado por mi propia fantasía en este asunto; porque esta aparición, después de uno o dos cambios de forma, como en el acto de una transformación incipiente, comenzó, o así lo parecía, a avanzar sobre mí en su forma original. Motivado por un instinto de terror en lugar de coraje, lancé el atizador, con toda mi fuerza, hacia su cabeza; y acompañado por la música de un horrible estruendo, entré en mi habitación y cerré la puerta con doble llave. Luego, un minuto después, escuché a los horribles pies descalzos bajar las escaleras, hasta que el sonido cesó en el vestíbulo, como en la ocasión anterior.

Si la aparición de la noche anterior fue una ilusión ocular, ocasionada por mi fantasía que confundió los contornos oscuros de nuestro armario, y sus horribles ojos no fueron más que un par de tazas de té invertidas, tuve, en todo caso, la satisfacción de haber lanzado el atizador con una admirable precisión, como lo mostraban los fragmentos dispersos de nuestro servicio de té. Hice mi mejor esfuerzo para sacar consuelo y coraje de estas evidencias; pero no lo logré. Y luego, ¿qué podía decir de esos horribles pies descalzos, y el clap, clap, clap metódico, que recorría la distancia de toda la escalera, cruzando la soledad de mi morada embrujada, en una hora en que no se movía ninguna buena influencia? ¡Maldición! Todo el asunto era abominable. Me había quedado sin ánimo y temía el acercamiento de la noche.

La noche llegó, acompañada siniestramente por una tormenta de truenos y sombríos torrentes de lluvia deprimente. Las calles se silenciaron antes de lo habitual; y a las doce en punto, solo se oía el golpeteo desconsolador de la lluvia.

Me puse tan cómodo como pude. Encendí dos velas en lugar de una. Abandoné la cama y me preparé para una salida, vela en mano; porque estaba resuelto a ver al ser –costara lo que costara, y si es que podía verse– que perturbaba la quietud nocturna de mi mansión. Estaba nervioso y excitado e intenté en vano interesarme en mis libros. Caminé arriba y abajo por mi habitación, silbando una música, a la vez marcial e hilarante, y escuchando a cada rato, para detectar el temido ruido. Me senté y miré fijamente la etiqueta cuadrada de la botella negra, de aspecto solemne y reservado, hasta que "FLANAGAN & CO. EL MEJOR WHISKY DE MALTA" se convirtió en una especie de acompañamiento sutil a todas las especulaciones fantásticas y horribles que se sucedían a través de mi cerebro.

Mientras tanto, el silencio se hizo más ominoso y la oscuridad más oscura. Trataba de escuchar, en vano, el rumor de un vehículo o el ruido sordo de un ruido lejano. Solo escuchaba el rugido de un viento creciente, que había sucedido a la tormenta de truenos que había viajado sobre las montañas de Dublín sin ser oída. En medio de esta gran ciudad, comencé a sentirme solo con la naturaleza, y Dios sabe que más. Mi coraje iba menguando. Sin embargo, el ponche, que hace que muchos se conviertan en bestias, me convirtió en un hombre; justo a tiempo de escuchar con nervios tolerablemente firmes los pies desnudos, flácidos y abultados, descender de nuevo por las escaleras.

No sin temblar, tomé una vela. Cuando crucé el piso traté de improvisar una oración, pero me quedé quieto para escuchar, y nunca la terminé. Los pasos continuaron. Confieso que vacilé unos segundos, frente a la puerta, antes de sacar fuerzas de la flaqueza y abrirla. Cuando miré hacia fuera, el vestíbulo estaba perfectamente vacío: no había ningún monstruo parado en la escalera; y cuando cesó el detestable sonido, me tranquilicé lo suficiente como para aventurarme cerca de la balaustrada. ¡Horror de los horrores! Uno o dos tramos de escalera debajo de donde yo estaba parado, la pisada sobrenatural golpeó el suelo. Mi ojo captó un movimiento; era aproximadamente del tamaño del pie de Goliat, gris, pesado y colgaba como un peso muerto de un paso a otro. Era, como que estoy vivo, la rata gris más monstruosa que he visto o imaginado.

Shakespeare dice: "Hay algunos hombres que no pueden soportar un cerdo con las fauces abiertas y otros que se enojan cuando ven un gato". Me volví loco de remate cuando contemplé esta rata; porque, ríanse de mí como quieran, se miró con una expresión perfectamente humana de maldad; y, mientras se movía de un lado al otro, me miraba a la cara casi desde entre mis pies. Lo vi, podría jurarlo; entonces lo sentí y ahora lo sé, la mirada infernal y el rostro maldito de mi viejo amigo del retrato, transfundido en el rostro del bicho hinchado que tenía frente a mí.

Volví a entrar en mi habitación otra vez con un sentimiento de odio y horror que no puedo describir, y cerré la puerta con llave como si hubiera un león al otro lado. Maldito fuera él o eso. ¡Maldito el retrato y su original! Sentí en mi alma que la rata... sí, la rata, la RATA que acababa de ver, era ese ser malvado disfrazado, vagando por la casa como una alondra nocturna infernal.

A la mañana siguiente, estaba caminando por las calles embarradas; y, entre otras cosas, le envié una nota perentoria a Tom, solicitando su presencia. A mi regreso, sin embargo, encontré una nota de mi amigo ausente, que anunciaba su intención de regresar al día siguiente. Me regocijé doblemente por esto, porque había logrado conseguir habitaciones; y porque el cambio de escena y el regreso de mi camarada eran especialmente agradables, comparados con la aventura, en parte horrible y en parte ridícula, de la noche anterior.

Esa noche dormí en forma improvisada en mis nuevos aposentos en la calle Digges, y a la mañana siguiente regresé a la mansión encantada para desayunar, porque estaba seguro de que Tom se presentaría allí de inmediato, a su llegada.

Tenía toda la razón. Él se presentó; y casi lo primero que me preguntó se refería al objeto principal de nuestro cambio de residencia.

"Gracias a Dios", dijo con genuino fervor, al oír que todo estaba arreglado. "Estoy contento por tí. En cuanto a mí, te aseguro que ninguna consideración terrenal podría haberme inducido a pasar una noche más en esta desastrosa vieja casa".

"Condenada casa!", proferí, con una mezcla genuina de miedo y desilusión, "no hemos tenido una hora agradable desde que vinimos a vivir aquí"; y seguí en la misma vena, contando incidentalmente mi aventura con la vieja rata pletórica.

"Bueno, si eso fue todo", dijo mi primo, simulando tomar el asunto a la ligera, "creo que a mí no me habría preocupado demasiado".

"Ah, pero sus ojos, su semblante, mi querido Tom", insistí; "Si la hubieras visto, habrías sentido que podía ser cualquier cosa menos lo que parecía".

"Pienso que el mejor conjurador, en tal caso sería un buen gato", dijo, con una risa provocadora.

"Pero escuchemos tu propia aventura", dije con aspereza.

Ante este desafío miró inquieto a su alrededor. Yo había removido un recuerdo muy desagradable.

"La escucharás, Dick; te lo diré", dijo. "Por Dios, debería sentirme bastante raro, sin embargo, contándolo aquí; creo que en este momento estamos demasiado fuertes como para que los fantasmas se entrometan".

Aunque dijo esto como una broma, creo que fue un cálculo serio. Nuestra Hebe estaba en un rincón de la habitación, empacando nuestro servicio de té y los platos agrietados en una canasta. Pronto suspendió su trabajo, y con la boca y los ojos bien abiertos se convirtió en un oyente absorto. Tom contó sus experiencias con estas palabras:

"Lo vi tres veces, Dick, tres veces distintas; y estoy perfectamente seguro de que pretendía causarme un daño infernal. Creo que estaba en peligro, en un peligro extremo, porque, aunque nada más hubiera sucedido, me habría vuelto loco, a menos que hubiera podido escapar tan pronto. Gracias a Dios, escapé.

"La primera noche de esa odiosa perturbación, estaba acostado, como si estuviera durmiendo, en esa vieja y pesada cama. Odio pensar en eso. Estaba completamente despierto, aunque había apagado la vela y estaba acostado tan tranquilamente como si hubiera estado dormido, y aunque estaba un poco inquieto, mis pensamientos eran alegres y agradables.

"Creo que eran las dos en punto por lo menos, cuando creí escuchar un sonido en ese odioso receso oscuro en el otro extremo del dormitorio. Era como si alguien estuviera arrastrando un trozo de cuerda lentamente, a lo largo del piso, levantándolo y dejándolo caer de nuevo, suavemente, formando una espiral. Me senté una o dos veces en mi cama, pero no pude ver nada, así que llegué a la conclusión de que debía de haber ratones dentro del revestimiento de la pared. No sentí ninguna emoción más grave que la curiosidad, y después de unos pocos minutos dejé de notarlo.

"Mientras yacía en ese estado, es extraño decirlo; sin sospechar al principio nada sobrenatural, de repente vi a un anciano, bastante corpulento y rechoncho, con una especie de bata roja y con una gorra negra sobre su cabeza, moviéndose rígida y lentamente en dirección diagonal, desde el receso de la ventana, a través del piso de la habitación, pasando cerca del pie de mi cama y entrando en la leñera a la izquierda. Tenía algo debajo del brazo; colgado un poco a un lado, y, Dios misericordioso, cuando vi su rostro...".

Tom se detuvo por un rato, y luego dijo:

"Ese horrible rostro, que muriendo o viviendo nunca podré olvidar, revelaba lo que era. Sin girar a la derecha ni a la izquierda, pasó a mi lado y entró en el armario junto a la cabecera de la cama.

"Mientras esta terrible e indescriptible encarnación de la muerte y la culpa pasaba junto a mí, sentí que no tenía más poder para hablar o moverme que si yo mismo hubiera sido un cadáver. Aún horas después de que hubiera desaparecido, estaba demasiado aterrorizado y débil como para moverme. Tan pronto como llegó la luz del día, junté coraje y examiné la habitación, y especialmente el rumbo que parecía haber tomado el temible intruso, pero no había ningún vestigio que indicara que alguien hubiera pasado por allí, ninguna señal de una agencia perturbadora visible, entre la leña que llenaba la leñera.

"Ahora comencé a recuperarme un poco. Estaba mareado y agotado, y al final me dominó un sueño febril. Bajé tarde y te encontré sin ánimos, a causa de tus sueños sobre el retrato, cuyo original, estoy seguro, se me había revelado. No quería hablar de la visión infernal. De hecho, estaba tratando de convencerme de que todo había sido una ilusión, y no me gustaba revivir, en toda su intensidad, las horribles impresiones de la noche pasada, o arriesgarme a debilitar mi escepticismo, contando la historia de mis sufrimientos.

"Necesité un poco de valor, puedo decirte, para volver a mi alcoba encantada la noche siguiente y acostarme tranquilamente en la misma cama", continuó Tom. "Lo hice con cierto grado de temor, y, no me avergüenzo de decirlo, no habría requerido mucha estimulación para aterrorizarme. Sin embargo esa noche pasó tranquilamente, en silencio, como también la siguiente; y también dos o tres más. Recuperé la confianza y comencé a imaginarme que creía en la teoría de las ilusiones espectrales, con la que al principio había tratado en vano de convencerme a mí mismo.

"En realidad, la aparición había sido totalmente anómala. Había cruzado la habitación sin reconocer mi presencia; yo no la había perturbado, y ella no tuvo nada que ver conmigo. Entonces, ¿para qué había cruzado la habitación en forma visible? Por supuesto, podría haberse quedado en el armario en lugar de ir de acá para allá, tan fácilmente como se introdujo en el receso sin entrar en la cámara en una forma perceptible por los sentidos. Además, ¿cómo lo había podido ver? Era una noche oscura, no tenía velas, no había fuego, y, sin embargo, ¡lo vi con colores y detalles, como siempre he visto las formas humanas! Un sueño cataléptico lo explicaría todo, y había decidido que había sido un sueño.

"Uno de los fenómenos más notables relacionados con la práctica de la mendacidad es la gran cantidad de mentiras deliberadas que nos decimos a nosotros mismos, a quienes, de todas las personas, menos podemos esperar engañar. En todo esto, apenas necesito decirte, Dick, que yo simplemente me mentía a mí mismo y no creía ni una sola palabra de mi propia explicación. Sin embargo, seguí adelante, como los perseverantes charlatanes e impostores, que convencen por cansancio, por la mera fuerza de la reiteración; de la misma forma, yo esperaba inculcarme a mí mismo un cómodo escepticismo sobre el fantasma.

"No había aparecido por segunda vez, eso sí que era un consuelo; y después de todo, ¿qué me importaba ese fantasma con sus viejos, excéntricos ropajes y su extraño aspecto? ¡Ni un higo! No había perdido nada por haberlo visto, y encima tenía una buena historia. Así que me dejé caer en la cama, apagué mi vela y, reconfortado por los ruidos de una fuerte pelea de borrachos en la calle de atrás, me dormí rápidamente.

"Desperté sobresaltado de mi profundo sueño. Sabía que había tenido un sueño horrible; pero no podía recordar lo que fue. Mi corazón latía con fuerza; me sentía desconcertado y febril; me senté en la cama y miré a mi alrededor. Un amplio rayo de luz de luna entraba por la ventana sin cortinas, todo estaba como lo había visto por última vez, y aunque la disputa doméstica en la calle de atrás estaba, desafortunadamente para mí, disipada, todavía podía escuchar el canto de un alegre compañero, camino de vuelta a su casa, la divertida y popular cancioncilla llamada "Murphy Delany". Aprovechando esta distracción, me acosté de nuevo, con la cara orientada hacia la chimenea, y cerrando los ojos, hice todo lo posible por no pensar en otra cosa que no fuera la canción, que se iba debilitando en la distancia:

"Murphy Delany era tan gracioso y juguetón,
que se metió en una taberna clandestina para llenar su pellejo;
Salió tambaleándose bastante bien forrado con whisky,
Tan fresco como un trébol, tan ciego como un toro.

"El cantante, cuya condición, me atrevo a decir, se asemejaba a la de su héroe, pronto estuvo demasiado lejos como para regalar mis oídos; y cuando su música se fue apagando, yo mismo me hundí en un adormecimiento, ni profundo ni refrescante. De alguna manera, la canción se había metido en mi cabeza, y yo seguí los meandros de las aventuras de mi respetable compatriota, quien, al salir de la taberna clandestina, cayó a un río, desde el que fue capturado para ser presentado ante un jurado forense, que, siguiendo el diagnóstico de un veterinario, que dijo que él estaba muerto como un "clavo de la puerta", emitió el veredicto correspondiente, justo cuando Murphy recuperaba el conocimiento; al mismo tiempo, un altercado violento, o más bien una batalla campal se libró entre el cuerpo y el forense, poniendo así fin a la canción con la pizca justa de animación y desenfado.

"Seguí recapitulando esta balada, con una monotonía cansina, hasta llegar a la última estrofa, y después volví al comienzo, y así sucesivamente, en mi incómodo medio sueño, no sé durante cuánto tiempo. Finalmente me encontré murmurando, "muerto como un clavo de la puerta, de modo que había un final", y algo parecido a otra voz dentro de mí, parecía decir, muy débil, pero bruscamente, '¡muerto, muerto, muerto, y que el Señor tenga piedad de tu alma!', e instantáneamente me desperté por completo, y miré al frente, desde la almohada.

"Entonces, ¿me creerás, Dick? Vi la misma maldita figura de pie frente a mí, mirándome con su rostro pétreo y diabólico, situado a menos de dos metros de la cama".

Tom se detuvo aquí y se limpió la transpiración de la cara. Me sentí muy raro. La mujer estaba tan pálida como Tom; y, reunidos como estábamos en el escenario mismo de esas aventuras, nos atrevimos a decir que todos estábamos igualmente agradecidos por la clara luz del día y el bullicio que venía de la calle.

"Solo lo vi claramente por unos pocos segundos; luego se volvió indistinto; pero, durante mucho tiempo, perduró algo parecido a una columna de vapor oscuro donde había estado, entre la pared y mi cama, y estaba seguro de que él todavía estaba allí. Después de un buen rato, esta aparición también desapareció. Llevé mi ropa al vestíbulo, me vestí con la puerta entreabierta, salí a la calle y caminé por la ciudad hasta que llegó la mañana, cuando regresé, en un estado miserable de nerviosismo y agotamiento. Fui tan tonto, Dick, como para tener vergüenza de contarte lo que me había alterado tanto. Temí que te reirías de mí, especialmente porque siempre había hablado de filosofía, y traté a tus fantasmas con desprecio. Llegué a la conclusión de que no me darías tregua, y por eso me guardé para mí mismo mi historia de horror.

"Ahora, Dick, apenas me creerás, cuando te asegure, que durante muchas noches después de esta última experiencia, no fui a mi habitación en absoluto. Solía sentarme un rato en el salón después que subías a tu cama y luego bajaba silenciosamente y salía por la puerta del vestíbulo, y me sentaba en la taberna 'Robin Hood' hasta que se iba el último cliente, y luego pasaba la noche como un centinela, caminando por las calles hasta la mañana.

"Durante más de una semana nunca dormí en la cama. Algunas veces dormía un poco en 'Robin Hood', y otras veces tomaba una siesta en una silla durante el día; pero no dormí normalmente ni una vez.

"Estaba bastante convencido de que debíamos irnos a otra casa; pero no me atrevía a explicarte el motivo, y de alguna manera lo fui posponiendo de un día para el otro, aunque mi vida, durante cada minuto, era tan dura como la de un delincuente perseguido por la policía. Ese modo de vida miserable me estaba enfermando de pies a cabeza.

"Una tarde decidí disfrutar de una hora de sueño en tu cama. Odiaba la mía; de modo que nunca, excepto cuando efectuaba visitas sigilosas a mi nefasta habitación, todos los días, para deshacer la cama, para que Marta no descubriera el secreto de mis ausencias nocturnas.

"Para peor, tú habías cerrado tu habitación con llave y tenías la única llave contigo. Entré en la mía, como de costumbre, para desarmar la ropa de cama, y darle la apariencia de haber dormido en la cama. Ahora, una variedad de circunstancias concurrieron para provocar la terrible escena a través de la cual pasé esa noche. En primer lugar, fui literalmente dominado por la fatiga y el deseo de dormir, y por otro lado, el efecto de ese agotamiento extremo de mis nervios se parecía al de un narcótico, y me hizo menos susceptible de lo que habría sido, quizás, en cualquier otra condición, a los terribles temores que se habían vuelto habituales en mí. Por otra parte, la ventana estaba abierta un poco, una agradable frescura llenaba la habitación y, para colmo, el alegre sol del día hacía que la habitación fuera bastante agradable. ¿Qué era lo que me impedía disfrutar de una siesta de una hora aquí? Todo el aire resonaba con el alegre zumbido de la vida y la luz del día llenaba todos los rincones de la habitación.

"Me rendí a la tentación casi abrumadora, ignorando mis temores; y simplemente quitándome el abrigo y aflojándome la corbata, me acosté, con la idea de dormitar solo un rato, y gozar del inusitado disfrute de un colchón de plumas, un cobertor y una almohada.

"Fue terriblemente insidioso; y el demonio, sin duda vigiló mis seductores preparativos. Como un buen tonto, pensé que –a pesar de tener la mente y el cuerpo agotados por la falta de sueño, y un retraso de una semana completa de descanso– tomar una siesta de media hora era posible en tal situación. Dormí como los muertos, largamente y sin sueños.

"Sin ningún sobresalto ni sensación de miedo de cualquier tipo, me desperté suave, pero completamente. Era, como tengo buenas razones para recordar, pasada la medianoche, creo que alrededor de las dos. Cuando el sueño es lo suficientemente profundo y duradero como para satisfacer a la naturaleza a fondo, a menudo uno se despierta de esta manera, repentina, tranquila y completamente.

"Había una figura sentada en ese pesado y viejo sofá-silla, cerca de la chimenea. Estaba sentado, parcialmente de espaldas hacia mí, pero no podía equivocarme; se giró lentamente y, ¡santo cielo! Allí estaba la cara de piedra, con sus infernales rasgos de malignidad y desesperación, regodeándose en mí terror. Ya no tenía ninguna duda de que era consciente de mi presencia y de la malicia infernal que lo animaba, porque se levantó y se acercó a la cama. Tenía una cuerda alrededor de su cuello, y sostenía rígidamente en su mano el otro extremo de la cuerda.

"Mi ángel de la guarda me ayudó a sobrellevar esa horrible crisis. Permanecí unos segundos paralizado por la mirada de ese terrible fantasma. Se acercó a la cama y parecía a punto de subirse sobre ella. Al instante siguiente, yo estaba en el suelo, del otro lado, y en un momento más, no sé cómo, llegué al vestíbulo.

"Pero el hechizo aún no se había roto; todavía no había atravesado el valle sombrío de la muerte. El aborrecido fantasma estaba allí, ante mí; parado cerca de la balaustrada, inclinándose un poco, y con un extremo de la cuerda alrededor de su propio cuello, estaba armando un lazo con la otra punta, como si quisiera lanzarlo sobre mi cuello, y mientras estaba ocupado en esta funesta pantomina, mostraba una sonrisa tan sensual, tan indeciblemente terrible, que mis sentidos estaban casi avasallados. No vi ni recordé nada más hasta que me encontré en tu habitación.

"Tuve un escape maravilloso, Dick, no hay duda de eso, un escape por el cual, mientras viva, bendeciré la misericordia del cielo. Nadie puede concebir ni imaginar qué es para la carne y la sangre estar en la presencia de tal cosa, excepto alguien que ha tenido una experiencia terrorífica como la mía. Dick, Dick, una sombra pasó sobre mí, un escalofrío cruzó mi sangre y mi médula, y nunca volveré a ser el mismo, nunca, Dick, ¡nunca!".

Nuestra criada, una mujer madura de cincuenta y dos años, como ya he dicho, detuvo su mano, a medida que avanzaba la historia de Tom, y poco a poco se acercó a nosotros, con la boca abierta, y sus cejas contraídas sobre sus pequeños ojos negros saltones, que de tanto en tanto echaban un vistazo por encima de su hombro. Ella se había posicionado detrás de nosotros durante el relato, e hizo varios comentarios circunspectos, en voz baja; pero tanto estos como sus interjecciones, los omití de mi narración para simplificarla y hacerla más concisa.

"Escuché contar esa historia a menudo", dijo entonces la mujer, "pero nunca la creí hasta ahora, sin embargo, ¿por qué no debería de hacerlo? Mi madre, calle abajo, conoce muchas historias extrañas, Dios nos bendiga, imposibles de contar". Pero usted no debería de haber dormido en el cuarto de atrás. Ella no quería que entrara y saliera de esa habitación ni siquiera durante el día, y mucho menos que un cristiano pasara la noche allí; ella dice que era su propio dormitorio".

"¿De quién era el dormitorio?", le preguntamos, en un suspiro.

"Era el suyo, el del viejo Juez, el Juez Horrock, por supuesto, que Dios le de reposo a su alma"; y ella miró temerosamente a su alrededor.

"¡Amén!", murmuré. "¿Pero murió allí?".

"¡Morir allí! No, no del todo", dijo. "¿Acaso el viejo pecador no se colgó de la balaustrada? Dios tenga piedad de todos nosotros. Y no fue en la alcoba donde encontraron las empuñaduras de la cuerda cortada, y el cuchillo con el que había preparado la cuerda, Dios nos bendiga, para colgarse a sí mismo? La hija de su ama de llaves era la dueña de la cuerda para saltar, nos decía mi madre a menudo, y la niña nunca se desarrolló normalmente, y solía despertarse gritando, en medio de su sueño nocturno, con pesadillas y terrores que la cogían por sorpresa; y decían que era el espíritu del viejo juez que la estaba atormentando, y ella solía rugir y gritar para rechazar al gran hombre con el cuello torcido; y luego gritaba: '¡Oh, el amo! ¡El amo! ¡Me ataca y me llama! Madre, querida, ¡no me sueltes!'. Y así, por fin, murió la pobre criatura, y los médicos dijeron que tenía agua en el cerebro, porque era todo lo que podían decir".

"¿Hace cuánto tiempo pasó todo esto?", yo pregunté.

"Oh, entonces, ¿cómo podría yo saberlo?", respondió ella. "Pero debe de haber pasado hace mucho tiempo, porque el ama de llaves era una mujer mayor, con una pipa en la boca, no le quedaba un diente y tenía más de ochenta años, cuando mi madre se casó por primera vez; y decían que era una mujer elegante, bien vestida, cuando el viejo Juez llegó a su fin; y, por cierto, mi madre no está muy lejos de los ochenta años de edad hoy en día; y lo que lo hizo aún peor, es que ese villano, Dios le de reposo a su alma, que asustó a la pequeña criatura hasta su muerte de esa manera; fue aún peor, porque toda la gente creía y pensaba que la niña era su propia hija. Mi madre dice que la pobre criatura era su propia hija, porque él era un viejo villano, no importa como se viera, y el juez más inclinado a ahorcar que se haya conocido en Irlanda".

"Por lo que dijiste sobre el peligro de dormir en esa habitación", dije yo, "supongo que hubo historias de apariciones del fantasma ante otras personas".

"Bueno, se dijeron cosas, cosas raras, seguramente", contestó ella, aparentemente con cierta reticencia. "¿Y por qué no estaría allí? Acaso no era la misma habitación en la que durmió durante más de veinte años? ¿Y no fue en su receso donde preparó la cuerda que usó para colgarse, de la misma forma que lo había hecho a mejores hombres en su vida? ¿Y su cuerpo no fue acostado en esa misma cama después de su muerte, y puesto allí en el ataúd, y fue llevado a su tumba desde allí, en el cementerio de Pether, después de que el juez de instrucción terminó su tarea? Pero hubo extrañas historias –mi madre las conoce todas– acerca de cómo un tal Nicholas Spaight tuvo grandes problemas en esta casa.

"¿Y qué dijeron de este Nicholas Spaight?", pregunté.

"Oh, eso es fácil de contar", respondió ella.

Y ciertamente contó una historia muy extraña, que despertó tanto mi curiosidad, que me decidí a visitar a su anciana madre, de quien aprendí muchos detalles muy curiosos. De hecho, me siento tentado a contar la historia, pero mis dedos están cansados y debo postergarlo. Pero si desean escucharlo en otro momento, haré lo mejor que pueda.

Cuando escuchamos la extraña historia que no les conté, le hicimos una o dos preguntas más sobre las supuestas visitas espectrales, que habían acosado la casa, después de la muerte del malvado viejo juez.

"Nadie tuvo suerte en ella", nos dijo. "Siempre hubo accidentes graves, muertes súbitas y ocupaciones breves. Los primeros que la alquilaron fueron una familia, cuyo nombre no recuerdo, pero al menos había dos señoritas y su papá, que tenía unos sesenta años, y era un caballero sano y robusto, como ustedes desearían ser a esa edad. Bueno, él durmió en esa desafortunada habitación trasera, y, ¡Dios nos salve de todo mal! una mañana lo encontraron muerto, con medio cuerpo fuera de la cama; su cabeza estaba tan negra como un endrino, y se hinchó como un budín, colgando cerca del piso. Dijeron que era un ataque. Estaba tan muerto como una caballa, por lo que no pudo explicar lo que le pasó; la gente de edad estaba segura de que el responsable era, ni más ni menos que el viejo juez, ¡Dios nos bendiga! quien lo asustó hasta causarle la muerte.

"Algún tiempo después una solterona anciana y rica fue a vivir a la casa, no sé en qué habitación dormía, pero vivía sola; de todas formas, una mañana, los sirvientes que comenzaban temprano su trabajo, la encontraron sentada en las escaleras, temblando y hablando consigo misma, completamente loca, y nunca pudieron sacar una palabra más de ella, ni ellos ni sus amigas, excepto "no me pidan que vaya, porque prometí esperarlo". Nunca les dijo a quién se refería, pero, por supuesto, aquellos que conocían todo lo relacionado con la vieja casa, entendían bien lo que le había sucedido.

"Luego, cuando convirtieron la casa en una pensión, Micky Byrne, alquiló la misma habitación, con su esposa y tres niños pequeños; y recuerdo que la señora Byrne me contó cómo los niños, por la noche, eran levantados de la cama, sin que ella pudiera ver como o porqué, y que se sobresaltaban y gritaban a cada hora, igual que lo había hecho la niñita del ama de llaves que murió, hasta que por fin, una noche, el pobre Micky, que había tomado unos tragos, como lo hacía de vez en cuando, y en medio de la noche, creyó escuchar un ruido en las escaleras, y al estar embriagado, no se le ocurrió nada mejor que ir él mismo para ver qué pasaba. Después de eso, todo lo que ella escuchó fue que él dijo '¡Oh, Dios!' y una caída que sacudió toda la casa; y por supuesto, él yacía en las escaleras inferiores, con el cuello retorcido, debajo del vestíbulo, donde fue arrojado sobre la balaustrada".

Entonces la criada agregó:

"Iré a la calle y enviaré a Joe Gavvey para que empaque el resto de vuestras cosas, y los lleve a vuestro nuevo alojamiento".

Y así todos salimos juntos, cada uno de nosotros respirando más libremente, no tengo ninguna duda, una vez que cruzamos ese maldito umbral por última vez.

Y ahora puedo agregar algo más, en conformidad con el uso inmemorial del reino de la ficción, que ve al héroe no solo a través de sus aventuras, sino también hasta que se va de este mundo. Se habrán dado cuenta de que lo que el héroe de carne, sangre y huesos del romance propiamente dicho es para el escritor de historias de ficción, esta antigua casa de ladrillos, madera y mortero es para el humilde escriba de esta historia verídica. Por lo tanto, contaré, como es mi deber, la catástrofe que finalmente le sobrevino, que fue simplemente esto: unos dos años después de mi historia, fue alquilada por un curandero, quien se llamaba a sí mismo Barón Duhlstoerf, quien llenó las ventanas de la sala con botellas de horrores indescriptibles conservados en brandy, y los periódicos con los habituales anuncios grandilocuentes y mendaces. Este caballero, entre cuyas virtudes no entraba la sobriedad, una noche, bajo los efectos del vino, prendió fuego a las cortinas de su cama, se quemó parcialmente y consumió totalmente la casa. Posteriormente fue reconstruida y, durante un tiempo, se estableció allí una empresa de pompas fúnebres.

Ya les he contado mis propias aventuras y las de Tom, junto con algunos datos colaterales valiosos; y habiéndome librado de mi compromiso, le deseo muy buenas noches y agradables sueños.

El pie de la momia
Théophile Gautier

Había entrado, en un estado de ánimo ocioso, en la tienda de uno de esos vendedores de curiosidades llamados *marchands de bric-à-brac*[1] en ese argot parisino que es perfectamente ininteligible en otros lugares de Francia.

Sin duda, usted ha mirado de vez en cuando por las ventanas de algunas de estas tiendas, que se han vuelto tan numerosas ahora que está de moda comprar muebles anticuados, y que todo pequeño corredor de bolsa cree que debe tener su sala de la edad media.

Hay una cosa que se aplica por igual a la tienda del comerciante en hierro viejo, el almacén del tapicero, el laboratorio del alquimista y el estudio del pintor: en todas estos lugares sombríos donde los postigos filtran una prudente media luz, lo más manifiestamente antiguo es el polvo. Las telarañas son más auténticas que los encajes, y los viejos muebles de peral en exhibición son en realidad más nuevos que la caoba que llegó ayer desde Estados Unidos.

El almacén de mi distribuidor de *bric-à-brac* era una confusa mescolanza. Todas las edades y las naciones parecían haberse reunido allí. Una lámpara etrusca de arcilla roja estaba sobre un gabinete Boule, con paneles de ébano, con rayas brillantes de líneas de latón incrustado; un canapé de la corte de Luis XV, extendía despreocupadamente sus patas de ciervo, debajo de una mesa maciza de la época de Luis XIII, con pesados soportes en espiral de roble y dibujos tallados de quimeras y follaje entremezclados.

Sobre los estantes denticulados de varios aparadores, brillaban inmensos platos japoneses con diseños en rojo y azul aliviados por la eclosión dorada, lado a lado con obras esmaltadas de Bernard Palissy, que representaban serpientes, ranas y lagartos en relieve.

De armarios abiertos escapaban cascadas de sedas chinas lustrosas plateadas y olas de oropel, tamizado de cuentas, que un rayo de sol oblicuo hacía brillar, mientras que retratos de todas las épocas, en marcos más o menos deslustrados, sonreían a través de su barniz amarillo.

Una armadura damasquinada de Milán brillaba en una esquina; amorcillos y ninfas de porcelana, leones guardianes chinos, jarrones de céladon y loza craquelada, tazas sajonas y antiguas de Sèvres sobrecargaban las estanterías y los rincones.

---

1 Vendedores de baratijas.

El tendero me seguía de cerca por el tortuoso pasillo, entre los montones de muebles, alejando con su mano el vuelo atrevido de los faldones de mi abrigo, observando mis codos con la incómoda atención de un anticuario y un usurero.

El comerciante tenía un rostro muy singular; un inmenso cráneo, pulido como una rodilla, rodeado por una delgada aureola de pelo blanco, que resaltaba el tinte de color salmón de su tez de manera aún más sorprendente, y le prestaba el falso aspecto de un patriarca bonachón, lo que era contrarrestado, sin embargo, por el centelleo de sus dos ojitos amarillos, que temblaban en sus órbitas como dos Luises de oro sobre el azogue. La curva de su nariz presentaba una silueta aquilina, que sugería el tipo oriental o judío. Sus manos, finas, delgadas, llenas de nervios que se proyectaban como cuerdas sobre el tablero de un violín, y armadas con garras como las de las alas de los murciélagos, temblaban con un temblor senil; pero esas manos, agitadas convulsivamente, se volvían más firmes que las pinzas de acero o las garras de las langostas cuando levantaban cualquier artículo precioso: una copa de ónix, un vaso veneciano o una bandeja de cristal de Bohemia. Este extraño anciano tenía un aspecto tan completamente rabínico y cabalístico que hace tres siglos habría sido quemado por el mero testimonio de su rostro.

"¿No me va a comprar algo hoy, señor? Observe este kriss malayo con una hoja ondulada como una llama. Mire esos surcos creados para que la sangre corra, esos dientes inclinados hacia atrás para arrancar las entrañas al retirar el arma. Es un buen tipo de arma para un brazo feroz, y se verá bien en su colección. Esta espada a dos manos es muy hermosa, es obra de Josepe de la Hera; y este espadín de vaina calada, ¡qué excelente ejemplar de artesanía!".

"No; tengo suficientes armas e instrumentos de matanza. Quiero una pequeña figura, algo que quede bien como pisapapeles, porque no puedo soportar esos bronces de pacotilla que venden los papeleros, y que se pueden encontrar en el escritorio de todos".

El viejo gnomo buscó entre sus productos antiguos, y finalmente expuso ante mí algunos bronces antiguos, o que pretendían serlo, fragmentos de malaquita, pequeños ídolos hindúes o chinos, una especie de juguetes en piedra de jade, representando las encarnaciones de Brahma o Visnú, maravillosamente apropiados para el oficio divino de sostener papeles y cartas en su lugar.

Estaba dudando entre un dragón de porcelana, constelado de verrugas, su boca formidable con colmillos erizados de cerdas e hileras de dientes, y un pequeño fetiche mexicano abominable, que representaba al dios Witziliputzili al natural, cuando vi un pie encantador, que al principio confundí con un fragmento de alguna antigua Venus.

Tenía esos hermosos tonos rojizos y bronceados que le dan al bronce florentino ese aspecto cálido y vital, muy preferible al aspecto gris verdoso de los bronces comunes, que podrían confundirse fácilmente con estatuas en un estado de putrefacción. Los destellos satinados jugaban sobre sus formas redondeadas, sin duda pulidas por los besos amorosos de veinte siglos, ya que parecía un bronce corintio, una obra de la mejor era del arte, quizás moldeada por el propio Lisipo.

"Ese pie me servirá", le dije al comerciante, quien me miró con un aire irónico y saturnino, y me alcanzó el objeto deseado, para que pudiera examinarlo más a fondo.

Me sorprendió su ligereza. No era un pie de metal, sino un pie de carne, un pie embalsamado, el pie de una momia. Al examinarlo aún más de cerca, se hicieron perceptibles el grano de la piel, y las líneas casi imperceptibles impresas en él por la textura de los vendajes. Los dedos de los pies eran delgados y delicados, terminados en uñas perfectamente formadas, puras y transparentes como las ágatas. El dedo gordo del pie, ligeramente separado del resto, proporcionaba un alegre contraste, a la posición de los otros dedos, siguiendo el estilo antiguo, y le otorgaba una ligereza aérea, la gracia de la pata de un pájaro. La planta del pie, apenas rayada por unas pocas líneas cruzadas casi imperceptibles, proporcionaba evidencia de que nunca había tocado la tierra, y solo había entrado en contacto con las esteras más finas del Nilo y las alfombras más suaves de piel de pantera.

"Ja, ja, ja, ¡usted quiere el pie de la princesa Hermontis!" exclamó el comerciante, con una extraña risita, fijando en mí sus ojos de búho. "¡Ja, ja, ja! ¡Para usarlo de pisapapeles! ¡Una idea original! ¡Una idea artística! El viejo Faraón seguramente se habría sorprendido si alguien le hubiera dicho que el pie de su adorada hija se usaría como un pisapapeles después que él hizo ahuecar una montaña de granito, como un receptáculo para su triple ataúd, pintado y dorado, cubierto con jeroglíficos y hermosas pinturas del Juicio de las Almas", continuó el pequeño y extraño comerciante, apenas audible, como si hablara para sí mismo.

"¿Cuánto me cobrará por este fragmento de momia?".

"Ah, el precio más alto que pueda obtener, ya que es una pieza excelente. Si tuviera el otro pie, no lo conseguiría por menos de quinientos francos. ¡La hija de un faraón! Nada es más raro".

"Seguro que no es un artículo común, pero aún así, ¿cuánto quiere? En primer lugar, permítame advertirle que toda mi riqueza consiste en solo cinco luises. Puedo comprar cualquier cosa que cueste cinco luises, pero nada más caro. Aunque buscara en los bolsillos de mi chaleco y en sus más secretos recovecos, no podría encontrar más".

"¡Cinco luises por el pie de la princesa Hermontis! Eso es muy poco, muy poco, de verdad. Es un pie auténtico", murmuró el mercader, sacudiendo la cabeza e impartiendo un peculiar movimiento giratorio a sus ojos. "Bueno, tómelo, y le daré las vendas de regalo", agregó, envolviendo el pie en un antiguo trapo de damasco. "¡Muy bien! Damasco real; damasco indio que nunca se ha vuelto a teñir. Es fuerte y, sin embargo suave", murmuró, acariciando el tejido deshilachado con los dedos, repitiendo el hábito adquirido por los comerciantes que lo impulsaba a alabar incluso objetos de tan poco valor, que él mismo consideraba que solo merecían ser dados gratuitamente.

Puso las monedas de oro en una especie de bolso de limosna medieval que colgaba de su cinturón, repitiendo:

"¡El pie de la princesa Hermontis se usará como un pisapapeles!".

Luego, volviendo sus ojos fosforescentes sobre mí, exclamó con voz estridente como el llanto de un gato que se ha tragado una espina de pescado:

"El viejo Faraón no estará contento. ¡Amaba a su hija, el querido hombre!".

"Habla como si fuera un contemporáneo suyo. ¡Seguro que tiene edad suficiente! Pero no se remonta a las pirámides de Egipto", respondí riendo desde el umbral.

Me fui a casa, encantado por mi adquisición.

Con la idea de darle un uso provechoso lo antes posible, puse el pie de la divina princesa Hermontis sobre un montón de papeles garabateados con versos, en sí mismos un mosaico indescifrable de textos descartados; artículos recién comenzados; cartas olvidadas y colocadas en el cajón de la mesa en lugar del buzón, un error que cometen a menudo las personas distraídas. El efecto era encantador, extraño y romántico.

Muy satisfecho con aquel adorno, bajé a la calle con la gravedad y el orgullo adecuados para uno que siente que tiene –sobre todos los transeúntes con los que se cruza–, la gran ventaja de poseer un fragmento de la princesa Hermontis, hija del Faraón.

Miré a todos los que no poseían, como yo, un pisapapeles tan auténticamente egipcio, como gente muy ridícula, y me pareció que la ocupación adecuada de todo hombre sensato debería consistir en el mero hecho de tener el pie de una momia sobre su escritorio.

Felizmente me encontré con algunos amigos, cuya presencia me distrajo de mi enamoramiento con mi nueva adquisición. Fui a cenar con ellos, porque no podría haber cenado conmigo mismo.

Cuando volví esa noche, con mi cerebro ligeramente confundido por unas copas de vino, un vago olor a perfume oriental estimuló delicadamente mis nervios olfativos. El calor de la habitación había calentado el natrón, el betún y la mirra con que los embalsamadores, habían bañado el cadáver de la princesa. Era un perfume a la vez dulce y penetrante, un perfume que cuatro mil años no habían podido disipar.

El sueño de Egipto era la eternidad. Sus aromas tienen la solidez del granito y duran por siempre.

Pronto bebí profundamente de la taza negra del sueño. Durante unas horas, todo permaneció opaco para mí. El olvido y la nada me inundaron con sus oscuras olas.

Sin embargo, la luz amaneció gradualmente en la oscuridad de mi mente. Los sueños comenzaron a tocarme suavemente en su vuelo silencioso.

Los ojos de mi alma se abrieron, y vi mi cámara tal como era en realidad. Podría haberme creído despierto, si no fuera por una vaga conciencia que me aseguró que dormía y que algo fantástico estaba por suceder.

El olor de la mirra había aumentado en intensidad, y sentí un ligero dolor de cabeza, que naturalmente atribuí a las varias copas de champán que habíamos bebido en honor de los dioses desconocidos y nuestras futuras fortunas.

Miré a través de mi habitación con un sentimiento de expectativa, pero no vi nada que lo justificara. Cada mueble estaba en su lugar. La lámpara, suavemente sombreada por su globo de cristal esmerilado, ardía sobre su soporte; los bocetos en acuarela brillaban bajo su copa bohemia; las cortinas colgaban lánguidamente; todo tenía un aspecto de sueño tranquilo.

Sin embargo, después de unos momentos todo este tranquilo interior pareció perturbarse. El entablado crujió furtivamente; los leños que yacían bajo las cenizas lanzaron de repente un chorro de gas azul y los discos de las páteras[2] parecían grandes ojos metálicos, observando, como yo, las cosas que iban a suceder.

Mis ojos cayeron accidentalmente sobre el escritorio donde había colocado el pie de la princesa Hermontis.

En lugar de quedarse quieto, como era debido en un pie que había sido embalsamado hace cuatro mil años, comenzó a actuar de manera nerviosa, se contrajo y saltó sobre los papeles como una rana asustada. Uno hubiera imaginado que repentinamente se había puesto en contacto con una batería galvánica. Podía escuchar claramente el sonido seco producido por su pequeño talón, duro como el casco de una gacela.

Quedé bastante descontento con mi adquisición, en la medida en que quería que mis pisapapeles tuvieran una disposición sedentaria, me pareció muy poco natural que los pies caminaran sin piernas, y comencé a experimentar un sentimiento muy parecido al miedo.

De repente, vi los pliegues de la cortina de mi cama agitarse, y escuché el sonido de un golpe, como el causado por una persona que salta sobre un pie en el suelo. Debo confesar que, sentí calor y frío, alternativamente, que sentí un extraño viento que me

---

2 Se llama pátera a un plato de poco fondo que se usaba en ceremonias y ritos religiosos de la Antigüedad.

soplaba en la espalda y mis cabellos, erizándose, hicieron que mi gorra de dormir saliera despedida.

Las cortinas de la cama se abrieron y contemplé la figura más extraña que se pueda imaginar.

Era una muchacha de tez marrón café oscuro, como la bayadera de Amani, una belleza perfecta en el más puro estilo egipcio. Sus ojos eran almendrados y oblicuos, con las cejas tan negras que parecían azules; su nariz estaba exquisitamente cincelada, era casi griega en su delicadeza de contorno; y, de hecho, podría haber sido tomada por una estatua de bronce de Corinto, si no fuera por la prominencia de sus pómulos y la plenitud ligeramente africana de sus labios, lo que me obligó a reconocerla como perteneciente, más allá de toda duda, a la raza pintada en los jeroglíficos, que habitaba a orillas del Nilo.

Sus brazos, delgados y torneados como un huso, como los de las muchachas jóvenes, estaban rodeados por un peculiar tipo de bandas de metal y brazaletes de cuentas de vidrio; su cabello estaba entrelazado en pequeñas trenzas, y llevaba sobre su pecho una figura pequeña de un ídolo de pasta verde, que portaba un látigo de siete colas, y que reconocí como la imagen de Isis; su frente estaba adornada con un brillante plato de oro, y algunos rastros de pintura aliviaban el tinte cobrizo de sus mejillas.

En cuanto a su vestimenta, era muy extraña.

Imagínense un taparrabo, o una falda, formada por pequeñas bandas pintadas con jeroglíficos rojos y negros, endurecidas con betún, y que aparentemente pertenecían a una momia recién vendada.

En uno de esos repentinos vuelos del pensamiento tan comunes en los sueños, escuché el ronco falsete del comerciante de baratijas, repitiendo como un monótono estribillo la frase que había pronunciado en su tienda con una entonación tan enigmática:

"El viejo Faraón no estará contento. ¡Amaba a su hija, el querido hombre!".

Una circunstancia tan extraña, que no estaba del todo calculada para restablecer mi ecuanimidad, era que la aparición no tenía más que un pie; ¡el otro estaba roto a la altura del tobillo!

Se acercó a la mesa donde el pie se agitaba y saltaba más que nunca, y se apoyó en el borde del escritorio. Vi sus ojos llenos de lágrimas brillantes perladas.

Aunque todavía no había hablado, comprendí plenamente los pensamientos que la agitaban. Se miró el pie, porque en realidad era el suyo, con una expresión exquisitamente graciosa de coqueta tristeza, pero el pie saltó y corrió de aquí para allá, como si estuviera impulsado por resortes de acero.

Dos o tres veces extendió su mano para agarrarlo, pero no pudo lograrlo.

Luego la princesa Hermontis y su pie, que parecía estar dotado de una vida especial propia, comenzaron un fantástico diálogo en la lengua copta más antigua, como se podría haber hablado hace treinta siglos en la tierra de Ser. Por suerte esa noche entendía perfectamente el Copto.

La princesa Hermontis gritó, con una voz dulce y vibrante, como los tonos de una campana de cristal:

"Bueno, mi querido pie, siempre huyes de mí, pero siempre te cuidé bien. Te bañé con agua perfumada en un tazón de alabastro; te alisé el talón con piedra pómez mezclada con aceite de palma; tus uñas eran cortadas con tijeras doradas y eran pulidas con un diente de hipopótamo. Tuve la precaución de seleccionar sandalias para ti, eran la envidia de todas las jóvenes de Egipto, pintadas, bordadas y rematadas en los dedos de los pies. Tú llevabas en tu dedo gordo el símbolo del sagrado Escarabajo, y soportabas uno de los cuerpos más livianos que puede desear un pie perezoso".

El pie respondió en un tono de enfado y disgusto:

"Sabes bien que ya no te pertenezco. Me compraron y me pagaron. El viejo comerciante sabía muy bien lo que hacía. Te guardó rencor por haberte negado a casarte con él. Te ha jugado una mala pasada. El Árabe que violó tu ataúd real en los pozos subterráneos de la necrópolis de Tebas fue enviado por él. Deseaba evitar que estuvieras presente en la reunión de las naciones sombrías en las ciudades inferiores. Tienes cinco piezas de oro para mi rescate?

"¡Ay, no! Mis joyas, mis anillos, mis bolsos de oro y plata, todo me lo robaron", respondió la princesa Hermontis con un sollozo.

Yo entonces le dije "princesa, nunca retuve el pie de nadie injustamente. Aunque no tienes los cinco luises que me costó, te lo entregaré con mucho gusto. Debería sentirme desgraciado al pensar que yo fui la causa de que una persona tan amable como la princesa Hermontis está coja".

Dije este discurso en un tono galante y trovador, que debió de sorprender a la hermosa muchacha egipcia.

Me dirigió una mirada de profunda gratitud y sus ojos brillaron con destellos azulados.

Tomó el pie, que esta vez se rindió voluntariamente, como una mujer a punto de ponerse su zapatito, y lo ajustó a su pierna con mucha habilidad.

Una vez terminada la operación, dio unos pasos por la habitación, como para asegurarse de que ya no estaba coja.

"¡Ah, qué contento estará mi padre! El que fue tan infeliz debido a mi mutilación, y que desde el momento de mi nacimiento puso a trabajar a toda una nación para enterrarme en una tumba profunda, donde podría conservarme intacta hasta el último día, ¡cuando las almas serán pesadas en la balanza de Anubis! Ven conmigo a ver mi padre. Él te recibirá con amabilidad, porque me has devuelto el pie".

Pensé que esta proposición era lo suficientemente natural. Me vestí con una bata con un patrón de flores grandes, que me prestaba un aspecto muy faraónico, me calcé rápidamente unas babuchas turcas e informé a la princesa Hermontis que estaba listo para seguirla.

Antes de comenzar, Hermontis desprendió de su cuello el pequeño ídolo de pasta verde y lo colocó sobre las hojas de papel que cubrían la mesa.

"Es justo", observó sonriendo, "que te deje algo a cambio de tu pisapapeles".

Ella me dio su mano, que se sentía suave y fría, como la piel de una serpiente, y partimos.

Viajamos durante algún tiempo, con la velocidad de una flecha, a través de una extensión fluida y grisácea, en la que siluetas semi-formadas revoloteaban rápidamente alrededor de nosotros.

Por un instante solo vimos cielo y mar.

Unos momentos más tarde, unos obeliscos comenzaron a elevarse en la distancia; pilones y vastos tramos de escaleras, custodiados por esfinges, se perfilaban claramente en el horizonte.

Habíamos llegado a nuestro destino.

La princesa me condujo a una montaña de granito de color rosa, frente a la cual aparecía una abertura tan estrecha y baja que hubiera sido difícil distinguirla de las fisuras en la roca, si su ubicación no hubiera estado marcada por dos estelas, forjadas con esculturas.

Hermontis encendió una antorcha y abrió camino delante de mí.

Atravesamos corredores excavados a través de la roca viva. Sus paredes, cubiertas de jeroglíficos y pinturas de procesiones alegóricas, bien podrían haber ocupado para su creación miles de brazos durante milenios. Esos corredores de longitud interminable desembocaban en cámaras cuadradas, en medio de las cuales se habían construido pozos, a través de los cuales descendíamos por escaleras de caracol. Esos pozos nos condujeron nuevamente a otras cámaras, abriéndose a otros corredores, también decorados con gavilanes pintados, serpientes enrolladas en círculos, los símbolos de *tau* y *pedum* –obras de arte prodigiosas que ningún ojo vivo podría examinar–, leyendas interminables de granito que solo los muertos tienen tiempo para leer por toda la eternidad.

Por fin nos encontramos en una sala tan vasta, tan enorme, tan inconmensurable, que el ojo no podía alcanzar sus límites. Filas de columnas monstruosas se extendían por todos lados, más allá de lo puede alcanzar la vista. Entre ellas brillaban estrellas lívidas de llamas amarillentas; puntos de luz que revelaban profundidades incalculables en la oscuridad que se extendía más allá.

La princesa Hermontis, que aún sostenía mi mano, y saludó gentilmente a las momias que conocía.

Mis ojos se acostumbraron a la tenue penumbra, y pude ver las cosas con más claridad.

Contemplé a los reyes de las razas subterráneas, sentados sobre tronos, grandes ancianos, secos, marchitos, arrugados como pergaminos, ennegrecidos con nafta y betún, todos vestidos de oro, y con placas en sus pechos y gargantas, que brillaban con piedras preciosas. Sus ojos miraban fijamente como los ojos de los esfinges, y sus largas barbas estaban blanqueadas por la nieve de los siglos. Detrás de ellos estaban sus pueblos, en la postura rígida y restringida impuesta por el arte egipcio, preservando eternamente la actitud prescrita por el código hierático. Detrás de estos pueblos, los gatos, íbices y cocodrilos que eran sus contemporáneos –de aspecto monstruoso por las fajas que los envolvían –, maullaban, batían sus alas o extendían sus mandíbulas con una risita sauriana.

Todos los faraones estaban allí: Keops, Kefrén, Psamético, Sesostris, Amenhotep, todos los gobernantes oscuros de las pirámides y siringes. En tronos aún más altos se sentaban Cronos y Xisuthros, que era contemporáneo con el diluvio, y Tubalcaín, que reinó antes que él.

La barba del rey Xisuthros había crecido tanto que daba siete veces la vuelta a la mesa de granito, sobre la cual se apoyaba, pensativo y soñoliento.

Más atrás, a través de una nube polvorienta, contemplé vagamente a los setenta y dos reyes preadamitas, con sus setenta y dos pueblos, que murieron para siempre.

Después de permitirme contemplar este espectáculo desconcertante por unos momentos, la princesa Hermontis me presentó a su padre, el Faraón, quien me favoreció con un gracioso asentimiento.

"¡He recuperado mi pie! ¡He recuperado mi pie!" gritó la princesa, dando palmadas con sus pequeñas manos, con manifestaciones de loca alegría. "Fue este caballero quien me lo devolvió".

Las razas de Kemi, las razas de Nahasi, todas las naciones negras, bronceadas y de color cobre, repitieron a coro:

"¡La princesa Hermontis ha recuperado su pie!".

Incluso el mismo Xisuthros se veía visiblemente afectado.

Levantó sus pesados párpados, se acarició el bigote con los dedos y me dirigió una mirada cargada con el peso de los siglos.

"¡Por Oms, el perro del infierno, y por Tmei, la hija del Sol y de la Verdad, este es un muchacho valiente y digno!", exclamó el Faraón, señalándome con su cetro, que terminaba en una flor de loto.

"¿Qué recompensa deseas?".

Lleno de esa audacia que dan los sueños, en los que nada parece imposible, le pedí la mano de la princesa Hermontis. Su mano me pareció una recompensa antitética muy apropiada por haberle devuelto el pie.

El Faraón abrió de par en par sus grandes ojos de cristal con asombro ante mi ingeniosa petición.

"¿De qué país vienes y cuál es tu edad?".

"Soy un francés y tengo veintisiete años, venerable faraón".

"¡Veintisiete años, y desea casarse con la princesa Hermontis, que tiene treinta siglos!". Gritaron a la vez todos los tronos y todos los círculos de las naciones.

Solo la propia Hermontis no parecía pensar que mi petición fuera irrazonable.

"Si al menos tuvieras dos mil años de antigüedad", contestó el antiguo rey, "de buen grado te daría la princesa, pero la desproporción es demasiado grande; además, tenemos que dar a nuestras hijas maridos que durarán bastante. Ustedes no sabes como preservarse a sí mismos por más tiempo. Incluso aquellos que murieron hace solo quince siglos ya no son más que un puñado de polvo. He aquí, mi carne es sólida como basalto, ¡mis huesos son barras de acero!

"Estaré presente el último día del mundo con el mismo cuerpo y las mismas características que tuve durante mi vida. Mi hija Hermontis durará más que una estatua de bronce.

"Para ese entonces las últimas partículas de tu polvo habrán sido dispersas por los vientos, e incluso la misma Isis, que fue capaz de encontrar los átomos de Osiris, difícilmente podría recomponer tu ser.

"Mira lo vigoroso que sigo siendo y lo poderoso que es mi alcance", agregó, estrechando mi mano al estilo inglés con una fuerza que enterró mis anillos en la carne de mis dedos.

Me apretó tan fuerte que me desperté, y encontré a mi amigo Alfredo, que me sacudía del brazo para levantarme.

"¡Oh, durmiente eterno! ¿Debo arrastrarte hasta la mitad de la calle, y hacer explotar fuegos artificiales en tus oídos? Ya llegó la tarde. ¿No recuerdas tu promesa de ir conmigo a ver los cuadros españoles del Sr. Aguado?".

"¡Dios! Me olvidé de todo, absolutamente todo", contesté, vistiéndome apresuradamente. "Iremos allí de inmediato. Tengo las entradas sobre mi escritorio".

Comencé a buscarlas, pero imagínense mi asombro cuando en lugar del pie de la momia que había comprado la noche anterior, ¡vi el pequeño ídolo de pasta verde que la princesa Hermontis me había dejado en su lugar!

La pirámide brillante
Arthur Machen

I
El signo de la punta de flecha

"¿Obsesionado, dijiste?".

"Sí, obsesionado. ¿No te acuerdas, cuando te vi hace tres años, me contaste sobre tu lugar en el oeste rodeado de bosques antiguos, y colinas agrestes, y el terreno accidentado? Tu descripción siempre permaneció grabada en mi mente, como una imagen que aún puedo ver mientras me siento en mi escritorio y escucho el ruido del tráfico de la calle, en medio del remolino de Londres. ¿Pero cuándo llegaste?

"En realidad, Dyson, acabo de bajar del tren. Llegué a la estación temprano esta mañana y tomé el tren de las 10.45".

"Bueno, estoy muy contento de que hayas venido a verme. ¿Cómo te ha ido desde la última vez que nos vimos? Supongo que aún no existe ninguna señora Vaughan...".

"No", dijo Vaughan, "todavía soy un ermitaño, como tú. No he hecho nada más que holgazanear".

Vaughan encendió su pipa y se sentó en el brazo del sillón, inquieto y mirando a su alrededor de una manera un tanto confusa e inquieta. Dyson había girado su silla en redondo cuando su visitante entró y estaba sentado, con un brazo cómodamente reclinado sobre su escritorio, que estaba lleno de manuscritos desordenados.

"¿Y todavía te estás ocupando de la vieja tarea?", Dijo Vaughan, señalando la pila de papeles y los abarrotados casilleros.

"Sí, la vana búsqueda de la literatura, tan ociosa como la alquimia e igualmente fascinante. Pero has venido a la ciudad por un tiempo, supongo; ¿qué te gustaría hacer esta noche?".

"Bueno, prefería que pasaras unos días conmigo en el oeste. Te haría mucho bien. Estoy seguro".

"Eres muy amable, Vaughan, pero me resulta difícil irme de Londres en septiembre. Doré no podría haber diseñado nada más maravilloso y místico que la calle Oxford, como la vi la otra noche; la puesta del sol en llamas, la neblina azul que transmuta una simple calle en una carretera que conduce "lejos hasta ciudad espiritual".

"Sin embargo, me gustaría que vinieras. Disfrutarías vagando por nuestras colinas. ¿Este barullo se escucha todo el día y la noche? Me desconcierta bastante; me pregunto cómo puedes trabajar en medio de este ruido. Estoy seguro de que te deleitarías con la gran tranquilidad de mi antiguo hogar entre los bosques".

Vaughan volvió a encender su pipa y miró ansiosamente a Dyson para ver si sus incentivos habían tenido algún efecto, pero el hombre de letras negó con la cabeza, sonriendo, y juró en su corazón ser fiel a las calles ciudadanas.

"No puedes tentarme", dijo.

"Bueno, puede que tengas razón. Quizás, después de todo, me equivoqué al hablar de la paz del país. Allí, cuando ocurre una tragedia, es como una piedra arrojada a un estanque; los círculos de la perturbación siguen ampliándose, y parece que el agua nunca volverá a estar quieta".

"¿Alguna vez sucedió alguna tragedia donde te encuentras?".

"Bueno, no sé si puedo llamarla así. Pero todos estábamos bastante preocupados por algo que sucedió hace un mes; puede o no haber sido una tragedia en el sentido habitual de la palabra".

"¿Qué fue lo que ocurrió?".

"Bueno, el hecho es que una chica desapareció de una manera que parece altamente misteriosa. Sus padres, la familia Trevor, son agricultores acomodados, y su hija mayor, Annie, era la belleza del pueblo; ella era realmente muy hermosa. Una tarde decidió que iría a ver a su tía, una viuda que cultiva su propia tierra, y como las dos casas están separadas por unas cinco o seis millas, les dijo a sus padres que tomaría el atajo de las colinas. Ella nunca llegó a la casa de su tía, y nunca la volvieron a ver. Eso es, contado en pocas palabras".

"¡Qué cosa tan extraordinaria! Supongo que no habrá minas abandonadas, ¿hay alguna en las colinas? No creo que haya caído por un precipicio".

"No; el camino que la muchacha debe de haber tomado no tenía trampas de ningún tipo; es solo un camino solitario sobre la ladera de la colina, agreste y desnuda. Incluso está lejos de cualquier carretera. Uno podría caminar por millas sin encontrarse con un alma, pero es perfectamente seguro".

"¿Y qué dice la gente al respecto?".

"Oh, tonterías. No tienes idea de lo supersticiosa que es la gente del campo en lugares apartados como el mío. Son tan supersticiosos como los irlandeses, que ya es bastante, e incluso más aún".

"¿Pero qué dicen?".

"Oh, suponen que la pobre muchacha se 'fue con las hadas' o que ha sido 'raptada por las hadas'. ¡Cada cosas!", continuó, "si no fuera una tragedia daría risa".

Dyson parecía un poco interesado.

"Sí", dijo, "las hadas ciertamente parecen algo extraño en estos días. ¿Pero qué dice la policía? ¿Supongo que no aceptan la hipótesis del cuento de hadas?".

"No; pero parecen estar bastante despistados. Lo que temo es que Annie Trevor haya sido raptada por algunos sinvergüenzas que la interceptaron en medio de su camino. Tú sabes, Castletown es un gran puerto marítimo, y algunos de los peores marineros extranjeros a veces abandonan sus barcos y se desplazan por el país. No hace muchos años un marinero español llamado García asesinó a una familia entera por un saqueo que no valía seis peniques. Algunos de estos tipos no son humanos, y mucho me temo que la pobre muchacha haya sufrido un final terrible".

"¿Pero fue visto por ahí algún marinero extranjero?".

"No; nada de eso; y, por supuesto, las personas del campo se dan cuenta rápidamente de cualquier persona cuya apariencia y vestimenta sale un poco fuera de lo común. Pero todavía creo que mi teoría es la única explicación posible".

"No hay suficientes datos como para seguir adelante", dijo Dyson, pensativo. "Supongo que no se habrá tratado de una historia de amor, o algo por el estilo".

"Oh, no hay indicio de tal cosa. Estoy seguro de que si Annie estuviera viva, se las habría arreglado para informar a su madre que ella estaba viva".

"Sin duda, sin duda. Aún así, es casi imposible que ella esté viva y, sin embargo, no pueda comunicarse con sus amigos. Pero todo esto debe haberte molestado mucho".

"Así fue, odio los misterios, y especialmente los que pueden ocultar una historia espantosa. Pero francamente, Dyson, prefiero hablar de otra cosa; no vine aquí para contarte todo esto.

"Por supuesto que no", dijo Dyson, un poco sorprendido por la actitud de Vaughan. "Viniste a charlar sobre temas más alegres".

"No, no lo hice. Lo que te he contado sucedió hace un mes, pero algo que probablemente me afecte más personalmente ocurrió en los últimos días, y para ser sincero, vine a la ciudad con la idea de que podrías ser capaz de ayudarme. Recuerdas ese curioso caso del que me hablaste en nuestra última reunión; algo sobre un fabricante de gafas".

"Oh, sí, lo recuerdo. Estaba bastante orgulloso de mi perspicacia en ese momento; incluso hoy en día, la policía no tiene idea de porqué estaban buscando esas gafas amarillas en particular. Pero, Vaughan, realmente pareces bastante alterado; espero que no haya sido nada serio?".

"No, creo que he estado exagerando, y quiero que me tranquilices. Pero lo que sucedió es muy extraño".

"¿Y qué pasó?".

"Estoy seguro de que te reirás de mí, pero esta es la historia. Debes saber que hay un camino, un derecho de paso, que atraviesa mi propiedad, y para ser precisos, cerca de la pared de la huerta. No es usado por muchas personas; cada tanto lo atraviesa un leñador, y cinco o seis niños que van a la escuela en la aldea pasan dos veces por día. Bueno, hace unos días estaba dando un paseo por el lugar, antes del desayuno, y me paré a llenar mi pipa, justo al lado de las grandes puertas en la pared del jardín. Te aclaro que el bosque llega hasta unos pocos pies de la pared, y el sendero del que te hablé corre justo a la sombra de los árboles. Me quedé fumando, mirando al suelo, porque estaba cómodo en ese lugar agradable, protegido del viento que soplaba fuerte. Entonces algo me llamó la atención. Justo debajo de la pared, sobre la hierba corta; había una serie de pequeños pedernales dispuestos en un patrón; algo como esto...".

Vaughan tomó un lápiz y un trozo de papel y dibujó unas cuantas rayas.

"Ya ves", continuó, "creo que había doce pequeñas piedras dispuestas ordenadamente en línea y espaciadas a distancias regulares, como lo muestra mi dibujo. Eran piedras puntiagudas, y las puntas estaban orientadas con precisión, de una manera determinada".

"Ya veo", dijo Dyson, sin mucho interés, "no hay duda de que los niños que mencionaste habían estado jugando allí al volver de la escuela. Como sabes, a los niños les gusta mucho hacer ese tipo de figuras, con conchas de ostras, pedernales, flores, o con lo que tengan a mano".

"Así lo pensé; pero me di cuenta de que esos pedernales estaban dispuestos en una especie de patrón y después me fui. Pero a la mañana siguiente estaba recorriendo el mismo camino, como es mi costumbre, y otra vez vi en el mismo lugar una figura hecha con pedernales. Esta vez tenía un patrón aún más extraño; era algo así como los rayos de una rueda, todos unidos en un centro común, y ese centro formado por algo que parecía un cuenco; todo hecho con pedernales".

"Tienes razón", dijo Dyson, "eso parece bastante extraño. Aún así, es razonable pensar que los responsables de esas fantasías en piedra fueron los niños que van a la escuela".

"Bueno, pensé que iba a olvidarme del asunto. Los niños pasan por la puerta todas las tardes a las cinco y media, y cuando pasé por ahí a las seis, encontré el dibujo tal como lo había visto esa mañana. Al día siguiente, me levanté a eso de las siete menos cuarto, y descubrí que todo había cambiado. Había una pirámide formada con pedernales sobre la hierba. Vi pasar a los niños una hora y media después, iban corriendo por el lugar sin mirar ni a un lado ni al otro. Por la noche, los vi volver a sus casas, y esta mañana, cuando llegué a la puerta a las seis en punto, me esperaba una media luna".

"Entonces, la serie de dibujos es la siguiente: primero la línea ordenada regularmente, después, la figura con las los rayos alrededor del cuenco central, le siguió la pirámide, y finalmente, esta mañana, la media luna. Ese es el orden, ¿no es cierto?".

"Sí, eso es correcto. ¿Pero sabes que me hizo sentir muy incómodo? Supongo que parece absurdo, pero no puedo evitar pensar que hay algún tipo de comunicación encubierta, y ese tipo de cosa es muy inquietante".

"Pero, ¿qué tienes que temer? ¿Tienes algún enemigo?

"No; pero tengo algunas piezas de plata sumamente valiosas".

"Entonces, ¿estás pensando en los ladrones?", Dijo Dyson, aparentemente más interesado, "pero debes conocer a tus vecinos. ¿Hay algún personaje sospechoso?".

"No que yo sepa. Pero recuerda lo que te conté de los marineros.

"¿Puedes confiar en tus sirvientes?".

"Oh, completamente. Guardo la plata en una cámara acorazada. Solo el mayordomo, que es un viejo sirviente de la familia, sabe dónde se guarda la llave. No hay nada de malo en eso. Sin embargo, todo el mundo sabe que tengo mucha plata vieja, y a la gente del campo le encanta chismorrear. De esa manera, la información puede haberse hecho pública y llegado a los oídos de gente indeseable".

"Sí, pero te diré que la teoría del ladrón me parece poco convincente. ¿Quién está comunicándose con quién? Me parece que tu teoría no explica los hechos satisfactoriamente. ¿Como se te ocurrió relacionar la plata con las figuras dibujadas con pedernales, o como sea que las llames?".

"Fue la figura del cuenco", dijo Vaughan. "Resulta que tengo una ponchera muy grande y muy valiosa de la época Carlos II. El grabado es realmente exquisito, y la ponchera vale mucho dinero. El diseño que te describí tenía exactamente la misma forma que mi ponchera".

"Bueno, esa es una extraña coincidencia. Pero que hay de las otras figuras ¿no tienes nada en forma de pirámide?".

"Ah, esto te va a parecer más raro todavía. Verás, guardo la ponchera, junto con un juego de cucharas antiguas, poco comunes, en un cofre de caoba de forma piramidal. Los cuatro lados se inclinan hacia arriba, se hace más estrecho en la parte superior".

"Confieso que todo esto es muy interesante", dijo Dyson. "Sigamos entonces. ¿Qué pasa con las otras figuras? ¿Qué tal el Ejército, como podríamos llamar la primer figura, y la Luna Creciente o la Media Luna?".

"Ah, no puedo relacionar esas dos figuras con nada. Aún así, ya ves que tengo algunos motivos para estar interesado en estos extraños signos. Me molestaría mucho perder alguna de mis antiguas piezas de plata. Casi todas las piezas han estado en la familia por generaciones. Y no puedo quitarme de la cabeza que algunos canallas quieren robarme, y se comunican entre ellos todas las noches".

"Francamente", dijo Dyson, "no puedo sacar nada en claro de todo eso. Estoy en la oscuridad, tanto como tú. Tu teoría parece ciertamente la única explicación posible y, sin embargo, las dificultades son inmensas".

Se reclinó en su silla y los dos hombres se miraron, perplejos y con el ceño fruncido ante un problema tan extraño.

"A propósito", dijo Dyson, después de una larga pausa, "¿que tipo de formación geológica hay en tu zona?".

Vaughan levantó la vista, bastante sorprendido por la pregunta.

"Creo que es antigua piedra arenisca roja y piedra caliza", dijo. "Estamos más lejos de las capas carbonosas, ya sabes".

"Pero seguramente no hay pedernales ni en la piedra arenisca ni en la piedra caliza?".

"No, nunca vi ningún pedernal en los campos. Confieso que me pareció un poco curioso".

"¡Debería haberlo pensado! Es muy importante. Por cierto, ¿qué tamaño tienen los pedernales usados en esos signos?".

"Traje uno conmigo; Lo tomé esta mañana.

"De la media luna?"

"Exactamente. Aquí está".

Le entregó un pedernal pequeño, que se estrechaba en la punta, de unas tres pulgadas de largo.

La cara de Dyson mostró su emoción cuando tomó el objeto de mano de Vaughan.

"Me parece", dijo, después de un momento de pausa, "que tienes unos vecinos muy extraños en tu condado. No creo que tengan ningún plan para robar tu ponchera. ¿Sabes que esto es una punta de flecha de pedernal de gran antigüedad, y no solo eso, sino que es una punta de flecha de un tipo único? He visto ejemplares de distintas partes del mundo, pero ciertas características de esta cosa son bastante peculiares". Dejó la pipa y sacó un libro de un cajón.

"Tenemos el tiempo justo para tomar el tren de las 5.45 para Castletown", dijo.

II
Los ojos en la pared

Dyson aspiró profundamente el aire de las colinas y sintió todo el encanto de la escena a su alrededor. Era muy temprano en la mañana, y él estaba en la terraza, en la parte delantera de la casa.

Los antepasados de Vaughan habían levantado la casa en la ladera más baja de una gran colina, al abrigo de un bosque antiguo y profundo, que ceñía la propiedad por tres de sus lados, en el cuarto lado, al sudoeste, el terreno descendía suavemente, hacia el valle, donde un arroyo serpenteaba formando eses; alisos oscuros y relucientes seguían el curso de la corriente. En la terraza, bien resguardada, el viento no soplaba, y más allá, los árboles estaban inmóviles. Solo un sonido rompía el silencio, Dyson escuchaba el murmullo lejano del arroyo, la canción del agua clara y brillante borboteando sobre las piedras, susurrando y murmurando mientras se hundía en charcos oscuros y profundos.

Al otro lado del arroyo, justo debajo de la casa, se alzaba un puente de piedra gris, abovedado y reforzado, un fragmento de la Edad Media, y luego, más allá del puente, las colinas se levantaban, vastas y redondeadas como bastiones, cubiertas aquí y allá con bosques oscuros y matorrales; pero las alturas estaban completamente desnudas de árboles, mostrando solo césped gris y parches de helecho, tocados aquí y allá con el oro de frondas desvanecidas; Dyson miró hacia el norte y el sur, y solo vio el muro de las colinas, los bosques antiguos y el arroyo que serpenteaba entre ellos. Todo se veía gris e indistinto por la niebla matinal, bajo un cielo plomizo, envuelto en una atmósfera de silencio y encanto.

La voz del Vaughan rompió el silencio.

"Pensé que estarías demasiado cansado para levantarte tan temprano", dijo. "Veo que estás admirando las vistas. Es muy bonito, ¿verdad? Aunque supongo que el viejo Meyrick Vaughan no pensó mucho en el paisaje cuando construyó la casa aquí. Un lugar raro, gris y antiguo, ¿verdad?".

"Sí, y cómo encaja con el entorno; parece formar una sola pieza con las colinas grises y el puente gris más abajo".

"Me temo que te he hecho venir con falsos pretextos, Dyson", dijo Vaughan, mientras comenzaban a bajar de la terraza. "He estado en el lugar, y no queda ninguna señal".

"Ah. Bueno, si no te parece mal, podríamos ir ahora a verlo".

Caminaron por el césped y recorrieron un camino a través de los arbustos de encina, hasta la parte trasera de la casa. Allí tomaron el sendero que conducía al valle y a las alturas sobre el bosque, hasta llegar a la pared del jardín, junto a la puerta.

"Aquí estaba, ya ves", dijo Vaughan, señalando un lugar en el césped. "Estaba de pie justo donde estás parado ahora, cuando vi por primera vez los pedernales".

"Entiendo. Esa mañana vistes el Ejército, como yo lo llamo; luego el Cuenco, luego la Pirámide y, ayer, la Media Luna. Qué piedra tan rara es esa", continuó, señalando un bloque de piedra caliza que se elevaba sobre el césped justo debajo de la pared. "Parece una especie de pilar enano, pero supongo que es natural".

"Oh, sí, creo que sí. Sin embargo, me parece que lo trajeron aquí porque estamos parados sobre la arenisca roja. Sin duda, se usó como piedra fundamental para algún edificio antiguo".

"Muy probablemente", Dyson estaba mirando atentamente a su alrededor, estudiando el terreno desde el suelo a la pared, y desde la pared al bosque profundo, que casi colgaba sobre el jardín, y le daba sombra al lugar, incluso en la mañana.

"Mira aquí", dijo Dyson, al cabo de un rato, "ciertamente esta vez fueron los niños. Mira eso". Estaba agachado mirando la superficie roja opaca de los ladrillos blandos de la pared.

Vaughan se acercó y miró fijamente donde el dedo de Dyson apuntaba, pero apenas pudo distinguir una marca débil en el rojo más profundo.

"¿Qué es?", dijo. "No me doy cuenta de que es eso".

"Mira un poco más de cerca. ¿No ves que es un bosquejo del ojo humano?".

"Ah, ahora veo lo que quieres decir. Mi vista no es muy aguda. Sí, así es, eso simboliza un ojo sin duda, tal como dices. Creía que los niños aprendían a dibujar en la escuela".

"Bueno, es un ojo bastante extraño. Fíjate en forma de almendra que tiene, como si fuera el ojo de un chino".

Dyson miró pensativamente el trabajo del artista primitivo, y escudriñó nuevamente la pared, arrodillándose para revisarla minuciosamente.

"Me gustaría mucho", dijo al fin, "saber cómo un niño en este lugar apartado puede tener alguna idea de la forma del ojo mongol. Tú sabes que el niño promedio tiene una impresión muy clara del tema; dibuja un círculo, o algo así como un círculo, y pone un punto en el medio, aunque no creo que ningún niño imagine que el ojo tiene esa forma; es sólo una convención del arte infantil. Pero esta cosa en forma de almendra me desconcierta mucho. Tal vez haya sido inspirada por las caras de chinos que se ven grabadas en las latas de té, en la tienda de comestibles. Sin embargo, eso no me parece muy probable".

"Pero, ¿por qué estás tan seguro de que fue hecho por un niño?".

"¡Por qué! Mira la altura. Estos ladrillos antiguos tienen poco más de dos pulgadas de espesor; hay veinte filas desde el suelo hasta el boceto; serían unos tres pies y medio. Ahora, imagina que fueras a dibujar algo en esta pared. Tu lápiz, si tuvieras uno, tocaría la pared en algún lugar, más o menos al nivel con tus ojos, es decir, a más de cinco pies del suelo. Parece, por lo tanto, una deducción muy simple, concluir que este ojo en la pared fue dibujado por un niño de unos diez años".

"Sí, no había pensado en eso. Por supuesto que uno de los niños debe de haberlo hecho".

"Supongo que sí; y, sin embargo, como dije, en esas dos líneas hay algo muy poco infantil, y el globo ocular es un óvalo. En mi opinión, la cosa tiene un aire extraño y arcaico; y un toque que no es del todo agradable. No puedo evitar pensar que si pudiéramos ver la cara completa, dibujada por la misma mano, no sería del todo agradable. Sin embargo, esto no tiene sentido, y al fin y al cabo no estamos avanzando en nuestras investigaciones. Es extraño que la serie de figuras de pedernal haya tenido un final tan repentino".

Los dos hombres volvieron a la casa y, cuando entraban en el porche, el cielo gris se abrió y vieron un destello de sol sobre la colina gris que tenían ante ellos.

Durante todo el día, Dyson recorrió, pensativo, los campos y bosques que rodeaban la casa. Estaba completamente desconcertado por las circunstancias triviales que pretendía dilucidar; volvió a sacar la punta de flecha de pedernal del bolsillo, girándola y examinándola con profunda atención. Había algo en la cosa que era completamente diferente de los especímenes que había visto en museos y colecciones privadas; la forma era de un tipo distinto, y alrededor del borde había una línea de pequeños puntos perforados, que parecían ser decorativos. Quién, pensó Dyson, podía tener algo así en un lugar tan remoto; ¿y quién, poseyendo esos pedernales antiguos, podía haberlos utilizado de esa manera fantástica, para diseñar figuras sin sentido, bajo el muro del jardín de Vaughan? El matiz absurdo de todo el asunto lo irritaba indeciblemente; y su mente imaginó una teoría tras otra, solo para rechazarlas inmediatamente, se sentía fuertemente tentado a tomar el próximo tren de regreso a la ciudad. Había visto los platos de plata que Vaughan atesoraba, y la ponchera, la gema de la colección, con mucha atención; y lo que vio, sumado a su entrevista con el mayordomo, lo convencieron de que un complot para robar la cámara acorazada estaba fuera de los límites de su investigación. El cofre en el que se guardaba el cuenco, una sólido pieza de caoba que evidentemente databa de principios de siglo, ciertamente sugería una pirámide, y Dyson se sintió tentado, al principio, a hacer un trabajo detectivesco, pero después de pensar un poco, con sensatez, se convenció de la imposibilidad de la hipótesis del robo, y buscó con furia alguna alternativa más satisfactoria. Le preguntó a Vaughan si había gitanos en el vecindario y escuchó que no habían sido vistos por años. Esto lo sorprendió mucho, ya que conocía el hábito gitano de grabar extraños jeroglíficos a lo largo de su camino, y se había exaltado mucho cuando se le ocurrió la idea. Estaba frente a Vaughan, junto a la anticuada chimenea, cuando hizo la pregunta, y se recostó en su silla, disgustado por la destrucción de su teoría.

"Es extraño", dijo Vaughan, "pero aquí los gitanos nunca nos molestan. De vez en cuando, los granjeros encuentran rastros de fogatas en la parte más salvaje de las colinas, pero nadie parece saber quienes son los que las hacen".

"Seguramente eso sugiere gitanos".

"No, no en lugares como esos. Los reparadores y vendedores de cacharros, gitanos y vagabundos de todo tipo siguen las carreteras y no van mucho más allá de las granjas".

"Bueno, todo eso no me dice nada. Vi pasar a los niños esta tarde y, como dices, pasaron corriendo. Así que no tendremos más ojos en la pared en todo caso".

"No, uno estos días los espiaré y descubriré quién es el artista".

A la mañana siguiente, cuando Vaughan caminaba por su recorrido habitual desde el césped hasta la parte de atrás de la casa, encontró que Dyson ya lo estaba esperando, junto a la puerta del jardín, y se veía muy excitado, porque le hizo gestos imperiosos con la mano mientras gesticulaba violentamente.

"¿Qué pasa?", preguntó Vaughan. "¿Los pedernales otra vez?".

"No; pero mira aquí, mira la pared. Ahí; ¿No lo ves?".

"¡Hay otro de esos ojos!".

"Exactamente. Dibujado, a poca distancia del primero, casi al mismo nivel, pero ligeramente más abajo".

"¿Quién diablos será el autor? Los niños no pudieron haberlo hecho; no estaban allí anoche, y no pasarán por otra hora. ¿Qué puede significar?".

"Creo que el mismísimo demonio está en el fondo de todo esto", dijo Dyson. "Por supuesto, uno no puede resistirse a la conclusión de que estos ojos almendrados infernales deben atribuirse al mismo autor que armó las figuras con las cabezas de flecha; pero no tengo idea de adonde nos puede llevar esto. Por mi parte, tengo que controlar bien mi imaginación, o me volveré completamente loco".

"Vaughan", dijo, mientras se alejaban de la pared, "¿te ha sorprendido que hay un detalle, un detalle muy curioso, en común entre las figuras hechas con los pedernales y los ojos dibujados en la pared?".

"¿De qué se trata?", preguntó Vaughan, cuya cara dejaba ver la sombra un temor indefinido.

"Es esto. Sabemos que las figuras del Ejército, el Cuenco, la Pirámide y la Media Luna deben haberse hecho por la noche. Es de suponer que estaban destinadas a ser vistas durante la noche. Bueno, precisamente el mismo razonamiento se aplica a esos ojos en la pared".

"No entiendo muy bien tu punto".

"Oh, por supuesto. Las últimas noches fueron muy oscuras, y nubladas, lo he notado desde que llegué aquí. Además, aquellos árboles que sobresalen dejarían esa pared a la sombra, incluso en una noche clara".

"¿Bien?".

"Lo que me llamó la atención fue esto. Qué vista tan peculiarmente aguda deben tener los autores, sean quienes sean, deben ser capaces de colocar cabezas de flecha en un orden intrincado en la sombra más negra del bosque, y dibujar los ojos en la pared sin dejar rastro de errores, ni una línea falsa".

"He leído acerca de personas confinadas en mazmorras durante muchos años que han llegado a ver bastante bien en la oscuridad", dijo Vaughan.

"Sí", dijo Dyson, "como el abad de Monte Cristo. Pero es un detalle singular".

III
La búsqueda del cuenco

"¿Quién era ese viejo que te saludó recién, tocando su sombrero?", preguntó Dyson, cuando llegaron a la curva del camino cerca de la casa.

"Oh, ese era el viejo Trevor. Se ve muy quebrantado, pobre viejo.

"¿Quién es Trevor?".

"¿No te acuerdas? Te conté la historia esa tarde que fui a tus habitaciones, sobre una chica llamada Annie Trevor, que desapareció de la manera más inexplicable hace unas cinco semanas. Ese era su padre".

"Sí, sí, ahora recuerdo. A decir verdad, lo había olvidado por completo. ¿Y no se ha oído nada de la niña?".

"Nada de nada. La policía no sabe que hacer".

"Me temo que no le presté mucha atención a los detalles que me contaste. ¿Por dónde se fue la niña?".

"Su camino la llevaría a través de esas colinas salvajes sobre la casa, el punto más cercano del camino debe estar a unas dos millas de aquí".

"¿Está cerca de esa pequeña aldea que vi ayer?".

"¿Te refieres a Croesyceiliog, de dónde vinieron los niños? No, está más al norte".

"Ah, nunca fui por ahí".

Entraron en la casa y Dyson se encerró en su habitación, lleno de dudas, pero con la sombra de una sospecha que crecía dentro de él y que durante un tiempo lo obsesionó, una idea indefinida y fantástica, que no llegaba a tomar una forma definitiva. Estaba sentado junto a la ventana abierta, mirando hacia el valle y vio, como en una cuadro, la forma serpenteante del arroyo, el puente gris y las vastas colinas que se alzaban más allá; todo quieto y sin que un solo soplo de viento moviera las ramas del místico bosque. El sol de la tarde brillaba cálido sobre los helechos, y más abajo, una niebla ligera y blanca comenzaba a salir del arroyo. Dyson permaneció sentado junto a la ventana mientras el día se oscurecía y las enormes colinas se veían como baluartes poco definidos, y los bosques se volvían más oscuros y sombríos; la fantasía que lo había fascinado ya no parecía del todo imposible. Pasó el resto de la velada sumido en una especie de ensueño, prácticamente sin oír lo que Vaughan le decía; y cuando tomó su vela en el pasillo, se detuvo un momento, antes de despedirse de su amigo.

"Necesito descansar bien", dijo. "Tengo trabajo que hacer mañana".

"Un poco de escritura, quieres decir?".

"No. Voy a buscar el Cuenco".

"¡El Cuenco! Si te refieres a mi ponchera, seguro que está en el cofre".

"No me refiero a la ponchera. Puedo garantizarte que tu plata nunca estuvo en peligro. No; no te molestaré con ninguna suposición. Con toda probabilidad tendremos algo mucho más fuerte que las suposiciones en poco tiempo. Buenas noches, Vaughan".

A la mañana siguiente, Dyson partió después del desayuno. Tomó el sendero junto a la pared del jardín y notó que ahora había ocho de los extraños ojos almendrados, tenuemente delineados en el ladrillo.

"Seis días más", se dijo a sí mismo, pero mientras pensaba en la teoría que había formado, se sintió desanimado, pese a su fuerte convicción en una fantasía tan increíble. Caminó a través del bosque sombrío, y finalmente llegó a la ladera desnuda, y subió más y más alto sobre el césped resbaladizo, manteniéndose bien hacia el norte, siguiendo las indicaciones que le dio Vaughan. A medida que avanzaba, parecía que se elevaba cada vez más por encima del mundo de la humanidad y las cosas comunes; a su derecha podía ver la franja que formaba un huerto y un humo azul que se elevaba como un pilar; allí estaba la aldea desde donde los niños iban a la escuela; y esa era la única señal de vida, porque los bosques encerraban y ocultaban la vieja casa gris de Vaughan. Cuando llegó a lo que parecía ser la cima de la colina, se dio cuenta por primera vez de la desolación y la extrañeza de ese lugar; no veía nada más que un cielo gris y una colina gris, una planicie alta y vasta que parecía extenderse eternamente, y el leve vislumbre de una montaña, de cúspide azulada, muy lejos al norte. Por fin llegó hasta el camino, que casi no era visible, y por su ubicación y lo que Vaughan le había dicho, supo que era el sendero que debía de haber tomado Annie Trevor, la niña perdida. Siguió el sendero sobre la cima desnuda de la colina, notando las grandes rocas de piedra caliza que brotaban del césped, sombrías y desagradables, de un aspecto tan prohibitivo como un ídolo de los mares del sur; hasta que, de repente, se detuvo, asombrado, porque había encontrado lo que buscaba.

Casi sin advertencia, el suelo se hundía repentinamente, formando un hoyo. La depresión circular bien podría haber sido un anfiteatro romano, estaba rodeada por feos peñascos de piedra caliza, como si fueran una pared rota. Dyson caminó alrededor del hoyo, tomó nota de la posición de las piedras y finalmente emprendió el camino de regreso.

"Esto es muy extraño", pensó para sí mismo, "el Cuenco está descubierto, pero ¿dónde está la Pirámide?".

"Mi querido Vaughan", dijo, cuando regresó, "Puedo decirte que encontré el Cuenco, pero eso es todo lo que te diré por ahora. Tenemos seis días de absoluta inacción ante nosotros; realmente no hay nada más que hacer por ahora".

IV
El secreto de la pirámide

"Acabo dar una vuelta por el jardín", dijo Vaughan una mañana. "He estado contando esos ojos infernales, y vi que ahora hay catorce de ellos. Por el amor de Dios, Dyson, dime cuál es el significado de todo esto".

"Si tratara de hacerlo me arrepentiría. Puede que haya adivinado algunas cosas, pero, por principio, siempre me guardo mis conjeturas para mí mismo. Además, realmente no vale la pena anticipar eventos. ¿Recordarás que te dije que teníamos seis días de inacción por delante? Bueno, este es el sexto día, y el último día ocioso. Te propongo que esta noche demos un paseo".

"¡Un paseo! ¿Eso es todo lo que te propones hacer?".

"Bueno, puedes llegar a descubrir algunas cosas muy curiosas. Para ser claros, quiero que salgas conmigo hacia las colinas, esta tarde, a las nueve en punto. Es posible que tengamos que estar fuera toda la noche, así que sería mejor que te abrigues bien y traigas algo de ese brandy".

"¿Es una broma?", Preguntó Vaughan, quien estaba desconcertado por los extraños eventos y conjeturas aún más raras de su amigo.

"No, no creo que debas tomarlo como una broma. A menos que esté muy equivocado, encontraremos una explicación muy seria del rompecabezas. ¿Puedo contar contigo?".

"Muy bien. ¿Por dónde quieres ir?".

"Por el camino del que me hablaste; el camino que se supone tomó Annie Trevor.

Vaughan palideció ante la mención del nombre de la niña.

"No creía que estabas sobre esa pista", dijo. "Pensé que era el asunto de esas figuras en pedernal y de los ojos en la pared, lo que te ocupaba. Ya no sirve hablar más de eso, pero iré contigo".

A las nueve menos cuarto de la noche, los dos hombres salieron, tomaron el camino a través del bosque y subieron por la ladera. Era una noche oscura y pesada, el cielo estaba completamente nublado y el valle lleno de niebla, y todo el tiempo parecían caminar en un mundo de sombras y penumbras, casi sin hablar, temerosos de romper el silencio encantado. Por fin llegaron a la empinada ladera, y en lugar del bosque oprimente, se extendía el largo trecho de césped y, más arriba, las fantásticas rocas de piedra caliza, que hacían la oscuridad más horrorosa. El suspiro del viento cruzaba la montaña siguiendo hasta el mar, y su paso enfrió sus corazones. Parecían haber caminado por horas y más horas, pero el tenue contorno de la colina aún se extendía ante ellos, y las rocas demacradas todavía se alzaban en la oscuridad, cuando de repente Dyson susurró, conteniendo el aliento, y acercándose a su compañero:

"Aquí", dijo, "nos detendremos. Todavía no creo que haya nada".

"Conozco el lugar", dijo Vaughan, después de un momento. "He estado a menudo durante el día. La gente del campo tiene miedo de venir aquí, creo; se supone que es un castillo de las hadas, o algo por el estilo. Pero ¿por qué demonios venimos aquí?".

"Habla un poco más bajo", dijo Dyson. "No nos servirá de nada si nos escuchan".

"Escucharnos aquí! No hay un alma a menos de tres millas de nosotros".

"Posiblemente no; de hecho, debería decir que ciertamente no. Pero podría haber un cuerpo algo más cerca".

"No te entiendo en absoluto", dijo Vaughan, bajando su voz para satisfacer a Dyson, "pero ¿por qué hemos venido aquí?".

"Bueno, ves que este hueco delante de nosotros es el Cuenco. Creo que es mejor que no hablemos ni siquiera en susurros".

Se tendieron sobre la hierba; atrás de las rocas que rodeaban el Cuenco; de vez en cuando, Dyson, usando su sombrero oscuro para disimular su cara, se asomaba a espiar, sin atreverse a observar en forma prolongada, después, apoyaba una oreja en el suelo para escuchar; y así pasaron las horas, la noche parecía estar cada vez más oscura, y el leve suspiro del viento era lo único que se escuchaba.

La pesadez del silencio, esta vigilancia de un terror indefinido, impacientó a Vaughan porque para él no había que ver en ese lugar, y comenzó a pensar que toda la vigilia era una triste farsa.

"¿Cuánto tiempo más va a durar esto?", le susurró a Dyson, y este, que había estado conteniendo el aliento en la agonía de la vigilancia, puso su boca en la oreja de Vaughan y dijo:

"¿Vas a escuchar?", haciendo pausas entre cada sílaba, con un tono solemne.

Vaughan se estiró hacia delante, preguntándose qué iba a escuchar. Al principio no sentía nada, y luego escuchó un ruido suave, que venía del Cuenco; era un sonido débil, casi indescriptible, como si alguien sostuviera la lengua contra el paladar y expulsara el aliento. Escuchó con avidez, y al instante el ruido se hizo más fuerte, convirtiéndose en un silbido estridente y horrible, como si el pozo debajo de él ardiera con un calor hirviente, y Vaughan, incapaz de permanecer en suspenso por más tiempo, tapó parte de su cara con su gorra, imitando a Dyson, y miró hacia el hueco de abajo.

El Cuenco se agitaba y bullía como un caldero infernal. Todos sus lados y el fondo se agitaban y se retorcían, mostrando formas vagas e inquietas que se movían de un lado a otro sin que se escucharan sus pasos, y se reunían aquí y allá y parecían hablarse en horribles siseos, como el silbido de las serpientes, que él había oído. Era como si el dulce césped y la tierra limpia se hubieran metamorfoseado repentinamente con un asqueroso crecimiento. Vaughan no podía apartar su rostro, aunque sentía que el dedo de Dyson lo tocaba, pero él vio esa masa temblorosa y también vio, borrosamente, que había cosas semejantes a rostros y miembros humanos, y sin embargo sabía en el fondo de su alma que ninguna cosa humana, con alma, se movía entre toda esa hueste que se agitaba y siseaba en el hoyo. Miró atónito, ahogando los sollozos de horror, y notó que las formas repugnantes se acumulaban más densamente en torno a un objeto que solo veía vagamente, en medio de la hondonada, y el silbido de sus palabras se volvió más venenoso, y vio en la luz incierta las abominables extremidades, vagas y, sin embargo, demasiado claras, retorcidas y entrecruzadas, y pensó que escuchaba, muy tenuemente, un gemido humano atravesando el ruido de las voces no humanas. En su corazón algo parecía susurrar, una y otro vez "el gusano de la corrupción, el gusano que no muere", y grotescamente, se perfiló en su imaginación la imagen de un pedazo de despojos pútridos que se agitaban de un lado al otro, rodeado de hinchadas y horribles cosas reptantes. El retorcimiento de las oscuras extremidades continuaba, parecían agrupadas alrededor de la oscura forma en medio del hueco, mientras el sudor goteaba y se desprendía de la frente de Vaughan, y caía frío sobre su mano, bajo su cara.

Entonces, en solo un instante, la masa repugnante pareció derretirse y caer a los lados del Cuenco, y por un momento Vaughan vio, en medio del hoyo el movimiento de brazos humanos.

Pero una chispa brilló debajo, un fuego se encendió, y mientras la voz de una mujer gritaba, en un grito agudo de total angustia y terror, una gran pirámide de fuego surgió, como el estallido de una fuente confinada, y lanzó una llama de fuego que iluminó toda la montaña. En ese instante, Vaughan vio las miríadas que pululaban en el hoyo; las cosas con forma de hombres pero atrofiadas como niños, horriblemente deformadas, los rostros con los ojos de almendra ardiendo con malos e indescriptibles deseos; la espantosa masa de carne desnuda y amarilla; finalmente, como por arte de magia, el lugar quedó vacío, mientras el fuego rugía y crepitaba, y las llamas brillaban.

"Viste la Pirámide", dijo Dyson en su oído, "la Pirámide de fuego".

V
La pequeña gente

"¿Entonces reconoces la cosa?".

"Ciertamente. Es el broche que Annie Trevor usaba los domingos; recuerdo el diseño. Pero ¿donde lo encontraste? ¿No quieres decir que descubriste a la chica?".

"Mi querido Vaughan, me pregunto si no habrás adivinado dónde encontré el broche. ¿No te has olvidado todavía de la noche pasada?".

"Dyson", dijo el otro, hablando muy en serio, "esta mañana lo estuve considerando en mi mente, mientras estabas fuera. He pensado en lo que vi, o tal vez debería decir sobre lo que pensé que vi, y la única conclusión a la que puedo llegar es que la cosa no puede ser recordada. He vivido sobria y honestamente, como los hombres debemos vivir, en el temor de Dios, y todo lo que puedo hacer es creer que sufrí una alucinación monstruosa, alguna fantasmagoría de mis sentidos desconcertados. Sabes que volvimos a casa juntos en silencio, ni una palabra pasó entre nosotros sobre lo que creí ver. ¿No habíamos convenido guardar silencio sobre el tema? Cuando salí a caminar bajo el apacible sol de la mañana, pensé que toda la tierra parecía estar llena de alabanzas, y al pasar por ese muro noté que no había nuevas señales marcadas, y borré las que quedaban. El misterio terminó, y de nuevo podemos vivir tranquilos. Creo que un poco de veneno me afectó durante las últimas semanas; caminé al borde de la locura, pero ahora estoy cuerdo".

Vaughan había hablado con seriedad, se inclinó hacia delante en su silla y miró a Dyson con una expresión de súplica.

"Mi querido Vaughan", dijo el otro, después de una pausa, "¿de qué sirve eso? Es demasiado tarde para negar lo que vivimos; fuimos demasiado lejos. Además, sabes tan bien como yo que no hay ningún engaño en esto; desearía estar equivocado con todo mi corazón. Pero para hacerme justicia a mí mismo, debo contarte toda la historia, hasta donde la conozco".

"Muy bien", dijo Vaughan con un suspiro, "si debes hacerlo, debes hacerlo".

"Entonces", dijo Dyson, "comenzaremos por el final, si te parece bien. Encontré este broche que acabas de identificar, en el lugar que hemos llamado el Cuenco. Había un montón de cenizas grises, como si un fuego hubiera estado ardiendo, de hecho, las brasas todavía estaban calientes, y este broche estaba tirado en el suelo, justo fuera del alcance de las llamas. Debe haberse caído accidentalmente del vestido de la persona que lo llevaba puesto. No, no me interrumpas; podemos saltar ahora al principio, ya que hemos visto el final. Volvamos al día en que viniste a verme a mi habitación en Londres. Hasta donde puedo recordar, poco después de que entraras, mencionaste, de una manera un tanto casual, que un incidente desafortunado y misterioso había ocurrido en tu parte del país; una niña llamada Annie Trevor había ido a ver a un pariente y había desaparecido. Confieso libremente que lo que dijiste no me interesó mucho; hay muchas razones que pueden hacer extremadamente conveniente para un hombre y más especialmente para una mujer, abandonar el círculo de sus relaciones y amigos. Supongo que, si tuviéramos que consultar a la policía, uno encontraría que en Londres, alguien desaparece misteriosamente cada dos semanas, y los oficiales, sin duda, se encogerían de hombros y te dirían que, según la ley de los promedios, no podía ser de otra manera. Así que fui muy descuidado y negligente con tu historia, y además, hay otra razón para mi falta de interés; tu cuento era inexplicable.

Tú solo podías sugerir un marinero sinvergüenza o un vagabundo, pero descarté esa explicación inmediatamente, por muchas razones, pero principalmente porque siempre se descubre al delincuente ocasional, el aficionado en el crimen brutal, especialmente si elige al campo como el escenario de sus actividades. Recordarás el caso de ese García que mencionaste; entró en una estación de ferrocarril el día después del asesinato, con los pantalones cubiertos de sangre y su botín atado en un paquete. Así que rechazando eso, tú única sugerencia, todo el relato se volvió, como digo, inexplicable y, por lo tanto, profundamente aburrido. ¿Alguna vez te preocupas por problemas que sabes que son insolubles? ¿Alguna vez pensaste mucho en el viejo rompecabezas de Aquiles y la tortuga? Por supuesto que no, porque sabías que era una búsqueda desesperada, y cuando me contaste la historia de una chica de campo que había desaparecido, simplemente la puse en la categoría de insoluble y no pensé más en ese asunto. Finalmente resultó que me había equivocado; pero si lo recuerdas, inmediatamente pasaste a otro tema que te interesaba más intensamente, porque te afectaba personalmente, no necesito repasar el relato tan particular de los signos de pedernal; al principio pensé que todo era trivial, probablemente un juego de niños, si no era un engaño de algún tipo; pero al ver la punta de flecha mi interés se despertó. Me di cuenta que ese no era un asunto común, y excitó mi curiosidad; y tan pronto como vine aquí, me puse a trabajar para encontrar la solución, repitiéndome una y otra vez los signos que habías descrito. Primero vino el signo que hemos acordado llamar el Ejército; una serie de pedernales serrados, todos apuntando en la misma dirección. Luego, líneas, como los radios de una rueda, que convergen hacia la figura de un Cuenco, después el triángulo o la Pirámide y, por último, la Media Luna. Confieso que había agotado las conjeturas posibles, en mis esfuerzos por revelar este misterio, y como entenderás, era un problema doble o más bien triple. Porque no solo tenía que preguntarme: ¿qué significan estos signos?, pero también, ¿quién puede ser el responsable de su diseño? Y también, ¿quién puede tener cosas tan valiosas, conocer su valor, y sin embargo tirarlas por el camino? Esa línea de pensamiento me llevó a suponer que la persona o las personas en cuestión no conocían el valor de esas puntas de flecha únicas y, sin embargo, esto no me llevó muy lejos, ya que un hombre bien educado podría fácilmente ignorar ese tema. Luego vino la complicación del ojo dibujado en la pared, y recuerda que no pudimos evitar la conclusión de que en los dos casos la misma agencia era responsable. La peculiar posición de esos ojos en la pared me hizo indagar si existía un enano en cualquier lugar del vecindario, pero descubrí que no existía y sabía que los niños que pasan todos los días no tenían nada que ver con ese asunto. Sin embargo, me sentí convencido de que quienquiera que hubiera dibujado los ojos debía tener una altura de tres pies y medio a cuatro pies, ya que, como señalé en ese momento, cualquiera que dibuje en una superficie perpendicular, elige por instinto un lugar aproximadamente al nivel de su rostro. Por otra parte, estaba la cuestión de la forma peculiar de los ojos; ese marcado carácter mongol del cual un compatriota inglés no podía tener idea, y para confundir todo aún más, el hecho evidente de que el diseñador o los diseñadores debían de poder ver prácticamente en la oscuridad. Como comentaste, un hombre que ha estado recluido durante muchos años en una celda o una mazmorra extremadamente oscura podría adquirir ese poder; pero desde los días de Edmundo Dantés, ¿dónde se encontraría una prisión así en Europa? Quizás el individuo que buscaba era un marinero que había estado preso durante un período considerable en alguna horrible prisión china, y aunque parecía improbable, no era del todo imposible que un marinero o, digamos, un hombre empleado en un barco, fuera un enano. Pero, ¿cómo explicar que mi marinero imaginario estuviera en posesión de puntas de flecha prehistóricas? Y, aún asumiendo que así fuera, ¿cuál era el significado y el objeto de esos misteriosos signos de sílex y los ojos en forma de almendra? Tu teoría de un plan para robar tu plata, me pareció bastante insostenible casi desde el principio, y confieso que estaba totalmente despistado, sin poder encontrar una hipótesis de trabajo válida. Fue un mero accidente el que me puso sobre la pista correcta; cuando pasamos por delante del pobre Trevor, tu mención de su nombre y de la desaparición de su hija, me hizo recordar esa historia que había olvidado o que no había escuchado con atención. Entonces me dije a mí mismo, aquí hay otro problema, posiblemente sin interés por sí mismo; pero ¿y si resulta que está en relación con todos los enigmas que me torturan? Me encerré en mi habitación y traté de descartar todos los prejuicios de mi mente, y repasé todo de nuevo, asumiendo por el bien de mi teoría, que la desaparición de Annie Trevor tenía alguna conexión con los signos de pedernal y los ojos en la pared. Esta suposición no me llevó muy lejos, y estaba a punto de abandonar todo el problema con desesperación, cuando se me ocurrió un posible significado del Cuenco. Como sabes, en Surrey hay un 'cuenco del diablo', y vi que el símbolo podía referirse a alguna característica física de esta zona. Juntando los dos extremos, decidí buscar el Cuenco cerca del camino que había tomado la niña perdida, y ya sabes cómo lo encontré. Interpreté la señal por lo que sabía y leí el primero, el Ejército, de esta forma:

"Hay que reunirse en el Cuenco dentro de una quincena (es decir, la Media Luna) para ver la Pirámide o para construir la Pirámide".

Los ojos, dibujados uno por uno, día tras día, evidentemente contaban los días, y supe que habría catorce y no más. Hasta aquí el camino parecía bastante simple; no me molestaría en indagar sobre la naturaleza de la asamblea, o sobre quién se reuniría en el lugar más solitario y temido de estas colinas solitarias. En Irlanda, en China o en el oeste de América, la pregunta habría sido contestada fácilmente; un encuentro de los descontentos, el encuentro de una sociedad secreta; los vigilantes convocados para informar; la cosa sería la simplicidad misma; pero en este rincón tranquilo de Inglaterra, habitado por gente apacible, no me fue posible contemplar tales suposiciones ni por un momento. Pero sabía que debería tener la oportunidad de ver y observar la asamblea, y por eso no me preocupé por realizar más investigaciones inútiles. En lugar de razonar, una fantasía salvaje entró en mi mente; recordé lo que la gente había dicho sobre la desaparición de Annie Trevor, que había sido tomada por las hadas. Te digo, Vaughan, soy un hombre tan cuerdo como tú, mi cerebro no es, confío, un mero espacio vacío que admite cualquier salvaje fantasía, hice todo lo posible para ahuyentar esa fantasía. Esa idea vino del antiguo nombre de las hadas 'la gente pequeña', y la muy probable creencia de que ellas representan una tradición de los habitantes prehistóricos turanios de la zona, que vivían en cuevas; y luego me di cuenta, con un sobresalto que yo estaba buscando un ser de menos de cuatro pies de altura, acostumbrado a vivir en la oscuridad, poseyendo instrumentos de piedra y familiarizado con los rasgos mongoles. Te digo, Vaughan, que no me atrevería a sugerirte cosas tan fantásticas, si no fuera porque tú mismo las viste anoche con tus ojos, y te digo que podría dudar de la evidencia de mis sentidos, si no hubieran sido confirmados por los tuyos. Pero tú y yo no podemos mirarnos cara a cara y pretender que fue una ilusión; mientras yacías en el césped a mi lado sentí que tu carne se encogía y temblaba, y vi tus ojos a la luz de la llama. Y así te acabo de explicar, sin ninguna vergüenza lo que pensaba anoche cuando atravesamos el bosque, subimos la colina y nos escondimos atrás de las rocas".

"Hubo una cosa que debería haber sido más evidente, pero me desconcertó hasta el final. Te dije cómo leí el signo de la pirámide; la asamblea debía ver una pirámide, y el verdadero significado del símbolo se me escapó hasta el último momento. La antigua derivación de πυρ 'fuego',[1] aunque falsa, debería haberme puesto en la pista, pero nunca se me ocurrió.

"Creo que necesito decirte muy poco más. Tú sabes que estábamos bastante indefensos, incluso si hubiéramos previsto lo que iba a pasar. Ah, ¿el lugar particular donde se mostraban estos signos? Sí, esa es una pregunta curiosa. Pero esta casa está, por lo que puedo juzgar, en una situación bastante central entre las colinas; y posiblemente –no sé si alguien podría saberlo–, ese extraño pilar de piedra caliza junto a la pared de tu jardín marcara un lugar de reunión, usado antes de que los celtas pusieran un pie en Gran Bretaña. Pero hay una cosa que debo agregar: no me arrepiento de nuestra incapacidad para rescatar a la desgraciada niña. Viste la apariencia de esas cosas que se juntaban y se

---

1   πυρ (pur/pyr) es la palabra griega para "fuego". Se especula que está relacionada con la palabra griega para "pirámide". Por otra parte la palabra pirámide se deriva de las palabras griegas PYRAMIS y PYRAMIDOS. El significado de la palabra Pryamis es oscuro y puede relacionarse con la forma de una pirámide. La palabra Pyramidos ha sido traducida como "fuego en el medio".

retorcían en el Cuenco; puedes estar seguro de que lo que estaba atado en medio de ellos ya no era adecuado para la tierra".

"¿De modo que...?" dijo Vaughan.

"De modo que ella se hundió en la Pirámide de Fuego", dijo Dyson, "y ellos volvieron nuevamente al inframundo, a sus hogares situados debajo de las colinas".

La litera de arriba
Francis Marion Crawford

I

Alguien pidió un cigarro. Habíamos hablado mucho, y la conversación comenzó a languidecer; el humo del tabaco se había metido en las pesadas cortinas, y el vino se había metido en nuestros cerebros, embotándolos, y ya era perfectamente evidente que, a menos que alguien hiciera algo para despertar nuestros espíritus oprimidos, la reunión pronto alcanzaría su natural conclusión, y nosotros, los invitados, volveríamos rápidamente a nuestras casa y nuestras camas. Nadie había dicho nada especialmente notable; quizás nadie tenía nada interesante que contar. Jones nos había dado todos los detalles de su última aventura cinegética en Yorkshire. El Sr. Tompkins, de Boston, había explicado detalladamente los métodos de trabajo, que aplicados debidamente, habían permitido a los ferrocarriles de Atchison, Topeka y Santa Fé, no solo extender su territorio, sino aumentar su influencia departamental y transportar ganado sin que se murieran de hambre antes de ser entregados en su destino; pero también como durante años lograron engañar a los pasajeros, que compraban sus boletos con la falaz creencia de que la corporación mencionada, realmente podía transportar vidas humanas sin destruirlas. El signor Tombola se había esforzado por persuadirnos, con argumentos, que no nos tomamos la molestia de discutir, que la unidad de su país no se parecía en nada al torpedo moderno promedio, cuidadosamente planeado, construido con la habilidad de los mejores arsenales europeos, pero, destinado a ser dirigido por manos débiles hacia una región donde indudablemente explotaría, sin ser visto u oído, en los desiertos ilimitados del caos político.

No es necesario entrar en más detalles. La conversación había asumido proporciones que habrían aburrido a Prometeo en su roca, que habrían llevado a Tántalo a la distracción, y que habrían impulsado a Ixión a buscar la relajación en los diálogos simples pero instructivos de Herr Ollendorff, en lugar de someterse al mal aún mayor, de escuchar nuestra charla. Nos habíamos sentado en la mesa durante horas; estábamos aburridos, estábamos cansados, y nadie mostraba signos de animación.

Alguien pidió un cigarro, lo que, instintivamente, atrajo la atención de todos. Brisbane era un hombre de treinta y cinco años de edad, notable por aquellas cualidades que atraen principalmente la atención de otros hombres. Era un hombre fuerte. A simple vista sus proporciones externas no mostraban nada extraordinario, aunque su tamaño estaba por encima de la media. Tenía un poco más de seis pies de altura, y sus hombros eran moderadamente anchos; no parecía ser robusto, pero, por otro lado, ciertamente no era delgado; Su pequeña cabeza se apoyaba en un cuello fuerte y musculoso; sus manos amplias y musculosas parecían poseer la habilidad peculiar de romper nueces sin la ayuda de un casca nueces y, al verlo de perfil, uno no podía dejar de notar la extraordinaria anchura de las mangas de su camisa y el grosor inusual de su pecho. Era uno de esos hombres que comúnmente son conocidos como engañosos; es decir, que aunque se veía bastante fuerte, en realidad era mucho más fuerte de lo que parecía. No necesito decir mucho de sus rasgos. Su cabeza era pequeña, su cabello fino, sus ojos azules, su nariz era grande, tenía un bigote pequeño y una mandíbula cuadrada. Todos conocen a Brisbane, y cuando pidió un cigarro, todos lo miraron.

"Es algo muy extraño", dijo Brisbane.

Todos dejaron de hablar. La voz de Brisbane no era ruidosa, pero poseía la peculiar cualidad de ser penetrante, cortó la conversación como un cuchillo. Todos escucharon. Brisbane, percibiendo que había atraído la atención general, encendió su cigarro con gran ecuanimidad.

"Es algo muy curioso", continuó, "eso de los fantasmas. La gente siempre pregunta si alguien ha visto un fantasma. Yo lo he visto".

"¡Tonterías! ¿Qué, tú lo vistes? ¿No quieres decir eso, Brisbane? Bueno, para un hombre de tu inteligencia!".

Un coro de exclamaciones saludó la notable declaración de Brisbane. Todos pidieron cigarros, y Stubbs, el mayordomo, apareció repentinamente, desde las profundidades de la nada, con una botella fresca de champán seco. La situación estaba salvada; Brisbane iba a contar una historia.

Soy un viejo marino, dijo Brisbane, y como tengo que cruzar el Atlántico con bastante frecuencia, tengo mis favoritos. La mayoría de los hombres tienen sus favoritos. He visto a un hombre esperar por tres cuartos de hora, en un bar de Broadway, hasta que llegó el coche de alquiler que él prefería. Creo que el encargado del bar ganaba al menos un tercio de sus ingresos gracias a los gustos de ese hombre. Tengo la costumbre de preferir ciertos barcos cuando debo cruzar ese estanque de patos. Puede ser un prejuicio, pero nunca fui defraudado, excepto una vez. Lo recuerdo muy bien; era una mañana cálida de junio, y los funcionarios de la Casa de la Aduana, que esperaban a que llegara un vapor que ya estaba en camino de la Cuarentena, tenían un aspecto peculiarmente indefinido y reflexivo. Yo no llevaba mucho equipaje, nunca lo he hecho. Me mezclé con la multitud de pasajeros, porteadores e individuos oficiosos con abrigos azules y botones de bronce, que parecían surgir como hongos de la cubierta de un vapor amarrado, para ofrecer sus innecesarios servicios a los pasajeros. A menudo he notado con cierto interés la evolución espontánea de estos individuos. No están allí cuando llegas; cinco minutos después de que el piloto haya avisado "Pueden pasar!", ellos, o al menos sus abrigos azules y botones de bronce, han desaparecido de la cubierta y de la pasarela como si hubieran sido enviados a ese casillero que la tradición atribuye a Davy Jones.[1] Pero, en el momento de comenzar, están allí, afeitados, vestidos de azul y hambrientos de propinas. Me apresuré a bordo. El Kamtschatka era uno de mis barcos favoritos. Digo "era", porque enfáticamente ya no lo es. No puedo concebir ningún incentivo que me pueda inducir a hacer otro viaje en él. Sí, sé lo que van a decir. Ese barco tiene un frente ancho y aplana-

---

1   El casillero de Davy Jones es una expresión para indicar el fondo del mar. Se utiliza como eufemismo de los ahogamientos o naufragios en los que los restos de los marineros y de los barcos se consignan al fondo del mar (ser enviados al casillero de Davy Jones).

do, que lo mantiene seco, y tiene una forma muy elegante. Tiene muchas ventajas, pero no volveré a cruzar el mar en ese barco. Disculpen la digresión. Subí a bordo Llamé a un camarero, cuya nariz roja y bigotes aún más rojos me resultaban familiares.

"Ciento cinco, litera inferior", dije, con el tono desenfadado propio de los hombres que no le dan más importancia a cruzar el Atlántico que a tomar un cóctel de whisky en Delmónico.

El mayordomo tomó mi maleta, mi abrigo y mi manta. Nunca olvidaré la expresión en su rostro. No es que se pusiera pálido. Los más eminentes teólogos afirman que ni siquiera los milagros pueden cambiar el curso de la naturaleza. No vacilo en decir que si bien no se puso pálido; por su expresión, juzgué que estaba a punto de llorar, estornudar o dejar caer mi baúl. Como este último contenía dos botellas de jerez añejo particularmente bueno, que me regaló para mi viaje mi viejo amigo Snigginson van Pickyns, me puse bastante nervioso. Pero el mayordomo no hizo ninguna de esas cosas.

"Bueno, lo conduciré", dijo en voz baja, y se puso en camino.

Mientras mi Hermes me llevaba a las regiones más bajas, supuse que había tomado un poco de grog, pero no dije nada y lo seguí. El camarote ciento cinco estaba en el lado de babor, bien a popa. No había nada notable en su estado. La litera inferior, como la mayoría del Kamtschatka, era doble. Había mucho espacio; tenía los dispositivos habituales de higiene, calculados para transmitir la idea de lujo a la mente de un indio norteamericano; también tenía los habituales estantes ineficientes de madera marrón, en los que es más fácil guardar un paraguas de gran tamaño que un cepillo de dientes común. Sobre el poco atractivo colchón, se veían unas frazadas cuidadosamente dobladas, que un gran humorista moderno comparó acertadamente a un pastel frío de trigo. La cuestión de las toallas era dejada completamente a la imaginación del viajero. La garrafas de vidrio estaban llenas de un líquido transparente ligeramente teñido de marrón, que despedía un olor no muy agradable, que al llegar a las fosas nasales, suscitaba una reminiscencia lejana a maquinaria aceitada. Cortinas entreabiertas de colores tristes cerraban a medias la litera superior. La brumosa luz de junio arrojaba una tenue iluminación sobre la pequeña y desolada escena. ¡Argh! ¡Cómo odiaba ese camarote!

El mayordomo depositó mi equipaje y me miró, como si quisiera retirarse, probablemente para buscar más pasajeros y propinas. Siempre es un buen comienzo, quedar en buenos términos con estos empleados y, por lo tanto, le di algunas monedas.

"Trataré de hacer que esté tan cómodo como sea posible", comentó, mientras ponía las monedas en su bolsillo. Sin embargo, su voz tenía una entonación dudosa que me sorprendió. Posiblemente su escala de honorarios había subido, y él no estaba satisfecho; pero en general me incliné a pensar que, como él mismo lo habría dicho, mejor era "pájaro en mano que cien volando". Me equivoqué, sin embargo, y juzgué mal a ese hombre.

II

No ocurrió nada especialmente digno de nota durante ese día. Salimos puntualmente del muelle, y fue muy agradable estar en camino, porque el clima era cálido y templado, y el movimiento del vapor producía una brisa refrescante. Todo el mundo sabe cómo es el primer día en el mar. Las personas caminan por la cubierta, se miran, y ocasionalmente se encuentran con conocidos que no sabían que estaban a bordo. Existe la incertidumbre habitual sobre si la comida será buena, mala o indiferente, hasta que las dos primeras comidas ponen ese interrogante más allá de toda duda; existe la incertidumbre habitual sobre el clima, hasta que el barco está bastante alejado de Fire Island.

Las mesas están llenas al principio, y luego de repente se van vaciando. Las personas de rostro pálido saltan de sus asientos y se precipitan hacia la puerta, y los viejos marinos respiran más libremente cuando el mareado vecino se aleja a su lado, dejándole más espacio para sus codos y un comando ilimitado sobre la mostaza.

Un cruce del Atlántico es muy parecido a otro, y los que lo cruzamos a menudo no hacemos el viaje por el gusto de la novedad. Las ballenas y los icebergs siempre despiertan la atención, pero, después de todo, una ballena es muy parecida a otra, y rara vez se ve un iceberg de cerca. Para la mayoría de nosotros, el momento más placentero del día, a bordo de un barco oceánico, es cuando damos la última vuelta por la cubierta, fumamos nuestro último cigarro y, después de haber logrado cansarnos, nos sentimos en libertad de acostarnos con una conciencia limpia. En la primera noche de ese viaje, me sentí particularmente perezoso, y me fui a la cama a las diez y cinco, más temprano que mi horario habitual. Cuando entré, me sorprendió ver que iba a tener un compañero. Un baúl, muy parecido al mío yacía en la esquina opuesta, y en la litera superior se había depositado una manta cuidadosamente doblada, con un bastón y un paraguas. Me sentí un poco descontento, porque esperaba estar solo; pero me preguntaba quién sería mi compañero de cuarto, y decidí echarle un vistazo.

Antes de que hubiera estado mucho tiempo en la cama, entró mi compañero. Él era, por lo que podía ver, un hombre muy alto y delgado, muy pálido, con cabello arenoso y bigotes, con ojos grises incoloros. Su aspecto era bastante dudoso; el tipo de hombre que podrías ver en Wall Street, sin poder especificar precisamente lo que estaba haciendo allí; el tipo de hombre que frecuenta el Café Anglais, que siempre parece estar solo y que bebe champán; puedes encontrarte con él en un hipódromo, pero tampoco parece que esté haciendo nada allí. Demasiado bien vestido, un poco extraño. Hay tres o cuatro de su tipo en cada barco oceánico. Decidí que no me importaba conocerlo, y me fui a dormir diciéndome que estudiaría sus hábitos para evitarlo. Si él se levantaba temprano, yo me levantaría tarde; si él se acostaba tarde, yo me acostaría temprano. No me importaba conocerlo. Una vez que conoces a personas de ese tipo, siempre están apareciendo a tu alrededor. ¡Pobre compañero! No debí haberme tomado la molestia de tomar tantas precauciones, porque nunca lo volví a ver después de esa primera noche en el ciento cinco.

Estaba durmiendo profundamente cuando de repente me despertó un ruido fuerte. Juzgando por el sonido, mi compañero de cuarto debe haber bajado de un salto desde la litera superior al piso. Lo escuché abrir a tientas el pestillo y el cerrojo de la puerta, que se abrió casi de inmediato, y luego escuché sus pasos mientras corría a toda velocidad por el corredor, dejando la puerta abierta detrás de él. La nave cabeceaba un poco, y esperaba escucharlo tropezar o caer, pero corrió como si lo hiciera por su vida. La puerta giraba sobre sus goznes, siguiendo el movimiento de la embarcación, y el sonido me molestó. Me levanté y la cerré, y busqué a tientas mi camino a mi litera en la oscuridad. Me fui a dormir de nuevo; pero no tengo idea de cuánto tiempo dormí.

Cuando desperté todavía estaba bastante oscuro, pero sentí una sensación desagradable de frío, y me pareció que el aire estaba húmedo. Ustedes conocen el olor peculiar de una cabina mojada con agua de mar. Me cubrí lo mejor que pude y me dormí otra vez, planeando quejarme al día siguiente, con los epítetos más poderosos del idioma. Podía escuchar a mi compañero de cuarto moverse en la litera superior. Probablemente había regresado mientras yo dormía. Una vez pensé que lo escuchaba gemir, y supuse que estaba mareado. Eso es particularmente desagradable cuando uno está abajo. Sin embargo, me fui adormeciendo y dormí hasta la madrugada.

La nave estaba cabeceando pesadamente, mucho más que la noche anterior, y la luz gris que entraba por el ojo de buey cambiaba de tono con cada movimiento, de acuerdo con la orientación del costado de la embarcación, que al moverse apuntaba el ojo de buey hacia el mar o hacia el cielo. Hacía mucho frío, lo que era inexplicable en el mes de junio. Volví la cabeza, para mirar el ojo de buey, y para mi sorpresa vi que estaba completamente abierto y enganchado a la pared. Creo que maldije en voz alta. Entonces me levanté y lo cerré. Cuando me volví, eché un vistazo a la litera superior. Las cortinas estaban completamente cerradas; posiblemente mi compañero había sentido tanto frío como yo. Me pareció que ya había dormido lo suficiente. El camarote no era cómodo, aunque, por extraño que parezca, ya no podía oler la humedad que me había molestado en la noche. Mi compañero de cuarto todavía dormía, era una excelente oportunidad para evitarlo, así que me vestí de inmediato y salí a cubierta. El día era cálido y nublado, con un olor aceitoso en el agua. Cuando salí eran las siete en punto, mucho más tarde de lo que había imaginado. Me encontré con el médico, que estaba tomando su primera aspiración de aire matinal. Era un hombre joven del oeste de Irlanda, de gran tamaño, con cabello negro y ojos azules, que ya mostraba tendencia a engordar, tenía un aspecto feliz, despreocupado y saludable, que era bastante atractivo.

"Buenos días", comenté, a modo de introducción.

"Bueno", dijo él, mirándome con un aire de interés, "es un buen día y no es un buen día. No creo que sea una gran mañana".

"Bueno, no, no está tan bien", dije.

"Es lo que yo llamo un clima asqueroso", respondió el médico.

"Me pareció que anoche hacía mucho frío", comenté. "Sin embargo, cuando miré a mi alrededor, descubrí que el ojo de buey estaba completamente abierto. No lo había notado cuando me fui a la cama. Y el camarote también estaba húmedo".

"¡Húmedo!" Dijo él. "¿Dónde está?"

"Ciento cinco".

Para mi sorpresa, el doctor se perturbó bastante, y me miró fijamente.

"¿Qué pasa?", pregunté.

"Oh, nada", respondió; "Sólo que todos los que viajaron en ese camarote en los últimos tres viajes se quejaron".

"También me quejaré", le dije. "Ciertamente no se ha aireado adecuadamente. ¡Es una vergüenza!".

"No creo que se puede hacer nada", respondió el médico. "Creo que hay algo... bueno, no es asunto mío asustar a los pasajeros".

"No tenga miedo de asustarme", le contesté. "Puedo soportar cualquier cantidad de humedad. Si me resfrío, lo vendré a ver".

Le ofrecí al médico un cigarro, que él tomó y examinó muy críticamente.

"No es tanto la humedad", remarcó. "Sin embargo, me atrevo a decir que la soportaría muy bien. ¿Tiene un compañero de cuarto?".

"Sí; "vaya un compañero, que sale corriendo en medio de la noche, y deja la puerta abierta".

De nuevo el doctor me miró con curiosidad. Luego encendió el cigarro y se puso serio.

"¿Volvió?", preguntó en seguida.

"Sí. Estaba dormido, pero me desperté y lo oí moverse. Entonces sentí frío y volví a dormir. Esta mañana encontré el ojo de buey abierto".

"Vea", dijo el doctor en voz baja. "No me importa mucho este barco. No me importa nada su reputación. Le digo lo que haré. Tengo un lugar de buen tamaño aquí arriba. Lo compartiré con usted, aunque no lo conozco para nada".

Me sorprendió mucho su proposición. No podía imaginar por qué debería interesarse tan repentinamente en mi bienestar. Sin embargo, su manera de hablar de la nave era peculiar.

"Usted es muy bueno, doctor", le dije. "Pero, realmente, creo que incluso ahora la cabina podría ser ventilada o limpiada, o algo así. ¿Por qué habla así del barco?".

"En mi profesión no somos supersticiosos, señor", contestó el doctor, "pero el mar hace que la gente lo sea. No quiero perjudicarlo, ni quiero asustarlo, pero si sigue mi consejo, se mudará conmigo. Lo prefiero a que verlo caer al agua –añadió con seriedad–, como sé que le pasará a usted o a cualquier otro hombre que duerma en el ciento cinco.

"¡Buen Dios! ¿Porqué?", pregunté.

"Simplemente porque en los últimos tres viajes las personas que durmieron allí cayeron por la borda", respondió con gravedad.

Esa información fue sorprendente, y sumamente desagradable. Miré con atención al médico para ver si estaba jugando conmigo, pero se veía perfectamente serio. Le agradecí calurosamente su oferta, pero le dije que tenía la intención de ser la excepción a la regla por la cual todos los que dormían en ese camarote en particular, caían por la borda. No dijo mucho, pero parecía tan serio como siempre, e insinuó que, antes de que terminara el viaje, probablemente debería reconsiderar su propuesta. Más tarde, fuimos a desayunar, y solo vimos unos pocos pasajeros. Me di cuenta de que uno o dos de los oficiales que desayunaban con nosotros parecían serios. Después del desayuno, entré en mi camarote para tomar un libro. Las cortinas de la litera superior todavía estaban cerradas. No se escuchaba nada. Posiblemente mi compañero de cuarto seguía durmiendo.

Cuando salí, me encontré con el camarero que se encargaba de mi sector. Me susurró que el capitán quería verme y luego se escabulló por el corredor como si estuviera muy ansioso por evitar cualquier pregunta. Fui hacia la cabina del capitán y lo encontré esperándome.

"Señor", dijo, "quiero pedirle un favor".

Le respondí que haría cualquier cosa para complacerlo.

"Su compañero de cuarto ha desaparecido", dijo. "Se sabe que se acostó temprano anoche. ¿Notó algo raro en sus modales?".

La pregunta que me hizo, tal como la dijo, era una confirmación exacta de los temores que el médico había expresado media hora antes, y me sorprendió.

"¿No quiere decir que ha caído por la borda?", le pregunté.

"Me temo que sí", respondió el capitán.

"Esto es lo más extraordinario..." comencé.

"¿Por qué?", preguntó.

"¿Él fue el cuarto, entonces?", exclamé. En respuesta a otra pregunta del capitán, expliqué, sin mencionar al médico, que había escuchado la historia sobre el camarote ciento cinco. Pareció molestarle enterarse que yo lo sabía. Le conté lo ocurrido en la noche.

"Lo que dice", respondió, "coincide casi exactamente con lo que me contaron los compañeros de habitación de dos de los otros tres. Salen de la cama y corren por el pasillo. Dos fueron vistos saltar por la borda por el guarda nocturno; nos detuvimos y bajamos los botes, pero no pudimos encontrarlos. Sin embargo, nadie vio ni escuchó al hombre que se perdió la noche anterior, si es que está realmente perdido. El camarero, que es un tipo supersticioso, tal vez, y que esperaba que algo saliera mal, fue a buscarlo esta mañana y encontró su litera vacía, pero con la ropa tirada, tal como la había dejado. El mayordomo era el único hombre a bordo que lo conocía de vista, y lo ha estado buscando por todas partes. ¡Ha desaparecido! Ahora, señor, quiero rogarle que no mencione estos hechos a ninguno de los otros pasajeros; no quiero que el barco tenga mala reputación, y nada puede hacerle tanta mala fama a un transatlántico como una historia de suicidios. Usted tendrá la opción de elegir cualquiera de las cabinas de los oficiales que le gusten, incluida la mía, para el resto del pasaje. ¿La parece una oferta justa?".

"Mucho", dije yo; "y le estoy muy agradecido. Pero como estoy solo y tengo el camarote para mí, preferiría no moverme. Si el mayordomo se lleva las cosas de ese hombre desafortunado, me gustaría quedarme donde estoy. No diré nada sobre el asunto, y creo que puedo prometerle que no seguiré a mi compañero de cuarto".

El capitán trató de disuadirme de mi intención, pero preferí tener una camarote para mí mismo a ser el compañero de cualquier oficial de a bordo. No sé si actué tontamente, pero si hubiera seguido su consejo, no habría tenido nada más que contar. Solo habría quedado en mi memoria la desagradable coincidencia de varios suicidios de los hombres que habían dormido en esa cabina, pero eso habría sido todo.

Sin embargo ese no fue el fin del asunto, de ninguna manera. Decidí, obstinadamente, no perturbarme por esas historias, e incluso fui tan lejos como para discutir la cuestión con el capitán. Había algo malo en ese camarote, dije. Estaba bastante húmedo. El ojo de buey se había dejado abierto la noche anterior. Mi compañero de cuarto podría haber estado enfermo cuando subió a bordo, y podría haber delirado después de irse a la cama. Incluso, ahora podría estar escondido en algún lugar, a bordo, y podría llegar a ser encontrado más tarde. El lugar debía ser ventilado y el cierre del ojo de buey revisado. Si el capitán estaba de acuerdo, vería que hicieran de inmediato lo que yo creía necesario.

"Por supuesto que tiene el derecho de quedarse donde está si lo desea", respondió él, con tono petulante; "pero desearía que lo abandonara y me permitieras cerrar el lugar y terminar con esto".

No lo vi de la misma forma, y dejé al capitán, después de prometerle guardar silencio sobre la desaparición de mi compañero. Este último no tenía conocidos a bordo, y nadie lo hechó de menos en el transcurso del día. Al anochecer, volví a encontrarme con el médico y él me preguntó si había cambiado de opinión. Le dije que no.

"Entonces lo hará en poco tiempo", dijo, con mucha gravedad.

III

A la noche jugamos whist y me fui a la cama tarde. Confesaré ahora que tuve una sensación desagradable cuando entré en mi camarote. No pude evitar pensar en el hombre alto que había visto la noche anterior, que ahora estaba muerto, ahogado, dando vueltas en el largo oleaje, doscientas o trescientas millas a popa. Recordé su rostro muy claramente mientras me desvestía, e incluso fui tan lejos como para abrir las cortinas de la litera superior, como para convencerme de que en realidad se había ido. También cerré la puerta del camarote. De repente, me di cuenta de que el ojo de buey estaba abierto y lo cerré de nuevo. Esto era más de lo que podía soportar. Me puse rápidamente la bata y fui a buscar a Robert, el camarero de mi sector. Recuerdo que estaba muy enojado, y cuando lo encontré, casi lo arrastré hasta la puerta del ciento cinco y lo empujé hacia el ojo de buey abierto.

"¿Qué diablos pretende, bribón, dejando ese ojo de buey abierto todas las noches? ¿No sabe que está en contra de las regulaciones? ¿No sabe que si el barco se inclina y el agua comienza entrar, diez hombres no podrían cerrarlo? ¡Le informaré al capitán, sinvergüenza, por poner en peligro la nave!".

Yo estaba sumamente enojado. El hombre tembló y palideció, y luego comenzó a cerrar la placa redonda de vidrio con sus pesadas agarraderas de bronce.

"¿Por qué no me contesta?", dije con brusquedad.

"Si eso le place, señor", vaciló Robert, "no hay nadie a bordo que pueda mantener este ojo de buey cerrado por la noche. Puede probarlo usted mismo, señor. No voy a seguir mucho más a bordo de este barco, señor; por cierto. Pero si yo fuera usted, señor, me iría a dormir con el cirujano, o algo así, eso haría. Mire, aquí, señor, ¿eso está ajustado de una forma que puede llamar segura, o no, señor? Inténtelo, señor, a ver si se mueve un ápice".

Probé el ojo de buey, y lo encontré perfectamente apretado.

"Bueno, señor", continuó Robert triunfante, "le apuesto mi reputación como camarero que en una hora estará abierto de nuevo; y trabado a la pared".

Examiné el gran tornillo y la tuerca de ajuste enroscada al mismo.

"Si lo encuentro abierto en la noche, Robert, le daré un soberano. No es posible. Se puede ir".

"Dijo un soberano, señor? Muy bien señor. Gracias, señor. Buenas noches señor. Que tenga una buena noche, señor, y toda clase de dulces sueños, señor ".

Robert se escabulló, encantado de ser liberado. Por supuesto, pensé que estaba tratando de excusar su negligencia con una historia tonta, con la intención de asustarme, y no le creí. Como resultado él consiguió su soberano, y yo pasé una noche muy desagradable.

Me fui a la cama, y cinco minutos después de enrollarme en mis mantas, el inexorable Robert apagó la luz que ardía constantemente detrás del cristal de la pared. Me quedé bastante quieto en la oscuridad tratando de dormir, pero no pude hacerlo. Había sido muy satisfactorio enojarme con el camarero, y esa distracción había desterrado esa sensación desagradable que había experimentado al principio, cuando pensé en el hombre ahogado que había sido mi compañero; pero ya no tenía sueño, y permanecí despierto durante algún tiempo, mirando de vez en cuando el ojo de buey, que apenas podía ver desde donde yacía, y que, en la oscuridad, parecía un plato de sopa débilmente luminoso suspendido en la oscuridad. Creo que debo haber yacido allí por una hora y, según recuerdo, estaba dormitando cuando me despertó una ráfaga de aire frío, y el rocío del mar cayendo sobre mi cara. Me puse de pie, y, en la oscuridad, habiendo olvidado prevenirme contra movimiento de la nave, fui arrojado violentamente a través del camarote sobre el sofá que estaba debajo del ojo de buey. Sin embargo, me recuperé de inmediato y me puse de rodillas. ¡El ojo de buey estaba abierto de nuevo, trabado contra la pared!

Ahora bien, estas cosas eran reales. Estaba despierto cuando me levanté, y sin duda la caída debería de haberme despertado, si todavía estuviera adormilado. Además, me lastimé bastante los codos y las rodillas, y los moretones estaban allí a la mañana siguiente, para atestiguar el hecho, si yo mismo lo hubiera dudado. El ojo de buey estaba completamente abierto y trabado, algo tan inexplicable que recuerdo muy bien que sentí asombro en lugar de miedo cuando lo descubrí. Inmediatamente lo cerré de nuevo y atornillé la tuerca de bucle con toda mi fuerza. El camarote estaba muy oscuro. El ojo de buey se debía de haber abierto una hora después de que Robert lo hubiera cerrado por primera vez en mi presencia, y decidí observarlo para ver si se abría de nuevo. Esas agarraderas de bronce eran muy pesadas y de ninguna manera fáciles de mover; no podía creer que la abrazadera se hubiera girado sacudiendo el tornillo. Me quedé mirando a través del grueso cristal a las rayas blancas y grises del mar que formaban espuma debajo del costado del barco. Debo haber permanecido allí un cuarto de hora.

De repente, mientras estaba de pie, claramente oí que algo se movía detrás de mí en una de las literas, y un momento después, justo cuando me volvía instintivamente para mirar (aunque, por supuesto, no podía ver nada en la oscuridad), escuché un débil gemido. Salté a través del camarote y aparté las cortinas de la litera superior, insertando mis manos para descubrir si había alguien allí. Estaba ocupada.

Recuerdo que la sensación que sentí cuando adelanté mis manos, fue como si las estuviera hundiendo en el aire de un sótano húmedo, y de detrás de las cortinas vino una ráfaga de viento que olía horriblemente a agua de mar estancada. Agarré algo que tenía la forma del brazo de un hombre, pero era suave, húmedo y helado. Pero de repente, mientras tiraba, la criatura saltó violentamente hacia mí, una masa húmeda y pegajosa, como me pareció, pesada y húmeda, pero dotada de una especie de fuerza sobrenatural. Trastabillé a lo largo del camarote, y en un instante, la puerta se abrió y la cosa salió corriendo. No había tenido tiempo de asustarme, y rápidamente me estaba recuperando, salté por la puerta y lo perseguí a toda velocidad, pero llegué demasiado tarde. Pude verlo diez metros por delante –estoy seguro de haberlo visto–, una sombra oscura que se movía en el pasaje débilmente iluminado, rápidamente, como la sombra de un caballo veloz cruzando las luces de un carruaje en medio de la noche. Pero desapareció en un momento, y me encontré aferrándome a la barandilla pulida que corría a lo largo del mamparo donde el corredor giraba hacia los otros camarotes. Mi cabello estaba de punta, y transpiración fría corría por mi cara. No me avergüenzo en lo más mínimo de confesar que estaba muy asustado.

Por un momento dudé de mis sentidos, pero me tranquilicé. Era absurdo, pensé. El queso galés que había comido en la cena me había caído mal. Yo había tenido una pesadilla. Regresé a mi camarote, entrando a desgana. Todo el lugar olía a agua de mar estancada, tal como cuando me había despertado la noche anterior. Tuve que usar mi fuerza de voluntad para decidirme a entrar, palpando entre mis cosas, buscando velas. Cuando encendí una linterna de lectura de ferrocarril que siempre llevo, en caso de que quiera leer después de que se hayan apagado las lámparas, percibí que el ojo de buey estaba abierto nuevamente, y una especie de horror frío comenzó a apoderarse de mí, algo que nunca antes había sentido, y que tampoco deseo volver a sentir. Pero prendí una luz y procedí a examinar la litera superior, esperando encontrarla empapada de agua de mar.

Pero me decepcionó. La cama había estado ocupada y el olor del mar era fuerte; pero la ropa de cama estaba tan seca como un hueso. Imaginé que Robert no había tenido el coraje de hacer la cama después del accidente de la noche anterior, y que todo había sido un mal sueño. Retiré las cortinas todo lo que pude y examiné el lugar con mucho cuidado. Estaba perfectamente seco. Pero el ojo de buey estaba abierto de nuevo. Con una especie de sordo desconcierto de horror, lo cerré y lo atornillé, y empujando mi pesado bastón a través del lazo de latón, lo torcí con todas mis fuerzas, hasta que el grueso metal comenzó a doblarse bajo la presión. Luego enganché mi linterna de lectura al terciopelo rojo en la cabecera del sofá y me senté para recuperarme lo mejor posible. Me quedé sentado toda la noche, sin poder pensar en descansar, sin poder pensar en absoluto. Pero el ojo de buey permaneció cerrado, y yo no creía que se abriría de nuevo sin la aplicación de una fuerza considerable.

Finalmente llegó el amanecer, me vestí lentamente, pensando en todo lo que había sucedido durante la noche. Era un hermoso día cuando subí a cubierta, contento de salir a la temprana y pura luz del sol, y de oler la brisa del agua azul, tan diferente del olor fétido y estancado de mi camarote. Instintivamente me volví a popa, hacia la cabina del cirujano. Allí estaba de pie, con una pipa en la boca, tomando el aire de la mañana, precisamente tal como el día anterior.

"Buenos días", dijo en voz baja, pero mirándome con evidente curiosidad.

"Doctor, tenía toda la razón", dije. "Hay algo malo en ese lugar".

"Pensé que cambiaría de opinión", respondió él, triunfante. "Ha pasado una mala noche, ¿eh? ¿Quiere un estimulante? Tengo una receta excelente".

"No, gracias", exclamé. "Pero me gustaría contarle lo que pasó".

Luego traté de explicar con la mayor claridad posible lo que había ocurrido, sin omitir decir que me había asustado como nunca antes lo había estado en toda mi vida. Me concentré particularmente en el fenómeno del ojo de buey, que era un hecho del que estaba seguro, incluso si el resto había sido una ilusión. Lo había cerrado dos veces en la noche, y la segunda vez en realidad había doblado el bronce para apretarlo con mi bastón. Creo que insistí mucho en este punto.

"Parece que piensa que puedo dudar de su historia", dijo el doctor, sonriendo ante mi detallado informe del estado del ojo de buey. "No dudo en lo más mínimo. Le renuevo mi invitación. Traiga su equipaje y ocupe la mitad de mi camarote".

"Venga y tome la mitad del mío por una noche", le dije. "Ayúdeme a llegar al fondo de esto".

"Llegará al fondo de otra cosa si lo intenta", respondió el médico.

"¿Qué?" Pregunté.

"El fondo del mar. Voy a dejar este barco. No sería buena idea ir a su camarote".

"Entonces no me ayudará a descubrir...".

"Yo no", dijo el médico rápidamente. "Es mi deber mantener mi equilibrio mental, no ir a jugar con fantasmas y cosas extrañas".

"¿Realmente cree que es un fantasma?", le pregunté, con bastante desprecio. Pero mientras hablaba recordaba muy bien la horrible sensación de lo sobrenatural que se había apoderado de mí durante la noche. El doctor se volvió bruscamente hacia mí.

"¿Tiene alguna explicación razonable de estas cosas para ofrecer?", preguntó. "No; usted no la tiene. Bueno, dice que encontrará una explicación. Yo digo que no lo hará, señor, simplemente porque no hay ninguna".

"Pero, mi querido señor", le contesté, "¿es usted, un hombre de ciencia, el que me dice que esas cosas no pueden explicarse?".

"Lo hago", respondió con firmeza. "Y, si pudieran, no estaría preocupado por la explicación".

No me importaba pasar otra noche solo en mi camarote, y sin embargo estaba obstinadamente determinado a llegar a la raíz de los disturbios. No creo que haya muchos hombres que hubieran dormido allí solos, después de pasar dos de esas noches. Pero me decidí a probarlo, aún si no lograba que alguien compartiera la vigilancia conmigo. Evidentemente, el médico no estaba inclinado a hacer semejante experimento. Dijo que era un cirujano, y que en caso de que ocurriera algún accidente a bordo, debía estar siempre preparado. No podía permitir que sus nervios se perturbaran. Tal vez tenía razón, pero me inclino a pensar que su precaución se debía al miedo. En su consultorio, me informó que no había nadie a bordo que pudiera acompañarme en mis investigaciones, y después de un poco más de conversación, lo dejé. Poco después vi al capitán y le conté mi historia. Dije que si nadie pasaba la noche conmigo, solo le pedía que dejara la luz prendida toda la noche y lo intentaría solo.

"Muy bien", dijo, "le diré lo que haré. Yo mismo compartiré su vigilia, y veremos qué pasa. Es mi creencia que nosotros podemos descubrirlo. Puede haber algún polizón que se esconde a bordo, asustando a los pasajeros. Es posible que haya algo extraño en la carpintería de esa litera".

Sugerí llevar el carpintero del barco para examinar el lugar; pero me encantó la oferta del capitán de pasar la noche conmigo. En consecuencia, envió al trabajador y le ordenó que hiciera todo lo que yo le exigiera. Bajamos juntos. Hice retirar toda la ropa de cama de la litera superior, y examinamos el lugar a fondo para ver si había una tabla suelta en algún lugar, o un panel que pudiera abrirse o deslizarse. Probamos los tablones por todas partes, golpeamos ligeramente el piso, desenroscamos los accesorios de la litera inferior y la desarmamos. En resumen, no había ni un centímetro cuadrado del camarote done no se hubiera buscado o hurgado. Todo estaba en perfecto orden, y lo volvimos a poner en su lugar. Cuando estábamos terminando nuestro trabajo, Robert se acercó a la puerta y miró hacia adentro.

"Bueno, señor, ¿encontró algo, señor?", preguntó, con una sonrisa fantasmal.

"Tenía razón sobre el ojo de buey, Robert", dije, y le di el soberano prometido. El carpintero hizo su trabajo en silencio y con habilidad, siguiendo mis instrucciones. Cuando hubo terminado habló.

"Soy un hombre sencillo, señor", dijo. "Pero creo que es mejor que acabe de sacar sus cosas y me deje pasar media docena de tornillos de cuatro pulgadas a través de la puerta de esta cabina. Hasta ahora no salió nada bueno de esta cabina, señor, y eso es todo. Que yo sepa, aquí se perdieron cuatro vidas, en cuatro viajes. ¡Mejor que abandone, señor! ¡Mejor abandone!".

"Lo intentaré una noche más", le dije.

"Será mejor que lo abandone, señor –¡mejor que lo deje! es una mala idea", repitió el trabajador, metiendo sus herramientas en su bolsa y saliendo de la cabina.

Pero mi ánimo había mejorado mucho ante la perspectiva de contar con la compañía del capitán, y decidí no dejar de llevar hasta el final este extraño asunto. Esa noche me abstuve de queso galés y grog, y ni siquiera me uní al juego habitual de whist. Quería estar muy seguro de mis nervios, y mi vanidad me estimulaba a quedar bien delante del capitán.

IV

El capitán era uno de esos especímenes espléndidamente duros y alegres de la humanidad marinera cuyo combinación de valor, resistencia y calma en la dificultad, los lleva, casi naturalmente, a alcanzar posiciones elevadas. No era un hombre que se dejara convencer por un relato ocioso, y el mero hecho de que estuviera dispuesto a unirse a mí en la investigación era una prueba de que pensaba que algo –que no podía explicarse según las teorías ordinarias, ni considerarse una superstición irrisoria– andaba muy mal. Hasta cierto punto, también su reputación estaba en juego, así como la reputación del navío. No es poca cosa perder pasajeros que saltan sobre borda, y él lo sabía.

Cerca de las diez de la noche, cuando estaba fumando su último cigarro, se acercó a mí y me apartó de los otros pasajeros que caminaban por la cubierta en la cálida noche.

"Este es un asunto serio, señor Brisbane", dijo. "Debemos preparar nuestras mentes para cualquier cosa que pueda pasar, ya sea ser decepcionados o pasar un momento difícil. Verá, no puedo permitirme tomar este asunto a la ligera, y le pediré que firme una declaración de todo lo que pase. Si no pasa nada esta noche, lo intentaremos de nuevo mañana y al día siguiente. ¿Está listo?".

Así que fuimos abajo, y entramos en el camarote. Al entrar, pude ver a Robert el mayordomo, que estaba un poco más abajo en el pasillo, observándonos, con su habitual sonrisa, como si estuviera seguro de que algo terrible iba a suceder. El capitán cerró la puerta detrás de nosotros y corrió el pasador.

"Le propongo que pongamos su baúl delante de la puerta", sugirió. "Uno de nosotros puede sentarse en él. De esa manera nada podrá salir. ¿Está atornillado el ojo de buey?".

Lo encontré como lo había dejado por la mañana. De hecho, sin usar una palanca, como lo había hecho yo, nadie podría haberlo abierto. Retiré las cortinas de la litera superior para poder verla bien. Por consejo del capitán, encendí mi linterna de lectura y la coloqué para que brillara sobre las sábanas blancas de arriba. Insistió en sentarse en el maletero, declarando que deseaba poder jurar que se había sentado delante de la puerta.

Luego me pidió que revisara el camarote a fondo, una operación que realicé rápidamente, ya que simplemente consistía en mirar debajo de la litera inferior y debajo del sofá, que estaba junto al ojo de buey. Los espacios estaban completamente vacíos.

"Es imposible que ningún ser humano entre", dije, "o que cualquier ser humano abra el ojo de buey".

"Muy bien", dijo el capitán con calma. "Si vemos algo ahora, debe ser nuestra imaginación o algo sobrenatural".

Me senté en el borde de la litera inferior.

"La primera vez que sucedió", dijo el capitán, cruzando las piernas y reclinándose contra la puerta, "fue en marzo. El pasajero que durmió aquí, en la litera superior, resultó ser un lunático; en todo caso, se sabía que estaba un poco alterado, y había tomado el pasaje sin el conocimiento de sus amigos. Salió corriendo en mitad de la noche y se lanzó por la borda, antes de que el oficial que tenía la guardia pudiera detenerlo. Nos detuvimos y bajamos un bote; era una noche tranquila, justo antes de que llegara el mal tiempo; pero no pudimos encontrarlo. Por supuesto, su suicidio fue explicado, después, por su locura".

"Supongo que eso sucede a menudo?", comenté, algo ausente.

"No, a menudo no", dijo el capitán; "nunca antes en mi experiencia, aunque he oído que sucedió a bordo de otros barcos. Bueno, como decía, eso ocurrió en marzo. En el siguiente viaje, ¿qué está mirando?", preguntó, interrumpiendo su narración repentinamente.

Creo que no le di ninguna respuesta. Mis ojos estaban clavados en el ojo de buey. Me pareció que la tuerca de bronce comenzaba a girar sobre el tornillo muy lentamente; tan lentamente, sin embargo, que no estaba seguro de que se moviera en absoluto. La observé atentamente, fijando su posición en mi mente, y tratando de determinar si se había movido. Mirando hacia el mismo lugar donde yo miraba, el capitán también lo observó.

"¡Se mueve!", exclamó, en un tono de convicción. "No, no lo hace", agregó, después de un minuto.

"Si fuera la sacudida del tornillo", dije yo, "se habría abierto durante el día, pero esta noche la encontré tan apretada como la dejé a la mañana".

Me levanté y probé la tuerca. Ciertamente se había aflojado, ya que, haciendo un esfuerzo pude moverla con mis manos.

"Lo más raro", dijo el capitán, "es que se supone que el segundo hombre que se perdió se tiró por ese mismo ojo de buey. Lo pasamos muy mal por eso. Fue en medio de la noche, y el clima era muy pesado; hubo una alarma de que una de las portillas estaba abierta y el mar entraba por ella. Bajé y encontré que todo estaba inundado, el agua entraba cada vez que el barco rolaba y todo el ojo de buey se balanceaba, colgando de sus pernos superiores. Bueno, nos las arreglamos para cerrarlo, pero el agua hizo un poco de daño. Desde entonces, el lugar huele a agua de mar de vez en cuando. Supusimos que el pasajero se había tirado, aunque solo el Señor sabe cómo lo hizo. El mayordomo siguió diciéndome que no puede mantener nada cerrado aquí. Por mi honor, ahora puedo olerlo, ¿no es así? –preguntó, olfateando el aire con suspicacia.

"Sí, claramente", dije, y me estremecí cuando el mismo olor a agua de mar estancada se hizo más fuerte en la cabina. "Ahora, para oler así, el lugar debe estar húmedo", continué, "y sin embargo, cuando lo examiné con el carpintero esta mañana, todo estaba perfectamente seco. Es lo más extraordinario, ¡caramba!".

Mi linterna de lectura, que había sido colocada en la litera superior, se extinguió repentinamente. Todavía quedaba una buena cantidad de luz en el cristal de suelo cerca de la puerta, detrás del cual brillaba la lámpara de seguridad. La nave roló pesadamente, y la cortina de la litera superior oscilaba yendo y viniendo de adentro hacia afuera. Me levanté rápidamente de mi asiento en el borde de la cama, y el capitán se puso de pie en el mismo momento con un fuerte grito de sorpresa. Me había dado vuelta con la intención de bajar la linterna para examinarla, cuando escuché su exclamación, e inmediatamente después, su llamada de ayuda. Salté hacia él. Estaba luchando con todas sus fuerzas con la agarradera de la portilla. Parecía girar contra sus manos a pesar de todos sus esfuerzos. Cogí mi bastón, un pesado bastón de roble que siempre solía llevar, lo empujé a través del anillo y lo soporté con todas mis fuerzas. Pero la sólida madera del bastón se rompió y caí sobre el sofá. Cuando volví a levantarme, la portilla estaba completamente abierta, y el capitán estaba de pie con la espalda contra la puerta, pálido hasta los labios.

"¡Hay algo en esa litera!", exclamó, con voz extraña, y sus ojos casi asomando de sus órbitas. "Sostenga la puerta, mientras yo miro, ¡no se nos escapará, sea lo que fuere!".

Pero en lugar de tomar su lugar, salté sobre la litera inferior y agarré algo que estaba en la litera de arriba.

Era algo fantasmal, horrible más allá de las palabras, y se movía en mis manos. Era como el cuerpo de un hombre ahogado durante mucho tiempo, y sin embargo se movía, y tenía la fuerza de diez hombres vivos; pero lo agarré con todas mis fuerzas, la cosa era resbaladiza, húmeda y horrible, sus blancos ojos muertos parecían mirarme fijamente desde el crepúsculo; el olor putrefacto del agua de mar estaba a su alrededor, y su pelo brillante colgaba en rizos húmedos sobre su cara muerta. Luché con esa cosa muerta; se volvió contra mí, me obligó a retroceder y casi me rompió los brazos; la muerte viviente envolvió los brazos cadavéricos alrededor de mi cuello, y me dominó, de modo que, por fin, dejé salir un gemido, caí, y lo solté.

Cuando caí, la cosa saltó sobre mí y pareció lanzarse sobre el capitán. La última vez que lo vi de pie, su cara estaba blanca y sus labios apretados. Me pareció que le asestó un golpe violento a esa cosa muerta, y luego él también cayó de bruces, con un grito de horror inarticulado.

La cosa se detuvo un instante, pareciendo flotar sobre su cuerpo postrado, y podría haber gritado de nuevo por el miedo que sentía, pero no me quedaba voz. La cosa se desvaneció repentinamente, y mis sentidos perturbados me dijeron que salió por el ojo de buey que estaba abierto, aunque cómo eso fue posible, teniendo en cuenta la pequeñez de la abertura, es más de lo que nadie puede decir. Me quedé largo tiempo tendido en el suelo, con el capitán yaciendo a mi lado. Por fin recuperé parcialmente mis sentidos y me moví, en ese momento supe que mi brazo estaba roto, el hueso pequeño de mi antebrazo izquierdo cerca de la muñeca.

Me puse de pie de alguna manera, y con la mano sana intenté levantar al capitán. Él gimió y se movió, y por fin recuperó el conocimiento. No estaba herido, pero parecía muy aturdido.

Bueno, ¿quieren escuchar más? No hay nada mas. Ese es el final de mi historia. El carpintero llevó a cabo su plan de pasar media docena de tornillos de cuatro pulgadas a través de la puerta del camarote ciento cinco; y si alguna vez toman un pasaje en el Kamtschatka, pueden pedir un pasaje en ese camarote, pero les dirán que ya está ocupado, sí, está ocupado por esa cosa muerta.

Terminé el viaje en la cabina del cirujano. Él me curó el brazo roto y me aconsejó que ya no "jugueteara más con fantasmas y cosas extrañas". El capitán estaba muy silencioso, y nunca volvió a navegar en esa nave, aunque todavía sigue a flote. Yo tampoco navegaré en ella. Fue una experiencia muy desagradable, que me asustó mucho, cosa que me desagrada. Eso es todo. Así fue como vi a un fantasma, si era un fantasma. Estaba muerto, de todos modos.

El hombre que fue demasiado lejos
Edward Frederic Benson

El pequeño pueblo de Santa Fe está enclavado en un hueco del bosque que se extiende hasta la orilla norte del río Fawn, en el condado de Hampshire, acurrucado alrededor de su iglesia normanda gris, como si fuera para protegerse espiritualmente de las hadas, los trolls y la "gente pequeña", que se supone, todavía se esconden en los vastos espacios vacíos del Nuevo Bosque, y se presentan después del atardecer para ocuparse de sus extraños quehaceres. Saliendo de la aldea, se puede caminar en cualquier dirección (siempre y cuando se evite la carretera que conduce a Brockenhurst) durante toda la tarde de verano sin ver señales de presencia humana, o incluso sin ver a otro ser humano.

Los ponis salvajes y peludos dejan de alimentarse por un momento al ver pasar un caminante, las colas blancas de los conejos desaparecerán dentro sus madrigueras, quizás una víbora marrón se aparte de su paso, para esconderse en un grupo de brezos, y los pájaros, que no se pueden ver, graznarán entre los arbustos, pero es muy posible, que durante un largo día el caminante no vea ningún humano. Pero no se sentirá solo en lo más mínimo –al menos en verano–, las mariposas danzan en los alegres rayos del sol, y el aire vibra con todos los sonidos del bosque, que como instrumentos de una orquesta, se combinan para tocar la gran sinfonía del festival anual del verano.

Los vientos susurran en los abedules y suspiran entre los abetos; las abejas están ocupadas con su trabajo redentor entre los brezos, una miríada de pájaros gorjean en los verdes templos de los árboles del bosque, y la voz del río parlotea sobre los lugares pedregosos, burbujeando en los estanques, riendo y borboteando en las curvas; da la sensación de que muchas presencias e innumerables compañeros están cerca.

Sin embargo, aunque uno hubiera pensado que estas benignas y alegres influencias del aire sano y la amplitud del bosque eran influencias muy saludables para un hombre, en la medida en que la Naturaleza puede realmente influir en este maravilloso género humano que ha aprendido a desafiar sus más violentas tormentas en sus casas bien establecidas, a refrenar sus torrentes y hacerlos iluminar sus calles, a cavar túneles en sus montañas y a arar sus mares; los habitantes de Santa Fe no se atreverían voluntariamente a adentrarse en el bosque después del anochecer. Porque a pesar del silencio y la soledad de la noche, parece que un hombre no puede estar seguro de en qué tipo de impensada compañía puede encontrarse en el bosque, y aunque es difícil obtener de estos aldeanos una historia muy clara sobre apariciones misteriosas, el temor está muy extendido. Se cuenta cierta historia, con bastantes pormenores, la historia de un chivo monstruoso que han visto saltar en los bosques y los lugares oscuros, con un regocijo infernal, la cual tal vez esté conectada con el relato que aquí intento contar. Todos recuerdan lo que le sucedió al joven artista que murió aquí, no hace mucho tiempo, un joven de gran apostura, que tenía algo que hacía que los rostros sonrieran y se iluminaran cuando lo miraban. Dicen que su fantasma "camina" constantemente por el arroyo y por los bosques que tanto le gustaban, y especialmente por cierta casa, la última del pueblo, donde vivía, y por el jardín en el que yacen sus restos mortales. Por mi parte, me inclino a pensar que el terror del bosque se remonta, principalmente, a ese día.

Esa es la historia, como la recibí, en forma estructurada. En parte se basa en los relatos de los aldeanos, pero sobre todo en los de Darcy, un amigo mío y también amigo del hombre a quien estos acontecimientos afectaron principalmente.

Había sido un día espléndido de verano, y a medida que el sol se acercaba a su ocaso, la gloria de la noche se hacía cada vez más cristalina, más milagrosa.

Hacia el oeste de Santa Fe, el bosque de hayas que se extendía por algunos kilómetros hacia los brezos de las tierras altas, ya extendía su velo de sombras sobre los tejados rojos de la aldea, pero la aguja de la iglesia gris, que subía por encima de las otras edificaciones, todavía señalaba al cielo como un dedo anaranjado en llamas. El río Fawn, que corre más abajo, fluía en láminas de azul celeste, y serpenteaba por el borde de ese bosque, donde un áspero puente de dos tablillas lo cruzaba, conectando el bosque con el fondo del jardín de la última casa del pueblo, separada del bosque por una pequeña puerta de mimbre. No alcanzado por la sombra del bosque, el arroyo yacía en pozas ardientes de carmesí fundido, iluminadas por el atardecer, y se perdía en la neblina de las distancias del bosque.

Esta casa al final de la aldea aún estaba fuera de la sombra, y el césped que bajaba hacia el río todavía estaba salpicado de luz solar. Parterres de deslumbrantes colores bordeaban sus paseos de grava, y en medio de ellos se erguía una pérgola de ladrillo, semioculta por grupos de rosas, y cubierta de púrpura por las clemátides estrelladas que la ceñían. En su extremo inferior, entre dos de sus pilares, colgaba una hamaca donde yacía una figura en mangas de camisa.

La casa estaba un poco alejada del resto del pueblo, y un sendero que atravesaba dos campos, llenos de heno perfumado bien crecido, era su única comunicación con la calle principal.

Era de construcción baja, de sólo dos pisos de altura, y al igual que el jardín, sus paredes eran una masa de rosas florecientes. Una estrecha terraza de piedra recorría la fachada del jardín, sobre ella se extendía un toldo, y en la terraza un joven sirviente, moviéndose silenciosamente, se ocupaba de poner la mesa para la cena. Era pulcro y rápido en su trabajo, y una vez que hubo terminado, regresó a la casa, volvió a aparecer con una gran toalla de baño en el brazo y se dirigió a la hamaca de la pérgola.

"Casi son las ocho, señor", dijo.

"¿Ha llegado ya el Sr. Darcy?", preguntó una voz desde la hamaca.

"No, señor."

"Si no estoy ahí para cuando llegue, dile que fui a tomar un baño antes de la cena".

El sirviente regresó a la casa, y después de un momento o dos, Frank Halton se sentó y se deslizó grácilmente sobre el césped. Era de estatura media y constitución más bien delgada, pero la facilidad y la soltura de sus movimientos daban la impresión de una gran fuerza física. Su cara y sus manos estaban muy bronceadas, ya fuera por la constante exposición al viento y al sol, o bien por su sangre sureña, que su pelo negro y sus ojos indicaban. Su cabeza era pequeña, su rostro mostraba una exquisita belleza modélica, aunque la suavidad de sus facciones podría sugerir que era un muchacho adolescente, aún sin barba, algo en su mirada, que sólo la vida y la experiencia pueden dar, parecía contradecir eso.

Estaba vestido para la temporada estival, y sólo llevaba una camisa, abierta en el cuello, y un par de pantalones de franela. Su cabeza, cubierta por pelo corto, rebelde y rizado, estaba descubierta, mientras caminaba por el césped hasta el lugar para bañarse que había debajo. Por un momento hubo silencio, luego el sonido de salpicaduras y chapoteos, y luego un gran grito de alegría extática, mientras nadaba río arriba con el agua espumando en una franja alrededor de su cuello. Después de unos cinco minutos de combatir contra la corriente, se dio la vuelta y, con los brazos abiertos, flotó río abajo, dejándose llevar por las pequeñas olas del río. Tenía los ojos cerrados, y hablaba suavemente consigo mismo.

"Yo soy uno con él", se decía a sí mismo, "el río y yo, yo y el río. Soy parte de su frescor, salpicaduras, y también de las plantas que flotan en su corriente. Y mi fuerza y mis miembros no son míos, sino del río. Somos uno, todos somos uno, querido Fawn". Un cuarto de hora más tarde apareció de nuevo en el fondo del césped, vestido como antes, sus rizos volvían a formarse a medida que su cabello se secaba. Allí se detuvo un momento, mirando hacia el arroyo, como los hombres miran la cara de un amigo, y luego se volvió hacia la casa. En ese mismo momento su sirviente llegó a la puerta que daba a la terraza, seguido por un hombre que parecía estar a mitad de la cuarta década de su vida. Frank y él se miraron a través de los arbustos y los parterres del jardín, y ambos aceleraron sus pasos y se encontraron cara a cara cerca de un ángulo del paseo del jardín, en la fragancia de las siringas.[1]

"Mi querido Darcy", gritó Frank, "Estoy encantado de verte". Pero el otro lo miró asombrado.

"¡Frank!" exclamó.

"Sí, ese es mi nombre", dijo, riendo; "¿qué pasa?". Darcy le dio la mano.

"¿Qué te has hecho?", preguntó.

"Eres joven otra vez."

"Ah, tengo mucho que contarte", dijo Frank.

"Mucho que difícilmente creerás, pero te convenceré...".

Hizo una pausa repentina y levantó su mano.

"Silencio, ahí está mi ruiseñor", dijo.

La sonrisa de reconocimiento y bienvenida con la que había saludado a su amigo desapareció de su rostro, y una mirada de embeleso tomó su lugar, como la de un amante escuchando la voz de su amada.

---

1 Las lilas (Syringa) son un género botánico de fanerógamas, que crecen desde grandes arbustos a pequeños árboles, de 2-10 m de altura. Pero la palabra siringa también se refiere a otra cosa. El dios Pan se había enamorado de una ninfa llamada Siringa, a la que perseguía afanoso para conseguir sus favores. Para eludir al dios, en una ocasión la ninfa pidió ayuda a las náyades, y estas ninfas de agua dulce la convirtieron en una caña. Pan la había visto desaparecer en la ribera del río y al escuchar el sonido del viento silbando a través de las cañas sintió que eran los lamentos de Siringa. Entonces cortó la caña en varios trozos, que unió con cera, formando la flauta por la que es conocido, que tocaba cuando añoraba a su amada. Por ese motivo la flauta –o flautas, porque está formada de múltiples trozos de caña– de Pan también se llama Siringa.

Su boca se abrió ligeramente, mostrando la línea blanca de los dientes, y sus ojos se desenfocaron hasta que a Darcy le pareció que estaban enfocados en cosas más allá de la visión humana. Entonces el pájaro dejó de cantar, como si algo lo hubiera asustado.

"Sí, tengo mucho que contarte", dijo. "Realmente estoy encantado de verte. Pero te ves más bien pálido y abatido; no es de extrañar después de esa fiebre. Y tienes que aprovechar esta visita. Estamos en junio, te quedarás aquí hasta que estés en condiciones de empezar a trabajar de nuevo. Quédate por lo menos dos meses".

"Ah, no puedo abusar tanto de tu hospitalidad."

Frank tomó su brazo y lo llevó por el césped.

"¿Abusar? ¿De qué estás hablando? Cuando me canse de tu presencia te lo diré a la cara, pero cuando compartíamos el estudio, no solíamos aburrirnos el uno del otro. Sin embargo, no es bueno que hables de irte justo en el momento de tu llegada. Demos un paseo hasta el río, y luego ya será hora de cenar".

Darcy sacó su pitillera y se la ofreció a su amigo.

Frank se rió.

"No, no para mí. Dios mío, supongo que solía fumar alguna vez. ¡Qué extraño!".

"¿Dejaste de fumar?".

"No lo sé. Supongo que debo haberlo hecho. De todos modos, ahora ya no lo hago. Preferiría pensar en comer carne".

"¿Otra víctima del altar humeante del vegetarianismo?".

"¿Víctima?" preguntó Frank. "¿Te parezco eso?".

Se detuvo al borde del arroyo y silbó suavemente. Al instante siguiente, una gallineta cruzó el río y corrió por la orilla. Frank la tomó muy suavemente en sus manos y le acarició la cabeza, mientras la criatura se apoyaba contra su camisa.

"¿Tu casa entre los juncos sigue segura?", le preguntó, medio canturreando. "¿Y la señora está bien, y los vecinos prosperan? Ahí, querido, vuelve a tu casa", y lo lanzó al aire.

"Ese pájaro es muy manso", dijo Darcy, un poco asombrado.

"Sí, bastante", dijo Frank, observando su vuelo.

Durante la cena Frank se puso al día con la vida y realizaciones de su viejo amigo, a quien no había visto por seis años. Parecía que esos seis años habían estado llenos de incidentes y éxitos para Darcy; se había hecho famoso como pintor de retratos, y eso no le dejaba mucho tiempo libre. Unos cuatro meses antes había sufrido un grave ataque de fiebre tifoidea, lo que lo había llevado a la casa de Frank, para recluirse en ese lugar aislado, hasta recuperar su buena salud.

"Sí, veo que saliste adelante", dijo Frank, cuando terminó de escuchar el relato de su amigo. "Siempre supe que lo lograrías. ¿Cómo estás de dinero? Supongo que te revuelcas en él. ¿Pero cuánta felicidad tuviste todos estos años? Esa es la única posesión imperecedera. ¿Y cuánto aprendiste? Oh, no me refiero al arte. Incluso yo podría haberlo hecho bien en ese campo".

Darcy se rió.

"¿Hecho bien? Mi querido amigo, todo lo que yo aprendí en estos últimos seis años tú ya lo sabías, por así decirlo, desde tu cuna. Tus viejas pinturas alcanzan precios muy altos. ¿Ya no pintas más?".

Frank lo negó con un gesto.

"No, estoy muy ocupado", dijo.

"¿Haciendo qué? Por favor, dímelo. Eso es lo que todos siempre me preguntan".

"¿Haciendo? Supongo que podría decirse que no hago nada".

Darcy miró al rostro joven y radiante que tenía enfrente.

"Parece que te sienta bien este estilo de vida", dijo. "Ahora, es tu turno. ¿Te dedicas a la lectura? ¿Estudias? Recuerdo que dijiste que nos haría bien a todos –a todos los artistas, quiero decir– si estudiáramos cuidadosamente un rostro humano, durante un año, sin trazar una línea en el papel".

"¿Has estado haciendo eso?".

Nuevamente Frank hizo un gesto negativo.

"Ya te lo dije claramente", dijo. "No he estado haciendo nada. Y nunca he estado tan ocupado. Mírame, ¿no me he hecho algo a mí mismo para empezar?".

"Tienes dos años menos que yo", dijo Darcy, "por lo tanto, tienes treinta y cinco años. Pero si no te hubiera visto antes, diría que sólo tenías 20 años. Pero, ¿valió la pena pasar seis años trabajando duro para parecer de veinte? Como una mujer a la moda".

Frank se rió a carcajadas.

"Es la primera vez que me comparan con ese tipo de aves de presa", dijo. "No, esa no ha sido mi ocupación –de hecho, muy rara vez soy consciente de que uno de los efectos de mi tarea ha sido ese. Por supuesto, pensándolo mejor, debe de haber sido. No es muy importante".

"Es cierto que mi cuerpo rejuveneció. Pero eso no tiene mucha importancia; simplemente me he vuelto joven".

Darcy echó para atrás su silla y se sentó de lado en la mesa mirando al otra.

"¿A eso te dedicaste entonces?", preguntó.

"Sí, de todos modos es un aspecto de ello. ¡Piensa en lo que significa la juventud! Es la capacidad de crecimiento de mente, cuerpo, espíritu; todos crecen, todos se fortalecen, todos alcanzan una vida más plena y más firme cada día. Eso es algo importante, considerando que cada día que pasa después de que el hombre ordinario alcanza su plenitud, su cuerpo se debilita. Un hombre llega a su plenitud, y permanece, decimos, en ese estado durante diez años, o tal vez veinte. Pero después de alcanzar su mejor momento, se debilita lenta e insensiblemente. Estos son los signos de la edad en ti, en tu cuerpo, probablemente en tu arte, en tu mente. Tienes menos energía que antes. Pero yo, cuando alcance la flor de mi vida –me estoy acercando a ella– ya verás". Las estrellas habían comenzado a aparecer en el terciopelo azul del cielo, y hacia el este el horizonte, que se veía sobre la silueta negra de la aldea, se tornaba de color paloma con la salida de la luna.

Polillas blancas flotaban tenuemente sobre el jardín, y los pasos de la noche se movían de puntillas a través de los arbustos. De repente, Frank se levantó.

"Ah, este es el momento supremo", dijo en voz baja. "Ahora más que en ningún otro momento, la corriente de la vida, la eterna corriente imperecedera corre tan cerca de mí que estoy casi envuelto en ella. Guarda silencio por un minuto".

Avanzó hasta el borde de la terraza y miró hacia afuera, de pie, estirado con los brazos extendidos. Darcy lo oyó inspirar profundamente, llenando sus pulmones, y después de muchos segundos exhalar. Repitió eso unas seis u ocho veces, y luego volvió a la luz de la lámpara.

"Supongo que lo considerarás una locura –dijo– pero si quieres oír la verdad más pura que he dicho y que diré jamás, te contaré todo sobre mí mismo, Pero ven al jardín, si no te molesta la humedad. Nunca se lo conté a nadie, pero me gustaría contártelo a ti. Hace mucho tiempo que no intento relatar lo que he aprendido".

Se adentraron en la fragante oscuridad de la pérgola y se sentaron. Entonces Frank comenzó.

"Hace años, ¿recuerdas?", dijo, "solíamos hablar a menudo de la decadencia de la alegría en el mundo. Llegamos a decidir que esa decadencia se debía a muchos factores, algunos de los cuales eran buenos en sí mismos, otros eran completamente malos. Entre las cosas buenas, estaban lo que podríamos llamar ciertas virtudes cristianas, el renunciamiento, la resignación, la simpatía con el sufrimiento y el deseo de aliviar a los que sufren; pero de esas cualidades también brotan cosas muy malas, la renuncia inútil, el ascetismo por sí mismo, la mortificación de la carne sin motivo, es decir, sin sacar ningún provecho, y esa terrible enfermedad que devastó Inglaterra hace algunos siglos, y de la que, por herencia del espíritu, aún sufrimos ahora: el puritanismo. Era una plaga terrible, los brutos sostenían y enseñaban que la alegría, la risa y la diversión eran malas; era una doctrina muy profana y malvada. ¿Por qué? ¿Cuál es el crimen más común que uno ve? Una cara hosca. Esa es la verdad del asunto. Ahora, toda mi vida he creído que estábamos destinados a ser felices, que de todos los dones el gozo es el más divino. Y cuando dejé Londres y abandoné mi carrera, lo hice porque tenía la intención de dedicar mi vida al cultivo de la alegría, para, mediante un esfuerzo continuo e incansable alcanzar la felicidad. No podía lograrlo si me quedaba rodeado de gente, y en constante relación con los demás, habría sido imposible; había demasiadas distracciones en las ciudades y en las oficinas, y también demasiado sufrimiento. Así que di un paso atrás o quizás podría decir, hacia adelante, y me dirigí directamente a la naturaleza, a los árboles, a los pájaros, a los animales, a todas esas cosas que claramente persiguen un solo objetivo, que siguen ciegamente el gran instinto nativo de ser feliz sin preocuparse en absoluto de la moralidad, de la ley humana o de la ley divina. Quería, como comprenderás, obtener toda la alegría de primera mano y sin adulterar, porque creo que apenas existe entre los hombres; está obsoleta".

Darcy se volvió en su silla.

"Ah, ¿pero qué hace felices a los pájaros y a los animales?", preguntó. "Comida, comida y apareamiento".

Frank se rió suavemente en la tranquilidad de la noche.

"No creas que me volví sensualista", dijo. "Yo no cometí ese error. Porque el sensualista lleva sus miserias cargadas a la espalda, y alrededor de sus pies está atada la mortaja que pronto lo envolverá. Puede que esté loco, es cierto, pero no soy tan estúpido como para haber intentado eso. No, ¿qué es lo que hace que los cachorros jueguen con sus propias colas, lo que hace que los gatos se pongan a merodear por la noche?".

Se detuvo un momento.

"Así que me dirigí a la naturaleza", dijo. "Me senté aquí en el Bosque Nuevo, me senté con todas las de la ley y miré. Esa fue mi primera dificultad, sentarme aquí tranquilo sin aburrirme, esperando sin impacientarme, permaneciendo receptivo y alerta, aunque durante mucho tiempo no pasó nada en particular. De hecho, el cambio fue lento en esas primeras etapas".

"¿No pasó nada?", preguntó Darcy, con bastante impaciencia, con esa innata repugnancia hacia cualquier idea nueva, que para la mente inglesa es sinónimo de tonterías. "¿Por qué? ¿Qué debería pasar?".

Ahora bien, Frank era el hombre más generoso que conocía, pero de temperamento más bien ardiente; en otras palabras, su ira se encendía con facilidad, con poca provocación, sólo para apagarse enseguida, bajo una ráfaga de no menos impulsiva amabilidad. Así que, apenas había hablado, Darcy estaba por pedir disculpas por su apresurada pregunta. Pero no había necesidad de que se hubiera molestado, porque Frank se rió de nuevo con una alegría amable y genuina.

"Oh, cómo me habría resentido eso hace unos años", dijo. "Gracias a Dios que el resentimiento es una de las cosas de las que me he librado. Ciertamente deseo que creas mi historia –de hecho, lo harás–, pero lo que insinúes en este momento no me concierne".

"Ah, tu solitario confinamiento te hizo inhumano", dijo Darcy, aún muy inglés.

"No, humano", dijo Frank. "Bastante más humano, al menos bastante menos simio".

"Bueno, esa fue mi primera búsqueda", continuó, después de un momento, "la búsqueda deliberada e inquebrantable de la alegría, y mi método, la ansiosa contemplación de la naturaleza. En cuanto al motivo, me atrevo a decir que fue puramente egoísta, pero en cuanto al efecto, me parece que es lo mejor que uno puede hacer por todas las criaturas que nos rodean, porque la felicidad es más contagiosa que la viruela. Así que, como dije, me senté y esperé; miré cosas alegres, evité prestar atención a cualquier cosa desagradable, y gradualmente un pequeño goteo de la felicidad de este mundo dichoso comenzó a filtrarse en mí. El goteo se hizo más abundante, y ahora, mi querido amigo, si pudiera desviar de mí por un momento hacia ti la mitad del torrente de alegría que se derrama a través de mí día y noche, tú tirarías a un lado el mundo, el arte, todo lo demás, y simplemente vivirías, existirías. Cuando el cuerpo de un hombre muere, pasa a los árboles y las flores. Bueno, eso es lo que he estado tratando de hacer con mi alma antes de morir".

El sirviente había traído a la pérgola una mesa con sifones y licores, y había puesto una lámpara sobre ella. Mientras Frank hablaba, se inclinó hacia el otro, y Darcy, a pesar de todo su sentido común, podría haber jurado que el rostro de su compañero brillaba, era luminoso por sí mismo. Sus ojos de color marrón oscuro brillaban desde adentro, la sonrisa inconsciente de un niño irradiaba y transformaba su rostro. Darcy se sintió repentinamente excitado, entusiasmado.

"Adelante", dijo. "Continúa. Puedo sentir que de alguna manera me estás diciendo la pura verdad. Me atrevo a decir que estás loco, pero no creo que eso importe".

Frank se rió de nuevo.

"¿Loco?", dijo. "Sí, por supuesto, si así lo prefieres. Pero prefiero llamarlo cordura. Sin embargo, nada importa menos que los nombres que alguien le asigne a las cosas. Dios nunca etiqueta sus dones; sólo los pone en nuestras manos; así como puso animales en el jardín del Edén, para que Adán los nombrara si se sentía dispuesto".

"Así que por la continua observancia y estudio de las cosas que eran felices", continuó Frank, "alcancé la felicidad, conseguí la alegría. Pero obteniéndola, como lo hice, de la naturaleza, obtuve mucho más, incluso aquello que no buscaba, pero que encontré por accidente. Es difícil de explicar, pero lo intentaré".

"Hace unos tres años, una mañana estaba sentado en un lugar que te mostraré mañana. Está al borde del río, es muy verde, salpicado de sombra y sol, y el río pasa por allí a través de unos pequeños grupos de juncos. Bueno, mientras estaba sentado allí, sin hacer nada, pero mirando y escuchando, escuché el sonido de un instrumento parecido a una flauta que tocaba una extraña e interminable melodía. Al principio pensé que era un palurdo musical en la carretera y no le presté mucha atención. Pero en poco tiempo me impactó la rareza y belleza indescriptible de la melodía".

"Nunca se repetía, pero tampoco terminaba, sus cadencias seguían su dulce curso, avanzando gradual e inevitablemente hasta llegar a un clímax, y tras alcanzarlo, venía otro clímax y otro y otro y otro. Entonces, con un súbito jadeo de asombro, localicé de dónde venía. Venía de los juncos, del cielo y de los árboles. Estaba por todas partes, era el sonido de la vida. Lo era, mi querido Darcy, como los griegos habrían dicho, era Pan

tocando sus flautas, la voz de la naturaleza. Era la melodía de la vida, la melodía del mundo".

Darcy estaba demasiado interesado para interrumpir, aunque había una pregunta que le hubiera gustado hacer, y Frank continuó.

"Bueno, en ese momento entré en pánico, estaba aterrorizado como si estuviera dentro de una pesadilla; dejé de escuchar, salí corriendo del lugar y regresé a la casa jadeando, temblando. Sin saberlo, porque en ese momento sólo perseguía el gozo, que obtenía de la naturaleza, había comenzado a entrar en contacto con ella más íntimamente. La naturaleza, la fuerza, Dios, llámalo como quieras, había puesto delante de mi una pequeña trama de la esencia de la vida. Lo entendí después que me sobrepuse a mi pánico, y regresé muy humildemente a donde había oído las flautas de Pan. Pero pasaron casi seis meses antes de que las volviera a oír".

"¿Por qué fue eso?" preguntó Darcy.

"Seguramente porque me escapé, me rebelé, y lo peor de todo fue que me asusté. Porque creo que así como no hay nada en el mundo que dañe tanto al cuerpo como el miedo, así tampoco hay nada que afecte tanto al alma. Tenía miedo de la única cosa en el mundo que tiene existencia real. No es de extrañar que su manifestación se retirara".

"¿Y después de seis meses?".

"Después de seis meses, una mañana bendita, volví a oír las flautas. Esa vez no tuve miedo".

"Y desde entonces esa conexión creció más y más, se volvió más constante. Ahora la oigo a menudo, y puedo conectarme de tal modo con la naturaleza, con mi actitud, que casi siempre que lo hago escucho las flautas de Pan. Y nunca repite la misma melodía, siempre es algo nuevo, algo más abarcador, más rico, más completo que antes".

"¿Qué quieres decir con eso de tu actitud hacia la naturaleza?", preguntó Darcy.

"No puedo explicar eso; pero, traducido en una actitud corporal sería algo así":

Frank se sentó durante un momento, bastante derecho en su silla, luego lentamente se hundió de espaldas con los brazos extendidos y la cabeza inclinada.

"Eso;" dijo, "es una actitud sin esfuerzo, pero abierta, descansada, receptiva. Es lo que debes hacer con tu alma".

Luego se sentó de nuevo.

"Una palabra más", dijo, "y no te aburriré más. Y si no me haces preguntas, no volveré a hablar de ello. Me encontrarás, de hecho, bastante cuerdo en mi modo de vida. Verás que los pájaros y las bestias se comportan íntimamente conmigo, como esa gallineta, pero eso es todo. Caminaré contigo, cabalgaré contigo, jugaré golf contigo y hablaré contigo sobre cualquier tema que quieras tocar. Pero quería, antes que ninguna otra cosa, que supieras lo que me ha pasado. Y una cosa más sucederá".

Se volvió a detener, y una leve mirada de miedo cruzó sus ojos.

"Habrá una revelación final –dijo–, un destello completo y enceguecedor que me abrirá, de una vez por todas, al pleno conocimiento, la plena realización y comprensión de que soy uno, como tú, con la vida. En realidad no hay ningún "yo", ningún "tú", ningún "él". Todo es parte de la única cosa que es la vida. Sé que eso es así, pero la realización completa de eso aún no la alcancé.

"Pero lo lograré, y en ese día, cuando la alcance, veré a Pan. Puede significar la muerte, la muerte de mi cuerpo, pero no me importa. También puede significar vida inmortal y eterna vivida aquí y ahora, para siempre.

"Entonces, habiendo logrado eso, ah, mi querido Darcy, predicaré tal evangelio de gozo, mostrándome como la prueba viviente de la verdad, que el Puritanismo, la lúgubre religión de los rostros agrios, se desvanecerá como un soplo de humo, y se dispersará y desaparecerá en el aire iluminado por el sol. Pero primero, todo el conocimiento debe ser mío".

Darcy miró su cara de reojo.

"Tienes miedo de ese momento", dijo. Frank le sonrió.

"Bastante cierto; eres rápido para haber visto eso. Pero cuando llegue, espero no tener miedo".

Durante algún tiempo hubo silencio; luego Darcy se levantó. "Me has hechizado, muchacho extraordinario", dijo. "Me has estado contando una historia de hadas, y me encuentro diciendo: 'júrame que es verdad' ".

"Te lo juro", dijo el otro.

"Y sé que no podré dormir", añadió Darcy.

Frank lo miró con una especie de leve asombro, como si apenas lo entendiera.

"Bueno, ¿qué importa eso?", dijo.

"Te aseguro que sí. Me sentiré mal a menos que duerma".

"Por supuesto que puedo hacerte dormir si lo quiero", dijo Frank con voz aburrida.

"Bueno, hazlo".

"Muy bien: vete a la cama. Subiré en diez minutos".

Después de que Darcy se hubiera ido, Frank movió la mesa hacia atrás bajo el toldo de la veranda y apagó la lámpara. Luego subió con su paso, rápido y silencioso, y entró en la habitación de Darcy. Este último ya estaba en la cama, pero despierto, con los ojos muy abiertos. Frank, con una divertida sonrisa de indulgencia, como si fuera un niño inquieto, se sentó en el borde de la cama.

"Mírame", dijo, y Darcy lo miró.

"Los pájaros duermen en los matorrales", dijo Frank suavemente, "y los vientos también duermen. El mar duerme, y las mareas no son más que la sacudida de su pecho. Las estrellas se balancean lentamente, se mecen en la gran cuna de los Cielos, y...".

Se detuvo repentinamente, sopló suavemente la vela de Darcy y lo dejó dormido.

La mañana le trajo a Darcy un torrente de duro sentido común, tan claro y nítido como el sol que llenaba su habitación. Lentamente, al despertarse, reunió los hilos rotos de los recuerdos de la noche pasada; así fue, se dijo a sí mismo, como un truco de hipnotismo común. Eso lo explicaba todo; la extraña charla que había tenido estaba teñida por un hechizo hipnótico, tejido por el extraordinario muchacho que una vez había sido un hombre; toda su propia excitación, su aceptación de lo increíble había sido meramente el efecto de una voluntad más fuerte y potente impuesta sobre sí mismo. Cuán fuerte era esa voluntad, lo adivinó por su propia obediencia instantánea a la sugerencia de Frank de dormir. Y armado con un sentido común impenetrable, bajó a desayunar. Frank ya había comenzado, y estaba disfrutando de un plato grande lleno de avena y leche con el apetito más prosaico y saludable.

"¿Dormiste bien?", preguntó.

"Sí, por supuesto. ¿Dónde aprendiste hipnotismo?".

"A la orilla del río".

"Anoche dijiste una cantidad asombrosa de tonterías", comentó Darcy, con la voz quejumbrosa de la razón.

"Ciertamente. Me sentí bastante mareado. Mira, me acordé de pedir el horrible periódico de hoy para tí. Puedes leer sobre mercados monetarios, política o partidos de cricket". Darcy lo miró de cerca. A la luz de la mañana, Frank se veía aún más fresco, más joven, más vital que la noche anterior, y verlo así, de alguna manera, atravesaba las defensas racionales de Darcy.

"Eres el tipo más extraordinario que he visto en mi vida", dijo. "Quiero hacerte más preguntas".

"Pregunta", dijo Frank.

Al día siguiente, Darcy acosó a su amigo con muchas preguntas, objeciones y críticas sobre su teoría de la vida, y poco a poco fue sacando de él un relato coherente y completo de su experiencia. En resumen, Frank creía que "tumbado desnudo", como él decía, a la fuerza que controla el paso de las estrellas, las olas rompientes, el brote de los árboles, el amor de las muchachas, había logrado, de una manera hasta entonces inimaginable, alcanzar el principio esencial de la vida. Día tras día, pensó, se acercaba y se unía cada vez más al gran poder que hacía que toda la vida existiera, el espíritu de la naturaleza, de la fuerza, o el espíritu de Dios. Confesó que el seguía lo que otros llamarían paganismo; le bastaba con que existiera un principio vital. No lo adoraba, no le rezaba, no lo alababa. Parte de ese principio existía en todos los seres humanos, así como existía en los árboles y en los animales; realizar en sí mismo ese principio, y ser parte de la unidad de todos los seres, era su único objetivo y propósito.

Aquí quizás Darcy podría interrumpir con una advertencia.

"Cuídate", dijo. "Ver a Pan significaba la muerte, ¿no es así?".

Las cejas de Frank se levantaron ante esto.

"¿Qué importa eso?", dijo. "Es cierto, los griegos siempre tenían razón, y así lo dijeron, pero hay otra posibilidad. Cuanto más me acerco a ella, más vivo, más vital y joven me vuelvo".

"¿Qué esperas de esa revelación final?".

"Ya te lo he dicho", respondió Frank, "Me hará inmortal".

Pero no fue tanto por sus palabras y su explicación, como por la conducta de su amigo, que Darcy llegó a comprender su concepción de la vida. Una mañana caminaban por la calle del pueblo, cuando una anciana, muy encorvada y decrépita, pero con un rostro extraordinariamente alegre, salió cojeando de su casa rústica. Frank se detuvo al instante cuando la vio.

"¡Vieja querida! ¿Cómo va todo?", dijo.

Pero ella no respondió, sus cansados ojos viejos estaban clavados en su rostro; parecía beber como una criatura sedienta el hermoso resplandor que allí brillaba. De repente, puso sus dos viejas manos marchitas sobre sus hombros.

"Tú eres el mismo sol", dijo; él la besó y siguió adelante.

Pero apenas cien metros más allá, pudo ver todo lo contrario a la ternura anterior. Un niño que corría por el camino hacia ellos cayó de bruces y lanzó un grito de miedo y dolor. Una mirada de horror apareció en los ojos de Frank, y, tapando sus oídos con sus dedos, huyó por la calle a toda velocidad, y no se detuvo hasta que ya no podía escuchar al niño. Darcy, habiendo comprobado que el niño no estaba realmente lastimado, lo siguió con perplejidad.

"Entonces, no tienes piedad?", preguntó. Frank agitó la cabeza con impaciencia.

"¿No lo ves?", preguntó. "¡No puedes entender que ese tipo de cosas, el dolor, la ira, cualquier cosa desagradable, me tira para atrás, retrasa la llegada de la gran hora! Tal vez cuando llegue ese momento, podré unir ese lado de la vida con el otro, con la verdadera religión de la alegría. En este momento no puedo".

"Pero la anciana. ¿No era fea?".

El resplandor de Frank volvió gradualmente.

"Ah, no. Ella era como yo. Anhelaba la alegría, y la reconoció cuando la vio, el viejo amor".

Se le ocurrió otra pregunta.

"¿Y qué hay del cristianismo?", preguntó Darcy.

"No puedo aceptarlo. No puedo creer en ningún credo cuya doctrina central sea que Dios, que es alegría, tuvo que sufrir. Tal vez fue así; de alguna manera inescrutable creo que pudo haber sido así, pero no entiendo cómo fue posible. Así que lo dejo en paz; mi asunto es la alegría".

Habían llegado a la presa situada sobre la aldea, y el trueno del agua fría y alborotada resonaba fuertemente. Los árboles se sumergían en el arroyo translúcido con delgadas ramas colgantes, y la pradera donde se encontraban estaba llena de los brotes florecientes del pleno verano. Las alondras se elevaban cantando villancicos en la cúpula de cristal azul, y miles de voces de junio cantaban a su alrededor. Frank, parcialmente vestido como era su costumbre, con el abrigo colgado del brazo y las mangas de la camisa enrolladas por encima del codo, se quedó allí, como un hermoso animal salvaje con los ojos medio cerrados y la boca entreabierta, aspirando el aire cálido y perfumado. Entonces, de repente, se arrojó boca abajo sobre la hierba a la orilla del arroyo, enterrando su rostro entre las margaritas y las prímulas, y yació ahí en completo éxtasis, con sus largos dedos apretando y acariciando las hierbas húmedas del campo. Nunca antes Darcy lo había visto tan plenamente poseído por su idea; sus dedos acariciantes, su cara medio enterrada, apretada contra la hierba, incluso las líneas de su figura estaban imbuidas con una vitalidad que de alguna manera era diferente a la de los otros hombres. Y un tenue resplandor de esa vitalidad llegó hasta Darcy, alguna emoción, alguna vibración de ese cuerpo recostado pasó a él, y por un momento entendió como no había entendido antes, a pesar de sus persistentes preguntas y las respuestas sinceras que recibió, cuán real era la idea que Frank había realizado en su propia persona.

De repente, los músculos del cuello de Frank se pusieron rígidos y alerta, y levantó la cabeza a medias.

"Las flautas de Pan, las flautas de Pan", susurró. "Casi, oh, tan cerca".

Muy lentamente, como si un movimiento repentino pudiera interrumpir la melodía, se levantó y se apoyó en el codo de su brazo doblado. Sus ojos se abrieron más, los párpados inferiores se inclinaron como si centrara su visión en algo muy lejano, y la sonrisa de su rostro se ensanchó y tembló como la luz del sol sobre el agua estancada, hasta que el regocijo de su felicidad fue apenas humano. Así permaneció inmóvil y absorto durante algunos minutos, luego la mirada escrutadora desapareció de su cara, e inclinó la cabeza, satisfecho.

"Ah, eso estuvo bien", dijo. "¿Cómo es posible que no lo hayas oído? ¡Oh, pobre hombre! ¿Realmente no escuchaste nada?".

Una semana de esa vida estimulante al aire libre hizo maravillas para devolver a Darcy el vigor y la salud que sus semanas de fiebre le habían arrebatado, y a medida que su actividad y vitalidad naturales volvían, pareció caer aún más bajo el hechizo que el milagro de la juventud de Frank había arrojado sobre él. Veinte veces al día se repetía a sí mismo, resistiéndose sin palabras a las absurdas ideas de Frank: "Pero no es posible, no puede ser posible", y por el hecho de tener que asegurarse tan frecuentemente de ello, sabía que estaba luchando y discutiendo con una idea que ya había echado raíces en su mente. En cualquier caso, tenía un milagro viviente frente a sus ojos, ya que no era posible que este joven, este muchacho, temblando al borde de la madurez, tuviera treinta y cinco años.

Sin embargo, esa era la realidad.

El mes de julio fue inaugurado por un par de días de lluvias torrenciales e irritantes, y Darcy, que no quería arriesgarse a resfriarse, se quedó en la casa. Pero este tiempo lluvioso no afectó para nada el comportamiento de Frank, quien pasaba sus días exactamente como lo había hecho bajo el sol de junio, acostado en su hamaca, estirado sobre la hierba goteante, o haciendo largas excursiones por el bosque, los pájaros saltando de árbol en árbol detrás de él, para regresar empapado por la tarde, pero con la misma llama inextinguible de alegría ardiendo dentro de él.

"¿Resfriarme?", solía decir, "se me olvidó cómo hacerlo, creo que hace que el cuerpo sea más resistente para dormir al aire libre. La gente que vive bajo techo siempre me recuerda a algo pelado y sin piel".

"¿Quieres decir que anoche dormiste al aire libre bajo ese diluvio?" preguntó Darcy. "¿Y dónde, si puedo preguntarte?".

Frank pensó un momento.

"Dormí en la hamaca hasta casi el amanecer", dijo. "Porque recuerdo que la luz parpadeaba en el este cuando desperté. Luego fui –¿adónde fui?– oh, sí, a la pradera donde las flautas de Pan sonaron tan cercanas, hace una semana. Estabas conmigo, ¿recuerdas? Pero siempre tengo una alfombra por si está mojado".

Y se fue silbando al piso de arriba.

De alguna manera ese pequeño toque, su obvio esfuerzo por recordar dónde había dormido, hizo que Darcy fuera más consciente del maravilloso romance del que él era un espectador parcialmente convencido. ¡Durmió hasta el amanecer en una hamaca, luego vagabundeó –o más bien corrió–, debajo de los cielos ventosos y lluviosos, hasta la remota y solitaria pradera junto a la presa! Imágenes de otras noches como esa surgieron en su imaginación; Frank durmiendo, quizás junto al lugar para bañarse en la ribera, bajo el crepúsculo de las estrellas, o el blanco resplandor de la luz de la luna, agitándose y despertando en medio de la noche, quizás teniendo pensamientos silenciosos con los ojos muy abiertos, y luego vagabundeando a través de los silenciosos bosques hacia algún otro lugar para descansar, a solas con su felicidad, a solas con el gozo y la vida que lo imbuía y lo envolvía, sin ningún otro pensamiento, ni deseo ni meta excepto la comunión constante e ininterrumpida con el gozo de la naturaleza.

Esa noche estaban cenando, hablando de temas indiferentes, cuando Darcy se interrumpió repentinamente, en medio de una frase.

"Lo tengo", dijo. "Por fin lo tengo".

"Te felicito", dijo Frank. "¿Pero que cosa?".

"La radical falta de solidez de tu idea. Es esto: Toda la naturaleza, desde lo más alto a lo más bajo, está llena, repleta de sufrimiento; todo organismo vivo en la naturaleza se alimenta de otro, sin embargo, en tu propósito de acercarte a la naturaleza, de ser uno con ella, dejas el sufrimiento por completo de lado; huyes de él, te niegas a reconocerlo. Y estás esperando, dices, la revelación final".

La frente de Frank se nubló un poco.

"Bueno", preguntó, bastante cansado.

"¿No puedes adivinar entonces cual será la revelación final? Con el gozo eres supremo, te lo concedo; no sabía que un hombre podía dominarlo de esa forma. Posiblemente hayas aprendido todo lo que la naturaleza puede enseñarte. Y si, como piensas, la revelación final está llegando a ti, será la revelación del horror, el sufrimiento, la muerte, el dolor en todas sus formas horribles. El sufrimiento existe: lo odias y lo temes".

Frank levantó la mano.

"Detente, déjame pensar", dijo.

Hubo silencio durante un largo minuto.

"Eso nunca me se me ocurrió", dijo al final. "Es posible que lo que sugieres sea cierto. ¿Crees que ver a Pan significa eso? ¿Es que la naturaleza, en su totalidad, sufre horriblemente, sufre hasta un punto horriblemente inconcebible? ¿Se me mostrará todo el sufrimiento?" Se levantó y se acercó a donde estaba sentado Darcy.

"Si es así, que así sea", dijo. "Porque, mi querido amigo, estoy cerca, tan espléndidamente cerca de la revelación final. Hoy las flautas sonaron casi sin pausa. Incluso escuché un susurro entre los arbustos, que creo indica la llegada de Pan. Hoy vi como los arbustos se apartaban a un lado como si una mano los moviera, y vi parte de un rostro, que no era humano, mirando a través de ellos. Pero no me asusté, al menos esta vez no me escapé".

Se acercó a la ventana y volvió para atrás.

"Sí, hay sufrimiento por todas partes", dijo, "y lo he dejado fuera de mi búsqueda. Tal vez, como dices, la revelación será esa. Y en ese caso, será un adiós. Seguí una línea. Quizás fue demasiado lejos por un camino, sin haber explorado el otro. Pero no puedo volverme atrás ahora. No lo haría si pudiera; ¡no volvería a dar un paso atrás! En cualquier caso, cualquiera que sea la revelación, será divina. Estoy seguro de eso".

El tiempo de lluvia pronto pasó, y con el regreso del sol, Darcy se unió de nuevo a Frank en largas jornadas de senderismo. El clima era muy cálido, y con el fresco estallido de la vida, después de la lluvia, la vitalidad de Frank parecía arder cada vez con más fuerza. Entonces, como es habitual en el clima inglés, una noche las nubes comenzaron a acumularse en el oeste, el sol se ocultó en un resplandor de truenos de cobre, mientras todos se asaban bajo una opresión y una sofocación indecibles, suspirando y rogando por una tormenta. Después de la puesta del sol, los fuegos remotos de los relámpagos comenzaron a centellear en el horizonte, pero, para cuando llegó la hora de acostarse, la tormenta no parecía haberse acercado, aunque se oía un ruido incesante de truenos profundos. Cansado y oprimido por el estrés del día, Darcy cayó de inmediato en un sueño profundo e incómodo.

Se despertó repentinamente, completamente lúcido, con el estruendo de una espantosa explosión de truenos en sus oídos, y se sentó en la cama con el corazón acelerado. Luego, por un momento, mientras se recuperaba del susto, y salía de esa tierra que yace entre el sueño y la vigilia, hubo silencio, excepto por el constante silbido de la lluvia sobre los arbustos que había fuera de su ventana. Pero de repente, ese silencio se hizo añicos, cuando sonó un grito desde algún lugar cercano en el jardín oscuro, un grito de terror supremo y desesperado. Los alaridos se repitieron una y otra vez, pero luego se interrumpieron, reemplazados por un balbuceo de palabras horribles. Una voz temblorosa y sollozante decía:

"¡Dios mío, oh, Dios mío; oh, Cristo!".

Y luego siguió una pequeña risa burlona, como un balido. Entonces volvió a haber silencio; sólo la lluvia siseaba sobre los arbustos.

Todo eso sucedió en un momento, y sin detenerse ni para vestirse o para encender una vela, Darcy ya estaba tanteando el picaporte de su puerta. Cuando la abrió, se encontró con un rostro aterrorizado, el del sirviente, que llevaba una luz.

"¿Ha oído?", preguntó.

La cara del hombre estaba mortalmente pálida. "Sí", dijo. "Era la voz del señor".

Juntos bajaron a toda prisa por las escaleras y atravesaron el comedor, donde ya estaba acomodada la mesa para el desayuno, y se dirigieron a la terraza. Por el momento la lluvia se había detenido por completo, como si el grifo de los cielos se hubiera cerrado, y bajo la capa de nubes bajas, ya no estaba tan oscuro, porque la luna cabalgaba en algún lugar sereno detrás de las nubes, Darcy se dirigió tropezando hacia el jardín, seguido por el sirviente con la vela. Su propia monstruosa sombra saltaba por delante de él, sobre el césped; los aromas vagos de las rosas, los lirios y la tierra húmeda se espesaban a su alrededor; pero un olor punzante y acre era más penetrante. En la oscuridad de la neblina, bajo la luz del cielo y el vago resplandor de la vela que estaba detrás de él, vio que la hamaca en la que Frank solía yacer estaba ocupada. Una camisa blanca brillaba en la oscuridad, como si un hombre estuviera sentado en ella, pero estaba cruzada por una sombra oscura, y al acercarse el olor acre se hizo más intenso.

Cuando estaba a pocos metros de distancia, la sombra negra pareció saltar en el aire repentinamente, y luego se alejó, con el golpeteo de cascos duros, por el camino de ladrillos que bajaba por la pérgola, y con saltos juguetones se internó entre los arbustos. Después que esa criatura se fue, Darcy pudo ver claramente que una figura en camisa estaba sentada en la hamaca. Por un momento, el terror de lo invisible lo mantuvo clavado en su lugar, pero cuando el sirviente se acercó, caminaron juntos hacia la hamaca.

Era Frank. Estaba vestido solo con camisa y pantalones, y se sentaba con los brazos cruzados. Durante medio segundo los miró fijamente, su cara era una máscara horrible de terror contorsionado. Su labio superior estaba retraído, mostrando las encías de los dientes, y sus ojos no estaban enfocados en quienes se le acercaban, sino en algo bastante más cercano a él; sus fosas nasales estaban ampliamente expandidas, como si jadease en busca de aliento, y el terror encarnado, la repulsión y la angustia mortal dominaban las líneas espantosas de sus suaves mejillas y su frente. Entonces, mientras lo miraban, el cuerpo se hundió hacia atrás, y las cuerdas de la hamaca silbaron y se tensaron.

Darcy lo levantó y lo llevó adentro. Por un momento creyó que los miembros que yacían como peso muerto en sus brazos, habían hecho un leve movimiento, pero cuando entraron, no había rastro alguno de vida. Pero la mirada de supremo terror y la agonía del miedo habían desaparecido de su rostro. El bulto que depositó en el suelo parecía un niño cansado de jugar pero aún sonriendo mientras dormía. Sus ojos se habían cerrado, y la hermosa boca yacía en curvas sonrientes, como cuando hace unas mañanas, en la pradera junto a la presa, se había estremecido con la música de la inaudita melodía de las flautas de Pan. Luego miraron más allá.

Frank había regresado de su baño esa noche con su vestimenta habitual de camisa y pantalones. No se había vestido, y durante la cena, recordó Darcy, se había arremangado las mangas de su camisa hasta por encima del codo. Más tarde, mientras se sentaban y hablaban después de la cena, en la pesadez de la noche, se había desabrochado la parte delantera de su camisa para dejar que el poco viento que había jugara con su piel. Las mangas ahora estaban arremangadas, la parte delantera de la camisa estaba desabrochada, y en sus brazos y en la piel marrón de su pecho había extrañas decoloraciones que se iban haciendo más claras y definidas, hasta que vieron que las marcas eran huellas puntiagudas, como si hubiesen sido causadas por las pezuñas que algún chivo monstruoso había estampado en su cuerpo al saltar sobre él.

La tienda de la esquina
Cynthia Asquith

Los ejecutores de Peter Wood encontraron su tarea muy fácil. Había dejado sus asuntos en perfecto orden. La única sorpresa encontrada en su prolijo escritorio fue un sobre sellado en el que estaba escrito: "No deseando ser molestado por Sociedades de Investigación bien intencionadas, nunca le he mostrado el adjunto a nadie, pero después de mi muerte, todos son bienvenidos a leer lo que, a mi entender, es una historia real".

El manuscrito, que llevaba una fecha tres años anterior a la muerte del escritor, relataba la siguiente historia.

"Hace mucho tiempo que deseo dejar registrada una experiencia de mi juventud. No intentaré darle ninguna explicación. No saco conclusiones. Simplemente relato ciertos eventos.

Una tarde brumosa, al final de un día de ociosidad forzada en mis aposentos –me acababa de recibir de abogado–, estaba desanimado, caminando hacia mi alojamiento, cuando me llamó la atención la ventana iluminada de una tienda. Al ver la palabra "Antigüedades" en su cartel, y recordando que le debía un regalo de boda a un amante de las chucherías, agarré el pomo de la puerta verde. Al abrirse, con uno de esos alegres cascabeles, me permitió ingresar a un gran local, lleno de gente, con todos los tesoros y las porquerías tradicional de una tienda de curiosidades. Trajes de armadura, calentadores, espejos rotos o empañados, vestimentas de la iglesia, ruecas giratorias, pavas de bronce, lámparas de araña, gongs, juegos de ajedrez: muebles de todos los tamaños y de todos los períodos. A pesar de todo el desorden, no había nada de la oscuridad polvorienta que uno asocia con tales colecciones. Lejos de ser lúgubre, la habitación estaba brillantemente iluminada y un fuego crepitante chisporroteaba en el hogar. De hecho, la atmósfera era tan cálida y alegre que, después de la niebla húmeda que había en el exterior, me pareció muy agradable.

Cuando entré, una mujer joven y una muchacha, obviamente hermanas, por su parecido, se levantaron para recibirme. Atractivas, bulliciosas, alegremente vestidas, eran curiosamente diferentes al tipo de personas que usualmente trabajan en esos lugares. Una florería o una pastelería hubiera parecido un escenario mucho más apropiado. Concediéndoles internamente altas calificaciones, por mantener el lugar tan limpio, les deseé buenas noches a las hermanas. Sus caras sonrientes y sus modales me causaron una grata impresión; pero a pesar de que fueron muy complacientes al mostrarme todos

sus tesoros y demostraron un considerable conocimiento y apreciación, parecían totalmente indiferentes en cuanto a si yo iba o no a hacer alguna compra.

Encontré una pequeña pieza de plata de Sheffield, a un precio muy moderado y
decidí que ese era el mejor regalo para mi amigo. Explicando que no tenía suficiente
dinero en efectivo, le pregunté a la hermana mayor si aceptaría un cheque.

"Por supuesto", respondió ella, produciendo rápidamente pluma y tinta. "Por favor
escríbalo a nombre de 'Tienda de Curiosidades de la Esquina' ".

Fue con cierta reticencia que dejé ese alegre recinto y me sumergí de nuevo en la
niebla de azafrán.

"Buenas noches señor, siempre me complacerá verlo en cualquier otro momento",
me despidió la agradable voz de la hermana mayor; una voz tan atractiva que me fui casi
con la sensación de haber hecho una amiga.

Supongo que debe haber sido una semana más tarde cuando, mientras caminaba
hacia mi casa una noche amarga y fría –con nieve fina y en polvo raspando mi cara, y
un viento cortante azotando las calles–, recordé el calor acogedor de la alegre Tienda de
la Esquina, y decidí volver a visitarla. Llegué a la misma calle, y allí –¡sí!–, allí estaba en
la esquina.

Me decepcioné mucho más de lo justificado el descubrir que la tienda tenía aspecto de estar cerrada, y leí esa palabra intransigente "CERRADO".

Una ráfaga helada de viento silbó en la esquina; mis pantalones mojados raspaban
tristemente mis tobillos paspados. Anhelando el calor y el brillo interior, me sentí mo-
lesto y frustrado. Siguiendo un impulso infantil, porque estaba seguro de que la puerta
estaba cerrada con llave, agarré la manija y la sacudí. Para mi sorpresa, giró en mi mano,
pero no en respuesta a mi presión. La puerta se abrió desde adentro, y me encontré
mirando el rostro tenuemente iluminado de un hombrecillo muy viejo y de aspecto
extremadamente frágil.

"Sírvase pasar, señor", dijo con una voz suave y un tanto trémula, y sus pasos débiles se arrastraron por delante de mí.

Es imposible describir cuan cambiado estaba el lugar. Supongo que la luz eléctrica
se había cortado, ya que la oscuridad de la gran sala, solo era atenuada por dos velas
encendidas, y bajo su luz vacilante, las formas oscuras de los muebles, antes bien iluminados, ahora se alzaban imponentes y misteriosos, proyectando sombras extrañas y
casi amenazantes. El fuego estaba apagado. Solo una brasa que aún brillaba débilmente
indicaba que había estado prendido no mucho antes. No había otra evidencia de fuego,
porque el frío desalentador era tal como nunca antes había experimentado. En comparación, la calle casi parecía agradable. Al menos había estado preparado para su frío
mordiente. De un modo u otro, el ambiente de la tienda era ahora tan sombrío como
antes había sido brillante. Sentí un fuerte deseo de irme de inmediato, pero la oscuridad
circundante se redujo, y vi al anciano encendiendo velas por aquí y por allá.

"¿Hay algo que pueda mostrarle, señor?", tembló, acercándose, vela en la mano.
Ahora lo vi con más claridad. Su apariencia me causó una impresión indescriptible.
Mientras miraba, pensé en Rembrandt. ¿Quién más podría haber dado alguna idea de
las extrañas sombras en esa cara devastada? Cansado es una palabra que usamos a la
ligera. Nunca antes había sabido lo que podría significar. ¡Qué inefable, paciente cansancio! Profundamente hundidos en su rostro marchito, sus ojos parecían tan extintos
como el fuego. ¡Y la fragilidad de su pequeño y trémulo cuerpo!

Las palabras "polvo y cenizas, polvo y cenizas" pasaron por mi mente.

En mi primera visita, me había sorprendido la limpieza poco característica del lugar. Se me ocurrió la extraña fantasía de que este anciano era algo así como la acumulación de todo el polvo que uno pudiera haber encontrado distribuido sobre ese lugar. En verdad, parecía no mucho más sólido que una mera aglomeración de polvo y telarañas, que podrían dispersarse en un suspiro o a un toque.

¡Qué fantástica y vieja criatura, trabajaba para esas chicas tan bien parecidas! Debía, pensé, ser un viejo empleado mantenido por caridad.

"¿Hay algo que pueda mostrarle, señor?", repitió el anciano. Su voz tenía un poco más de cuerpo que una telaraña; pero tenía una curiosa, casi suplicante insistencia, y sus ojos estaban fijos en mí, con una mirada pálida pero devoradora. Quería irme, sí de una vez. La mera proximidad del pobre anciano me angustiaba, me hacía sentir tristemente desanimado. Sin embargo, murmurando involuntariamente: "gracias, miraré a mi alrededor", me encontré siguiendo su forma frágil e inspeccionando distraídamente varios objetos que eran iluminados por su temblorosa vela, a medida que avanzaba.

El silencio escalofriante, solo roto por el cansado movimiento de sus zapatillas de entrecasa me afectó los nervios.

"Es una noche muy fría", alcancé a decir.

"Frío, ¿verdad? ¿Frío? Sí. Me atrevo a decir que hace frío". Su voz gris reflejaba la apatía de la absoluta indiferencia.

Por cuantos años. Me pregunté, ¿este pobre viejo había sido inconsciente de su propia desgracia?

"¿Hace mucho que tiene este trabajo?", le pregunté, mientras miraba una cama con dosel.

"Un largo, largo, largo tiempo". La respuesta llegó tan suavemente como un suspiro, y mientras hablaba, el tiempo ya no parecía una cuestión de días, semanas, meses y años, sino un cansancio que se extendía de manera inconmensurable. De repente, empecé a resentir el cansancio y la melancolía del anciano, cuyo contagio pesaba tan inexplicablemente en mis propio ánimo.

"¿Cuánto tiempo, oh Señor, cuánto tiempo?", pregunté con toda la alegría que pude lograr, agregando, como una estúpida broma, "la pensión de vejez debe estar a punto de vencer, ¿eh?".

No obtuve ninguna respuesta.

En silencio se deslizó hacia el otro lado de la habitación.

"Esta es una pieza pintoresca", dijo mi guía, recogiendo una pequeña rana grotesca que yacía en un estante, entre varias otras curiosidades. Parecía estar hecha de alguna sustancia similar a la piedra de jabón de jade, supongo. Impresionado por su rareza, tomé la rana de la mano del anciano. Estaba extrañamente fría.

"Parece divertida", le dije. "¿Cuánto cuesta?".

"Media corona, señor", susurró el anciano, mirando hacia mi cara. De nuevo, su voz apenas era más audible que el deslizamiento del polvo, pero había un brillo extraño en sus ojos. ¿Era interés? ¿Podría ser?

"¿Sólo media corona? ¿Eso es todo? Lo compraré", le dije.

"No se moleste en empacarlo. Lo pondré directamente en mi bolsillo".

"Cuando le di la moneda al anciano, sin querer le toqué la mano. Apenas pude reprimir mi sobresalto. Si la rana me había parecido fría, en comparación con la mano del viejo ¡parecía tibia! No puedo describir el escalofrío que me provocó ese breve contacto. ¡Pobre viejo! pensé que él no debería quedarse solo en ese lugar solitario. Me pregunté porqué esas chicas tan amables permitían que ese viejo enfermo siguiera trabajando.

Me despedí con un "buenas noches".

"Buenas noches señor. Gracias, señor", su débil y vieja voz temblaba. Cerró la puerta detrás de mí.

Volviendo la cabeza, mientras enfrentaba la tormenta de nieve, vi su forma, apenas más sólida que una sombra, delineada tenuemente contra la luz de las velas. Presionaba su cara contra el gran cristal, y mientras me alejaba me imaginé que sus cansados ojos pacientes seguían mirándome.

De alguna manera no pude dejar de pensar en ese viejo hombre. Mucho tiempo después de acostarme, mientras trataba de dormir, aún veía su cara marcada por un laberinto de arrugas, esos grandes ojos como planetas sin vida, mirándome fijamente, y en su mirada fija me parecía ver algo que suplicaba. Sí, estaba extrañamente perturbado por ese viejo.

Incluso después de que logré dormirme, lo vi en mis sueños. Estaba acosado, supongo que por una sensación de su infinito cansancio, e intentaba obligarlo a descansar, obligarlo a acostarse. Pero tan pronto como logré poner su frágil forma en la cama con dosel que había visto en la tienda –solo que ahora parecía más una tumba que una cama, y la colcha de brocado se había convertido en un montón de césped–, él se me escapaba de las manos y reanudaba sus paseos dando vueltas y más vueltas por la tienda. Una y otra vez lo perseguí por interminables pasillos, llenos de muebles extraños, pero aún así, él me eludía.

La oscura tienda parecía estirarse sin final, combinándose con un espacio infinito, sin luz, ni aire, hasta que, al final, yo mismo colapsaba y me hundía dentro de una tumba de cuatro postes

A la mañana siguiente un llamado urgente me sacó de Londres, y en la ansiedad de la semana siguiente, el episodio de La Tienda de la Esquina se borró de mi mente. Tan pronto como mi padre fue declarado fuera de peligro, volví a mi triste alojamiento. Abatido por el mal estado de mis cuentas y preguntándome dónde encontraría suficiente dinero para pagar el próximo trimestre, me sorprendió gratamente la visita de un antiguo compañero de estudios, en ese momento prácticamente el único amigo que tenía en Londres. Estaba empleado por una de las firmas más conocidas de Vendedores y Subastadores de Arte.

Después de unos minutos de conversación, se levantó en busca de una luz. Me dio la espalda. Escuché el fuerte raspado de un fósforo, seguido de ruidos propiciatorios en su pipa. De repente interrumpió lo que estaba haciendo con una exclamación.

"¡Dios mío, hombre!", gritó. "¿De dónde has sacado esto?".

Volviendo la cabeza, vi que había agarrado la compra de la otra noche, la pequeña y divertida rana, cuya presencia en mi repisa de la chimenea estaba casi olvidada.

Mirándola de cerca, a través de una lupa, la sostuvo bajo la luz, sus manos temblaban de emoción.

"¿De dónde sacaste esto?", repitió. "¿Tienes idea de lo que es?".

"Brevemente le dije que, en lugar de abandonar una tienda con las manos vacías, había comprado la rana por media corona.

"¡Media corona! Mi querido amigo, no puedo jurarlo, pero creo que has tenido una de esas increíbles rachas de suerte de las que uno a veces oye hablar. A menos que esté muy equivocado, este es un jade de la Dinastía Hsia. Si es así, es prácticamente único".

Esas palabras no hicieron mucho para aliviar mi ignorancia.

"¿Quieres decir que vale algo de dinero?".

"¿Si vale dinero? ¡Uf!", exclamó. "Escucha. ¿Dejarás este negocio en mis manos? Déjame ofrecer esta pieza a mi empresa para ponerla en venta. Harán lo mejor que puedan por ti. Podría ofrecerse en la venta del jueves".

Sabía que podía confiar implícitamente en mi amigo, de modo que estuve de acuerdo. Envolvió la rana cuidadosamente en algodón y partió de prisa.

El viernes por la mañana tuve la conmoción de mi vida. Shock no implica necesariamente malas noticias.

Después de abrir el sobre que estaba en mi sucia bandeja del desayuno, la habitación dio vueltas y más vueltas por unos segundos. El sobre contenía un cheque de los Sres. Spunk, comerciantes de arte y subastadores: Por la venta de un jade Hsia, £ 2,000, menos el porcentaje de comisión, £ 1,800", y allí mismo, doblado, a nombre de Peter Wood, ¡se encontraba un cheque de Spunk por mil ochocientas libras! Durante algún tiempo estuve completamente desconcertado. Las palabras de mi amigo habían despertado algunas esperanzas – la esperanza de que mi compra casual pudiera facilitar el pago del alquiler del próximo trimestre – o incluso cubrir el alquiler de un año completo, pero una suma tan grande como esta nunca había pasado por mi mente. ¿Podía ser verdad, o era una broma de mal gusto? ¡Era demasiado, bueno para ser verdad! No era el tipo de cosas que podían pasarme a mí.

Todavía sintiéndome físicamente mareado, llamé a mi amigo. Su voz y la cordialidad de sus felicitaciones me convencieron de la verdad de mi asombrosa buena fortuna. No era ni una broma, ni un sueño. Yo, Peter Wood, cuya cuenta bancaria estaba actualmente sobregirada en veinte libras, quien, excepto acciones que ascendían a ciento cincuenta libras, no poseía valores de ninguna clase, ¡ahora tenía en mi mano un pedazo de papel convertible en mil ochocientos soberanos de oro! Me senté a pensar, a intentar comprender, a adaptarme a la realidad. De mi mezcla de planes, problemas y emociones, un hecho surgió muy claro. Obviamente, no podía aprovecharme de la ignorancia de esas lindas chicas, ni de la incompetencia de su pobre empleado, fuera quien fuera el responsable de ese error. No, no podía aceptar este increíble regalo del destino, simplemente porque, por casualidad, había comprado un tesoro por media corona.

Claramente, por lo menos debía devolver la mitad de la suma a mis benefactores inconscientes. De lo contrario, sentiría como si hubiera robado esa suma, como si fuera un ladrón en la noche que había irrumpido en su tienda. Recordé sus rostros agradables y abiertos. ¡Qué placer me daría asombrarlas con mis maravillosas noticias! Sentí un fuerte impulso de ir corriendo a la tienda ya mismo, pero por tener mi primer caso judicial, me veía obligado a ir los tribunales. Pero endosé el cheque de los señores Spuck, a nombre de la "Tienda de Curiosidades de la Esquina".

Se hizo tarde antes de que pudiera salir de los tribunales de justicia, y cuando llegué a la tienda, me decepcionó, pero no me sorprendió leer el aviso CERRADO. Incluso suponiendo que el viejo cuidador estuviera de guardia, no tenía ningún sentido verlo. Mi negocio era con su patrona. Al decidir posponer mi visita para el día siguiente, estaba a punto de dirigirme a casa cuando, como si me esperaran, se abrió la puerta. Allí, en el umbral, estaba el anciano mirando hacia la oscuridad exterior.

"¿Puedo hacer algo por usted, señor?".

"Su voz era aún más rara que antes. Ahora me di cuenta de que temía reencontrarme con él, pero me encontré irresistiblemente obligado a entrar. El ambiente era tan frío como en mi última visita. Realmente me hacía temblar. Varias velas, obviamente recién encendidas, se estaban quemando. El brillo de las velas iluminó la mirada inquisitiva del anciano, fijada en mí. ¡Que cara! No había exagerado su rareza. Nunca había visto a nadie tan singular, tan sorprendente. No me extraña haber soñado con él. ¡Cómo me hubiera gustado que no hubiera abierto la puerta!

"¿Puedo mostrarle algo esta noche, señor?", le temblaba la voz.

"No, gracias. He venido por esa cosa que me vendió el otro día. Me parece que es de gran valor. Por favor, dígale a su patrona que le pagaré un precio adecuado mañana".

Mientras hablaba, vi que sobre la cara del anciano se extendía la sonrisa más maravillosa que haya visto. Utilizo la palabra sonrisa por falta de una palabra mejor, pero ¿cómo transmitir la belleza de la expresión indefinible que transfiguró esa cara desgastada por el tiempo? Tierno triunfo; suave alegría, reverencia arrebatadora. ¿De qué misterio fui testigo? Era como la escarcha cediendo a la luz del sol, el deshielo de la pena en el resplandor del amanecer de una redención inesperada. Por primera vez en mi vida tuve algunos indicios del significado de la palabra "beatitud".

No puedo describir la impresión que me causó esa sonrisa. El momento, por así decirlo, rebosó. El tiempo se detuvo. Fui consciente de cosas infinitas.

Repentinamente el sonido de un viejo reloj rompió el silencio. Volví la cabeza hacia una de esas maravillosas e intrincadas piezas de mano de obra medieval; un reloj de pie de Nuremberg. Desde la puertita situada por abajo de su dial exquisitamente pintado, emergieron unas pintorescas figuras, y mientras una tocaba la campana, otras avanzaban con cautela a través de los laberintos de un minué. Mi atención fue cautivada por el bonito espectáculo. No giré mi cabeza hasta que los últimos sonidos se silenciaron.

Me encontré solo.

El viejo había desaparecido. Sorprendido de que me dejara, miré alrededor de la sala. Por extraño que parezca, el fuego, que yo había supuesto muerto, había cobrado nueva vida, y ahora emitía un alegre brillo, pero ni el fuego ni la luz de las velas revelaron ningún rastro del viejo cuidador.

"¿Hola? ¿Hola?", llamé sin obtener respuesta.

No escuché nada, excepto los ruidosos relojes y el crujido del fuego. Caminé por toda la sala. Incluso miré en la gran cama con dosel de mis sueños. Entonces vi que había una habitación contigua, más pequeña. Agarrando una vela, me apresuré a explorarla. En su extremo, descubrí una escalera de caracol que conducía a una pequeña galería. El viejo debe haberse retirado a alguna guarida de arriba, pensé. Yo lo seguiría. Caminé a tientas hasta el pie de las escaleras y comencé a subir, pero los escalones crujían bajo mis pies; temía que la madera cediera. Había una corriente de aire helada, mi vela se apagó, telarañas rozaban mi cara. No parecía aconsejable seguir adelante. Finalmente desistí.

Después de todo, ¿qué importaba eso? ¡Que el viejo se esconda si eso quiere!

Ya le había dado mi mensaje. Mejor que se haya ido. Pero la sala principal a la que había regresado, ahora se vía bastante cálida y alegre. ¿Qué me había hecho pensar alguna vez que era un lugar siniestro? Abandoné la tienda con un claro sentimiento de arrepentimiento. Me sentía abatido. Anhelaba ver esa cara radiante de nuevo. ¡Qué extraño viejo! ¿Cómo pude haber imaginado que le temía?

El próximo sábado pude permitirme ir directamente a la tienda. Durante todo el camino, mi mente estuvo agradablemente ocupada anticipando la bienvenida que las hermanas agradecidas seguramente me brindarían. Cuando un tintineo de la campana anunció la apertura de la puerta, las dos muchachas, que estaban ocupadas limpiando sus mercaderías, se volvieron hacia mí para ver quién venía a una hora tan inusualmente temprana. Reconociéndome, para mi sorpresa, se inclinaron amistosamente pero de forma bastante casual, como si fuera un simple conocido.

Con tal vínculo de cuento de hadas entre nosotros, esperaba un tipo de saludo muy diferente. Supuse que aún no habían oído la noticia, y cuando les dije que había traído el cheque, vi que mi suposición era correcta. Parecían bastante asombradas.

"¿Cheque?".

"Sí, por la rana que compré el otro día".

"¿Rana? Qué rana. Solo recuerdo que compró una plata de Sheffield".

¡Así que no sabían nada, ni siquiera de mi segunda visita a su tienda! Poco a poco les conté toda la historia. Estaban atónitas por mi relato. La hermana mayor parecía bastante aturdida.

"¡Pero no puedo entenderlo! ¡No puedo entender!", repitió. "Holmes, el viejo cuidador, ni siquiera debería admitir a nadie en nuestra ausencia, mucho menos para vender cosas. Simplemente viene a hacerse cargo las noches que nos vamos temprano, y solo debería quedarse hasta que llegue el guardia nocturno. No puedo creer que lo haya dejado entrar y nunca nos dijo que había vendido algo. ¡Es demasiado extraordinario! ¿Que hora era?".

"Me parece que alrededor de las seis".

"Por lo general, se va a las cinco y media", dijo la muchacha. "Pero supongo que el policía debe haber llegado tarde".

"Fue más tarde cuando vine ayer".

"¿Vino otra vez?", preguntó ella.

Brevemente le conté de mi visita y del mensaje que había dejado con el cuidador.

"¡Qué cosa tan extraordinaria!", Exclamó. "No puedo ni empezar a entenderlo. Pero pronto escucharemos su explicación. Está por llegar en cualquier momento. Él viene todas las mañanas a barrer los pisos".

Me sentí emocionado ante la perspectiva de reencontrarme con el notable anciano. ¿Cómo se vería a la luz del día? ¿Podría verlo sonreír de nuevo?

"Es muy viejo, ¿no es así?", pregunté.

"¿Viejo? Sí, supongo que se está haciendo viejo, pero es un trabajo muy fácil. Es un tipo bueno y honesto. No me puedo imaginar que esté haciendo algo a escondidas. Me temo que últimamente hemos estado un poco flojas en nuestra catalogación. Me pregunto si él vende cosas y se queda con el dinero. ¡Oh no, no puedo creerlo! Por cierto, ¿se acuerda donde estaba esa rana?".

Señalé el estante del cual el cuidador había tomado la pieza de jade.

"Oh, es ese lote extraño que compré el otro día por casi nada. No he ordenado ni valorado ninguna de esas cosas todavía. No puedo recordar ninguna rana. ¡Qué cosa tan increíble!

En ese momento sonó el teléfono. Ella levantó el auricular.

"¿Hola? Hola, sí, la señorita Wilson hablando. Sí, señora Holmes, ¿qué pasa?".

"Unos segundos" se alteró un momento, y luego, "¿Muerto? ¿Muerto? ¿Pero cómo? ¿Por qué? ¡Oh, lo siento!".

Después de decir unas pocas palabras más, ella colgó el auricular y se volvió hacia nosotros, con los ojos llenos de lágrimas.

"Oh, Bessie", le dijo a su hermana. "El pobre Holmes está muerto. Cuando llegó a casa ayer, se quejó de dolor y murió en mitad de la noche, de insuficiencia cardíaca. Nadie tenía idea que le podía pasar eso. ¡Oh, pobre señora Holmes! ¿Qué hará ahora? ¡Debemos ir a verla ahora mismo!".

Ambas muchachas estaban tan perturbadas que pensé que era mejor irme.

Ese anciano tan peculiar me había impresionado tanto que me conmovió mucho escuchar que había muerto repentinamente. Qué extraño que, a excepción de su esposa, yo hubiera sido la última persona que habló con él. Sin duda ya se sentía mal cuando estaba conmigo. Por eso se había marchado tan bruscamente y sin decir una palabra. ¿Habría sido consciente de que estaba por morir? Esa sonrisa encantadora, inexplicable? ¿Fue ese el comienzo de la paz que sobrepasa todo entendimiento?

Al día siguiente les conté a la señorita Wilson y a su hermana todos los detalles de la fabulosa venta de la rana y presenté mi cheque. Aquí me encontré con una oposición inesperada. Las hermanas mostraron gran falta de voluntad para aceptar el dinero. Era, decían, todo mío. Además no lo necesitaban.

"Usted ve", explicó la señorita Wilson, "mi padre tenía un gran don para este negocio, era algo así como una especie de genio. Hizo una fortuna bastante grande. Cuando se hizo demasiado viejo para llevar adelante la tienda, la mantuvimos abierta, en parte por añoranza, en parte para estar ocupadas con algo. Pero no necesitamos obtener ningún beneficio".

Al final, las convencí que aceptaran el dinero, aunque solo fuera para donarlo a la organización benéfica que les pareciera mejor. Fue un alivio para mi mente resolver ese asunto.

El extraordinario incidente de la rana de jade creó un vínculo entre nosotros, y en el curso de nuestra amistosa discusión nos hicimos muy amigos. Me acostumbré a visitarlas con cierta frecuencia, porque disfrutaba bastante de su agradable compañía.

Nunca olvidé la impresión que me causó el anciano y, a menudo, preguntaba a las hermanas sobre el pobre cuidador, pero no tenían nada de interés que decirme. Simplemente lo describieron como un "viejo amigo" que había estado al servicio de su padre durante años y años. No se arrojó más luz sobre la venta de la rana. Naturalmente, no estaban dispuestas a cuestionar a su viuda.

Una tarde, mientras estaba tomando el té en la habitación interior con la hermana mayor, tomé un álbum de fotografías. Pasando sus páginas, llegué a una fotografía notablemente parecida al viejo. Allí, ante mis ojos estaba ese extraño y sorprendente rostro, pero evidentemente esta fotografía había sido tomada muchos años antes de que yo lo viera. La cara estaba más llena y aún no había adquirido ese aspecto frágil e infinitamente cansado que recordaba. ¡Pero qué magníficos ojos! Ciertamente, había algo extraordinariamente impresionante en el hombre.

"¡Qué espléndida fotografía del pobre Holmes!", dije.

"¿Una fotografía de Holmes? No sabía que había una. Déjeme ver".

"Cuando le entregué el libro abierto, su hermana menor, Bessie, se asomó por la puerta abierta.

"Me voy al cine ahora", gritó. "Papá acaba de llamar para decir que estará listo en unos minutos para echar un vistazo a ese aparador Sheraton".

"Está bien, Bessie, estaré aquí, y muy contenta de tener su opinión", dijo la señorita Wilson, tomando el álbum de mi mano.

"No puedo ver ninguna fotografía del viejo Holmes", dijo.

"Señalé la parte superior de la página.

"¿Esa?", exclamó ella. "Pero, ¡ese es mi querido padre!".

"¡Su padre!"

"Sí, no puedo imaginar a dos personas más diferentes. ¡Debió estar muy oscuro cuando vio a Holmes!".

"Sí, sí; estaba muy oscuro", dije rápidamente, solo para ganar tiempo para pensar, porque me sentía desconcertado. Ningún grado de oscuridad podría explicar tal error. No tenía dudas que el hombre que había tomado por el cuidador era el mismo cuya fotografía tenía en mi mano. ¡Pero qué cosa más sorprendente, inexplicable!

¿Su padre? ¿Por qué demonios podría haber estado en la tienda sin que lo supieran sus hijas? ¿Por qué motivo había ocultado la venta de la rana? Y cuando supo de su valor, ¿por qué había dejado a las muchachas con la impresión de que era Holmes, el finado cuidador, quien la había vendido?

¿Estaba avergonzado de confesar su propio descuido? ¿O era posible que las chicas nunca le hubieran contado la sorprendente secuela de la venta? ¿Acaso ellas no querían que él supiera de su repentina adquisición? ¿Con qué extraña intriga familiar había tropezado? Pero, no importa quien fuera el que trataba de esconder un secreto, no era asunto mío. No quería causarle problemas a nadie. No, debía callarme la boca.

La hermana menor había dicho que su padre estaba por venir. ¿Me reconocería como su cliente? De ser así, podría ser bastante embarazoso.

"Es una cara espléndida", dije tímidamente.

"¿No es así?", dijo con entusiasmo, complacida. "Tan inteligente y fuerte, ¿no le parece? Recuerdo cuando tomamos esa fotografía. Justo antes de que él se volviera religioso". La muchacha hablaba como si se refiriera a una enfermedad angustiosa.

"¿Se volvió muy religioso de repente?".

"Sí", dijo a regañadientes. "¡Pobre padre! Se hizo amigo de un sacerdote, y cambió mucho. Nunca volvió a ser el mismo".

Por el tono de voz de la muchacha, supuse que pensaba que la razón de su padre se había visto afectada. Tal vez eso explicara todo el asunto? En las dos ocasiones en que lo había visto, ¿acaso su mente y su cuerpo estaban vagando?

"¿Su religión lo hizo infeliz?", me aventuré a preguntar, porque estaba ansioso por obtener más luz sobre ese extraño ser antes de que lo volviera a encontrar.

"Sí, terriblemente". Los ojos de la muchacha estaban llenos de lágrimas.

"Verá... fue...". Ella vaciló, pero después de un vistazo me dijo: "Realmente no hay razón para que no se lo diga. Lo considero un verdadero amigo. Mi pobre padre comenzó a pensar que había hecho algo muy malo. No podía acallar su conciencia. ¿Recuerda que le conté de su extraordinario don? Bueno, su fortuna realmente se basó en tres grandes negocios. Verá, él tuvo exactamente el mismo tipo de suerte que usted tuvo el otro día, por eso decidí decírselo. Parece una coincidencia tan extraña".

Ella hizo una pausa.

"Por favor, continúe", la animé.

"Bueno, en tres ocasiones distintas compró por unos pocos chelines objetos de inmenso valor. Solo que a diferencia de usted, él sabía de qué se trataba. El beneficio obtenido en su venta no lo sorprendió. A diferencia de usted, él no sintió ninguna obligación de compensar a las personas ignorantes que habían desechado fortunas. Después de todo, la mayoría de los vendedores no lo harían, ¿verdad? ", preguntó a la defensiva. "Bueno, mi padre se hizo cada vez más rico... Años más tarde, conoció a este sacerdote, y luego pareció volverse más o menos... mórbido. Comenzó a pensar que nuestra riqueza se basaba en algo que realmente no era mejor que el robo. Se reprochó amargamente por haberse aprovechado de la ignorancia de esos tres hombres. Lamentablemente, logró descubrir lo que finalmente le había sucedido a cada uno de aquellos a quienes él llamaba sus "víctimas". Desafortunadamente, sus tres clientes habían muerto indigentes. Ese descubrimiento hizo su vida completamente miserable. Dos de esos hombres murieron sin dejar hijos, por lo que, como no se pudo encontrar ninguna descendiente, mi padre no pudo ofrecer ninguna reparación.

El hijo del tercero se fue a América: pero allí también él murió sin dejar familia. Así que mi pobre padre no pudo encontrar ningún medio para reparar sus malos actos. Eso era lo que él anhelaba: reparar. Su fracaso lo torturaba, hasta que su pobre y querida mente se desquició. A medida que la religión ganaba cada vez más control sobre él, se formó una noción extraña en su cabeza, una obsesión fija. "La mejor buena obra, aparte de hacer una buena acción uno mismo", diría él, "es proporcionarle a otra persona la oportunidad par hacer una buena acción. Cristo es crucificado de nuevo por nuestros pecados. Debido a que pequé contra Él tres veces, de alguna manera debo causar tres acciones correspondientemente buenas que contrarrestarán mis propios pecados. De ninguna otra manera puedo expiar mis crímenes contra Cristo, porque fueron crímenes".

"En vano discutimos con él, asegurándole que había hecho lo mismo que casi todos los demás hombres. No sirvió. 'Otros hombres deben juzgar por sí mismos. He hecho el mal a sabiendas', decía. Se volvió cada vez más obstinado en su idea de... ejem – expiación. ¡Se convirtió en un maniático religioso!".

Decidido a encontrar a tres seres humanos, que con sus buenas acciones, anularían, por así decirlo, el dolor causado a la Divinidad por lo que él llamó sus "tres crímenes", se dedicó a encontrar obras de arte de apariencia insignificante que ofrecería por unos pocos chelines.

"¡Pobre viejo padre! Nunca olvidaré su alegría cuando un día un hombre trajo de vuelta un jarrón que había comprado por cinco chelines y luego descubrió que valía 600 libras. "Creo que debe haber cometido un error", dijo el hombre. Así como lo hiciste, ¡Dios te bendiga!

Cinco años después ocurrió algo similar, y él estaba, oh, tan radiante. Dos de sus crímenes habían sido cancelados, ¡dos tercios de su expiación habían sido logrados!

Luego siguieron años y años de extenuante decepción. "Nunca voy a descansar. No puedo, no, nunca, nunca, hasta que encuentre el tercero", solía decir.

La muchacha comenzó a llorar. Escondiendo su rostro detrás de sus manos, murmuró, "¡Oh, si tan solo hubiera venido antes!".

Escuché el tintineo de la campana.

"¡Cómo debe haber sufrido!", dije. "Estoy muy contento de haber tenido la suerte de ser el tercero. ¿Está satisfecho ahora?".

Sus manos cayeron de su rostro; ella me miro fijamente

Oí pasos acercarse.

"Me alegro tanto de poder volver a verlo", le dije.

"¿Verlo a él?" Repitió ella con asombro cuando los pasos se acercaban.

"Sí, puedo quedarme y ver a su padre, ¿no puedo? Escuché a su hermana decir que pronto estaría aquí.

"¡Oh, ahora lo entiendo!", exclamó. "Se refiere al padre de Bessie! Pero Bessie y yo somos solo hermanastras. Mi pobre padre murió hace muchos años".

Amour Dure

Vernon Lee

Pasajes del diario de Spiridion Trepka

I

Urbania, 20 de agosto de 1885.– Había querido, durante años y años, estar en Italia, encontrarme cara a cara con el pasado; pero, ¿era esta Italia, ¿este era el pasado? Podría haber llorado, sí llorado, por la decepción que sentí cuando vagaba por Roma, con una invitación a cenar en la embajada alemana en mi bolsillo, con tres o cuatro vándalos de Berlín y Múnich a mis talones, diciéndome dónde se podía conseguir la mejor cerveza y chucrut, y de qué trataba el último artículo de Grimm o de Mommsen.

¿Esto es una locura? ¿Una falsedad? ¿No soy yo mismo un producto de la civilización moderna del norte? ¿Acaso mi venida a Italia no se debe a este moderno vandalismo científico, que me ha dado una beca de viaje porque escribí un libro, como todos esos otros libros atroces, de erudición y crítica del arte? No, ¿acaso no estoy aquí en Urbania, con la intención expresa de que, en un cierto número de meses, produciré otro libro similar? ¿Te imaginas, miserable Spiridion, tú, un polaco, convertido en una copia de un alemán pedante, doctor en filosofía, profesor incluso; autor de un ensayo premiado, sobre los déspotas del siglo XV; crees que con tus cartas ministeriales y hojas de correcciones en el bolsillo de tu abrigo negro, de profesor, ¿puedes alcanzar alguna vez, con tu espíritu, la presencia del pasado?

Muy cierto, ¡ay! Pero déjenme olvidarlo, al menos de vez en cuando; como lo olvidé esta tarde, mientras los bueyes blancos arrastraban mi carro, serpenteando lentamente a lo largo de valles interminables, reptando a lo largo de las laderas de infinitas colinas, con torrentes murmurando muy por debajo, con solo los picos desnudos, grises y rojizos, rodeándome, hasta llegar a esta ciudad de Urbania, olvidada por la humanidad, con sus torres y almenas en la alta cordillera de los Apeninos. Sigillo, Penna, Fossombrone, Mercatello, Montemurlo; los nombres de los pueblos, nombrados por el conductor al pasar, reavivaron recuerdos de algunas batalla o grandes traiciones de antaño. Y mientras las enormes montañas ocultan el sol poniente, y los valles se llenan de sombras y nieblas azuladas, solo queda una franja amenazante de humo rojo detrás de las torres y cúpulas de la ciudad, en la cima de la montaña, y el sonido de las campanas de las iglesias. Flotando a través del precipicio de Urbania, casi esperaba, a cada giro de la carretera, que apareciera una tropa de jinetes, con cascos de pico y calzados claveteados, con brillantes armaduras y banderolas ondeando en la puesta de sol.

Y luego, aún no hace dos horas, entrando al pueblo al atardecer, pasando por las calles desiertas, con solo algunas candilejas humeantes aquí y allá, bajo un santuario o frente a un puesto de frutas, o un fuego que enrojece la negrura de una herrería; pasando por debajo de las almenas y las torres del palacio... ¡Ah, eso era Italia, eso era el pasado!

21 de agosto.– ¡Y este es el presente! Cuatro cartas de presentación para entregar, y una conversación educada, que tuve que soportar por una hora, con el Vice-Prefecto, el Síndico, el Director de los Archivos y el buen hombre a quien mi amigo Max me había recomendado para conseguir alojamiento...

22-27 de agosto.– Pasé la mayor parte del día en los Archivos, y dediqué la mayor parte de mi tiempo allí, a ser aburrido a muerte por su Director, quien hoy recitó los Comentarios de Eneas Sylvius durante tres cuartos de hora sin tomar aliento. De este tipo de martirio (¿cuáles son las sensaciones de un antiguo caballo de carreras conducido en un taxi? Si puedes concebirlas, son las de un profesor prusiano convertido en polaco), me refugio dando largos paseos por la ciudad. Esta ciudad es un puñado de altas casas negras acurrucadas en la cima de un Alpe; largas y estrechas calles se deslizan por sus lados, como nos deslizábamos en las colinas de nuestra infancia; y en el medio la magnífica estructura de ladrillo rojo, con torrecillas y almenas, del palacio del duque Ottobuono, desde cuyas ventanas uno se asoma a un mar, una especie de remolino, de melancólicas montañas grises.

Luego están los habitantes, hombres oscuros, de tupidas barbas, que cabalgan como bandoleros, envueltos en capas de líneas verdes sobre sus peludas mulas de carga; jóvenes grandes y musculosos, vagabundeando cabizbajos, como los bravos de colores en los frescos de Signorelli; los bellos muchachos, como tantos jóvenes Raphaels, con ojos como los ojos de bueyes; y las mujeres enormes, Madonnas o Santa Isabeles, según fuera el caso, con sus zuecos firmemente calzados y cántaros de bronce sobre sus cabezas, a medida que suben y bajan por los empinados callejones negros. No hablo mucho con estas personas; porque temo que mis ilusiones sean disipadas. En la esquina de una calle, frente al hermoso y pequeño pórtico de Francesco di Giorgio, hay un gran anuncio azul y rojo, que representa a un ángel que desciende para coronar a Elias Howe, por sus máquinas de coser; y los secretarios de la Vice-Prefectura, que cenan en mismo lugar que yo, discuten a gritos política, Minghetti, Cairoli, Túnez, acorazados, etc., y cantan fragmentos de La Fille de Mme. Angot, que imagino que fue representada por aquí recientemente.

No; sin duda hablar con los nativos es un experimento peligroso. Exceptuando, tal vez, a mi buen casero, el signor Notaro Porri, que es tan educado y toma mucho menos tabaco (o más bien se lo quita del abrigo con más frecuencia) que el Director de los Archivos. Olvidé anotar (y siento que debo hacerlo, en la vana ilusión de que algún día estas notas servirán de algo, como una marchita ramita de olivo o una lámpara toscana de tres pabilos en mi mesa, pare poder recordar, en esa odiosa Babilonia de Berlín, estos días felices en Italia). Me olvidé de anotar que estoy alojado en la casa de un comerciante de antigüedades. Mi ventana mira hacia la calle principal donde una pequeña columna, con Mercurio en su parte superior, se levanta en medio de los toldos y pórticos de la plaza del mercado.

Inclinándome sobre los desportillados aguamaniles y las tinas llenas de albahaca dulce, rosas de clavo de olor y caléndulas, apenas puedo ver un rincón de la torre del palacio y el vago color ultramarino de las colinas lejanas. La casa, cuya parte trasera baja bruscamente hacia el barranco, es un lugar oscuro y extraño, en todos los sentidos, con habitaciones encaladas, y cuadros de Rafael, Francia y Perugino colgando en sus muros, que mi anfitrión lleva a la posada principal de tanto en tanto, cada vez que se espera la visita de un forastero; y rodeado de viejas sillas talladas, sofás del Imperio, baúles de boda, con tallados y dorados, y armarios que contienen trozos de damasco viejo y telas de altar bordadas, que aromatizan el lugar con el olor del incienso viejo y el moho. Todo esto está presidido por las tres hermanas solteras del Signor Porri, Sora Serafina, Sora Lodovica y Sora Adalgisa, las tres Parcas personificadas, con sus ruecas y gatos negros.

Sor Asdrubale, como llaman a mi arrendador, también es un notario. Echa de menos el Gobierno pontificio, ya que tuvo un primo que le llevaba la cola a un Cardenal, y cree que si pones una mesa para dos, enciendes cuatro velas hechas de la grasa de hombres muertos y realizas ciertos ritos sobre los que no es muy preciso, puedes, en Nochebuena y otras noches similares, invocar a San Pascual Bailón, quien escribirá los números ganadores de la lotería en el dorso ahumado de un plato, si previamente lo abofeteaste y repetiste tres Ave Marías.

La dificultad consiste en obtener la grasa de los muertos para las velas, y también en abofetear al santo antes de que tenga tiempo de desaparecer.

"Si no fuera por eso", dice Sor Asdrubale, "el gobierno habría tenido que eliminar la lotería hace años, ¡eh!".

9 de septiembre.– Esta historia de Urbania no deja de tener encanto, aunque ese encanto (como siempre) ha sido pasado por alto por nuestros Dryasdusts.[1]

Incluso antes de venir aquí me sentí atraído por la extraña figura de una mujer, que aparecía en las áridas páginas de las historias de Gualterio y del Padre de Sanctis sobre este lugar. Esta mujer es Medea, hija de Galeazzo IV Malatesta, señor de Carpi, esposa, primero de Pierluigi Orsini, duque de Stimigliano, y luego de Guidalfonso II, Duque de Urbania, antecesor del gran duque Roberto II.

La historia y el carácter de esta mujer nos recuerdan a Bianca Cappello y, al mismo tiempo, a Lucrezia Borgia. Nacida en 1556, a la edad de doce años fue prometida a un primo, un Malatesta de la familia Rimini. Debido a que esa familia había descendido mucho en el mundo, su compromiso se rompió, y un año más tarde se comprometió con un miembro de la familia Pico y se casó con él por poder a la edad de catorce años.

Pero este emparejamiento no satisfacía su propia ambición ni a la de su padre; el matrimonio por poder fue –con algún pretexto–, declarado nulo, y se alentaron las pretensiones del duque de Stimigliano, un gran feudatario de la familia Orsini en Umbría. Pero el novio, Giovanfrancesco Pico, se negó a aceptarlo, presentó su caso ante el Papa y trató de llevarse por la fuerza a su novia, de quien estaba locamente enamorado, ya que la dama era encantadora y tenía modales muy alegres y gentiles –según una vieja crónica anónima. Pico interceptó su litera cuando iba a una villa de su padre y la llevó a su castillo, cerca de Mirandola, donde intentó respetuosamente que aceptara su demanda; insistiendo en que él tenía derecho a considerarla su esposa. Pero la dama escapó, descolgándose en el foso, con una cuerda de sábanas anudadas, y el cuerpo de Giovan-

---

1 Dryasdust era una autoridad literaria imaginaria, tediosamente minuciosa, citada por Sir Walter Scott para presentar información de fondo en sus novelas; de ahí en más es usado como un término irrisorio para cualquiera que presente hechos históricos sin ninguna sensibilidad por las personalidades involucradas.

francesco Pico fue descubierto, apuñalado en el pecho, de la mano de Madonna Medea da Carpi. Era un joven apuesto de solo dieciocho años.

Habiendose librado de los Pico, y el matrimonio declarado nulo por el Papa, Medea da Carpi se casó solemnemente con el duque de Stimigliano y se fue a vivir a sus dominios cerca de Roma.

Dos años más tarde, Pierluigi Orsini fue apuñalado por uno de sus ayudas de cámara en su castillo de Stimigliano, cerca de Orvieto; y la sospecha recayó sobre su viuda, más especialmente cuando, inmediatamente después del evento, hizo que el asesino fuera muerto por dos sirvientes en su propia habitación; pero no antes de que él hubiera declarado que ella lo había inducido a asesinar a su amo con la promesa de su amor. Las cosas se pusieron tan calientes para Medea da Carpi que huyó a Urbania y se arrojó a los pies del duque Guidalfonso II, declarando que había matado al ayuda de cámara simplemente para vengarse de una calumnia a su honor, que él había ultrajado, y que era absolutamente inocente de la muerte de su marido. La maravillosa belleza de la duquesa viuda de Stimigliano, que solo tenía diecinueve años, le hizo perder la cabeza al duque de Urbania. Él pretendió creer por completo en su inocencia, se negó a entregarla a los Orsinis, parientes de su difunto esposo, y le asignó unos magníficos apartamentos en el ala izquierda del palacio, entre los que se encuentra la habitación con la famosa chimenea adornada con cupidos de mármol sobre un suelo azul. Guidalfonso se enamoró locamente de su hermosa huésped. Hasta ese punto había sido tímido y de carácter doméstico, pero ahora comenzó a descuidar públicamente a su esposa, Maddalena Varano de Camerino, con quien, aunque no tenían hijos, hasta ahora había vivido en excelentes condiciones; no solo trató con desprecio las advertencias de sus asesores y de su señor feudal, el Papa, sino que incluso llegó a tomar medidas para repudiar a su esposa, basándose en falsos reportes de su mala conducta. La duquesa Maddalena, incapaz de soportar este tratamiento, huyó al convento de las hermanas descalzas en Pesaro, donde languidecía, mientras Medea da Carpi reinaba en su lugar en Urbania, envolviendo al Duque Guidalfonso en peleas con los poderosos Orsinis, quienes continuaron acusándola del asesinato de Stimigliano, y con los Varanos, parientes de la agraviada duquesa Maddalena; hasta que por fin, en el año 1576, el duque de Urbania se convirtió repentinamente, y no sin circunstancias sospechosas, en un viudo, casado públicamente con Medea da Carpi dos días después del fallecimiento de su infeliz esposa. Ningún hijo nació de este matrimonio; pero tal fue el enamoramiento del duque Guidalfonso, que la nueva duquesa lo indujo a nombrar heredero del ducado (habiendo obtenido, con gran dificultad, el consentimiento del Papa) al niño Bartolommeo, el hijo que tuvo con Stimigliano, pero a quien los Orsinis se negaban a reconocer, declarándolo hijo de Giovanfrancesco Pico con quien Medea había estado casada por poder y a quien, en defensa de su honor –según decía ella–, había asesinado. Esta investidura del Ducado de Urbania a un extraño y un bastardo, se perpetraba a expensas de los derechos evidentes del cardenal Roberto, el hermano menor de Guidalfonso.

En mayo de 1579, el duque Guidalfonso murió en forma repentina y misteriosa, ya que Medea había prohibido todo acceso a su cámara, temiendo que en su lecho de muerte, podría arrepentirse y restablecer los derechos de su hermano. La duquesa inmediatamente hizo que su hijo, Bartolommeo Orsini, fuera proclamado duque de Urbania, y ella misma regente; y, con la ayuda de dos o tres jóvenes sin escrúpulos, en particular un cierto Capitán Oliverotto da Narni, que se rumoreaba era su amante, tomó las riendas del gobierno con extraordinario y terrible vigor, enviando un ejército contra los Varanos y Orsinis, quienes fueron derrotados en Sigillo y exterminó despiadadamente a todas las personas que se atrevieron a cuestionar la legalidad de la sucesión; mientras, todo el tiempo, el cardenal Roberto, que habiendo colgado sus hábitos y olvidado sus votos, viajaba por Roma, Toscana y Venecia –incluso visitando al emperador y al rey de España–, implorando ayuda contra la usurpadora. En pocos meses había invertido la marea de la simpatía contra la duquesa regente; el Papa declaró solemnemente la nulidad de la investidura de Bartolommeo Orsini y publicó la asunción de Roberto II, duque de Urbania y conde de Montemurlo; el Gran Duque de Toscana y los venecianos prometieron secretamente ayuda, pero solo si Roberto podía hacer valer sus derechos por la fuerza. Poco a poco, una ciudad tras otra del Ducado se puso del lado de Roberto, y Medea da Carpi se vio asediada en la ciudadela de montaña de Urbania como un escorpión rodeado de llamas (este símil no es mío, sino que pertenece a Raffaello Gualterio, historiógrafo de Roberto II). Pero, a diferencia del escorpión, Medea se negó a suicidarse. Es absolutamente maravilloso cómo, sin dinero ni aliados, ella pudo mantener a sus enemigos a raya durante tanto tiempo; y Gualterio atribuye eso a la fascinación fatal que había llevado a Pico y Stimigliano a su muerte, que habían convertido a Guidalfonso, que alguna vez fue honesto, en un villano, y que era tal que, de todos sus amantes, no había uno que no prefiriera morir por ella, incluso después de haber sido tratado con ingratitud y expulsado por un rival; una facultad que Messer Raffaello Gualterio atribuyó claramente a una connivencia infernal.

Finalmente, el ex cardenal Roberto tuvo éxito y entró triunfalmente en Urbania en noviembre de 1579. Su acceso al poder estuvo marcado por la moderación y la clemencia. Ni un hombre fue condenado a muerte, excepto Oliverotto da Narni, quien se lanzó sobre el nuevo Duque, y trató de apuñalarlo mientras se apeaba en el palacio. Fue matado por los hombres del Duque, mientras gritaba: "¡Orsini, Orsini! ¡Medea! ¡Larga vida al duque Bartolommeo! con su último aliento, aunque se dice que la duquesa lo había tratado ignominiosamente. El pequeño Bartolommeo fue enviado a Roma, a los Orsinis; la duquesa fue confinada respetuosamente en el ala izquierda del palacio.

Se dice que ella solicitó altivamente ver al nuevo Duque, pero que él negó con la cabeza y, con su estilo clerical, citó un verso sobre Ulises y las sirenas; y es notable que él persistentemente se negó a verla, abandonando abruptamente su habitación un día que ella había entrado allí con sigilo. Después de unos pocos meses, se descubrió una conspiración para asesinar al duque Roberto, que obviamente había sido iniciada por Medea.

Pero el joven, un Marcantonio Frangipani de Roma, negó, incluso bajo la más severa tortura, cualquier complicidad con ella; de modo que el duque Roberto, que no deseaba hacer nada violento, simplemente trasladó a la duquesa de su villa en Sant'Elmo al convento de los Clarisas en la ciudad, donde fue custodiada y vigilada de la manera más estrecha. Parecía imposible que Medea siguiera intrigando, ya que ella ciertamente no veía a nadie y nadie podía verla. Sin embargo, consiguió enviar una carta, con su retrato a un Prinzivalle degli Ordelaffi, un joven de diecinueve años, de la noble familia Romagnole, que estaba comprometido con una de las chicas más hermosas de Urbania. Inmediatamente rompió su compromiso y, poco después, intentó dispararle al duque Roberto con una pistola cuando se arrodilló en la misa en el festival del Día de Pascua. Esta vez el duque Roberto estaba decidido a obtener pruebas contra Medea. Prinzivalle degli Ordelaffi fue mantenido varios días en ayunas, luego se lo sometió a las torturas más violentas y finalmente fue condenado. Cuando iba a ser desollado con pinzas al rojo vivo y despedazados en cuartos por caballos, se le dijo que podría obtener la gracia de la muerte inmediata confesando su complicidad con la duquesa; y el confesor y las monjas del convento, que se encontraban en el lugar de ejecución fuera de la Porta San

Romano, presionaron a Medea para que salvara al desgraciado, cuyos gritos ella podía oír, confesando su propia culpa. Medea pidió permiso para ir a un balcón, desde donde podía ver a Prinzivalle y ser visto por él. Lo miró con frialdad, luego le arrojó a la pobre criatura destrozada su pañuelo bordado. Le pidió al verdugo que le limpiara la boca con el pañuelo, él lo besó y gritó que Medea era inocente.

Luego, tras varias horas de tormentos, murió. Esto fue demasiado, incluso para la paciencia del duque Roberto. Al convencerse que mientras Medea viviera, su vida estaría en peligro perpetuo, aunque no estaba dispuesto a causar un escándalo (le quedaba algo de la naturaleza sacerdotal), ordenó que Medea fuera estrangulada en el convento y, lo que es notable, insistió en que fueran mujeres –dos infanticidas a quienes otorgó el perdón de sus crímenes–, quienes debían encargarse de ejecutarla.

"Este príncipe clemente", escribe Don Arcangelo Zappi en su "Vida del duque Roberto", publicada en 1725, "solo puede ser culpado un único acto de crueldad, tanto más odioso porque él mismo, antes de ser liberado de sus votos por el Papa, había tomado las órdenes sagradas. Se dice que cuando ordenó la muerte de la infame Medea da Carpi, su temor de que sus extraordinarios encantos sedujeran a cualquier hombre era tal que no solo empleó a mujeres como verdugos, sino que se negó a permitirle un sacerdote o monje, forzándola así a morir sin confesión, y negándole el beneficio de cualquier penitencia que su inflexible corazón hubiera podido aceptar".

Esa es la historia de Medea da Carpi, duquesa de Stimigliano Orsini, y luego esposa del duque Guidalfonso II de Urbania. Fue condenada a muerte hace doscientos noventa y siete años, en diciembre de 1582, a la edad de apenas veintisiete años, habiendo llevado, en el transcurso de su corta vida, a un violento final a cinco de sus amantes, desde Giovanfrancesco Pico a Prinzivalle degli Ordelaffi.

20 de septiembre.– Una gran iluminación de la ciudad en honor de la toma de Roma hace quince años. Excepto Sor Asdrubale, mi casero, que sacude la cabeza ante los piamonteses, como él los llama, la gente de aquí son todos *Italianissimi*. Los Papas los mantuvieron muy subyugados desde que Urbania se entregó a la Santa Sede en 1645.

28 de septiembre.– Hace tiempo que estoy buscando retratos de la duquesa Medea. Me imagino que la mayoría de ellos deben de haber sido destruidos, tal vez por el temor del duque Roberto II. No sea que, incluso después de su muerte, esta terrible belleza le haga una mala pasada. Sin embargo, pude encontrar tres o cuatro, uno, una miniatura en los Archivos, el que se dice envió al pobre Prinzivalle degli Ordelaffi para enamorarlo; otro, un busto de mármol en el cuarto de la leña en el palacio; y el otro es parte de una gran composición, posiblemente por Baroccio, representando a Cleopatra a los pies de Augusto. Augusto es el retrato idealizado de Roberto II, cabeza redonda, nariz un poco torcida, barba recortada y cicatriz, como de costumbre, pero con vestido romano. Cleopatra, me parece, a pesar de todo su vestimenta oriental, y aunque usa una peluca negra, representa a Medea da Carpi; ella está arrodillada, mostrando su pecho para que el vencedor golpee, pero en realidad para cautivarlo, y él se aleja con un incómodo gesto de odio. Ninguno de estos retratos parece muy bueno, excepto la miniatura, pero ese es un trabajo exquisito, y de esa miniatura, más las sugerencias del busto, es fácil reconstruir la belleza de este ser terrible. El tipo es el más admirado por el Renacimiento tardío y, en cierta medida, inmortalizado por Jean Goujon y los franceses. La cara es un óvalo perfecto, la frente algo redondeada, con rizos diminutos, como un vellón, de brillante cabello castaño rojizo; la nariz es bastante aguileña, y los pómulos quizás demasiado bajos; los ojos grises, grandes y prominentes, debajo de las cejas y los párpados exquisitamente curvados, un poco demasiado apretados en las esquinas; también la boca, brillantemente roja y más delicadamente diseñada, está demasiado apretada, los labios se tensan un poco sobre los dientes. Los párpados apretados y los labios apretados le dan un refinamiento extraño, y, al mismo tiempo, un aire de misterio, una seducción algo siniestra; ellos parecen tomar, pero no dar.

La boca parece la de una niña haciendo pucheros, como si pudiera morder o chupar como una sanguijuela. La tez es deslumbradoramente hermosa, la perfecta transparente de un lirio rosáceo de una belleza pelirroja; la cabeza, con el pelo elaboradamente rizado y un trenzado pegado a sus sienes; adornada con perlas, se yergue como la de la antigua Arethusa, con un cuello largo y flexible, como un cisne. Una belleza curiosa, al principio bastante convencional, de aspecto artificial, voluptuosa pero fría, que, cuanto más se contempla, más preocupa y atormenta la mente. Alrededor del cuello de la dama hay una cadena de oro con pequeños rombos de oro a intervalos, en los que está grabado el lema o el retruécano (la moda de los lemas franceses era común en esos días), "Amour Dure-Dure Amour". El mismo lema está inscrito en el hueco del busto y, gracias a él, he podido identificar este último como el retrato de Medea. A menudo examino estos retratos trágicos, preguntándome que tenía este rostro, que llevó a tantos hombres a su muerte, cuando hablaba o sonreía, lo que tenía en el momento en que Medea da Carpi fascinaba a sus víctimas en el amor hasta la muerte –"Amour Dure-Dure Amour", como dice el lema, amor que dura, amor cruel–, sí, cuando uno piensa en la fidelidad y el destino de sus amantes.

13 de octubre.– Realmente no he tenido tiempo de escribir ni una línea en mi diario en todos estos días. He pasado todas mis mañanas en los Archivos, mis tardes dando largos paseos en este hermoso clima otoñal (las colinas más altas están cubiertas de nieve). Dedico los atardeceres a escribir esa maldita descripción del Palacio de Urbania que me exige el gobierno, simplemente para mantenerme trabajando en algo inútil. De mi historia todavía no he podido escribir una palabra... Por cierto, debo anotar una curiosa circunstancia mencionada en una biografía manuscrita anónima, "La vida del duque Roberto", que hoy encontré. Cuando este príncipe hizo erigir la estatua ecuestre de sí mismo, esculpida por Antonio Tassi, el alumno de Gianbologna, en la plaza de la Corte, hizo que se hiciera en secreto, dice esa biografía anónima, una estatuilla de plata de su genio familiar o ángel –*familiaris ejus Angelus seu genius, quod a vulgo dicitur idolino*–, cuya estatua o ídolo, después de haber sido consagrada por los astrólogos –*ab astrologis quibusdam ritibus sacrato*–, se colocó en la cavidad del cofre de la efigie de Tassi, según la biografía, para que su alma descanse hasta al día del Juicio Final. Este pasaje es curioso, y para mí un tanto desconcertante; ¿Cómo podría el alma del duque Roberto esperar el Juicio Final, cuando, como católico, debería haber creído que debía, tan pronto como se separase de su cuerpo, ir al Purgatorio? ¿O hay alguna superstición semipagana del Renacimiento (tanto más extraña, ciertamente, en un hombre que había sido un cardenal) que conecta el alma con un genio guardián, que podría ser obligado por ritos mágicos (el manuscrito llama *ab astrologis sacrato* al pequeño ídolo), ¿permanecer fijo en la tierra, para que el alma duerma en el cuerpo hasta el Día del Juicio? Confieso que esta historia me desconcierta. Me pregunto si tal ídolo existió, o aún existe hoy en día, dentro del cuerpo de la efigie de bronce de Tassi.

20 de octubre.– Últimamente he estado viendo mucho al hijo del viceprefecto, un joven amable con una cara enferma de amor y un interés lánguido en la historia y la arqueología urbanas, de la que es profundamente ignorante.

Este joven, que ha vivido en Siena y Lucca antes de que su padre fuera promovido hasta este lugar, usa pantalones extremadamente largos y ajustados, que casi le impiden doblar las rodillas, cuello alto y monóculo, y un par de guantes de cabritilla, que guarda en el pecho de su abrigo, habla de Urbania como Ovidio pudo haber hablado de Ponto, y se queja (tan bien como puede) de la barbarie de los jóvenes, los funcionarios que cenan en mi posada y aúllan y cantan como locos, y Nobles que conducen calesas, mostrando tanta piel descubierta en su garganta como las damas en los bailes. Esta persona frecuentemente me entretiene con sus amores, pasados, presentes y futuros; evidentemente, a él le parece muy extraño que yo no tenga nada con que entretenerlo a él, a cambio. Me señala a las sirvientas y modistas bonitas (o feas) mientras caminamos por la calle, suspira profundamente o suspira en falsete detrás de cada mujer de aspecto suficientemente joven, y finalmente me ha llevado a la casa de la dueña de su corazón, una gran condesa con bigotes oscuros, con una voz como la de un pregonero. Aquí, dice, encontraré la mejor compañía de Urbania y algunas mujeres hermosas –¡Ah, cielos, demasiado hermosas! Encuentro tres habitaciones enormes, parcialmente amuebladas, con pisos de ladrillo, lámparas de petróleo y cuadros terriblemente malos, sobre paredes azules y azafrán, y en medio de todo, cada noche, una docena de damas y caballeros se sientan en un círculo, vociferando mutuamente las mismas noticias del año pasado; las damas más jóvenes, vestidas en color amarillo brillante y verde se abanican mientras mis dientes castañetean, y los oficiales, con cabellos peinados como erizos, les susurran cosas dulces, detrás de sus abanicos. ¡Y estas son las mujeres de las que mi amigo espera que me enamore! Espero en vano el té o la cena que no llegan, y corro a casa, decidido a dejar en paz el *beau monde* de Urbania.

Es cierto que yo no tengo amores, aunque mi amigo no lo crea. Cuando llegué a Italia, al principio busqué el romance. Suspiré, como Goethe en Roma, para que se abriera una ventana y apareciera una criatura maravillosa, "welch mich versengend erquickt". Tal vez sea porque Goethe era un alemán, estaba acostumbrado a las fraus alemanas, y yo, después de todo, soy un polaco, acostumbrado a un tipo muy diferente de fraus; pero de todos modos, a pesar de todos mis esfuerzos, en Roma, Florencia y Siena, nunca pude encontrar una mujer que me apasionara, ni entre las damas, farfullando mal francés, ni con las clases más bajas, tan "lindas y frías como prestamistas"; de modo que me alejo de las mujeres italianas, su voz aguda y chillones atavíos. Estoy casado con la historia, con el pasado, con mujeres como Lucrezia Borgia, Vittoria Accoramboni o Medea da Carpi, por el momento; algún día tal vez encuentre una gran pasión, una mujer para la que juegue el Don Quijote, como el polaco que soy; una mujer de cuya zapatilla beber, y por cuyo placer morir. ¡Pero no aquí! Pocas cosas me impresionan tanto como la degeneración de las mujeres italianas.

¿Qué ha pasado con la raza de Faustinas, Marozias, Bianca Cappellos?

¿Dónde descubrir hoy en día (confieso que ella me acosa) otra Medea da Carpi? Si solo fuera posible conocer a una mujer bella, tan extraordinariamente distinguida, como un poder terrible de la naturaleza, aunque solo fuera potencial, creo que podría amarla, incluso hasta el Día del Juicio, como cualquier Oliverotto da Narni, Frangipani o Prinzivalle.

27 de octubre.– ¡Vaya sentimientos, los arriba expresadas, para un profesor, un hombre educado! Pensé que los jóvenes artistas de Roma eran infantiles porque jugaban bromas y gritaban por las noches en las calles, volviendo del Café Greco o de la bodega en la Via Palombella; pero ¿no soy tan infantil como el desgraciado melancólico, a quien llamaron Hamlet y el Caballero de la triste figura?

5 de noviembre.- No puedo liberarme del pensamiento de esta Medea da Carpi. En mis paseos, mis mañanas en los Archivos, mis tardes solitarias, me sorprendo pensando en esa mujer. ¿Me estoy convirtiendo en novelista en lugar de historiador? Y aún así me parece que la entiendo tan bien; mucho mejor de lo que justifican mis hechos. Primero, debemos dejar de lado todas las ideas pedantes y modernas de lo correcto y lo incorrecto. Lo correcto y lo incorrecto en un siglo de violencia y traición no existe, sobre todo para las criaturas como Medea. ¡Predicad el bien y el mal a una tigresa, mi querido señor! Sin embargo, ¿hay en el mundo algo más noble que la enorme criatura, de acero cuando salta, terciopelo cuando pisa, mientras estira su cuerpo flexible, o alisa su hermosa piel, o clava sus fuertes garras en su víctima?

Sí; puedo entender a Medea. Imagínate a una mujer de belleza superlativa, de gran coraje y sangre fría, una mujer de muchos recursos, de genio, criada por un padre que era un pequeño príncipe sin importancia, educada con Tácito, Salustio, y las historias del gran Malatesta, de César Borgia y ¡Qué tal! –una mujer cuya única pasión es la conquista y el sueño del imperio–, en vísperas de estar casada con un hombre poderoso como el Duque de Stimigliano, reclamada, raptada por alguien insignificante, por un Pico, encerrada en el castillo de un brigante hereditario, y obligada a aceptar y recibir el ardiente amor del joven, como un honor y una necesidad. El mero pensamiento de cualquier violencia a tal naturaleza causa una abominable indignación; y si Pico decide abrazar a una mujer así, a riesgo de encontrarse con un pedazo de acero afilado en sus brazos, es un trato justo. Joven sabueso –o, si lo prefieres, joven héroe–, ¡que piensa que puede tratar a una mujer así como si fuera una chica de la aldea! Medea se casa con su Orsini. Un matrimonio, cabe señalar, entre un viejo soldado de cincuenta años y una niña de dieciséis años. Reflexionad sobre lo que eso indica: significa que esta mujer imperiosa pronto será tratada como un mueble, obligada a comprender que su deber es darle al duque un heredero, no consejos; que ella nunca debe preguntar "¿por qué esto o aquello?", que ella debe ser cortés ante los consejeros del duque, sus capitanes, sus amantes; que, ante la menor sospecha de rebeldía, está sujeta a sus malas palabras y golpes; ante la menor sospecha de infidelidad, será estrangulada o condenada a morir de hambre, o arrojada en una mazmorra. Supongamos que ella sabe que su esposo se ha convencido que ella miró demasiado a un hombre o que, uno de sus lugartenientes o una de sus mujeres ha susurrado que, después de todo, el chico Bartolommeo podría ser tanto un Pico como un Orsini. ¿Supongamos que ella sabe que debe atacar o ser atacada? Ella ataca primero, o consigue alguien que ataque por ella. ¿A que precio? ¡Una promesa de amor, de amor a un novio, hijo de un siervo! El perro debe estar loco o borracho para creer que tal cosa es posible; su misma creencia en algo tan monstruoso lo hace digno de la muerte. Y luego se atreve a chismorrear! Esto es mucho peor que lo de Pico. Medea está obligada a defender su honor por segunda vez; si ella pudo apuñalar a Pico, ciertamente puede apuñalar a su compañero, u ordenar que lo apuñalen.

Acosada por los parientes de su marido, ella se refugia en Urbania. El duque, como cualquier otro hombre, se enamora perdidamente de Medea y descuida a su esposa; incluso vayamos tan lejos como para decir, rompe el corazón de su esposa. ¿Es culpa de Medea? ¿Es su culpa que cada piedra que pasa debajo de las ruedas de su carruaje sea aplastada? Ciertamente no. ¿Crees que una mujer como Medea siente la menor mala voluntad contra la pobre duquesa Maddalena? Ella ignora su misma existencia. Suponer que Medea es una mujer cruel es tan grotesco como llamarla una mujer inmoral. Su destino es, tarde o temprano, triunfar sobre sus enemigos, en todo caso convertir sus victorias en casi derrotas; su facultad mágica es esclavizar a todos los hombres que se cruzan por su camino; todos los que la ven la aman, se convierten en sus esclavos; y es el destino de todos sus esclavos perecer. Sus amantes, con la excepción del duque Guidalfonso, todos llegan a un final prematuro; y en esto no hay nada injusto. La posesión de una mujer como Medea es una felicidad demasiado grande para un hombre mortal; lo volvería loco, le haría olvidar incluso lo que le debía; ningún hombre puede sobrevivir por mucho tiempo, quien conciba que tiene un derecho sobre ella, comete una especie de sacrilegio. Y solo la muerte, la disposición a pagar por tal felicidad con la muerte, puede hacer que un hombre sea digno de ser su amante; debe estar dispuesto a amar y sufrir y morir. Este es el significado de su lema: "Amour Dure-Dure Amour". El amor de Medea da Carpi no puede desvanecerse, pero el amante puede morir; es un amor constante y cruel.

11 de noviembre.- Tenía razón, mi idea era correcta. He encontrado –¡Oh, que alegría! Tal era mi júbilo que invité al hijo del Vice-Prefecto a una cena de cinco platos en la Trattoria La Stella d'Italia–, he encontrado en los Archivos, desconocido, por supuesto, por el Director, un montón de cartas –del duque Roberto sobre Medea da Carpi, y también ¡cartas de la propia Medea! Sí, la propia caligrafía de Medea –una caligrafía redonda, erudita, llena de abreviaturas, con una apariencia griega, como corresponde a una princesa instruida que podía leer a Platón, así como a Petrarca. Las cartas son de poca importancia, simples borradores de cartas de negocios para que su secretario las copie, durante el tiempo en que ella gobernó al pobre y débil Guidalfonso. Pero son sus cartas, y casi puedo imaginar que estas piezas de papel emiten un aroma como el del cabello de una mujer.

Las pocas cartas del duque Roberto lo muestran bajo una nueva luz. Un astuto, frío, pero cobarde sacerdote. Tiembla ante el simple pensamiento de Medea, "la pessima Medea", peor que su tocaya de la Cólquida,[2] como él la llama.

Su aparente clemencia es el resultado del mero temor de ejercer violencia sobre ella. La teme como a algo casi sobrenatural, le hubiera gustado haberla quemado como a una bruja. Le cuenta, carta tras carta, a su amigo, el cardenal Sanseverino, en Roma sobre sus diversas precauciones durante su vida –cómo lleva una chaqueta de malla debajo del abrigo; cómo solo bebe leche de una vaca que han ordeñado en su presencia; cómo hace que su perro pruebe bocados de su comida, para no ser envenenado; cómo sospecha de las velas de cera por su olor peculiar; cómo teme cabalgar, que alguien asuste a su caballo y él se rompa el cuello; después de todo esto, y cuando Medea lleva dos años en su tumba, le cuenta a su corresponsal su temor de encontrarse con el alma de Medea después de su propia muerte, y se jacta del ingenioso dispositivo (creado por su astrólogo, un tal Fra Gaudenzio, un capuchino) mediante el cual asegurará la paz absoluta de su alma hasta que la de la malvada Medea sea finalmente "encadenada en el infierno entre los lagos en ebullición y el hielo de Caina descrito por el inmortal bardo" –¡viejo pedante! Aquí, entonces, está la explicación de la imagen de plata –*quod vulgo dicitur idolino*– que hizo que Tassi soldara dentro de su efigie. Mientras la imagen de su alma estuviera unida a la imagen de su cuerpo, él dormiría a la espera del Día del Juicio, totalmente convencido de que el alma de Medea estará entonces debidamente emplu-

---

2   Según la mitología griega, la Cólquida era el reino de Eetes y su hija Medea y el destino de los argonautas de Jasón.

mada y cubierta de pez, mientras la suya –¡de hombre honesto!– volará directamente al Paraíso. ¡Y pensar que hace dos semanas creía que este hombre era un héroe! ¡Ajá! Mi buen duque Roberto, serás desenmascarado en mi relato; ¡y ninguna cantidad de ídolos plateados te salvará del ridículo!

15 de noviembre.– ¡Extraño! Ese idiota del hijo del prefecto, que me ha escuchado hablar cientos de veces de Medea da Carpi, de repente recuerda que cuando era niño en Urbania, su enfermera lo amenazaba con una visita de Madonna Medea, que cabalgaba en el cielo en una cabra negra. ¡Mi duquesa Medea se convirtió en un coco para niños pequeños traviesos!

20 de noviembre.– He estado paseando con un profesor bávaro de historia medieval, mostrándole todo el país. Entre otros lugares, fuimos a Rocca Sant'Elmo, para ver la antigua villa de los Duques de Urbania, la villa donde Medea fue confinada entre la subida al poder del duque Roberto y la conspiración de Marcantonio Frangipani, la que provocó su traslado inmediato al convento situado junto a la ciudad. Un largo paseo por los desolados valles de los Apeninos, sombríos más allá de las palabras, con sus robledales rojizos y sus estrechos parches de hierba marchitos por la escarcha, con las últimas hojas amarillas de los álamos, a la vera de los torrentes, temblando y revoloteando, sacudidas por la Tramontana; las cimas de las montañas envueltas en espesas nubes grises; mañana, si el viento continúa, las veremos dispersarse alrededor de las cumbres nevadas, destacándose contra el frío cielo azul. Sant'Elmo es una aldea miserable en lo alto de la cordillera de los Apeninos, donde la vegetación italiana es reemplazada por la del Norte. Cabalgas por kilómetros a través de bosques de castaños sin hojas, el olor de las hojas marrones empapadas llena el aire, el rugido del torrente, turbio con lluvias otoñales, que se eleva desde el hondo precipicio; luego, de repente, los bosques de castaños sin hojas son reemplazados, como en Vallombrosa, por un cinturón de densas y negras plantaciones de abetos. Al salir de estas, se ve un espacio abierto, con prados helados, picos rocosos cubiertos de nieve recién caída, que parecen cerrarse arriba de nosotros; y en medio, en un montículo, con un alerce nudoso a cada lado, la villa ducal de Sant'Elmo, una gran caja de piedra negra con un escudo de piedra, ventanas enrejadas y un doble tramo de escaleras en el frente. Actualmente está alquilada al propietario de los bosques vecinos, que la utiliza para el almacenamiento de castañas, leña y carbón vegetal para los hornos vecinos. Atamos nuestros caballos a unas argollas de hierro y entramos; una anciana, con el pelo despeinado, estaba sola en la casa.

La villa es un mero pabellón de caza, construido por Ottobuono IV, padre de los duques Guidalfonso y Roberto, alrededor de 1530. Algunas de las habitaciones han sido pintadas al fresco y revestidas con tallas de roble, pero todo eso ha desaparecido. Solo queda, en una de las habitaciones grandes, una gran chimenea de mármol, similar a las del palacio de Urbania, bellamente tallada con Cupidos sobre un fondo azul; un encantador niño desnudo sostiene un frasco a cada lado, uno contiene rosas de clavo de olor y el otro rosas. La habitación estaba llena de pilas de ramas.

Regresamos tarde a casa, mi compañero estaba bastante malhumorado por la infructuosidad de nuestra expedición. Cuando entramos en el bosque de castaños, nos rodeó una tormenta de nieve. La vista de la nieve cayendo suavemente, de la tierra y los arbustos blanqueados por todas partes, me hizo sentir de como si volviera a mi infancia en Posen. Canté y grité, para horror de mi compañero. Este será un mal punto en mi contra si se conoce en Berlín. ¡Un historiador de veinticuatro que grita y canta, y eso cuando otro historiador está maldiciendo la nieve y los malos caminos! Toda la noche permanecí despierto observando las brasas de mi fuego de leña, y pensando en Medea da Carpi, encarcelada, en invierno, en esa soledad de Sant'Elmo, los abetos gimiendo, el torrente rugiendo, la nieve cayendo por todas partes; a millas de distancia de otras criaturas humanas. Me imaginé que lo veía todo y que, de alguna manera, Marcantonio Frangipani venía a liberarla, ¿o fue Prinzivalle degli Ordelaffi? Supongo que fue por el largo viaje, el extraño pellizco de la nieve que caía por el aire; o tal vez el ponche que mi profesor insistió en beber después de la cena.

23 de noviembre.– ¡Gracias a Dios, ese profesor bávaro finalmente se ha ido! Los días que pasó aquí me volvieron casi loco. Hablando sobre mi trabajo, un día le conté mis opiniones sobre Medea da Carpi; sobre lo cual condescendió a responder que esos eran los cuentos usuales debido a la tendencia mitopoética (¡viejo idiota!) del Renacimiento; la investigación los refutaría, como había refutado las historias corrientes sobre los Borgia; además, por otra parte, la mujer que yo imaginaba era psicológica y fisiológicamente imposible. ¡Ojalá pudiéramos decir eso de profesores como él y sus compañeros!

24 de noviembre.– No puedo dejar de congratularme por el placer que experimenté al deshacerme de ese imbécil; sentía que hubiera podido estrangularlo cada vez que hablaba de la Dama de mis Pensamientos –porque en eso se ha convertido–, Metea, ¡como la llamaba el muy burro!

30 de noviembre.– Me siento bastante conmocionado por lo que acaba de suceder; estoy empezando a temer que el viejo pedante tenía razón al decir que era malo para mí vivir solo en un país extranjero, que me volvería morboso. Es ridículo que me ponga en tal estado de emoción simplemente por el descubrimiento casual del retrato de una mujer muerta hace trescientos años. Recordando el caso de mi tío Ladislas y otros indicios de locura en mi familia, realmente debería protegerme contra tal excitación estúpida.

Sin embargo, el incidente fue realmente dramático, extraño. Habría jurado que conocía todas las fotos de este palacio; y particularmente cada foto de Ella. De todos modos, esta mañana, cuando salía de los Archivos, pasé por una de las muchos cuartos pequeños –armarios de forma irregular–, que llenan los entresijos de este curioso palacio, con torres como un castillo francés. Debo haber pasado por ese armario antes, porque la vista desde su ventana me era muy familiar; justo cierta parte de una torre redonda al frente, el ciprés al otro lado del barranco, el campanario más allá y parte de la línea del Monte Santa Agata y la Leonessa, cubiertos de nieve, destacándose contra el cielo. Supongo que debe de haber habitaciones dobles, y que me he metido en la incorrecta; o mejor dicho, tal vez habían abierto una contraventana o descorrido una cortina. Cuando pasaba, me llamó la atención el antiguo y bello marco de un espejo que estaba insertado en la pared, con incrustaciones de color marrón y amarillo. Me acerqué y, mirando el marco, observé también, mecánicamente, el cristal del espejo. Tuve un gran sobresalto, y creo que casi grité (¡es una suerte que el profesor de Munich esté a salvo de Urbania!). Detrás de mi propia imagen había otra, una figura cercana a mi hombro, una cara al lado de la mía. ¡Y esa figura, esa cara, era la de ella! ¡Medea da Carpi! Giré bruscamente, empalideciendo, creo, como el fantasma que esperaba ver. En la pared opuesta al espejo, solo uno o dos pasos por detrás de donde yo estaba parado, colgaba un retrato. ¡Y qué retrato! –Bronzino nunca pintó uno más grandioso. Sobre un fondo de duro azul oscuro, destaca la figura de la duquesa (porque es Medea, la Medea real, mil veces más real, individual y poderosa que en los otros retratos), sentada rígidamente en un alto sillón con respaldo, sostenida, por así decirlo, por el rígido brocado de sus faldas, que las placas de flores de plata bordadas e hileras de perlas, hacían aún más rígido. El vestido tiene, con su mezcla de plata y perlas, de un extraño color rojo opaco, un perverso color de jugo de amapola, contra el cual la carne de las manos largas y estrechas con dedos como flecos; el cuello largo y delgado, y la cara con la frente descubierta, parece nívea y dura como el alabastro. La cara es la misma que en los otros retratos: la misma frente redondeada, con los rizos cortos, de color rojo amarillento, como vellón; las mismas cejas bellamente curvadas, apenas marcadas; los mismos párpados, un poco apretados sobre los ojos; los mismos labios, un poco apretados en la boca; pero con una pureza de líneas, un esplendor deslumbrante de la piel y una intensidad de apariencia inmensamente superior a todos los otros retratos.

Ella mira fuera del marco con una mirada fría y pareja; sin embargo los labios sonríen. Una mano sostiene una rosa rojo oscuro; la otra, larga, estrecha, afilada, juega con una gruesa cuerda de seda, oro y joyas que cuelga de su cintura; alrededor de la garganta, blanca como el mármol, parcialmente confinado en el ajustado corpiño rojo opaco, cuelga un collar de oro, con el lema, grabado en medallones esmaltados alternos, "AMOUR DURE-DURE AMOUR".

Reflexionando, veo que simplemente nunca pude haber estado en esa habitación o gabinete antes; debo de haber confundido la puerta. Pero, aunque la explicación es tan simple, todavía, después de varias horas, me siento terriblemente sacudido en todo mi ser. Si me excito tanto, tendré que ir a Roma en Navidad para pasar unas vacaciones. Siento como si algún peligro me persiguiera aquí (¿puede ser fiebre?); y, sin embargo, y sin embargo, no veo cómo podría irme de aquí.

10 de diciembre.- Hice un esfuerzo y acepté la invitación del hijo del viceprefecto para ver la producción de petróleo en una villa suya cerca de la costa. La villa, o granja, es un antiguo lugar fortificado, que se asoma a una ladera, entre olivos y arbustos pequeños, que parecen llamas de color naranja brillante. Las aceitunas se exprimen en una gran bodega oscura, como una prisión. La tenue luz blanca del día, y el destello amarillo ahumado de la resina que se quema en unas bandejas; permite ver grandes bueyes blancos se mueven alrededor de una enorme piedra de molino y borrosas figuras que trabajan con poleas y mangos, me da la impresión de ser una escena de la Inquisición. El Cavaliere me obsequió con su mejor vino y bizcochos. Di algunos largos paseos por la orilla del mar; había dejado a Urbania envuelta en nubes de nieve; abajo en la costa había un sol brillante; el sol, el mar, el bullicio del pequeño puerto en el Adriático parecían hacerme bien. Volví a Urbania renovado. Sor Asdrubale, mi casero, hurgando en zapatillas entre los cofres dorados, los sofás Empire, las tazas y los platillos viejos y las fotos que nadie comprará, me felicitó por la mejora en mi apariencia. "Trabajas demasiado", dijo; "la juventud requiere diversión, teatros, paseos, amor, hay tiempo suficiente para ser serio cuando uno es calvo", y se quitó su grasiento gorro rojo. ¡Sí, estoy mejor! Y, como resultado, retomaré con gusto mi trabajo. ¡Ya verán, esos sabios de Berlín!

14 de diciembre.- No creo que me haya sentido nunca antes tan feliz con mi trabajo. Lo veo todo muy claro –el artero y cobarde duque Roberto; la melancólica duquesa Maddalena; el débil, ostentoso, supuestamente caballeroso duque Guidalfonso; y sobre todo, la espléndida figura de Medea. Me siento como si fuera el mejor historiador de la época; y, al mismo tiempo, como si fuera un niño de doce años. Nevó ayer por primera vez en la ciudad, durante dos buenas horas. Cuando hubo terminado, fui a la plaza y le enseñé a los pilluelos como hacer un muñeco de nieve; no, una mujer de nieve; y tuve la fantasía de llamarla Medea. "La pessima medea!" gritó uno de los muchachos: "¿la que solía cabalgar en el aire en una cabra?" "No, no", dije; "Era una dama hermosa, la duquesa de Urbania, la mujer más hermosa que jamás haya existido". Le hice una corona de oropel y les enseñé a los niños a gritar "¡Evviva, Medea!". Pero uno de ellos dijo: "¡Ella es una bruja! ¡Debe ser quemada!". Entonces todos se apresuraron a buscar leña, hicieron una fogata, y en un minuto esos pequeños demonios gritones la habían derretido.

15 de diciembre.- ¡Qué asno soy, y pensar que tengo veinticuatro años, y tengo fama en la literatura! En mis largas caminatas he compuesto –para una melodía (no sé qué es) que todas las personas están cantando y silbando por la calle en la actualidad–, un poema en espantoso italiano, que comienza con "Medea, mia dea", llamándola en nombre de sus diversos amantes. Voy caminando canturreando entre dientes: "¿Por qué no soy Marcantonio? ¿O Prinzivalle? ¿O el de Narni? ¿O el buen Duque Alfonso? Para ser amado por ti, Medea, mia dea", etc. ¡Qué basura horrible! Mi casero, creo, sospecha que Medea debe ser una dama que conocí mientras estaba en la playa.

Estoy seguro de que Sora Serafina, Sora Lodovica y Sora Adalgisa –las tres Parcas o Nornas,[3] como las llamo–, tienen alguna noción similar. Esta tarde, al anochecer, mientras ordenaba mi habitación, Sora Lodovica me dijo: "¡Qué hermoso es el canto del signorino!" Apenas me di cuenta de que había estado vociferando, "Vieni, Medea, mia dea", mientras que la anciana se movía para encender el fuego. Me detuve; qué buena reputación voy a obtener!, pensé, y todo esto de alguna manera llegará a Roma, y de allí a Berlín. Sora Lodovica estaba asomándose por la ventana, descolgando la lámpara del altar, que marca la casa de Sor Asdrubale, de su gancho de hierro. Mientras despabilaba la lámpara antes de volver a colgarla afuera, dijo, con su extraño y prudente estilo: "Haces mal al dejar de cantar, hijo mío" (ella a veces me llama Signor Professore, o usa términos de afecto como "Niño" o "Mi corazón"), "no deberías dejar de cantar, porque hay una señorita en la calle que se detuvo para escucharte".

Corrí hacia la ventana. Una mujer, envuelta en un chal negro, estaba parada en un arco, mirando hacia la ventana.

"¡Eh, eh! El Signor Professore tiene admiradoras", dijo Sora Lodovica.

"Medea, mia dea!", grité tan fuerte como pude, con el placer infantil de desconcertar al curioso transeúnte. Se dio vuelta de repente, para irse, agitando su mano hacia mí; en ese momento Sora Lodovica volvió a colocar la lámpara del altar en su lugar. Un rayo de luz cayó sobre la calle. El shock me congeló; ¡el rostro de la mujer de la calle era el de Medea da Carpi!

¡No hay duda que soy un completo imbécil!

II

17 de diciembre.- Temo que mi locura por Medea da Carpi sea bien conocida, gracias a mi charla tonta y mis canciones idiotas. ¡El hijo de ese Vice-Prefecto, o el asistente de los Archivos, o tal vez alguno de los amigos de la Contessa, está intentando engañarme! Pero cuidado, mis buenas damas y caballeros, ¡les pagaré con su propia moneda! Imaginen mis sentimientos cuando, esta mañana, encontré en mi escritorio una carta doblada, dirigida a mí, con una curiosa escritura que me pareció extrañamente familiar

---

3 Las tres Parcas, al igual que las Nornas, tejen los hilos del destino de las vidas de los humanos.

y que, después de un momento, reconocí como la de las cartas de Medea da Carpi en el Archivo. Me causó una terrible impresión.

Después pensé que debía ser un regalo de alguien que sabía de mi interés en Medea, una carta suya genuina en la que un idiota había escrito mi dirección en lugar de ponerla en un sobre. Pero estaba dirigida a mí, escrita para mí, no era una carta vieja; simplemente cuatro líneas, que eran las siguientes:

"A Spiridion.– Una persona que conoce el interés que usted tiene en ella estará en la iglesia de San Giovanni Decollato esta noche a las nueve. Observe, en el pasillo izquierdo, a una dama que lleva un manto negro y que sostiene una rosa".

En ese momento comprendí que yo era el objeto de una conspiración, la víctima de un engaño. Le di la vuelta a la carta. Estaba escrita en un papel como el que se usaba en el siglo XVI, y era una imitación extraordinariamente precisa de la caligrafía de Medea da Carpi. ¿Quién la había escrito? Pensé en todas las personas posibles. Pensé que debía ser el hijo del viceprefecto, tal vez en combinación con su amada, la condesa. Deben haber arrancado una página en blanco de alguna carta vieja. Pero que alguno de ellos haya tenido el ingenio para inventar tal engaño, o ser capaces de cometer tal falsificación, me sorprende más allá de toda medida. Hay más en estas personas de lo que podría haber adivinado. ¿Cómo responder? ¿Ignorando la carta?

Eso sería dignificado, pero aburrido. No, iré allí; tal vez veré a alguien, y yo, a su vez, los confundiré. O, si no hay nadie allí, ¡cómo puedo superar su imperfecta argucia! Tal vez esto sea una locura de los Cavalier Muzio que me lleve a la presencia de una dama a quien él destina a ser la llama de mi futuro *amori*.

Eso es bastante probable. Y sería demasiado idiota y profesoral rechazar tal invitación; valdría la pena conocer a una dama que puede falsificar cartas del siglo XVI, porque estoy seguro de que el lánguido y pretencioso Muzio nunca podría hacerlo. ¡Voy a ir! ¡Por el cielo! ¡Les pagaré con su propia moneda! Ahora son las cinco, ¡cuánto duran estos días!

18 de diciembre.– ¿Estoy loco? ¿O realmente existen los fantasmas? La aventura de anoche me ha sacudido hasta lo más profundo de mi alma.

Fui a las nueve, como me había indicado la misteriosa carta. Hacía mucho frío y el aire estaba lleno de niebla y aguanieve; no había ni una tienda, ni una ventana abierta, ni una criatura visible; las estrechas calles negras, empinadas entre sus altos muros y bajo sus grandes arcos, se veían aún más negras bajo la tenue luz de las lámparas de aceite, que aquí y allá, lanzaban su luz amarilla parpadeante sobre las losas mojadas. San Giovanni Decollato es una pequeña iglesia, o más bien oratorio, que hasta ahora siempre había visto cerrada (como tantas otras iglesias de este lugar, que permanecen cerradas, excepto en grandes festivales); situada detrás del palacio ducal, sobre una abrupta subida, en la bifurcación de dos calles empedradas. Había pasado por el lugar cientos de veces, y apenas había notado la pequeña iglesia, a excepción del altorrelieve de mármol sobre la puerta, que muestra la cabeza canosa del Bautista en una bandeja, y la jaula de hierro cercana, en la que antiguamente se exhibían las cabezas de los criminales, los decapitados, o, como los llaman aquí, degollados. Aparentemente Juan el Bautista es el patrón del hacha y el tajo.

Unos pocos pasos me llevaron de mi alojamiento a San Giovanni Decollato. Confieso que estaba emocionado; uno no tiene veinticuatro años y es un polaco por nada.

Al llegar a una especie de pequeña plataforma en la bifurcación de las dos abruptas calles, encontré, para mi sorpresa, que las ventanas de la iglesia o el oratorio no estaban iluminadas, ¡y que la puerta estaba cerrada con llave! Así que este era el divertido chiste que me habían jugado. ¡Enviarme en una noche amargamente fría, llena de aguanieve, a una iglesia que estaba cerrada, y quizás lo había estado por años! No sé lo que podría haber hecho en ese momento de rabia; me sentí inclinado a abrir la puerta de la iglesia, o ir y sacar al hijo del Vice-Prefecto de la cama (porque estaba seguro de que la broma era suya). Me decidí por esto último; y caminaba hacia su puerta, a lo largo del callejón negro, a la izquierda de la iglesia, cuando de repente me detuve al escuchar el sonido de un órgano cercano; un órgano, sí, claramente, y la voz de los coristas y el zumbido de una letanía ¡Así que la iglesia no estaba cerrada, después de todo! Volví sobre mis pasos hasta la parte superior de la calle. Todo estaba oscuro y en completo silencio.

De repente volví a escuchar una leve ráfaga de órgano y voces. Escuché; claramente provenía de la otra calle, la del lado derecho.

¿Posiblemente había otra puerta allí? Pasé por debajo del arco y descendí un poco en la dirección de donde los sonidos parecían venir. Pero no había ninguna puerta, ninguna luz, solo las paredes oscuras, las baldosas negras mojadas, con los débiles reflejos amarillos de las lámparas de aceite parpadeantes; además, el silencio era total. Me detuve por un minuto, y luego el canto se escuchó de nuevo; esta vez estuve seguro que venía de la calle que acababa de dejar.

Regresé, y no encontré nada. De este modo, yendo hacia atrás y hacia adelante, los sonidos siempre me atraían, por así decirlo, en una dirección, solo para llamarme de vuelta, vanamente, hacia la otra.

Por fin perdí la paciencia; y sentí una especie de terror escalofriante, que solo una acción violenta podía disipar. Si los misteriosos sonidos no venían de la calle a la derecha ni de la calle a la izquierda, solo podían venir de la iglesia. Medio enloquecido, subí los dos o tres escalones y me preparé para forzar la puerta con un tremendo esfuerzo. Para mi sorpresa, se abrió con la mayor facilidad. Entré y pude escuchar más claramente los sonidos de la letanía, mientras me detenía un momento entre la puerta exterior y la pesada cortina de cuero.

Levanté esta última y entré sigilosamente. El altar estaba brillantemente iluminado por velas y guirnaldas de candelabros; evidentemente, este era un servicio nocturno relacionado con la Navidad. La nave y los pasillos estaban comparativamente oscuros, y estaban medio llenos. Me abrí paso a codazos a lo largo del pasillo derecho hacia el altar. Cuando mis ojos se acostumbraron a la luz inesperada, comencé a mirar a mi alrededor, con el corazón palpitante.

La idea de que todo esto era un engaño, de que debía encontrarme simplemente con algún conocido de mi amigo, el Cavaliere, había desaparecido de mi mente. Miré a mi alrededor, los hombres se envolvían en grandes capas, y las mujeres con velos y mantos de lana. El cuerpo de la iglesia se veía comparativamente oscuro, y no pude distinguir nada muy claramente, pero me pareció, de alguna manera, como si, bajo las capas y los velos, estas personas estuvieran vestidas de una manera bastante extraordinaria. El hombre frente a mí, observé, mostraba medias amarillas debajo de su capa; una mujer, cercana a donde yo estaba, un corpiño rojo, cerrado por atrás con broches de oro. ¿Serían campesinos de alguna parte remota que acudían a las festividades navideñas, o los habitantes de Urbania se vestían con atuendos antiguos en honor de la Navidad?

Mientras me preguntaba eso, de repente mi ojo percibió a una mujer parada en el pasillo opuesto, cerca del altar y bajo el pleno resplandor de sus luces. Estaba envuelta en una capa negra, pero sostenía, de una manera muy visible, una rosa roja, un lujo desconocido en esta época del año, en un lugar como Urbania. Evidentemente me vio y, girando aún más hacia la luz, aflojó su gruesa capa negra, mostrando un vestido de color rojo oscuro, con destellos de plata y bordados dorados; ella dirigió su cara hacia mí; el pleno resplandor de los candelabros y los cirios cayó sobre ella.

¡Era la cara de Medea da Carpi! Corrí a través de la nave, haciendo a un lado a la gente, o mejor dicho, me pareció, pasando a través de cuerpos impalpables. Pero la mujer se dio la vuelta y caminó rápidamente por el pasillo hacia la puerta. La seguí de cerca, pero de alguna manera no podía alcanzarla. Una vez, al llegar a la cortina, ella se volvió de nuevo. Estaba a pocos pasos de mí. Sí, era Medea. Ella misma, sin duda, sin engaño; su cara ovalada, sus labios prietos sobre la boca, sus párpados apretados sobre la esquina de sus ojos, su exquisita tez de alabastro. Levantó la cortina y salió. La seguí; solo la cortina me separaba de ella. Vi que la puerta de madera se movía detrás de ella. ¡Iba un paso por delante de mí! Abrí la puerta; ¡Ella debía estar en los escalones, al alcance de mi mano!

Salí de la iglesia. Todo estaba vacío, solo vi el pavimento mojado y los reflejos amarillos en los charcos; sentí un escalofrío; no podía seguir adelante. Intenté volver a entrar en la iglesia; estaba cerrada. Me apresuré a volver a casa, con los pelos de punta y temblando de pies a cabeza, y permanecí así durante una hora, como un maníaco. ¿Era un engaño? ¿Yo también me estaba volviendo loco? ¡Oh Dios, Dios! ¿Me estoy volviendo loco?

19 de diciembre.- Un día brillante y soleado; toda la nieve sucia ha desaparecido de la ciudad, de los arbustos y los árboles. Las montañas cubiertas de nieve brillan contra el cielo azul brillante. Es domingo y el clima es dominical; todas las campanas suenan al acercarse la Navidad. Se están preparando para una especie de feria en la plaza de las columnatas, montando cabinas llenas de algodón de colores y artículos de lana, chales brillantes y pañuelos, espejos, cintas, brillantes lámparas de peltre; todos los artículos de los vendedores ambulante en "Cuento de invierno". Todas las tiendas de carne de cerdo están adornadas con guirnaldas verdes y flores de papel; los jamones y quesos llenos de banderitas y ramitas verdes. Salí para ver la feria de ganado fuera de las puertas; era un bosque de cuernos entrelazados, un océano de mugidos y coces; cientos de inmensos bueyes blancos, con cuernos de un metro de largo y borlas rojas, agrupados en la pequeña Plaza de Armas, debajo de las murallas de la ciudad. ¡Bah! ¿Porqué escribo esta basura? ¿De qué sirve todo esto? Mientras me obligo a escribir sobre campanas, y festividades navideñas y ferias de ganado, una idea continúa resonando como una campana en mi interior:

Medea, Medea! ¿Realmente la he visto, o estoy volviéndome loco?

Dos horas más tarde.- Esa Iglesia de San Giovanni Decollato –así me informó mi casero– nunca se ha utilizado, en todo el tiempo que él pueda recordar. ¿Acaso todo fue una alucinación o un sueño –tal vez lo habré soñado esa noche? He estado fuera otra vez para mirar esa iglesia. Ahí está, en la bifurcación de las dos calles empinadas, con su bajorrelieve de la cabeza del Bautista sobre su puerta. La puerta parece no haber sido abierta por años. Puedo ver las telarañas en los cristales de las ventanas; parece como si, como dice Sor Asdrubale, solo ratas y arañas se congregaran en su interior. Y sin embargo, pese a todo; tengo un recuerdo tan claro, una conciencia tan clara de todo esto. Había una foto de la hija de Herodías bailando, sobre el altar; recuerdo su turbante blanco con un mechón de plumas escarlata y el caftán azul de Herodes; recuerdo la forma de la araña central; que giraba lentamente, y tenía una de sus luces de cera casi doblada por la mitad, debido al calor y la corriente de aire.

Estas cosas, todas estas cosas, que pude haber visto en otros lugares, se grabaron en mi mente, y pueden haber surgido, de alguna manera, de un sueño; he oído a los fisiólogos aludir a tales cosas. Iré de nuevo, si la iglesia está cerrada, entonces debe haber sido un sueño, una visión, el resultado de un exceso de emoción. Debo irme inmediatamente a Roma y ver a los médicos, porque temo volverme loco. Si, por otro lado –¡Bah! No hay otra opción en tal caso. Sin embargo, si la hubiera –entonces realmente podría haber visto a Medea; y puede que vuelva a verla; hasta hablar con ella. El mero pensamiento hace que mi sangre bulla, no con horror, pero con... no sé cómo llamarlo. El sentimiento me aterra, pero es delicioso. ¡Idiota! Es un pequeño resorte de mi cerebro, la vigésima parte del ancho de un pelo, que no funciona bien, ¡eso es todo!

20 de diciembre.– Estuve allí otra vez; Escuché la música, estuve dentro de la iglesia; ¡La he visto! Ya no puedo dudar de mis sentidos. ¿Por qué debería?

Esos pedantes dicen que los muertos están muertos, que el pasado es pasado. Para ellos, sí; ¿Pero porqué para mí? ¿Porqué para un hombre que ama, que se consume con el amor de una mujer? Una mujer que, efectivamente –sí, voy a terminar la frase.

¿Por qué no debería haber fantasmas para aquellos que puedan verlos? ¿Por qué no puede ella regresar a la tierra, si sabe que contiene a un hombre que piensa en ella, que solo la desea a ella?

¿Una alucinación? Como; la vi, como veo este documento en el que escribo; de pie allí, iluminada por la luz del altar. Pues bien, oí el susurro de sus faldas, olí el aroma de su cabello, levanté la cortina que aún temblaba por su toque. Una vez más la perdí. Pero esta vez, cuando salí corriendo a la calle vacía, iluminada por la luna, encontré en los escalones de la iglesia una rosa, la rosa que había visto en su mano el momento anterior, la toqué, la olí; una rosa, una rosa real, viva, roja oscura y recién arrancada. La puse en agua cuando volví, después de haberla besado, ¿quién sabe cuántas veces? La coloqué en la parte superior del armario; Decidí no mirarla durante veinticuatro horas, temiendo que fuera un engaño. Pero debo verla de nuevo; Tengo que... ¡Dios mío!, esto es horrible, horrible. ¡Si hubiera encontrado un esqueleto no podría haber sido peor! La rosa, que anoche parecía recién arrancada, llena de color y perfume, ahora es marrón, está seca –como una cosa que se mantuvo durante siglos entre las hojas de un libro–, se ha convertido en polvo entre mis dedos.

¡Es horrible, horrible! Pero ¿por qué, Dios mío? ¿Acaso no sabía que estaba enamorado de una mujer muerta hace trescientos años? Si quisiera rosas frescas que florecieron ayer, la condesa Fiammetta o cualquier pequeña costurera de Urbania me las habrían regalado. ¿Y si la rosa se ha convertido en polvo?

Si solo pudiera sostener a Medea en mis brazos como sostuve la rosa en mis dedos, besar sus labios como besaba sus pétalos, ¿no debería estar satisfecho aunque ella también se convirtiera en polvo en el siguiente momento, si yo mismo me convirtiera en polvo?

22 de diciembre, once de la noche.– ¡La he visto una vez más! –estuve a punto de hablar con ella. ¡Me ha prometido su amor! Ah, Spiridion!, tenías razón cuando sentías que no estabas hecho para ningún *amori* terrenal. Esta noche, a la hora habitual, fui a San Giovanni Decollato. Una noche brillante de invierno; las casas altas y los campanarios contrastados contra un cielo azul profundo y luminoso, brillando como acero con miríadas de estrellas; la luna aún no había salido. No había luz en las ventanas; pero, después de un pequeño esfuerzo, la puerta se abrió y entré en la iglesia, el altar, como de costumbre, estaba brillantemente iluminado. De repente, me di cuenta de que toda esta multitud de hombres y mujeres parados alrededor, estos sacerdotes cantando y moviéndose alrededor del altar, estaban muertos, que yo era el único hombre viviente en ese lugar. Toqué, como por casualidad, la mano de mi vecino, estaba fría, como arcilla mojada. Se volvió, pero no pareció verme: tenía el rostro ceniciento y los ojos fijos, como los de un ciego o un cadáver. Sentí deseos de salir corriendo. Pero en ese momento mis ojos se posaron en Ella, de pie como de costumbre junto a los escalones del altar, envuelta en un manto negro, bajo el pleno resplandor de las luces. Ella se dio la vuelta; la luz cayó directamente sobre su cara, esa cara de delicados rasgos, los párpados y los labios un poco apretados, la piel de alabastro ligeramente teñida de rosa pálido. Nuestros ojos se encontraron.

Me abrí paso a través de la nave hacia donde ella estaba junto a los escalones del altar; ella se volvió rápidamente por el pasillo, y yo fui detrás de ella. Una o dos veces se demoró, y pensé que iba a alcanzarla; pero de nuevo, cuando, un segundo después de que la puerta se cerrara sobre ella, salí a la calle, ella se había desvanecido. En el escalón de la iglesia yacía algo blanco. No era una flor esta vez, sino una carta. Me apresuré a volver a la iglesia para leerla; pero la iglesia se cerró rápidamente, como si no hubiera estado abierta durante años. No pude ver bien a la luz de las parpadeantes lámparas del santuario. Corrí a casa, encendí mi lámpara y saqué la carta de mi pecho. Lo tengo delante de mí. La escritura es suya; la misma que en los Archivos, la misma que en esa primera carta:

"A Spiridion.– Que tu valor sea igual a tu amor, y tu amor será recompensado. En la noche anterior a la Navidad, toma un hacha y una sierra; corta audazmente el cuerpo del jinete de bronce que se encuentra en la Corte, en su lado izquierdo, cerca de su cintura. Usa la sierra para aserrar el cuerpo y dentro de él encontrarás la efigie de plata de un genio alado. Sácala, pártela en cien pedazos y arrójalos en todas las direcciones, para que los vientos puedan barrerlos. Esta noche ella, a quien amas, vendrá a recompensar tu fidelidad".

En el sello pardusco se leía el lema "AMOUR DURE-DURE AMOUR".

23 de diciembre.– ¡Así que es verdad! Yo estaba destinado a algo maravilloso en este mundo. Por fin encontré lo que mi alma tanto ansiaba.

La ambición, el amor por el arte, el amor por Italia, estas cosas que han ocupado mi espíritu y que aún así me han dejado continuamente insatisfecho, ninguna de esas cosas era mi verdadero destino. Busqué la vida, sediento de ella, como un hombre en el desierto anhela un pozo; pero la vida de los sentidos de otros jóvenes, la vida del intelecto de otros hombres, nunca pudieron saciar esa sed. ¿La vida para mí significa el amor de una mujer muerta? Lo que llamamos la superstición del pasado nos hace sonreír, olvidando que toda nuestra culta ciencia de hoy, quizás sea vista como una extraña superstición por los hombres del futuro; pero ¿porqué el presente es correcto y el pasado está equivocado? Los hombres que pintaron los cuadros y construyeron los palacios de hace trescientos años tenían ciertamente una fibra tan delicada, una razón tan aguda como nosotros mismos, que solo nos dedicamos a estampar algodón y construir locomotoras. Lo que me hace pensar esto es que he estuve calculando mi natividad con la ayuda de un libro antiguo que pertenece a Sor Asdrubale, y mi horóscopo coincide casi exactamente con el de Medea da Carpi, tal como lo describe un cronista. ¿Qué significa esto? No no; todo se explica por el hecho de que la primera vez que leí sobre la vida de esta mujer, la primera vez que vi su retrato, la amé, aunque oculté mi amor, disimulándolo como interés histórico. ¡Menudo interés histórico!

Tengo el hacha y la sierra. Le compré la sierra a un pobre carpintero, en un pueblo a unas millas de distancia; al principio no entendió lo que le pedía, y creo que me creyó loco; tal vez yo lo esté, pero si la locura significa alcanzar la felicidad de mi vida, ¿qué hay de malo en ella? Vi el hacha en un aserradero, donde preparan los grandes troncos de los abetos que crecen en lo alto de los Apeninos de Sant'Elmo. No había nadie en el patio, y no pude resistir la tentación; la tomé, probé su filo y la robé. Esta es la primera vez en mi vida que he sido un ladrón; ¿Por qué no fui a una tienda y compré un hacha? No lo sé; parecía incapaz de resistirme a la vista de la hoja brillante. Lo que voy a hacer es, supongo, un acto de vandalismo; y ciertamente no tengo derecho a estropear la propiedad de esta ciudad de Urbania. Pero no le deseo ningún daño ni a la estatua ni a la ciudad, si pudiera enlucir el bronce, lo haría de buena gana. Pero debo obedecerla; debo vengarla; debo obtener esa imagen de plata que Roberto de Montemurlo mandó hacer y consagró para que su alma cobarde pudiera dormir en paz, y no encontrara la del ser a quien más temía en el mundo. Ja ja ja Duque Roberto, la obligaste a morir sin confesión, e insertaste la imagen de tu alma dentro de la estatua de tu cuerpo, pensando que mientras ella sufría las torturas del Infierno, descansarías en paz, hasta que tu pequeña alma bien lavada, pudiera volar directamente hacia el Paraíso –temías encontrarte con Ella después que ambos estuvieran muertos, ¡te creías muy listo y te preparaste para todas las contingencias! No es así, Serena Alteza. Tú también probarás lo que es vagar después de la muerte, y encontrarte con aquella a los que has injuriado.

¡Qué día interminable! Pero la veré de nuevo esta noche.

Las once en punto. No; la iglesia estaba completamente cerrada; el hechizo ha terminado.

No la veré hasta mañana. ¡Pero mañana! Ah, Medea! ¿Alguno de tus amantes te amó como yo lo hago?

Veinticuatro horas más hasta que alcance la felicidad, el momento que creo estuve esperando durante toda mi vida. Y después de eso, ¿qué sigue? Sí, lo veo más claro cada minuto; después de eso, nada más. Todos aquellos que amaron a Medea da Carpi, que la amaron y la sirvieron, murieron:

Giovanfrancesco Pico, su primer marido, a quien ella dejó apuñalado en el castillo del que huyó; Stimigliano, que murió envenenado; el novio que le dio el veneno, al que ordenó asesinar; Oliverotto da Narni; Marcantonio Frangipani; y ese pobre muchacho de Ordelaffi, que nunca la había mirado a la cara, y cuya única recompensa fue ese pañuelo con el que el verdugo le limpió el sudor de la cara, cuando era una masa de miembros rotos y carne desgarrada; todos tenían que morir, y yo también moriré.

El amor de una mujer así es suficiente y es fatal: "Amour Dure", como dice su lema. Yo también moriré. ¿Pero por qué no? ¿Sería posible vivir para amar a otra mujer? No, ¿sería posible arrastrar una vida como esta después de la felicidad de mañana? Imposible; los otros murieron, y también yo debo morir. Siempre sentí que no iba a vivir mucho tiempo; una gitana en Polonia me dijo una vez que mi línea de la vida estaba cruzada por otra, y que eso significaba una muerte violenta. Podría haber terminado en un duelo con algún compañero estudiante, o en un accidente ferroviario. No no. ¡Mi muerte no será de ese tipo! Mi muerte, ¿y no está ella también muerta? ¡Qué extrañas perspectivas me sugiere ese pensamiento! Entonces los otros: Pico, el novio, Stimigliano, Oliverotto, Frangipani, Prinzivalle degli Ordelaffi, ¿estarán todos allí? ¡Pero ella me amará más a mí, aquel por quien ella fue amada después de yacer trescientos años en su tumba!

24 de diciembre.- Ya hice todos mis arreglos. Esta noche a las once saldré de casa; Sor Asdrubale y sus hermanas estarán profundamente dormidos. Les he preguntado; su miedo al reumatismo les impide asistir a la Misa de Gallo.

Por suerte no hay iglesias de aquí a la Corte; cualquiera que sea el movimiento que conlleve la noche de Navidad, no será cerca de aquí. Las habitaciones del Vice-Prefecto están al otro lado del palacio; el resto de la plaza está ocupada por salas estatales, archivos, establos vacíos y las cocheras de palacio. Además, seré rápido en mi trabajo.

He probado mi sierra en un robusto jarrón de bronce que le compré Sor Asdrubale; y el bronce de la estatua, hueco y desgastado por el óxido (incluso con agujeros), no podrá resistir mucho, especialmente después de recibir un golpe con el hacha afilada. He puesto mis documentos en orden, en beneficio del gobierno que me envió aquí. Lamento haberlos defraudado, no escribiré su "Historia de Urbania". Para pasar el interminable día y calmar la fiebre de la impaciencia, acabo de dar un largo paseo. Este es el día más frío que hemos tenido. El sol brillante no calienta para nada, solo parece aumentar la impresión de frío, al hacer brillar la nieve en las montañas, el aire azul brilla como el acero. Las pocas personas que salen afuera, están tapadas hasta la nariz, y llevan braseros de cerámica debajo de sus capas; largos carámbanos cuelgan de la fuente sobre la que está la figura de Mercurio; uno puede imaginarse a los lobos cabalgando a través del matorral seco para asolar a esta ciudad. De alguna manera, este frío me hace sentir maravillosamente tranquilo, parece que me devuelve mi infancia.

Mientras caminaba por los callejones pavimentados, desparejos, empinados y resbaladizos por las heladas; con la vista de montañas nevadas contra el cielo, pasando por los escalones de la iglesia sembrados de cajas y laureles, con un leve olor a incienso; me vino a la mente, no sé porqué, el recuerdo, casi la sensación, de una Navidad de antaño en Posen y Breslau, cuando caminaba de niño por las calles anchas, asomándome por las ventanas donde empezaban a iluminarse las velas de los árboles de Navidad, y preguntándome si yo también, al regresar a casa, entraría en una habitación maravillosa, toda ardiendo con luces, nueces doradas y cuentas de cristal. En mi casa en el norte están colgando las últimas hileras de cuentas metálicas azules y rojas, atándolas a las últimas nueces doradas y plateadas en los árboles; están encendiendo las velas azules y rojas; la cera está comenzando a correr hacia las hermosas ramas de abeto verde; los niños están esperando con los corazones latiendo detrás de la puerta, para que se les diga que el Niño Jesús ha nacido. Y yo, ¿a qué estoy esperando? No lo sé; todo parece un sueño; todo parece vago e insustancial a mi alrededor, como si el tiempo hubiera cesado, nada podía pasar, mis propios deseos y esperanzas estaban muertos, yo mismo absorbido en la pasiva tierra de los sueños. ¿Anhelo esta noche? ¿La temo?

¿Alguna vez llegará esta noche? ¿Siento algo, existe algo a mi alrededor?

Me siento y me parece ver esa calle en Posen, la calle ancha con las ventanas iluminadas por las luces de Navidad, las verdes ramas de abeto que rozan los cristales de las ventanas.

Nochebuena, medianoche.- Lo he hecho. Me deslicé sin ruido. Sor Asdrubale y sus hermanas estaban profundamente dormidos. Temí haberlos despertado, ya que mi hacha cayó cuando pasaba por la habitación principal donde mi casero guarda las curiosidades que tiene en venta; golpeó contra una vieja armadura que él había estado armando. Le oí exclamar, medio dormido; apagué mi luz y me escondí en las escaleras. Salió en bata, pero al no encontrar a nadie, volvió a la cama. "¡Un gato, sin duda!", dijo. Cerré la puerta de la casa suavemente detrás de mí. El cielo se había puesto tormentoso desde la tarde, iluminado por la luna llena, pero sembrado de nubes grises de color lustroso; de vez en cuando la luna desaparecía por completo. No había ni una criatura a la vista; solo las casas altas y gastadas, bajo la luz de la luna.

No sé por qué, tomé una rotonda hacia la Corte, pasando por una o dos puertas de iglesias, de donde surgía el débil parpadeo de la Misa de Gallo. Por un momento sentí la tentación de entrar en una de ellas; pero algo parecía detenerme. Pude oír algunos fragmentos del himno navideño. Sentí que me estaba empezando a poner nervioso y me apresuré hacia la Corte. Cuando pasé por debajo del pórtico de San Francesco oí pasos detrás de mí; me pareció que me seguían. Me detuve para dejar pasar al otro. A medida que se acercaba, sus pasos se hacían más lentos, pasó cerca de mí y murmuró: "No vayas: soy Giovanfrancesco Pico". Me di vuelta y él ya se había ido. Una frialdad me adormecía; pero me apresuré a continuar adelante.

Detrás del ábside de la catedral, en un camino estrecho, vi a un hombre apoyado contra una pared. La luz de la luna daba de lleno sobre él. Me pareció que su cara, con una barba delgada y puntiaguda, estaba llena de sangre. Aceleré mi paso; pero mientras pasaba junto a él, susurró: "No la obedezcas; vuelve a casa: soy Marcantonio Frangipani". Mis dientes castañeteaban, pero me apresuré a lo largo de la estrecha calle, con la luz de la luna azul sobre las paredes blancas. Por fin vi la Corte delante de mí; la plaza estaba inundada por la luz de la luna, las ventanas del palacio parecían brillantemente iluminadas, y la estatua del duque Roberto, de color verde brillante, parecía avanzar hacia mí en su caballo. Entré en la sombra. Tuve que pasar por debajo de un arco. Allí apareció una figura encapuchada que parecía haber salido de la pared, y bloqueó mi paso con su brazo extendido. Intenté pasar. Me agarró del brazo, y su apretón era como un peso de hielo. "¡No pasarás!" gritó, y cuando la luna salió una vez más, vi su rostro, de un blanco espantoso, atado con un pañuelo bordado; casi parecía un niño. "¡No pasarás!" gritó. "¡No la tendrás! Es mía, y solo mía. Soy Prinzivalle degli Ordelaffi". Sentí su apretón helado, pero con mi otro brazo, tomé el hacha que llevaba debajo de la capa y di un golpe a ciegas. El hacha golpeó la pared, sobre la piedra. Él había desaparecido.

Me apresuré hacia adelante. Lo hice. Corté el bronce, abriéndolo; agrandé la abertura con la sierra. Saqué la imagen de plata y la hice añicos. Cuando esparcí los últimos fragmentos, la luna se oscureció repentinamente y un gran viento aullante se levantó en la plaza; me pareció que la tierra temblaba. Tiré el hacha y la sierra, y escapé a casa. Me sentí perseguido, como si cientos de jinetes invisibles me siguieran todo el camino.

Ahora estoy tranquilo. Es medianoche; ¡En un momento ella estará aquí!

¡Ten paciencia corazón! Lo escucho latir fuerte. Confío en que nadie acusará al pobre Sor Asdrubale. Escribiré una carta a las autoridades para declarar su inocencia por si algo sucediera... ¡Uno! El reloj en la torre del palacio acaba de dar un golpe... "Por la presente certifico que, si algo me sucediera esta noche a mí, Spiridion Trepka, nadie más que yo debe ser considerado..." ¡Un paso en la escalera! Es ella es ella! Por fin, ¡Medea, Medea! ¡Ah! ¡AMOUR DURE-DURE AMOUR!

NOTA.– Aquí termina el diario del difunto Spiridion Trepka. Los principales periódicos de la provincia de Umbría informaron al público que, en la mañana de Navidad del año 1885, la estatua ecuestre de bronce de Roberto II fue encontrada gravemente mutilada; y que el profesor Spiridion Trepka de Posen, del Imperio alemán, fue encontrado, muerto de una puñalada en la región del corazón, dada por mano desconocida.

www.ingramcontent.com/pod-product-compliance
Lightning Source LLC
Chambersburg PA
CBHW071434260626
47170CB00008B/2713